Eine Art zu lesen
Eine Art zu fliegen

GOYA

DAS BUCH

Früher waren Davy und Joe gute Kumpels. Inzwischen treffen sie sich nur noch gelegentlich, wenn Davy aus England nach Dublin kommt, um seinen Vater zu besuchen. Es sind oberflächliche Begegnungen, sie sind erwachsen geworden, jeder hat sein eigenes Leben. Doch dieser Abend ist anders. Die beiden Männer ziehen wie früher um die Häuser, trinken ein Bier nach dem anderen, und die Gespräche werden immer vertrauter. Lange zurückgehaltene Gefühle und Konflikte drängen nach oben. Joe vertraut seinem Freund an, dass er seine Frau und seine Kinder für eine andere verlassen hat. Als Davy erfährt, dass es sich dabei um Jessica – ihren gemeinsamen Jugendschwarm – handelt, werden auch bei ihm alte Erinnerungen wach: Der Aufruhr um seine temperamentvolle Frau, die Missbilligung seines Vaters, der Tod seiner Mutter, die Flucht aus Irland. Als Davy einen Anruf erhält, wird ihre Freundschaft auf die Probe gestellt.

DER AUTOR

Roddy Doyle, 1958 in Dublin geboren, ist Schriftsteller, Drehbuchautor und Booker-Preisträger. Er studierte Anglistik und Geografie und arbeitete viele Jahre trotz großer literarischer Erfolge weiterhin als Lehrer, bevor er sich ab 1993 ganz dem Schreiben widmete. Mit Romanen wie »The Commitments«, »The Snapper« und »The Van«, deren Verfilmungen zu Kinohits wurden, hat Doyle eine treue Leserschaft gewonnen.

DIE ÜBERSETZERIN

Sabine Längsfeld übersetzt seit über zwanzig Jahren Literatur aus dem Englischen ins Deutsche. Ihre Liebe für Zwischentöne und ihr feines Gespür für Dialoge haben schon manchem Titel in die Bestsellerlisten verholfen. Zu den von ihr übertragenen Autorinnen und Autoren zählen u. a. Glennon Doyle, Amitav Gosh, Chan Ho-kei und Simon Beckett.

LOVE

RODDY DOYLE

Aus dem Englischen
von Sabine Längsfeld

ALLES
WAS DU
LIEBST

ROMAN

GOYA

Die Originalausgabe erschien 2020 unter dem Titel
»Love« bei Jonathan Cape, London.

Das Hörbuch *Love. Alles was du liebst,*
gelesen von Stephan Schad, erscheint bei GOYALiT.
Dieses Buch ist auch als E-Book erhältlich.

Besuchen Sie uns im Internet:
www.goyaverlag.de

Aus Verantwortung für die Umwelt hat sich der Verlag GOYA dazu
entschlossen, keine Plastikfolie zum Einschweißen der Bücher zu verwenden.

Klimaneutral
Druckprodukt
ClimatePartner.com/12564-2108-1090

Dieses Buch wurde veröffentlicht mit der Unterstützung von Literature Ireland.

LITERATURE
IRELAND
Promoting and Translating Irish Writing

MIX
Papier aus verantwor-
tungsvollen Quellen
FSC
www.fsc.org   FSC® C083411

Verlag GOYA
1. Auflage 2021
© 2021 JUMBO Neue Medien & Verlag GmbH, Hamburg

Alle Rechte vorbehalten
Umschlaggestaltung: Marcelo Marques Porto
Titelabbildung: Hintergrundfotografie © mimmopellicola.com,
Lichtreflexe © suteishi
Lektorat: Alexandra Rak
Satz: Greiner & Reichel, Köln
Gesetzt aus der Minion Pro
Druck und Bindearbeiten: CPI books GmbH, Leck
Printed in Germany
ISBN 978-3-8337-4335-1

Für Belinda

There stands the glass –
Fill it up to the brim –
' Til my trouble grow dim –
It's my first one today –

»There Stands the Glass«
von Russ Hull, Mary Jean Shurtz, Audrey Greisham

ER WUSSTE SOFORT, dass sie es war, erzählte er mir. Er erzählte mir das ein Jahr, nachdem er sie wiedergetroffen hatte. Genau vor einem Jahr, sagte er.

– Genau vor einem Jahr?

– Sag ich doch, Davy. Vor einem Jahr – gestern vor einem Jahr.

– Du kannst dich ans Datum erinnern?

– Ja, klar.

– *Jesus*, Joe.

Er entdeckte sie am Ende eines Flurs und wusste es. Unmittelbar. Sie hatte sich nicht verändert. Obwohl er sie nur aus der Ferne sah. Obwohl sie nur ein Umriss war, ein dunkler, schlanker Schatten, eine Silhouette – inmitten des Spätnachmittagslichts, das hinter ihr durch die Glastür fiel, wusste er es.

– Sie war nie schlank, sagte ich.

Er zuckte mit den Achseln.

– Ich weiß gar nicht, was schlank eigentlich heißen soll, meinte er und grinste.

– Ich auch nicht, gab ich zurück.

– Hab ich einfach so gesagt, sagte er. – Schlank. Okay. Vielleicht eher ein großer Schatten.

– Okay.

– Kein rundlicher.

– Sie hat sich gut gehalten, sagte ich. – Das willst du mir doch damit sagen.

– Genau, sagte er. – Das hat sie wirklich.

– Wo war dieser Flur?, fragte ich ihn.

– In der Schule.

– In welcher Schule?

– Na, in der Schule, wiederholte er.

– In der Schule kannten wir sie noch gar nicht, sagte ich.

Mir war klar, dass er nicht die Schule meinte, auf die wir gegangen waren. So lange kannten wir uns schon. Ich hatte das nur gesagt – also, dass wir sie nicht von der Schule kannten –, weil ich ihn dazu bringen wollte, wieder er selbst zu sein. Ich wollte eine Antwort hören, über die wir lachen konnten. Er war der Witzige von uns.

– Die Schule meiner Kinder.

– Moment, sagte ich. – Beim Elternsprechtag?

– Genau.

– Die Frau deiner Träume trat aus der Sonne heraus und hinein in einen Elternsprechtag?

– Jepp.

– Dreißig Jahre nachdem du sie zum letzten Mal gesehen hast, sagte ich. – Nein, mehr. Viel mehr. Sechs- oder siebenunddreißig Jahre.

– Genau, sagte er. – Kommt ungefähr hin. Was hast du eben gesagt? Sie trat aus der Sonne heraus?

– Glaub schon, ja.

– Tja, sagte er. – Genauso war's.

Ich lebte nicht mehr in Irland. Drei, vier Mal im Jahr flog ich nach Dublin rüber, um meinen Vater zu besuchen. Früher hatte ich immer meine Familie mitgenommen, aber seit ein paar Jahren kam ich allein. Die Kinder waren inzwischen groß und aus dem Haus, und meine Frau Faye flog nicht gern, und auf die Fahrt nach Holyhead mit der Fähre war sie auch nicht sonderlich erpicht.

– Dein Vater konnte mich noch nie ausstehen.

– Quatsch.

– Nein, konnte er wirklich nicht, sagte sie. – In seinen Augen war ich ein Flittchen. Hat er mal gesagt, das weiß ich.

– Das hat er nicht gesagt.

– Doch. Etwas in der Richtung. Das hast du mir selbst erzählt, weißt du noch? So was denke ich mir nicht aus. Er hat mich noch nie gemocht, und ich tue jetzt bestimmt nicht auf einmal so, als würde ich ihn mögen. Ich hasse dieses Haus. Es ist trostlos.

– Sie gab mir einen Kuss, sagte Joe jetzt.

– Auf dem Flur?

Der Mann, den ich kannte – oder den ich zu kennen glaubte, den ich früher kannte –, der hätte jetzt »Nein, auf den Arsch« oder etwas in der Art geantwortet.

– Ja, sagte er. – Sie hat mich wiedererkannt.

Ich ihn nicht.

Früher kannte ich ihn besser.

Wir hatten am selben Tag die Schule beendet. Er fing an zu arbeiten. Ich ging aufs College, auf das University College Dublin. Er hatte Geld, ein Gehalt, ein Einkommen. Ich nicht, zumindest solange ich meinen Abschluss noch nicht in der Tasche hatte. Trotzdem blieben wir in Kontakt. Wir wohnten beide noch zu Hause, keine zehn Minuten auseinander. Ungefähr einmal in der Woche hörten wir zusammen Schallplatten, bei mir vorn im Wohnzimmer. Meistens kaufte er die Platten. Ich stellte dafür das Haus, in dem wir Krach machen konnten. Wir drehten die Musik so laut, dass wir den Song spüren konnten, wenn wir die Hände an die Fensterscheiben legten. Meine Mutter lebte nicht mehr, und meinen Vater störte es offensichtlich nicht. Jahre später erzählte er mir, er wollte damals einfach nur, dass ich glücklich war. Er ertrug den Krach – die Pistols, Ian Dury, The Clash, Elvis Costello –, weil er dachte, das würde mich glücklich machen. Glücklich wäre ich gewesen, wenn er mit dem Schuh oder der Faust gegen die Wand gedroschen und mich angeschrien hätte, endlich den beschissenen Lärm leiser zu drehen. Ich wäre glücklich gewesen, wenn ich das Gefühl gehabt hätte, mich gegen ihn auflehnen zu können.

Wenn ich mal Geld hatte, gingen wir saufen, ich und Joe. Das war an Weihnachten und im Oktober, wenn ich vom Arbeiten in

Westdeutschland und London zurückkam, ehe ich das frisch verdiente Geld wieder für Bücher und Busfahrten ausgeben musste. Wir ließen uns zügig volllaufen und grölten rum. Ich war permanent auf Streit aus. Schlug auf alles Mögliche ein, mit mir selbst ging ich auch nicht gut um. Ich ließ mich gehen und bekam lediglich eine Ahnung davon, was aus mir einmal werden könnte. Dann zog ich schnell den Kopf wieder ein und imitierte Joe. Er trank, ich trank. Er lachte, ich lachte. Wenn er grölte, grölte ich auch.

– Sie hat dich wiedererkannt?

– Genau, sagte er. – Auf den ersten Blick. Hab ich doch gesagt.

Ich sah ihn an. Mir war klar, warum sie ihn wiedererkannt hatte. Der Junge und auch der junge Mann waren immer noch da. Sein Kopf hatte noch dieselbe Form. Er hatte schon damals eine Brille und trug noch immer – oder wieder – eins dieser Gestelle mit schwarzem Rahmen. Er hatte noch seine Haare auf dem Kopf. Sie waren grau geworden, fast vollständig, aber besonders dunkel waren sie nie gewesen. Er hatte zugelegt, aber nur ein bisschen, und nicht im Gesicht oder am Hals.

– Wo warst du?, fragte ich ihn.

– In der Schule, sagte er. – Habe ich doch gesagt.

– Aber wo genau?

– Vor dem Matheraum, sagte er. – Ich hab gewartet.

– Auf dein Gespräch mit dem Lehrer.

– Genau, sagte er. – Vor mir waren noch vier, fünf Leute, hauptsächlich Mütter. Und ich hatte sonst niemanden mehr auf meiner Liste. Ich war schon fertig. Wir hatten uns aufgeteilt.

– Moment mal, sagte ich. – Trish war auch da?

Trish war seine Frau.

– Genau, sagte er. – Sie war gerade woanders. Stand vor irgendeinem anderen Klassenzimmer Schlange, bei einem anderen Lehrer.

– Du hast die Liebe deines Lebens geküsst, während Trish im selben Gebäude war?

– Einem Riesengebäude, sagte er. – Lass mal die Kirche im Dorf. Das ist 'ne Scheißschule.

Das war schon eher der Mann, den ich zu kennen glaubte. Der Mann, der ich früher sein wollte.

– Du hast sie geküsst, sagte ich.

– Sie hat mich geküsst.

– Und wo exakt war Trish?

– Wo exakt, Davy? *Wo exakt?* Was wird das hier? Ein Verhör?

– Schon gut.

– Leck mich, Davy.

– Schon gut, tut mir leid. Erzähl weiter.

– Im Hauswirtschaftsraum, sagte er. – Oder beim Werken. Was weiß ich. Wir hatten jeder vier Termine, um so schnell wie möglich durchzukommen. Es hat trotzdem den ganzen Nachmittag gedauert. Für die Lehrer ist es die einzige Möglichkeit, sich zur Abwechslung mal mit Erwachsenen zu unterhalten. Das lassen die sich nicht nehmen. Ich hatte Glück.

– Wie meinst du das?

– Ich war für den Mathelehrer eingeteilt, sagte er. – Was für ein wahnsinniger Klugscheißer. Deshalb stand ich vor seiner Tür. War zufällig da. Einfach so.

– Und sie kam in den Flur, als du dort gewartet hast.

– Zur richtigen Zeit am richtigen Ort. Genau. Wie gesagt – ich hatte Glück.

– Hat eins deiner Kinder Hauswirtschafts- oder Werkunterricht?

– Was?

– Du hast Hauswirtschaft und Werken gesagt. Trish wäre in einem dieser Fachräume gewesen.

– Jetzt machst du schon wieder einen auf Columbo, Davy.

– Entspann dich.

– Ich hab doch nur … Das war als Beispiel gemeint. Mit den Räumen. Trish war irgendwo anders unterwegs, in einem der anderen Fachräume, verstehst du. Irgendwo im Gebäude.

– Um welches Kind ging es?

Ich hatte seine Kinder nie kennengelernt und keine Ahnung, wie sie hießen. Wenn wir uns trafen, erzählten wir uns immer wieder von den Kindern, brachten uns gegenseitig auf den neusten Stand und vergaßen es anschließend wieder. Trish hatte ich seit zwanzig Jahren nicht mehr gesehen.

– Holly, sagte er.

– Sicher?

– Ja, sagte er. – Klar bin ich mir sicher. Leck mich.

– Okay.

– Du bist ein ganz schöner Arsch, Davy.

– Bin ich nicht.

– Doch. Bist du.

– Das ist schon ein kleiner Schock für mich.

– Was spielt das denn überhaupt für eine Rolle?

– Lass gut sein.

– Das tue ich nur für dich.

– Weiß ich.

Ich hatte ihn nie mit seinen Kindern erlebt, aber ich wusste, dass er ein guter Vater war. Und ich wusste, was das heißt. Er war zuverlässig und hatte für Stabilität in ihrem Leben gesorgt. Abends war er immer mehr oder weniger zur selben Zeit nach Hause gekommen. Hatte sie vom Fußballtraining oder vom Turnen abgeholt und war immer pünktlich da gewesen. Die Kinder hatten ihn an der Spülmaschine und an der Waschmaschine erlebt. Sie hatten ihn am Wochenende kochen sehen. Wahrscheinlich mochten sie sein Essen lieber als das von Trish. Samstagabends hatte er ihnen Limo in Weingläsern serviert. Und jeden Tag hatte er ihnen zweimal gesagt, dass er sie liebte, morgens und abends. Er hatte ihnen vorgelesen – dasselbe Buch, immer und immer wieder–, war mit ihnen schwimmen gegangen oder hatte auf einem Stuhl an ihrem Bett geschlafen, wenn sie über Nacht im Kinderkrankenhaus bleiben mussten. Er hatte sich über Asthma, Ekzeme, Zwangsstörungen, Intersexualität informiert. Er gehörte nicht zu der Sorte Männer, die keine Ahnung hatten, welche Fächer ihre Kinder in der Schule belegten. Und er hätte auch nie so getan, als wäre er so einer.

Er hatte recht. Es sollte eigentlich keine Rolle spielen. Es sollte mir nichts ausmachen. Aber es spielte eine Rolle. Und es beschäftigte mich.

Wir sahen sie gleich an unserem ersten Tag an einem der Tische unter den Fenstern.

Wir hatten einen Pub gefunden, der uns mochte. Schon seit Monaten zogen wir durch die Innenstadt. Jedes Wochenende, von Freitag nach der Arbeit bis Sonntagabend, zehn Minuten, ehe der letzte Bus nach Hause fuhr. Das war nach meinem Abschluss, als ich endlich eigenes Geld in der Tasche hatte. Wir waren meinem Wohnzimmer und dem Plattenspieler entkommen. Ich konnte meine Runden selbst bezahlen. Wir waren jetzt auf Augenhöhe und konnten richtige Freunde fürs Leben werden, was wir vorher nicht wirklich gewesen waren. Uns zusammen vollaufen lassen, zusammen über die Welt da draußen herziehen, uns nach denselben Frauen sehnen, es nicht zugeben. Für ein paar wichtige Jahre verschmolzen wir zu ein und demselben Mann. Ehe ich wegging. Ehe er Trish kennenlernte. Ehe ich Faye begegnete.

An jenem Tag, dem Tag, an dem wir das Mädchen zum ersten Mal sahen, das zu der Frau werden würde, die er Jahre später wiedertraf, hatten wir uns im Keller vom Mercer's Hospital verlaufen. Wir hatten dem Sheehan's auf der Chatham Street zu Beginn der heiligen Stunde den Rücken gekehrt – damals sperrten die Pubs am Nachmittag noch für eine Stunde zu – und schlenderten in Richtung Dandelion Market. Aber wir waren schon so betrunken – nein, nicht betrunken, hackedicht trifft's eher –, dass wir nicht mal mehr in Secondhandshops nach Büchern und Schallplatten stöbern konnten. Also gingen wir wieder zurück ins Freie auf die

South King Street. Wir besorgten uns in einem kleinen Laden, den es schon längst nicht mehr gibt, eine Schale Chili, und ich werde mich im Leben nicht mehr daran erinnern, wie er hieß. Der Laden war so winzig, es gab nicht mal ein Klo. Damals war das so, ein Restaurant oder Café ohne Klo war vollkommen normal. Danach standen wir wieder auf der South King Street.

Wir waren ein und derselbe Mann und gestanden uns, dass wir fast platzten, weil wir so dringend pissen mussten, wirklich, wir waren kurz vorm Platzen, und das eine halbe Stunde, ehe die Pubs wieder aufmachten. Vor uns erhob sich das Mercer's Hospital, und als wir reingingen, versuchten wir, wie zwei junge Männer auf Krankenbesuch auszusehen. Auf jeden Fall liefen wir – keine Ahnung warum, das wird sich mir wahrscheinlich nie erschließen – die Treppe runter in den Keller anstatt nach oben zu den Krankensälen. Ich weiß noch genau, wie niedrig die Decke war, sie hing direkt über unseren Köpfen. Außer uns war niemand zu sehen, keine Männer beim Krankentransport, keine Frauen in grünen Kitteln. Es gab keine Tragen und keine abgestellten Rollstühle. Zumindest nicht, soweit ich mich erinnere. Wir liefen von einem Flur zum anderen – und nirgendwo ein Klo. Schließlich pissten wir in einer Putzkammer in einen Blecheimer, erst er, dann ich. Es war so eng, dass wir nicht gleichzeitig Platz hatten.

Auf dem Weg nach draußen kamen wir an einem Klo vorbei. Wir lachten nicht. Sondern schämten uns sofort, *ich* schämte mich auf jeden Fall. Als wir durch eine andere Tür zurück ans Tageslicht traten, hatten die Pubs wieder geöffnet.

Es lag direkt vor unserer Nase. War uns vorher noch nie aufgefallen. Es hatte seine eigene Straßenecke. Wir waren sicher schon ein-, zweimal daran vorbeigekommen, hatten es aber nie bemerkt.

– Sieht okay aus, sagte Joe.

Und so war es.

Wir waren wieder nüchtern. Es war ein Nachmittag im frühen Winter. Der Himmel war klar, und die Sonne malte die Häuserblocks gelb und grau an – es waren die letzten Stunden vor Einbruch der Nacht, die perfekte Zeit, um zu trinken. Das Mercer's Hospital hatten wir hinter uns gelassen. Wortwörtlich. Ein Pint würde uns heilen, die Scham ertränken. Nach dem zweiten würden wir schon wieder lachen.

Wir waren einundzwanzig.

Neugierig blickten wir durchs Fenster. Die Einrichtung wirkte schlicht und lag trotzdem ein bisschen über dem Dubliner Durchschnittspub. Weniger Holz, mehr Licht. An der Bar saß, mit dem Rücken zu uns, ein einzelner Mann. Er trug einen Anzug, und hinten auf dem Jackett ruhte ein grauer Pferdeschwanz. Es war das erste Mal, dass ich außerhalb von *The Old Grey Whistle Test* einen Mann mit Pferdeschwanz sah. Unter einer Reihe von Fenstern an der Längsseite des Raumes standen ein paar Tische. Nur einer war besetzt, vier Leute saßen dort, ein Mann und drei Frauen. An der Wand zwischen zwei Fenstern lehnte ein Cello, und auf dem Nachbartisch lagen drei Geigenkästen. Die Frauen tranken Pints.

Sie war eine von ihnen.

– Gehen wir rein?

– Auf jeden Fall, sagte Joe.

Die Flügeltür befand sich an der Ecke unter einem Vordach. Er ging rechts rein, ich links. Als wir die Türen aufdrückten, schwangen sie gleichzeitig auf, und wir betraten Seite an Seite und seitwärts den Pub. Hinter uns schwangen die Türen wieder zu. Wir hörten sie knarzen und zum Stillstand kommen.

Es gab keinen Fernseher, keine Pferderennen. Kein Radio, keine Musik.

Niemand sah zu uns herüber.

Der Mann mit dem Pferdeschwanz las in einer Zeitschrift. Sie lag zwischen seinem Gin Tonic und einem Aschenbecher auf dem Tresen. Die Musiker unterhielten sich leise. Damals wusste ich das noch nicht, aber das College of Music war direkt um die Ecke in der Chatham Row. Als ich am darauffolgenden Montag beim Spaziergang in der Mittagspause das nächste Mal dort vorbeiging, hörte ich aus einem geöffneten Fenster Streicher und eine Trompete. Ich war monatelang an dem Gebäude vorbeigelaufen.

Der Barmann war nicht zu sehen.

Wir traten zum Tresen. Gingen an den Musikern vorbei, weiter – tiefer – in den Raum hinein und nahmen uns schließlich zwei Hocker am Ende der Bar. Als wir uns setzten, entdeckten wir ihn. Er hockte auf dem Boden und befüllte das unterste Regalfach mit Britvic Orangensaft. Er hatte uns gehört und drehte sich um, stand stöhnend auf und lächelte. Es war das erste Mal, dass uns ein Barmann anlächelte.

– Gentlemen, sagte er.

Er freute sich, uns zu sehen.

Wir blieben Monate.

* * *

Beim Näherkommen überbrückte sie mit wenigen Schritten die vergangenen siebenunddreißig Jahre. Das Alter hatte sich in ihr Gesicht geschlichen. Ihr Rücken war leicht gebeugt.

– Aber sie war schön, sagte er.

Schön war ein Wort, das wir nie benutzt hatten. Die Frauen, auf die wir standen, waren immer umwerfend gewesen. Aber dann sahen wir sie zum ersten Mal, und sie war schön.

– Und sie hat mich wiedererkannt, sagte er. – Sie kam direkt auf mich zu.

– Hast du sie da zum ersten Mal gesehen?

– Wie meinst du das?

– Das war doch nicht dein erster Elternsprechtag, sagte ich. – Oder? Was ist mit den Schulaufführungen, Fußball, Hockey – der ganze Kram. Deine Kinder sind doch alle auf diese Schule gegangen, oder?

– Ja, ich weiß, worauf du hinauswillst.

– Du warst jahrelang immer wieder dort. Aber an dem Tag hast du sie zum ersten Mal gesehen?

– Richtig, sagte er. – Ja.

Er sagte Ja: Er hatte aus seinem Richtig ein Ja gemacht. Er befand sich im Zeugenstand.

– Wie das?, fragte ich.

– Wie was?

– So viele Veranstaltungen und Spiele, und du bist ihr nie begegnet?

– Du kennst die Schule nicht, sagte er. – Ein Riesenkasten. Da gehen über tausend Blagen hin.

– Schon, sagte ich.

Ich biss mich fest, machte einen auf Staatsanwalt.

– Schon, aber Elternsprechtage finden doch nicht für alle Eltern und Vormunde der Kinder gleichzeitig statt, oder? Dieser Tag, an dem du sie gesehen hast, der war doch nur für eine Jahrgangsstufe, oder? Habe ich recht? In welche Klasse geht Holly?

– Das war vor einem Jahr, sagte er. – Sie war im Übergangsjahr.

– Was war das noch mal?, fragte ich.

Er sah mich an.

– Ich lebe nicht mehr in diesem Land, erinnerte ich ihn.

– Sie war sechzehn, sagte er.

– Vier Jahre voller Veranstaltungen und Sportturniere und Basare und Jahrgangsstufenfeste.

– Und ich bin ihr nie begegnet.

– Wie kann das sein?

– Vielleicht habe ich nicht aufgepasst, sagte er.

Jetzt betrachtete ich ihn genauer. Dachte er sich das aus?

Er zuckte mit den Achseln.

– Ich habe keine Erklärung, sagte er. – Ich weiß es nicht. Die Schule ist groß. Das ist durchaus möglich.

– Aber unwahrscheinlich.

– Stimmt.

– Hat sie dich auch zum ersten Mal gesehen?, fragte ich.

– Darum geht …

Er brach ab. Und fing noch mal von vorne an.

– Das ist nicht der springende Punkt, sagte er. – Tatsache ist, sie sah mich, und es war, als hätten wir uns erst gestern zum letzten Mal getroffen. Ihr Verhalten, wie sie mit mir redete. Als hätten wir 1981 oder so.

– Okay, sagte ich. – Aber hat sie dich früher jemals geküsst? 1981?

– Mach mal halblang, Davy, sagte er. – Hör einfach zu. Sie kam auf mich zu und gab mir einen Kuss.

– Wie?

– Auf die Wange.

– Auf eine?

– Du hörst mir nicht zu, sagte er.

– Tue ich wohl, sagte ich. – Worauf willst du hinaus?

– Sie gab *mir* einen Kuss, sagte er. – Sie hat mir nicht – was weiß denn ich – ihre Wange zum Küssen hingehalten. Sie hat mich geküsst.

Er hatte recht. Ich hatte ihm nicht zugehört.

– Lippen, sagte er. – Sie streifte mit den Lippen meine Haut, küsste mich. Nicht die Luft daneben. Kannst du dich an sie erinnern?

– Ja, sagte ich. – Kann ich.

– Erinnerst du dich noch an ihr Lächeln?

– Klar, sagte ich. – Glaub schon.

– Tja, sie lächelte – sie lächelte mich beim Küssen an.

– Hat sie nicht gelächelt, als sie dich gesehen hat?

– Sie lächelte schon beim Näherkommen. Als wären wir verabredet – als hätte sie erwartet, dass ich dort an der Wand lehnte.

– Hat dich das nicht beunruhigt – nicht einmal ein bisschen?

– Nein, sagte er. – Warum denn?

– Na ja, das war doch – komplett unerwartet.

– Mir ging's genauso wie ihr, sagte er. – Es fühlte sich vollkommen selbstverständlich an.

– Also, ich weiß nicht, sagte ich. – Nimm's mir nicht übel, aber daran ist verdammt gar nichts selbstverständlich.

Wir saßen in einem ziemlich neuen Lokal in der Clontarf Road in der Nähe der Wooden Bridge. Es war ein halbes Jahr her, seit wir uns das letzte Mal gesehen hatten. Wir hatten uns ab und zu gemailt oder über Handy ein bisschen hin- und hergeschrieben, meistens ging's um Musik oder Fußball oder verstorbene Freunde und Nachbarn. Wenn ich nach Hause kam, machten wir keine Kneipentouren mehr durch die Pubs der Stadt und besuchten nicht mehr unsere alten Orte. Früher hatte ich immer einen Extratag zur Erholung eingeplant, bevor ich wieder nach Hause, nach England zurückflog. Aber ich trank nicht mehr. Ich hatte aufgehört. Ein Glas Wein, ab und zu mal eine Flasche Craftbier nach Feierabend – mehr nicht. Von Pubs hielt ich mich fern. Ich glaubte, dass er auch nicht mehr viel trank. Diesmal trafen wir uns an einem Montagabend. Das Restaurant war halb leer. Wir waren nicht übermäßig laut. Niemand saß in unserer Nähe. Der Kellner war jung, aber alte Schule. Er hielt sich zwischen den einzelnen Gängen dezent zurück und kam nicht ständig an unseren Tisch, um zu fragen, wie wir zurechtkamen und ob alles zu unserer Zufriedenheit sei.

– Tja. Aber so fühlte es sich nun mal an, sagte er. – Als wären wir nie getrennt gewesen.

– Aber –.

– Ich weiß, sagte er. – Ich weiß. Wir hatten nicht wirklich viel miteinander zu tun. Aber hier geht es um Gefühle, nicht um Fakten. Gefühle. Das Gefühl bei all dem.

Es klang, als hätte er das schon mal gesagt. Mehr als nur einmal.

Ich fand, dass er verändert wirkte. Er sah schlecht aus – zerrissen. Gebeutelt. Lustlos stocherte er in seinem Essen herum. Es war nicht mehr viel übrig – er musste gegessen haben. Er sah zu dünn aus. Die Haut unter seinem Kinn war schlaff, ein Truthahnhals.

Als wir uns vor einer Stunde wiedergetroffen hatten, hatte ich ihm gesagt, er sehe gut aus, und das auch so gemeint. Aber jetzt sah ich ihn mir richtig an. Er kratzte sich an der Handinnenfläche. Das ging schon so, seit wir uns an den Tisch gesetzt hatten. Ständig legte er die Gabel weg, um sich zu kratzen. Am Hals hatte er sich auch gekratzt. Unter seinem Ohr hatte er rosa Striemen. Ich hatte diesen Frontalzusammenstoß fast genossen – Mann trifft alte Flamme und zerstört sein Leben. Er hatte es mir leicht gemacht. Fast, als hätte er lässig mit einen Arm um die Stuhllehne dagesessen und im Plauderton von seinen Missgeschicken erzählt. Aber jetzt sah ich, dass der Eindruck trog. Er saß vorgebeugt mit auf den Tisch gesenktem Blick und begutachtete, was passiert war.

Er schwitzte. Aber das ging mir genauso. Es war Ende Mai und eine Bullenhitze. Das Gras war verdorrt. Ich hatte bei meinem Vater den Rasen gemäht, und der Auffangsack war mehr mit Staub gefüllt als mit allem anderen. Joes Schweiß glänzte wie die Maske eines Fußballspielers zum Schutz vor Gesichtsverletzungen. Er wischte sich mit dem Arm, mit dem Hemdsärmel, übers Gesicht und wurde wieder zu Joe, einfach nur Joe. Die Maske war weg.

Ich machte es ihm nach und tupfte mir mit der Serviette über die Stirn.

– Diese Hitze.

– Hier drin geht es noch einigermaßen, sagte er. – Trotzdem. Für so was sind wir nicht gemacht, oder?

– Nein, sagte ich. – Ich hab gesehen, dass es schon Waldbrände gibt – am Polarkreis. In Schweden.

– Na, bitte, sagte er. – Das Ende der Welt.

– Nur zu.

– Genau – scheiß drauf.

Er häufte sich Reis auf die Gabel.

– Hör mal, sagte er. – Ich weiß, dass sich das ein bisschen irre anhört, Davy. Was ich dir da erzähle.

– Na ja …

– Nein, wirklich. Schon okay. Aber das war es nicht – ist es nicht.
Irre, meine ich. Es fühlte sich normal an. Vollkommen – ja, genau.
Normal. Nicht das Ereignis an sich. Sondern wie es sich angefühlt
hat. Damals. Es fühlte sich normal an. Verstehst du?

– So ungefähr.

– Langweile ich dich?

– Nein.

– Trish fand es langweilig.

– Du hast es Trish erzählt? Das, was du mir eben erzählt hast?

– Dazu hatte ich nicht die Gelegenheit, sagte er. – Bei Trish bin
ich erst gar nicht so weit gekommen, fürchte ich.

– Irgendwie verständlich. Oder?

– Absolut, sagte er. – Wirklich. Ich verstehe das. Ihre Haltung,
meine ich. Würde mir wahrscheinlich genauso gehen.

Genau das wollte ich hören. Wie Joe mir erklärte, was mit Trish
gewesen war. Wie er diese zeitlose Schönheit wiedergetroffen hatte,
während Trish nur einen Schulflur weiter in der Schlange vor dem
Hauswirtschaftsraum stand.

Er führte die Gabel zum Mund. Ich sah ihn kauen, schlucken,
dann griff er zum Glas.

– Das Essen ist gut.

– Ja.

– Hier kommen wir wieder her.

– Ja.

– Jedenfalls …

Sie standen nebeneinander in der Schlange vor dem Mathezim-
mer. Er fragte nicht, ob ihre Tochter oder ihr Sohn im Übergangsjahr war. Sie hatten nicht den Eindruck, als müssten sie einander
auf den neusten Stand bringen und die jeweiligen Kinder runter-
rattern. Er wollte das bisschen Zeit nicht vergeuden, das ihnen
blieb, bis der Lehrer ihn reinrief.

– Dann hattest du also doch das Gefühl, dass es was Besonderes
war, sagte ich.

23

– Nein, sagte er. – Nein. Aber die Schlange wurde kürzer. Und ich wollte wissen, was der Lehrer mir zu sagen hatte. Deshalb war ich schließlich da. Das hatte ich ja nicht vergessen. Und ich wusste, ich musste da rein.

– Okay.

Sie redeten über die Schule, übers Wetter. Banales Zeug. Es regnete, und die Schultern ihres Pullovers – ein großes, sackartiges Teil – waren nass. Ihre Haare auch, ein bisschen. Sie trug die Haare lang, ungewöhnlich lang für eine Frau in ihrem Alter. Dieselbe Länge wie damals, als wir sie zum ersten Mal gesehen hatten, erzählte er mir. Höchstens ein, zwei Zentimeter kürzer. Ihre Haare hatten noch dieselbe Farbe, glaubte er. Sie war noch dieselbe Frau. Er stellte ihr keine Fragen, sie stellte ihm keine Fragen. Sie redeten einfach. Vor ihm betraten zwei Eltern das Zimmer, ein Paar mit identischen Turnschuhen. Er war als Nächster dran. Ihnen lief die Zeit davon. Sie holte ihr Handy aus der Hosentasche.

– Meine Nummer ist die 087 –, fing sie an.

– Du wusstest, dass was im Busch war.

– Was?

– Da war doch was im Busch, sagte ich.

– Natürlich war da was, sagte er. – Hab ich das abgestritten?

– Na ja, sagte ich.

Es fühlte sich an, als würde ich mich vorbeugen, ihn auffordern, mir eine reinzuhauen, ihm absichtlich mein Gesicht hinhalten. Aber so war es nicht. Ich lehnte mich zurück, und ich wusste, dass ich ihn sauer machte. Ihn reizte – weil ich ihn reizen wollte.

– Eine Frau holt ihr Handy raus, sagte ich. – Und fängt an, dem Mann neben ihr ihre Nummer zu diktieren. Sie ist nicht mit ihm verheiratet, er nicht mit ihr.

– Hör auf, sagte er. – Musst du dir zuerst das Ende eines Films anschauen, um zu entscheiden, ob du den ganzen Film sehen willst? Läuft das bei dir zu Hause so?

– Nein.

– Kapierst du, was ich damit sagen will?

– Kapierst du denn, was ich sagen will?, fragte ich. – Sie hat ihr Handy rausgeholt. Sie wollte deine Nummer. Sie wollte dir ihre geben. Sie wollte dich wiedersehen. Das war dir doch klar – das muss dir klar gewesen sein. Und du willst mir erzählen, das alles war ganz normal?

– Was ist bitte so unnormal daran, sich zu verlieben?, fragte er.

– Auf einem Elternsprechtag?

Er lächelte. Er betrachtete rückblickend die Situation, sah auf sich selbst, sah, was vor einem Jahr passiert war, und das machte ihn plötzlich glücklich.

– Ein Novum in der Geschichte der Menschheit, sagte er. – In der Geschichte des irischen Bildungswesens. Was sagst du dazu, Davy? Ein Mann und eine Frau stehen in der Schlange vor dem Lehrerzimmer und verlieben sich. Hat's so was schon mal gegeben?

– Denke schon, ja.

– Du hast recht, sagte er. – Schätzungsweise kommt auf jeden Elternsprechtag eine kaputte Ehe. Leider habe ich keine Statistiken parat, die das untermauern könnten. Soll ich jetzt weitererzählen?

– Klar.

– Es *ist* was Besonderes gewesen, sagte er. – Das schwör ich dir.

– Okay.

– Jedenfalls habe ich also mein Handy rausgeholt.

Er öffnete die Kontakte und tippte, während sie die restliche Nummer diktierte. Dann gab er ihr seine. Danach steckte er das Handy wieder ein. Keine Verabredung, keiner von beiden versprach, sich zu melden.

– Und dann fiel mir ihr Name nicht mehr ein, sagte er.

– *Jesus.*

– Da war nichts, sagte er. – Absolut nichts. Nada.

– Scheiße.

– Kannst du dich erinnern?, fragte er mich. – Auf Anhieb?

– Nein, sagte ich. – Wie heißt sie?

– Warte, sagte er.

Wie er da so vor dem Klassenzimmer stand, wusste er nicht mal mehr, ob er jemals gewusst hatte, wie sie hieß.

– Ich hätte sie einfach fragen können.

– Das wäre vielleicht ein bisschen schräg rübergekommen, sagte ich.

– Stimmt, sagte er. – Na ja, egal.

– Wusste sie, wie du heißt?

– Ja.

– Bist du dir sicher?

– Ich glaube schon.

– War der Mathelehrer mit Holly zufrieden?, fragte ich.

– Sehr, sagte er. – Holly ist super.

Er hatte ihre Nummer, kannte aber ihren Namen nicht. Er beschloss, dass sie sich als Erste melden müsste. Wenn was geschehen sollte, müsste sie aktiv werden. Was *genau* passieren sollte, wusste er selbst nicht.

– Es fühlte sich an wie ein Loch, das gestopft werden musste, sagte er. – Nein – das klingt total falsch. Ich meine das nicht vulgär.

– Okay.

– Eine Art Leere, sagte er. – Vier verschwendete Jahrzehnte.

– Du machst Witze.

Er schüttelte den Kopf. Das Grinsen, der Schalk in seinen Augen, als er über die Brillenränder sah, war weg.

– Nur, weil du sie wiedergesehen hast?

Ich beobachtete sein Gesicht, während er um die richtige Erklärung rang.

– Nein, sagte er schließlich. – Nicht nur.

Ich konnte ihm dabei zusehen, wie er versuchte, Worte zu finden, die passenden Worte in der richtigen Reihenfolge. Er wollte sich selbst exakt das Richtige sagen hören: was passiert war, was er gedacht hatte, wie er sich gefühlt hatte.

– Wenn …, fing er an. – Wenn ich sie gesehen hätte … nur gesehen. Dann wäre nichts dabei gewesen. Es wäre einfach nur nett gewesen, oder … Na, eben nett zu wissen, dass sie noch in der Gegend war, dass sie noch so gut aussah, verstehst du? Aber mehr nicht. Ich hätte dir vielleicht geschrieben. Irgendetwas in der Richtung. Wenn ich sie aus dem Auto gesehen hätte. Oder wenn wir beim Verlassen der Schule an ihr vorbeigekommen wären. Ein kleiner Kick – und fertig. Ich wäre ihr nicht nachgelaufen. Oder auch, wenn sie uns entdeckt hätte und rübergekommen wäre, um hallo zu sagen, das wär's dann auch gewesen. Aber …

Er griff zu Messer und Gabel und schnitt ein Stückchen von seinem Chicken Peri Peri ab.

– So war es eben nicht, sagte er.

Ich dachte, er würde sich das Fleisch in den Mund schieben und mich warten lassen, während er kaute. Doch das tat er nicht. Es ging jetzt nicht darum, sich oder mich zu unterhalten. Er versuchte, mich zu verstehen. Er versuchte, sich in mich hineinzuversetzen, ihm an meiner Stelle gegenüberzusitzen. Er versuchte, sich seine eigene Geschichte anzuhören, seine Version der Ereignisse – die einzige Version –, und zwar zum allerersten Mal. Als ich vor einem halben Jahr zwischen Weihnachten und Neujahr für ein paar Tage hier gewesen war, hatte er kein Wort gesagt. Auf die Frage, wie es lief – und ich bin mir sicher, dass ich ihn das gefragt habe –, hatte er »*grand*« geantwortet. Sonst nichts. Es war die Antwort, die ich selbst auch immer parat hatte, wenn ich nach Dublin rüberkam. *Mir geht's grand. Uns geht's grand. Alles grand. Also alles prima.* Zu dem Zeitpunkt musste er Trish schon verlassen haben und von zu Hause ausgezogen sein.

Er hörte sich reden, prüfte seine Wortwahl.

– Sie hatte mich dort erwartet, sagte er. – Und ich hatte sie erwartet.

– Stimmt das?, fragte ich.

Ich glaubte, was er mir erzählte. Es war ihm anzumerken, dass er mir keine Geschichten auftischte, dem Drang widerstand, etwas dazuzudichten, um es amüsanter zu machen.

– Was?, fragte er zurück.

– Na, dass du sie erwartet hast, sagte ich. – Stimmt das wirklich? Hat es sich so angefühlt?

Er schluckte.

– Ja, schon.

– Damals, sagte ich. – Dort? In der Schule?

– Ja, sagte er. – Definitiv.

– Deine lang verlorene Liebe stand plötzlich vor dir, sagte ich.

– Nein, sagte er.

Statt ihn ins Kreuzverhör zu nehmen, sollte ich ihm zuhören. Ich war da, um ihm zu zeigen, dass ich ihm zuhörte. Meinen Sarkasmus hatte er gar nicht bemerkt, oder er störte sich nicht daran. Und auf einmal war ich froh. Ich wollte meinen Sarkasmus auch nicht mehr hören.

– Das trifft es nicht, sagte er. – So war das nicht. Ich hatte mir das immer gewaltiger vorgestellt. Mit Herzrasen, verstehst du? *Bumm!* *Bumm!* Wie wenn man in Panik ist. Und denkt, jemand würde einen verfolgen. Um einen auszurauben. Ist dir das schon mal passiert?

Ich nickte.

– Du wurdest ausgeraubt?

– Nein, sagte ich. – Ich dachte, du meinst das Gefühl, wenn man spürt, dass ein Herz in der Brust schlägt. Das wie irre pumpt. Das ist uns doch mal passiert. Weißt du noch?

– Weiß ich, klar, sagte er. – Bei Fairview.

– Genau.

– Das vergess ich nie.

– Nein.

– Diese Arschlöcher.

– Jepp.

– Egal. Als ich ihr begegnete, war es jedenfalls nicht so. Überhaupt nicht.

Es gibt einen Grund, weshalb Männer nicht über ihre Gefühle reden. Nicht einfach nur, weil es schwierig oder peinlich ist. Sondern, weil es so gut wie unmöglich ist. Es fehlen die richtigen Worte.

– So ein, du weißt schon, so ein »O mein Gott!«-Gefühl, sagte er. – Das war es nicht. Es war ruhig.

– Ruhig?

– Genau, sagte er. – Glaube ich zumindest. Das ist ein Jahr her. Aber, ja, doch. Ich denke, so war es.

– Na ja, aber danach war es nicht mehr so still, sagte ich. – Nach allem, was du erzählt hast.

– Nein, sagte er. – Das stimmt.

Er schnitt sich noch ein Stück Hühnchen ab.

– Das hat aber nichts mit irgendeiner Midlife-Crisis zu tun, sagte er. – Also fang gar nicht erst damit an. Das kann ich wirklich nicht mehr hören.

– Mit dem *Shite* hab ich nichts am Hut, sagte ich ihm.

»*Shite*«, »*grand*«, »*Jesus*« – diese Wörter packte ich zusammen mit meiner Zahnbürste in den Koffer, wenn ich für ein paar Tage nach Dublin kam.

– Ich hab mich nicht in eine Jüngere verknallt, sagte er.

– Weiß ich, sagte ich. – Ich war dabei, als sie jung war, okay?

– Ja klar, 'tschuldige. Ich glaube – ach, keine Ahnung.

– Wie, keine Ahnung?

– Ich glaube, vielleicht wäre es einfacher gewesen, wenn sie jung gewesen wäre. Wenn ich mich zum Vollpfosten gemacht hätte, weil ich einer Frau nachlaufe, die halb so alt ist wie ich.

– Komplett schwanzgesteuert.

– Das ist genau –, fing er an.

Er begann zu flüstern, beugte sich über den Teller.

– Du hast keine Ahnung, wie oft ich mir das in den letzten beschissenen zwölf Monaten anhören durfte. Er imitierte vier verschiedene Stimmen. – Komplett schwanzgesteuert, komplett *schwanz*gesteuert, *komplett* schwanzgesteuert, verfickte Scheiße komplett *schwanzgesteuert.*

– Die Letzte, war das Trish?, fragte ich.

– Nein, sagte er. – Nein. Das war mein Sohn. Gareth. Trish war die Erste. Und die Zweite.

Er musste lachen, und ich lachte mit.

– Warte kurz, meinte er.

Er schob sich das Hühnchen in den Mund. Kauend zog er die Augenbrauen hoch. Sein Gesicht hatte trotz der Hitze einen Winterteint. Er sah hungrig aus. Ich hatte bereits aufgegessen. Ich weiß noch, wie ich überrascht auf meinen leeren Teller runtersah. Anscheinend hatte ich den Lachs gegessen, den Brokkoli; ich weiß noch, was ich bestellt hatte, aber ich kann mich nicht daran erinnern, es gegessen zu haben.

Er legte die Gabel neben den Teller.

– Ich glaube, sie hätten es eher verstanden, sagte er. – Es wäre nachvollziehbar gewesen. Wenn ich mit einer jüngeren Frau erwischt worden wäre. Oder mit einer Nachbarin. Der Bekloppten von nebenan.

Ich nickte.

– Ein kleines Techtelmechtel über die Gartenhecke hinweg, sagte er. – Das hätten sie kapiert.

Er seufzte, lächelte.

– Aber –, sagte er.

– Aber was?

– Ich bin … Ich weiß auch nicht. Jetzt sitzen wir hier, und ich versuche immer noch, dir das alles zu erklären. Als ich sie sah, kam es mir so vor, als wäre nicht viel passiert, seit wir uns das letzte Mal gesehen hatten.

– Und noch mal, sagte ich. – Ich frage dich jetzt noch mal. Stimmt das wirklich?

Er sah auf seinen Teller. Dann hob er den Blick.

– Ich weiß es nicht.

Sie war das Mädchen mit dem Cello. Aber das erfuhren wir erst später, bei anderer Gelegenheit. An jenem ersten Tag saßen wir an der Bar und fühlten uns akzeptiert. Mein Sohn ist jetzt im selben Alter wie ich damals – sogar älter –, und wenn er mich lässt, betrachte ich ihn, und dann sehe ich ein Kind, ein Kind, das versucht, erwachsen zu sein. Er trägt einen Bart und hat einen Freund; er lebt in London, in Peckham. Bei ihm läuft's rund, wie man so sagt. Dabei sieht er so jung aus. Der Bart ist eine Art Verkleidung.

Wahrscheinlich haben wir damals auch so ausgesehen. Wir arbeiteten bereits und waren einundzwanzig, aber schätzungsweise haben wir wie zwei Jungen ausgesehen, die ihren Arsch riskierten, um am helllichten Tag in einem Pub ein Pint zu bekommen. Von einem Erwachsenen. So fühlte ich mich damals, obwohl wir an dem Tag bereits einmal betrunken gewesen waren und noch nie Probleme damit gehabt hatten, in irgendeinem Dubliner Pub bedient zu werden. Mir war seit meinem vorletzten Schuljahr nirgendwo mehr ein Pint verweigert worden. Aber das hier war etwas anderes. Das hier fühlte sich an wie ein Club. Das Nichtvorhandensein – kein Radio, kein Fernseher, keine Musik, kein gerahmtes Poster mit Dubliner Türen an der Wand – wirkte wie Überfluss.

Es war leise.

– Hier gefällt's mir, sagte Joe – oder flüsterte es vielmehr.

– Mir auch, und wie.

Ich hatte in einem Pub noch nie Zeitung gelesen, aber hier würde ich es tun. Ich hatte noch nie irgendwo allein gesessen und mir gemächlich ein Pint gegönnt; ich trank meine Pints nicht allein. Jetzt würde ich es tun, hier. Ich würde dasitzen und vor mich hinschauen. Ich würde nicht auf meinem Hocker rumrutschen oder mich verstohlen umsehen. Ich würde ein Mann sein.

Das sagte ich nicht. Und dachte es auch nicht. Ich fühlte es. Eine Weile bemerkte ich niemand anderen. Ich sah nicht, wie die Frauen und der Mann ihre Instrumentenkoffer nahmen und gingen. Wahrscheinlich habe ich gehört, wie sie aufbrachen, und wahrscheinlich habe ich mich auch zu ihnen umgedreht. Es ist nicht so, dass ich mich nicht erinnere; es war mir egal – und nur das zählte. Ich weiß noch, wie es sich anfühlte. Ich hatte einen neuen Daseinszustand erreicht. Ich war in den Anzug eines Mannes geschlüpft. Ich war ein Mann. Weil ich diesen einen Pub betreten hatte. Die Jungen, die im Mercer's Hospital in einen Eimer gepisst hatten, gab es nicht mehr.

Die Kneipe leerte und füllte sich und leerte sich wieder. Der Mann mit der Zeitschrift – er las das *Private Eye* – blieb. Nachdem die Musiker gegangen waren, wurde es schnell wieder voll, diesmal kamen Leute mit Einkaufstüten. Früher, sogar am selben Tag noch, hätten wir gelästert. Scheiß auf Shopping. Jetzt lächelten wir. Das waren erwachsene Menschen. Die genau wie wir was tranken. Es waren Frauen mit Einkaufstüten, und Männer mit Frauen. Sie waren nass – draußen regnete es – und glücklich. Immer wieder lachte jemand gedämpft. Niemand versuchte, im Mittelpunkt zu stehen. Jeder kannte den Barmann. Er war der Wirt, und an diesem Nachmittag war er Alleinherrscher; denn er hatte keine Hilfe hinter der Bar. Er strahlte alle seine Gäste an und begrüßte sie, als kämen sie frisch vom Postboot. Und sie strahlten zurück. Sie kannten ihn seit Jahren, und er kannte sie. Wenn er ihnen etwas zu trinken hinstellte, wirkte es beiläufig. Sie waren auf einen Plausch gekommen und wollten seine Bestätigung, und von ihm bekamen sie, was sie suchten. Er wusste wirklich, wer sie waren. Er mochte sie, und sie liebten ihn.

Der Wirt hieß George. Sein Name schwirrte ständig durch die Luft, verschwand nie ganz. *George?* Der Klang seines Namens hing im Rauch. *George.* Nie wie ein Befehl, immer wie ein Gruß. George wurde nie hektisch, aber er war immer da. Er lächelte uns zu, wann immer er an uns vorbeikam.

– Gentlemen, sagte er.

Er war weder sarkastisch noch abfällig. Und genau das war der Punkt: Er respektierte uns. Um ehrlich zu sein, hatte kein erwachsener Mann – kein Mann, der älter war als ich – mich je zuvor respektiert. Mit Ausnahme meines Vaters vielleicht. Aber das war mein Vater und ein Witwer. Im Haus gab es nur uns zwei, und wir kamen gut miteinander aus, ohne uns allzu viel Mühe geben zu müssen. Ich liebte meinen Vater, und ich hasste ihn. George kannte uns nicht und schenkte uns trotzdem dieselbe Aufmerksamkeit wie allen anderen. In dieser Stunde am Samstag, zwischen fünf und sechs Uhr, trafen Generationen von Gästen zusammen. Manche kamen früher, und andere blieben länger. Aber in dieser Stunde waren sie alle da, jeden Samstag. Diese eine Stunde wurde zu meiner Lieblingszeit in der Woche. Es gab weder Fernseher noch Radio, um uns die Fußballergebnisse zu verraten, aber ich vermisste nichts. Irgendwann würden wir zu diesen Menschen gehören; wir waren bereits Teil dieser Menschen. Es gab da diesen gut aussehenden Mann, der sich seit ein paar Tagen nicht rasiert hatte und bereits ziemlich viele graue Haare hatte. Er war in Begleitung einer wunderschönen Frau mit Leder-Shopper. In zehn, vielleicht fünfzehn Jahren würde ich wie dieser Mann sein. Ich würde jeden Samstag zur Teestunde hier sein. Nur, dass es dann keine Teestunden mehr geben würde.

– Wie lange sind wir schon da?, fragte Joe mich an jenem ersten Nachmittag.

– Keine Ahnung, sagte ich.

Ich sah auf die Uhr.

– Zwei Stunden? Länger? Vielleicht drei.

– Wie viele Pints hatten wir?, fragte er.

Ich musste erst nachdenken.

– Zwei, antwortete ich.

Ich schaute auf mein Glas. Für ein neues war ich noch nicht bereit.

– Anderthalb.

– *Jesus*, sagte Joe. – Ist ja unglaublich, Wahnsinn!

Normalerweise wären wir schon beim fünften gewesen, hätten die Welt um uns herum längst ausgeblendet. Uns eingeigelt und aufgeplustert. Wir waren an dem Tag schon mal betrunken gewesen, wir legten also nur nach. Aber es war anders. Jetzt waren wir hier. Hier mussten wir weder unsere Köpfe einziehen noch lästern, mussten Leute, die nichts davon mitbekamen, nicht runtermachen. Wir mussten uns nicht anstacheln und ordentlich aufdrehen. Es war ein Traum; und er besaß sämtliche Qualitäten, um ein richtig guter zu werden. Natürlich lag das am Alkohol, ich weiß, er konnte der Umgebung blinde Flecken und verschwommene Ränder verleihen. Nichts geschah unerwartet oder ungewollt; es gab nichts, das über diesen Nachmittag hinausging. Es war der perfekte Zustand, und jetzt, Jahrzehnte später, ist mir klar, dass dieser Zustand nur an einem Samstagnachmittag bei George erreichbar gewesen war. Ich glaube nicht, dass ich sentimental bin, zumindest nicht *nur* sentimental.

Ich lächelte George zu.

– Zwei bitte, George, sagte ich.

Ich erinnere mich nicht daran, dass ich gelächelt habe, aber es muss so gewesen sein. Ich war einundzwanzig. In den zehn Jahren vor diesem Nachmittag hatte ich nur gelächelt, wenn ich beschloss zu lächeln. Auch das war hier anders. Ich sah George zu, wie er die Gläser füllte und sie neben die bereits wartenden vier Pints auf das Geschirrtuch stellte. Er lächelte die Sechserreihe an, dann drehte er sich weg und schenkte Gin und Wodka ein. Ich sah Joe an, der ebenfalls lächelte, also muss ich auch gelächelt haben. Es war kein Grinsen. Es war nicht, weil ich frech gewesen war und einen mir unbekannten mittelalten Mann George genannt hatte. Ich war nicht frech gewesen. Frech zu sein gehörte der Vergangenheit an, genau wie Wut und Missgunst, Dummheit, Ausgeschlossensein. Das war der Grund, weshalb Joe lächelte. Wir waren in einem neuen, unerwarteten Leben gelandet, und wir waren dort zu Hause. Erwachsensein war gar nicht so schlimm.

Es gab da noch etwas, eine weitere Komponente. Uns wurde ein neues Leben vorgeführt; wir bekamen Einblick in die Welt der

Mittelklasse, eine Leichtigkeit, eine Anmut, die wir noch nie erlebt hatten. Und wenn wir wollten, konnte sie zur unserer werden.

– Gentlemen, sagte George, als er uns die Pints hinstellte.

– Haben Sie vielen Dank, George, sagte Joe.

Jetzt war es an ihm, einen erwachsenen Mann George zu nennen.

– Die sehen sehr gut aus, sagte er.

George schmunzelte und nahm das Geld entgegen. Er brachte das Wechselgeld – »Hier, Sir« – und ließ es neben meinem Pint liegen.

– Danke, George.

Wir waren völlig stramm, logisch. Hackedicht. Das wurde mir klar, als ich aufstand, um nach unten auf die Toilette zu gehen. Ich zählte die Treppenstufen. Als ich mich selbst hörte, ließ ich es sein. Aber sogar das, der Weg zum Klo, war anders. Meine Füße auf den hölzernen Stufen produzierten die selbstsicheren Schritte eines Mannes, der wusste, wo er hinwollte. Ich drehte mich sogar um, um nachzusehen, wer hinter mir die Treppe runterkam. Doch da war niemand; diese Selbstsicherheit ging von mir aus.

Als ich vom Klo zurückkam, leerte sich die Kneipe allmählich. Die Einkäufer gingen nach Hause, ebenso der Mann mit seinem *Private Eye* und dem Pferdeschwanz. Eine Minute lang – wirklich nur ganz kurz – gab es bloß uns und George. Das war aufregend.

– Ganz schön still jetzt, sagte Joe.

– Ja, sagte George.

Er sammelte die leeren und halb leeren Gläser und Flaschen auf den drei Tischen hinter uns ein. Stellte sie auf die Theke.

– Die Ruhe vor dem Sturm, sagte er.

Er lächelte immer noch. Er liebte den Sturm, er liebte die Ruhe.

Ich sah mich um. Es war eine Welt in Schwarz-Weiß. Weiße Wände, schwarze Fensterrahmen, schwarze Theke, das weiße Hemd von George.

– Das Klo, sagte ich leise.

– Hä?, sagte Joe.

– Das musst du dir anschauen.

– Mach ich.

– Es ist total sauber, sagte ich.

– Verarsch mich nicht.

– Und gut beleuchtet, sagte ich. – Es gibt sogar eine Scheißglühbirne.

– Mein Gott.

– Ungelogen, sagte ich. – Da drin könntest du dein Scheiß-
abendbrot vom Fußboden essen.

Der Raum war warm, und die Kälte, die hereinströmte, als die
Tür aufging, war überdeutlich zu spüren und willkommen. Der
Eindringling nicht. Wir hatten George für uns gehabt, das war nun
vorbei. Der Mann, der zur Tür hereingekommen war, war klein
und jung – er war überhaupt kein Mann; er war nur ein Junge, ein
Kind wie aus einem Roman von Dickens – und er zog sich schon
den Anorak aus, als noch die Tür hin und her schwang. Er trug ein
weißes Hemd. Er gehörte zum Personal, der Lehrling.

– William, sagte George.

– George, sagte William.

– Hast du zu Abend gegessen?, fragte George ihn.

– Leber, sagte William.

George klatschte in die Hände und rieb sie aneinander.

– Schön, sagte er. – Mit Zwiebeln.

– Ich mag keine Zwiebeln, sagte William.

Er verschwand hinter einer Tür und kam ohne den Anorak zurück. Als er uns entdeckte, nickte er uns zu. Das gefiel mir nicht.
Er war siebzehn, vielleicht achtzehn und nickte uns zu wie Seines-
gleichen, wie zwei Jungs vom anderen Flussufer. Er sah nicht, was
er hätte sehen sollen. Wenn George uns jetzt wieder ansah, würde
er zwei Kinder sehen.

– Hat dir deine Mutter die Zwiebeln auf den Teller getan?, fragte
George William.

– Ja, hat sie, sagte William.

– Dann will ich hoffen, dass du sie aufgegessen hast, sagte George und zwinkerte uns zu.

Und damit stand es fest. Wir waren immer noch erwachsen. William schluckte die Lektion, und George räumte die letzten Gläser und Flaschen auf die Theke. Dann ging er zurück hinter die Bar und fing an abzuspülen. George spülte, William polierte. Er sortierte die Flaschen, die George ausspülte, in eine Kiste und brachte sie runter in den Keller. Ich wartete darauf, dass George uns wieder ansah und lächelte, aber er tat es nicht. Mich juckte es wie irre, etwas ganz bisschen Fieses über den Jungen zu sagen. Aber ich tat es nicht. Das wäre nicht erwünscht gewesen; das war mir klar. Es wäre kindisch gewesen.

– Guter Mann, George, sagte Joe. – Zwiebeln sind gut für die Verdauung.

George lachte. Er trocknete das letzte Glas ab, bückte sich und stellte es unten ins Regal. Sein Lachen war weder laut noch konspirativ oder diplomatisch und gezwungen. Er hatte etwas Amüsantes gehört und darüber gelacht. Joe hatte ihn nicht provoziert, seinen Lehrling zu verraten oder uns die Erlaubnis zu geben, über William herzufallen, sobald er wieder aus dem Keller kam. Er hatte etwas Witziges gesagt – Zwiebeln waren immer für einen Lacher gut – und damit gleichzeitig unser Stimmrecht im Land der Erwachsenen behauptet. Und Georges Reaktion hatte dieses Recht bestätigt.

– Noch zwei, bitte, George.

Die Tür schwang immer wieder auf, und eine neue Art von Kunden schlüpfte herein und bevölkerte den Gastraum, sie waren jünger als die Einkäufer von vorhin, aber trotzdem zwei oder drei entscheidende Jahre älter als wir. Wir saßen weit hinten bei den Garderobenhaken in der Nähe der beiden Treppen, die runter aufs Herrenklo und rauf zu den Damen führten. Der Pub füllte sich schnell, ganz so, als wäre eine Riesenclique an Freunden hereingeschwärmt. Sie belegten den Bereich neben der Tür und schienen dann Kundschafter in die noch unbesiedelten Ecken auszusenden. Sobald sich eine Lücke auftat, traten zwei oder drei hinein und belegten die verbleibenden Hocker an der Bar und die Tische und Bänke entlang der Wände. Sie waren hier alle zu Hause und alle irgendwie miteinander verbunden. Obwohl es, wie ich jetzt erkennen konnte, gar kein einziger, fröhlicher Pulk war. Es gab Männer in Zweier- oder Dreiergruppen, zwei einzelne Gäste, Pärchen und Pärchen mit Pärchen und zwei größere, lose Gruppen von Freunden. Sie hatten etwas an sich. Selbstvertrauen, vielleicht. Eine körperliche Entspanntheit – sie standen und lehnten und saßen und schlugen die Beine übereinander, als hätte man ihnen beigebracht, wie man so was ordentlich macht. Obwohl weder Weihnachten war noch Weihnachten vor der Tür stand, wirkten trotzdem alle wie gerade heimgekehrte Emigranten, die sich woanders Verhaltensweisen, Ideen, eine Körpersprache angeeignet hatten, die sie in Irland niemals gelernt hätten.

Sie waren umwerfend.

William schenkte uns Bier nach und stellte die Gläser vor uns hin.

– Weißt du die Ergebnisse?, fragte ich ihn.

Ich brauchte dringend was Vertrautes, und William war uns in dem ganzen Laden hier noch am ähnlichsten.

– Was wollt ihr wissen?, fragte er.

– Leeds.

Er lächelte.

– Verloren.

– Liverpool, sagte Joe.

– Gewonnen.

Er gab Joe sein Wechselgeld.

– Bitte sehr, der Herr.

Das genügte; das beruhigte uns. Eben hatte ich noch den Drang verspürt, zu gehen oder mich volllaufen zu lassen. Ich hatte ein bisschen Panik bekommen und Joe garantiert auch. Aber wir sagten nichts. Wir saßen da, beobachteten und hörten zu. Was nicht daran lag, dass die meisten dieser Leute uns ein paar Jahre voraus hatten. Inzwischen bin ich mir auch gar nicht mehr so sicher, ob das stimmte. Ich sah in die jungen Gesichter um mich herum und in die im langen Spiegel hinter der Bar. Vor Ende des Jahres bin ich zweiundzwanzig, sagte ich mir. Ich hatte eine Ausbildung; ich hatte einen Abschluss. Diese Menschen waren hier zu Hause; das war der Grund. Zu Hause, hier, bei George. Überall zu Hause, wahrscheinlich. Wir waren eben erst hier angekommen. Wir hatten gerade mal den Fuß in der Tür. Wir hatten noch keinen Stallgeruch.

Joe kam damit besser zurecht als ich. In Gedanken war ich gut; ich war charmant, redegewandt, kommunikativ. Aber – das ist mir jetzt klar, als ich mich selbst da sitzen sehe – ich saß einfach nur da. Ich schaute mir alle im Spiegel an. Immerhin fühlte ich mich nicht ausgeschlossen. Das war ein großer Fortschritt. Doch ich war schüchtern.

Joe nicht. Zumindest glaube ich das. Er drehte sich nicht auf seinem Hocker um, um sich der Gruppe hinter uns zuzuwenden. Er warf nichts über Ronald Reagan oder den Zustand des Irish Rugby in die Runde. Er platzte nicht, wie mein Vater es ausgedrückt hätte, dazwischen. Aber er war unbeschwerter, irgendwie – lockerer als ich. Er saß quer auf seinem Hocker und reichte Pints und Wechselgeld hin und her. Er alberte mit Leuten herum, die er noch nie gesehen hatte. Er lächelte Frauen an. Er war *da*, viel mehr als ich es war oder je hätte sein können. Dafür liebte ich ihn, und auch wieder nicht.

Sie war da. Die Frau, die uns vorhin aufgefallen war, das Mädchen, das, wie wir noch herausfinden würden, Cello spielte – sie war zurück. Jetzt konnte ich sie richtig sehen. Als Erstes fiel mir auf, dass ich sie von irgendwoher kannte, und es dauerte eine Weile, bis ich kapierte, dass ich sie erst vor drei Stunden hier gesehen hatte. Viel wichtiger war die Tatsache, sie entdeckt zu haben. Wie ein lange vermisster und plötzlich wiederentdeckter Mensch. Ich glaubte sogar, ihren Namen zu kennen.

Sie war schön. Sie hatte etwas Schönes an sich. Umwerfend war unsere übliche Beschreibung, aber sie hatte was Besonderes an sich: Sie war nicht real; sie war mehr als real, oder weniger – vielleicht sogar *zu* real.

Sie hatte sich umgezogen und irgendwas mit ihren Haaren angestellt. Vorhin war es, glaube ich, ein Pferdeschwanz gewesen, vielleicht sogar ein Knoten. Jetzt hingen sie lang und lose wie ein Schleier oder Tuch herunter. Sie trug eine schwarze Lederjacke, eine Bikerjacke. Hoffentlich würde sie mich ansehen; hoffentlich würde sie mich im Spiegel entdecken, über der Schulter ihrer Freundin, und lächeln. Ich würde das Lächeln erwidern, ihr Spiegelbild anlächeln. Ich würde mich auf meinem Hocker umdrehen und sie direkt anlächeln. Dann würde ein Wunder geschehen. Sie würde zu mir kommen oder ich würde instinktiv aufstehen; ich würde zu ihr rübergehen und sie zum Lachen bringen. Ich wäre nicht mehr betrunken, aber mein Mut hätte mich trotzdem nicht verlassen. Sie musste nur hersehen. Nur lächeln.

Doch sie tat weder das eine noch das andere. Ansonsten erinnere ich mich an nichts. Trotzdem waren wir am folgenden Samstag wieder dort.

– Sie hat dich also angerufen, sagte ich.

Er sah mich an. Er zögerte.

– Ja.

Er wirkte zufrieden mit der Antwort. Wir waren wieder bei Tatsachen, Ereignissen.

– Nicht sofort, sagte er. – Nicht gleich am selben Abend oder am nächsten Tag oder so.

– Wann dann?

– Ende der Woche, sagte er.

– Freitag?

– Donnerstag.

– Das habe ich mir schon gedacht, sagte ich.

– Wieso – warum?

– Na ja, dass sie dich Donnerstag anrufen und für Freitag was verabreden würde. Wochenende. *Thank God It's Friday.* Diesen Scheiß eben.

– Spar dir die Gemeinheiten, sagte er.

Es war ihm ernst. Er war verletzt.

– 'Tschuldige, sagte ich. – Ich hab mir nur den Beginn von einer Geschichte vorgestellt – von einer Affäre, wahrscheinlich. Ein Seitensprung.

– Und, Davy? Selbst schon mal einen kleinen Seitensprung gewagt?, fragte er.

Die Wut war weg. Er war zum ersten Mal an diesem Abend neugierig. Natürlich diente die Frage der Verteidigung, trotzdem wollte er die Antwort hören.

– Nein, sagte ich. – Hab ich nicht.

– Okay.

– Was ist mit dir?, fragte ich. – Hast du? Vorher –?

– Ja, sagte er. – Ja. Einmal – einen. Eine Arbeitskollegin. Und ob du's glaubst oder nicht, es war auf einer Weihnachtsfeier. Das volle Scheißklischee. Ist schon 'ne ganze Weile her – zehn Jahre. Länger. Es war dämlich.

– Hat Trish es rausgefunden?

– Nein, sagte er. – Nein, hat sie nicht. Gott sei Dank. Es war –. Ach, Herrgott noch mal. Sie war unglücklich.

– Die Frau?

– Die Frau – ja. Sie wollte heiraten.

– *Jesus.* Und? Hat sie?

– Ja, sie hat geheiratet, sagte er. – Und nein, es hat nicht lange gehalten.

– Die Ehe?

– Nein. Der Seitensprung, sagte er. – Oder was auch immer. Von der Ehe weiß ich nichts – aber ich würde es bezweifeln. Na ja, es war einfach – wir brauchten irgendeine Rechtfertigung für den Sex. Glaube ich. Wir wollten nicht zugeben, dass wir es nur getan hatten, weil wir betrunken waren. Und zu alt für so was waren oder was weiß ich. Also haben wir uns nach Weihnachten noch zweimal getroffen. Dreimal – ja, dreimal. Und da waren wir auch betrunken. Es war total schrecklich, echt. *Jesus*, wenn ich heute daran denke.

– Hat sie dich auf ihre Hochzeit eingeladen?

– Nein, sagte er. – Gott, nein!

– Egal.

– Eben.

– Sie hat dich angerufen, erinnerte ich ihn. – Die Frau. Nach dem Elternsprechtag.

– Genau. Ja. Hat sie.

Jetzt lächelte er.

– Sie rief mich an.

– Wie heißt sie denn jetzt?, fragte ich. – Sie hat doch sicher ihren Namen gesagt, als sie anrief – als du ans Telefon gegangen bist.

– Jessica.

– Wie lange hat es gedauert?, fragte ich.

– Was denn?

– Ihren Namen rauszufinden.

– Du stellst seltsame Fragen, sagte er.

Die falschen Fragen, meinte er. Ihr Name spielte keine Rolle.

– Reine Neugier, sagte ich. – So was kann doch ziemlich unangenehm werden, oder? Außerdem hast du es selbst gesagt, dass du ihren Namen nicht mehr wusstest. Ich vergesse ständig die Namen von Leuten. Vor allem in letzter Zeit.

Vor einem halben Jahr, als wir uns das letzte Mal gesehen hatten, hatten wir uns über die Demütigungen des Älterwerdens lustig gemacht, über die Liste tagtäglicher Blamagen. *Vor allem in letzter Zeit.* Eigentlich wollte ich ihm dieses Mal von den Unmengen und der grenzenlosen Vielfalt an Nachnamen erzählen, mit denen ich es bei der Arbeit zu tun hatte, ganz zu schweigen von den Vornamen – natürlich niemals *Tauf*namen – und welche Akzente mit ihnen einhergingen, wie sie sich gewandelt hatten oder welche dazugekommen waren, seit ich nach England gezogen war. Eigentlich hatte ich ein richtig gutes Namensgedächtnis. Ich achtete darauf, dass ich die Namen kannte – Okeke, Igbinedion, Anikulapo-Kuti, Sargsyan, Dewab, Ali, Smith, Bautista, Chan. Es machte mir Spaß. Ich sorgte dafür, dass vor dem Namen nie ein Zögern oder im Anschluss nie ein kleines Fragezeichen entstand – *Mr ... Okeke?* Wichtigere Dinge, essenzielle Dinge vergaß ich – komplett. Aber nicht bei der Arbeit, keine Namen. Ich machte mir Listen. Ich eroberte mir die Namen und stimmte beim Brexit-Referendum für »Remain«. Ich hatte vorgehabt – halb vorgehabt –, ihm das zu erzählen.

– Ich auch, sagte er. – Das ist erschreckend. Ein Hirn wie ein beschissenes Sieb. Aber, tja – sie sagte, Hi, hier ist Jessica.

– Und du wusstest, dass sie es war.

– Genau, sagte er. – Ich hatte sie unter *George* eingespeichert. Vorübergehend. Bis ich ihren Namen rausgefunden hätte. Falls sie anrief.

– Was sie machte.

– Was sie machte.

– Wo warst du?

– Zu Hause, sagte er.

– Wie spät war es?

– Neun?, sagte er. – Etwas später, halb zehn vielleicht. Wir saßen vor dem Fernseher und schauten – das glaubst du jetzt nicht.

Er richtete sich auf. Er lächelte – grinste. Er wurde wieder wie früher.

– Weißt du, was wir uns ansahen?, fragte er.

– Was denn?

– *The Affair.*

– Dein Ernst?

– Kannst du dir das vorstellen? Du kennst die Serie doch, oder?

– Nein.

– Schau sie dir an, sagte er. – Die ist spitze. Versaut. Zumindest die erste Staffel. Wir waren gerade bei der zweiten Staffel.

– Welche Folge?

– Vier.

Er zuckte mit den Achseln.

– Wahrscheinlich, sagte er. – Doch, könnte die Vier gewesen sein.

– Und sie hieß Jessica.

– Genau.

– Hat's bei dir geklingelt, als du den Namen gehört hast?

– Ja, sagte er. – Hat es.

– Du hast dich daran erinnert, dass sie Jessica hieß?

– Sind wir jetzt wieder auf dem Polizeirevier, Davy?, fragte er.

– 'Tschuldige, sagte ich. – Es ist nur, ich kann mich überhaupt nicht an ihren Namen erinnern.

– Aber jetzt erinnerst du dich wieder, sagte er.

– Ja, sagte ich. – Ja, tue ich. Zumindest –.

– Was?

– Keine Ahnung. Ich glaub schon. Ja, ja – ich erinnere mich daran.

Aber das stimmte nicht. Da noch nicht.

George lächelte so, als hätte er uns erwartet. William kam aus dem Hinterzimmer und meldete uns die Halbzeitstände. Der Mann mit dem Pferdeschwanz hob den Blick von seiner *New Statesman*-Ausgabe und sah uns an.

Sie war nicht da – erst in dem Moment fiel sie mir wieder ein. Ich hatte die ganze Woche nicht an sie gedacht, und plötzlich vermisste ich sie so sehr, dass ich nach Hause wollte. Da waren zwei Frauen und ein Mann, drei Geigenkästen. Ich wusste nicht, ob es dieselben Frauen und dieselben Geigenkästen waren, aber sie saßen am selben Tisch unter demselben Fenster. Drei Geigen, zwei Frauen, kein Cello.

Wir pflanzten uns auf unsere Hocker und sahen George dabei zu, wie er die Gläser unter die Zapfhähne stellte. Er stellte die Pints auf dem Geschirrtuch ab, damit der Schaum sich setzte.

– Gentlemen, sagte er.

– Danke, George.

Die Tür schwang auf, und er ging nach vorn, um die Männer zu begrüßen, die hereinkamen.

– Kein Cello heute, sagte ich.

– Nein, sagte Joe.

Ich wusste, dass sie ihm auch aufgefallen war und dass er, genau wie ich, mit Freuden litt.

– Vielleicht kommt sie noch, sagte ich.

– Vielleicht.

Wir waren nüchtern. Wir hatten uns die ganze Woche über nicht gesehen. Wir hatten uns an der Bushaltestelle vor Joes Haus getroffen. Mit dem Dandelion Market hatten wir uns nicht aufgehalten; stattdessen waren direkt zu George gegangen. Wir hatten kaum gesprochen. Ich glaube, wir hatten Angst zu reden, wir hatten Angst, dass sich der Ort verändert hatte oder wir ihn ganz gewöhnlich fanden. Aber an sie hatte ich kein einziges Mal gedacht. Nur an den Hocker, die Theke, das Pint vor mir, meinen Freund neben mir, den Abend, der uns erwartete. Doch dann war sie da, besser gesagt, die Leerstelle, die sie ließ, und ich war am Boden zerstört und Joe war es auch. Die anderen Frauen interessierten uns nicht. Sie war unersetzlich. Wir sahen die Frauen mit ihren Instrumenten gehen. Wir sahen die Einkäufer kommen, wir sahen die Einkäufer gehen und den Mann mit dem Pferdeschwanz. William nannte uns die Endergebnisse. Wir schauten George bei der Arbeit zu. Irgendwann ging Joe zu der Telefonzelle am Fuß der Treppe zu den Damentoiletten, um seiner Mutter zu sagen, dass er nicht zum Abendessen käme.

– Was sollte das denn?, fragte ich ihn, als er wiederkam.

– Was'n?

– Zu Hause anrufen.

– Nur um Bescheid zu sagen.

– Dass du nicht heimkommst?

– Ja.

– Du bist nie zu Hause.

Dieses Gespräch führten wir für George. Er stand an der Zapfanlage, füllte Gläser. Hörte zu – hörte weg – lächelte, nahm Bestellungen entgegen.

– Bin ich wohl.

– Samstags, sagte ich. – Wann warst du samstags zum letzten Mal zum Abendessen zu Hause?

– Is 'ne Weile her.

– Monate.

– Stimmt. Aber sie mag's einfach, wenn ich anrufe. Sie geht eben gern ans Telefon. Wir haben's erst seit 'n paar Jahren.

Wir warteten. Hielten die Luft an. Warteten auf sie. Beteten, dass sie kam. Die Frau, von der ich jetzt weiß, dass sie Jessica hieß. Jessica *heißt*.

– Was glaubst du?, fragte er mich.

Ich wusste genau, was beziehungsweise wen er meinte. Es füllte sich wieder. Der Tag war vorbei, und wir blieben bis in den Abend hinein. Wir sahen uns die Frauen an. Es gab immer die eine perfekte Frau, aber es gab auch die vielen anderen. Allmählich erholten wir uns. Und waren so aufgeregt wie letzte Woche. Das wären ab jetzt unsere Leute, und ob mit oder ohne diese Frau war das hier immer noch unsere Zukunft. Wir lachten wieder, quatschten. Saugten alles in uns auf, ließen uns aufsaugen. Ich spürte, wie ich mich entspannte – ein gutes Gefühl – und allmählich in den Geräuschen, Akzenten, Witzen, Geschichten und der Geografie aufging. Lauschte. Hoffte, jemand würde mich ansprechen. Mann, Frau – ein Türöffner. Ein Anfang. Deshalb waren wir in die Stadt gekommen. Um den Absprung zu schaffen. Um der Musik gerecht zu werden, die wir hörten, und den Büchern, die wir lasen. Um breite Straßen entlangzulaufen statt Sträßchen, einen richtigen Fluss zu überqueren, in den Pubs zu sitzen, in denen Behan und Flann O'Brien gesessen hatten, um Frauen zu finden, die uns sähen, uns verstünden und festhielten oder Dinge mit uns anstellten. Die auf uns zukämen und den Anfang machten. Uns reinließen. Und uns Flügel verliehen.

Sie war da.

Ich glaube, ich wusste es, bevor ich sie sah. Aber ich habe keine Ahnung, wieso ich das glaube. Das ist lange her; ich bin heute ein anderer Mensch. Ich hatte vergessen, dass sie existierte. Ihre plötzliche Auferstehung – Joe, der den Stein wegrollte – war beunruhigend.

Sie war da.

Drüben bei der Tür, hinter einer Gruppe von Männern und Frauen am anderen Ende der Bar. Sie hatte ein Pint Harp bestellt, und ich sah zu, wie George das Glas vom Zapfhahn zur Gruppe trug. Ich sah ihre Hand, ihren Arm, ihre Schulter und ihr Gesicht, als die Körper Platz machten und sie sich nach vorne beugte, um das Pint zu bezahlen, es entgegennahm und George zulächelte. Der Vorhang schloss sich wieder, und sie war hinter der Gruppe verschwunden. Aber ich hatte schon davor gewusst, dass sie da war. Ich wusste, dass George gerade ein Pint für sie zapfte. Vielleicht hatte ich ihre Stimme durch die anderen Stimmen gehört – obwohl ich sie in der Woche zuvor gar nicht hatte reden hören. Aber ich wusste, dass das ihre Hand war, ihr Arm, ihre Schulter. Ich sah, wie der Vorhang aufging, ich sah, wie der Vorhang sich schloss.

Wir saßen am falschen Ende der Bar.

So waren wir, so handelten wir. Wir machten uns auf Zurückweisungen gefasst, wir waren ein Sinnbild für Zurückweisungen. Wir waren Außenseiter – und wir sorgten dafür, dass es so blieb.

Aufrichtig, lebendig, sehnsüchtig, unverdorben. Eine Frau – diese Frau – würde das erkennen. Sie würde kommen und meine Hand nehmen.

Meine Hand.

Unsere Hand.

– Was hast du Trish erzählt?

– Was?

– Als sie dich anrief – als Jessica dich anrief. Als ihr zusammen *The Affair* geschaut habt. Was hast du zu Trish gesagt?

Ich wollte, dass es schiefging. Ich wollte es rauszögern – ihre zweite Begegnung.

– Nichts, sagte er.

– Nichts?

Er zuckte mit den Achseln.

– Die Arbeit, sagte er. – Irgend so was.

– Habt ihr nebeneinander gesessen?, fragte ich ihn.

– Glaube schon.

– Moment mal, sagte ich. – Joe.

– Was?

– Also bis jetzt, ich meine – bis jetzt warst du wirklich präzise. Die Begegnung in der Schule. Dass ihr *The Affair* angeschaut habt.

– Ich weiß nicht mehr, welche Folge.

– Hör schon auf, sagte ich. – Du weißt, was ich meine. Du weißt genau, wo du gesessen hast. Du weißt genau, was passiert ist. Kann ja sein, dass du es inzwischen bereust, überhaupt davon angefangen zu haben, okay. Aber jetzt ist es zu spät.

Ich glaube, er hatte sich selbst beim Reden zugehört und war unzufrieden. Er musste Trish zwangsläufig herabwürdigen. Er war gemein. Seine Kinder waren im Haus gewesen, ganz in der Nähe. Er war kurz davor, seine Familie zu zerstören – und hatte beim Erzählen gelacht.

Er sah mich an.

– Ich –, sagte er. – Ich weiß wirklich nicht, warum ich dir das erzähle.

Ich reagierte nicht. Er redete mit sich selbst. Er wusste genau, weshalb er mir das erzählte.

– Ich saß neben ihr, sagte er.

Ich sagte nichts, aber er hörte die nächste Frage trotzdem.

– Ganz nah, sagte er. – Wir schauen – schauten, verdammt noch mal – gerne Serien. Auf Sky Atlantic und Netflix, weißt schon. Tolles Zeug. Wir –.

Er unterbrach sich. Er legte die Gabel hin. Und nahm sie wieder in die Hand.

– Nach *The Affair* sind wir immer früher ins Bett gegangen.

Er seufzte.

– Was für ein Mist, oder?

Ich antwortete nicht. Nickte nicht und schüttelte auch nicht den Kopf.

– Also, sagte er. – Jedenfalls klingelte das Handy. In meiner Tasche.

Er lächelte verhalten.

– Ich hatte es auf Vibration gestellt. Trish spürte es, ehe ich was merkte. Sie rempelte mich an – Dein Handy. Und –

– Es war Jessica.

– Genau. Also. Ich – na ja – ich drückte mir das Handy ans Ohr.

– Du wusstest, wer dran war.

– Ja. Hab ich dir doch erzählt. Ich hatte sie unter *George* gespeichert. Außer unserem George kenne ich keinen George. Also klar – und, ja, ich habe auf das Display geschaut, ehe ich rangegangen bin. Und, jedenfalls – na ja. Es war kurz.

– Bist du auf den Flur gegangen oder so?

– Was? Nein – nein. Trish hatte auf Pause gedrückt. Und es dauerte nur ganz kurz, weißt du – das Gespräch. Sie wollte wissen, wie's mir geht. Ich sagte gut oder *grand*. Sie sagte, sie würde sich gern mit mir treffen.

– Hast du sie gefragt, wie es ihr geht?

– Nein. Ich habe nur gesagt, ich würde sie am nächsten Morgen zurückrufen.

– Du hast so getan, als wäre es was Geschäftliches.

– Na ja – ja. Klar. Aber das war nicht geplant. Es war – tja, was eigentlich? – Na ja, hinterhältig oder so. Ist mir klar. *War mir klar.* Aber ich hatte mir für den Fall, dass sie mich anrief, wenn Trish in der Nähe war – oder ich im Büro oder sonst wo –, nichts zurechtgelegt. So war es irgendwie am einfachsten. Natürlich hätte ich Trish ohne Weiteres sagen können, dass es jemand war, den ich von früher kannte, dass wir uns am Elternsprechtag wiedergetroffen und Handynummern ausgetauscht hatten.

– So wie es ja auch war.

– Genau. So wie es ja auch war.

– Und warum hast du es Trish nicht erzählt?

– Warum?, fragte er. – Ich weiß es nicht. Na ja, wenn ich ehrlich bin – wollte ich es nicht.

– Du hättest es ihr gleich am selben Tag erzählen können – an dem Tag, als ihr euch begegnet seid. Auf dem Heimweg.

– Stimmt, sagte er. Was ich nicht getan habe. Ich bin nicht mal auf die Idee gekommen, es ihr zu erzählen. Nein, das stimmt nicht. Ich wollte es ihr nicht erzählen. So. Da hast du's. Jetzt ist es raus, Davy. Ich habe Trish erzählt, es wäre irgendeine Frau von einer Werbeagentur. Eine völlige Nervensäge, sagte ich. Ich zeigte ihr das Display – George – den Namen, verstehst du? Und wir lachten darüber. Trish fand eine Frau namens George lächerlich. Wie bei Enid Blyton.

– Was?

– In ihren Büchern gab es auch ein Mädchen namens George. Fünf Freunde oder Sieben sonst was. Erinnerst du dich?

– Kann schon sein.

– Also, sagte er. – Angeblich war sie lesbisch.

– Wer?

– George aus den Büchern von Enid Blyton. Hab ich mal irgendwo gehört oder gelesen. Ich glaube, das hat Trish mir erzählt. Ja genau, sie war offensichtlich homosexuell. Oder ging's um die Schauspielerin, die sie im Fernsehen gespielt hat? – Ist ja auch egal. Er sah mich an. Er wollte, dass ich übernahm, ihm Fragen stellte. Aber das tat ich nicht.

– Wir haben uns die Folge zu Ende angesehen, sagte er. – Und sind danach ins Bett gegangen.

Er guckte zum Fenster raus, auf die Straße und die Bucht und auf Bull Island. Dafür musste er sich umdrehen. Ich saß mit dem Blick zur Fensterfront. Während ich nur sein Profil sah, sprach er weiter. Fast rechnete ich damit, dass auf der anderen Seite der Fensterscheibe Trishs Gesicht auftauchte und sie uns anstarrte.

– Es war genau wie immer, sagte er.

Er drehte sich wieder zu mir, hielt den Blick aber auf den Teller gesenkt.

– Ja, sagte er, als würde er eine Frage beantworten. – Genau wie immer.

– Echt?

– Ja, sagte er. – Wirklich – oder nein, denn für mich war die Sache klar. Zumindest dachte ich, sie wäre mir klar. Es fühlte – es fühlte sich an, als wäre es das letzte Mal, dass wir Sex haben würden. Ich hatte das Gefühl – es ist schwer – keine Ahnung. Ehrlich zu sein, wahrscheinlich. Aufrichtig – ist das der Begriff? Ich bildete mir ein, es wäre das letzte Mal.

– Und? War es das?

– Nein, sagte er. – Wie schon gesagt – so wie immer. Es passierte nichts Unerwartetes oder so.

Er sah mich an.

– Okay.

– Das Leben ging weiter, sagte er.

– Und war das – war das gut so?

– Was?

51

– Das Leben, sagte ich. – Der Sex. Oder musstest du leiden, ihr was vorspielen? Fühltest du dich missbraucht?

– Nein, sagte er. – Gar nicht. Gott, nein.

Er hatte meinen Sarkasmus nicht mitbekommen, und jetzt war ich froh, dass er ihn nicht mitbekommen hatte. Wir sprachen so gut wie nie über Sex, jedenfalls nicht im Detail, erst recht nicht, seit wir beide verheiratet waren. Und jetzt würden wir bestimmt nicht damit anfangen. Ich wollte keine Einzelheiten wissen. Ich wollte mich nicht irgendwelche ausgedachten Sachen sagen hören, um mithalten zu können.

– Aber, sagte er. – Ich hatte definitiv das Gefühl, dass sich irgendwas ergeben würde. Und damit meine ich nicht nur, dass ich Jessica am nächsten Morgen zurückrufen würde oder das, was vielleicht dabei herauskäme. Eine eventuelle Affäre – die Möglichkeit. Das meine ich nicht. Es war eher so, als hätte ich mich an was erinnert.

– An was?

– Irgendwas, sagte er. – Was Wichtiges, von dem ich vergessen hatte, dass ich es brauchte.

– Deine Schlüssel.

– Nerv mich nicht, sagte er und lächelte. – Ich habe darüber nachgedacht. Wie ich es den Kindern irgendwann erklären könnte. Falls sie es jemals hören wollen. Und mir selbst ehrlich gesagt auch.

– Sprechen sie mit dir?

– Die Kids?, fragte er. – Nein. Nein, tun sie nicht. Es ist beschissen.

– Kann ich mir vorstellen.

– Tja.

– ’Tschuldige, sagte ich. – Erzähl weiter.

– Ich glaube, sagte er. – Am einfachsten – also gut. Stell dir vor, du leidest an Amnesie.

– Ein Schlag auf den Kopf.

– Ja, von mir aus, sagte er.

Ich checkte mein Handy. Zog es aus der Tasche, warf einen eiligen Blick darauf. Der Bildschirm war leer – keine verpassten Anrufe, keine Nachrichten.

– Du hast alles vergessen, sagte Joe. – Absolut alles. Aber Stück für Stück kommen die Dinge zurück. Farben, zum Beispiel. Die Namen der Farben von Dingen, die du aus deinem Krankenhausbett sehen kannst. Es geht schrittweise voran, Tag für Tag. Die Namen der Dinge kommen ganz zufällig zu dir zurück. Dir wird klar, dass du in einem Bett liegst, dass du zu einem Fenster raussiehst.

– Du hast dir Gedanken darüber gemacht.

Er ignorierte mich.

– Da draußen ist eine Möwe, sagte er. – Und ein Flugzeug. Langsam füllt sich dein Geist mit Wörtern. Und mit den dazugehörenden Bildern. Aber da ist immer noch ein riesengroßes Loch. Du weißt nicht, warum, du weißt nur, dass etwas fehlt. Und das – dieses Loch, meine ich – das Wissen darum, die Lücke – wird wichtiger als alle anderen Entdeckungen. Dein Sohn kommt zu Besuch, und du erkennst ihn – du *kennst* ihn. Er ist nicht einfach nur der launische Bengel, der ins Krankenhaus kommt, um dich zu sehen. Du kennst seinen Namen, weil du ihn immer schon gekannt hast, und nicht nur, weil ihn dir jemand gesagt hat. Diesen Namen hast du ihm gegeben – das weißt du. Und du weißt, was ein Sohn ist – was das wirklich ist. Und was ein Vater ist. Und wie sich das anfühlt. Es ist, als würden dein Leben, deine Lebendigkeit, deine Erfahrungen dich anfüllen, dich wieder durchströmen. Deine Frau, deine anderen Kinder, deine Mutter. Dein Job. Alles bekommt wieder Konturen. Gefühle ergeben wieder einen Sinn. Du wächst mit einer Erektion auf und weißt, warum. Das Wort Erektion steht dir wieder zur Verfügung. Und das ist toll – allerdings vielleicht nicht in einem Krankenhaus. Trotzdem, es ist toll. Du hältst dein Ding in der Hand, und du weißt, wozu es da ist, und du weißt, dass du dich daran erinnerst, wie Frauen sind und was dich an ihnen reizt. Ihre Haut. Ihre Brüste und alles andere, das du geliebt hast – Röcke, Haare, Gelächter. Du denkst an Babys und Geburten, und du fängst an, dich wieder ganz zu fühlen. Nein. Nicht ganz. Du weißt, dass etwas Wichtiges fehlt. Irgendetwas ist noch immer verloren, und du hast keine Ahnung, was. Du weißt nur, dass es da ist – und dann auch wieder nicht. Sagen wir, du verlässt das Krankenhaus, und die Dinge hören auf, neu und unbekannt zu sein, und das Leben wird wieder normal, und irgendwann ist es, als wäre der Unfall, oder was immer es war, nie geschehen. Es ist, als hättest du nie dein Gedächtnis verloren. Alles scheint wieder an seinem Platz zu sein. Namen von Fußballern zum Beispiel, wenn du sie im Fernsehen siehst. Oder das Wissen, wie weit du dich rüberbeugst, wo du deine Hand hinlegen musst, damit sie genau auf der Hüfte deiner Frau landet, wenn ihr abends im Bett liegt und einschlafen wollt. Dein Alltag unterdrückt den Schmerz, das Gefühl, dass etwas fehlt. Du bist zurück in deinem Leben. Und dann – Bämm.

– Jessica.

Er blinzelte.

– Du verstehst mich, sagte er.

– Glaub schon, sagte ich. – Ja. Ich glaube schon.

Ich hatte vergessen, wie gut er erzählen konnte, dass er mal in der Lage gewesen war, so zu reden. Dass ich mich zurücklehnte, während er seine Geschichte entfaltete. Das hatte ich vollkommen vergessen. Wie gerade eben auch hatte ich mich schon oft gefragt, warum ich immer noch Kontakt zu diesem Mann hielt. Ich hatte vergessen, wer er war. Ich wusste genau, was er meinte.

– Was ist mit Trish?, fragte ich.

– Was?

Er wirkte genervt und ein bisschen dämlich. Eine Sekunde lang.

– 'Tschuldige, sagte er. – Was soll mit Trish sein?

– Jessica füllte also gewissermaßen die Lücke. Hast du eben selbst gesagt. Und ich will das jetzt übrigens nicht kleinreden. Ich *weiß wirklich*, was du meinst. Glaube ich zumindest. Aber was ist mit Trish? Hat sie – keine Ahnung – ist sie einfach so verschwunden? Jessica erscheint und –

– Dein Ernst?, fragte er. – Davy – ist das dein verschissener Ernst? Trish?

– Nein, stimmte ich zu. – Ich kenne sie nicht.

– Doch. Tust du.

– Nein, nicht wirklich, sagte ich. – Tue ich nicht. Und du kennst Faye nicht.

– Okay, sagte er. – Einigen wir uns darauf, dass du sie nicht gut kennst. Aber Trish ist eine Naturgewalt. Klingt scheiße, ist aber so. Sie ist umwerfend, Davy. Glaub mir. Mir ist wichtig, dass das klar ist. Ich meine, ganz klar. Ich liebe Trish.

– Okay.

– Ich liebe sie. Ich liebe den beschissenen Boden, auf dem sie läuft.

– Okay, sagte ich. – Verstehe. Aber als du rauf mit ihr ins Bett bist. Nach *The Affair* und dem Anruf.

– Davy, sagte er. – Hier geht es nicht um Sex.

– Hattest du Sex mit Trish?

– Ja.

– Obwohl du eben mit Jessica telefoniert hattest?

– Ja.

– Das hast du doch mit ins Schlafzimmer genommen. Das geht doch gar nicht anders.

– Okay, sagte er. – Ja.

– Und es ging nicht um Sex – hast du gesagt.

– Jetzt, sagte er. – Jetzt geht es nicht darum. In diesem Moment. Das ist nur irreführend.

– Tja, stimmt, ich fühle mich in die Irre geführt.

– Wir greifen vor, sagte er. – Das ist das Problem. Wahrscheinlich meine Schuld. Also – kurz und knapp. Ich hatte an dem Abend Sex mit Trish.

– Aber du dachtest dabei an Jessica.

– Nein, sagte er. – Nein. Na gut – ein bisschen. Aber Trish ist Trish. Trish –. Ich werde jetzt nicht ins Detail gehen, das wäre nicht okay.

– Stimmt.

– Ich sage nur eine Sache. Oder besser – zwei Sachen. Ich sage zwei Sachen. Die eine betrifft Trish. An dem Abend waren nur wir beide im Bett – wirklich. Okay? Und die andere, aber das ist mir erst hinterher aufgegangen. Ich glaube, sie wusste es.

– Trish wusste es?

– Glaub schon, sagte er. – Ja, ich denke, sie wusste es.

Ich beobachtete ihn. Sein Blick war links von mir in die obere Ecke des Raums gerichtet. Dann sah er mich an.

– Es war, als würde sie die Führerscheinprüfung machen.

Er lachte laut auf. Das Lachen platzte regelrecht aus ihm heraus. Vorne am Fenster drehte sich eine Frau zu uns um, musterte mit zugekniffenen Augen Joes Rücken und wandte sich wieder ihrem Teller zu. Wir waren zum ersten Mal laut geworden. Ich lachte mit.

– 'Tschuldige, sagte Joe. – Scheiße – das klingt schlimm. Ist mir gerade eingefallen. Weißt du noch, als die Prüfung bevorstand und du dir lauter Ratschläge anhören musstest – also ich zumindest. Von meinem Dad. Nicht einfach nur dran denken, immer schön in den Rückspiegel und in die Außenspiegel zu schauen, sondern sichergehen, dass der Prüfer das auch wirklich mitbekommt. Der Prüfer oder Ausbilder oder wie immer dieser Job auch heißt. Auf alle Fälle dafür sorgen, dass er sieht, wie du alles richtig machst.

Ich lachte immer noch.

– Also, an dem Abend machte Trish jedenfalls ihren Führerschein, sagte er. – Scheiße. Wenn sie mich jetzt hören könnte, Davy – verflucht noch mal. Ich kann sie förmlich hören. *Wenigstens hab ich bestanden, verfluchte Scheiße!* Ist ja auch egal. Jedenfalls. Ich glaube, sie wusste es. Auf gewisse Weise wusste sie Bescheid. Und wenn ich jetzt so darüber nachdenke, war wahrscheinlich ich derjenige mit der Prüfung. Und Trish war die Prüferin.

– Hast du bestanden?

– Eher nicht. Nein.

– Irgendwann muss sie aufs Klo, sagte Joe. – Und das hier ist der Engpass der Thermopylen, Mann.

Wir saßen direkt an der Tür runter zu den Herren und rauf zu den Damen.

– Sie trinkt Bier, sagte er.

– Harp.

– Sie muss hier vorbei.

Und das musste sie tatsächlich. Jessica, beziehungsweise die Frau – das Mädchen –, von der ich inzwischen weiß, dass sie Jessica heißt. Wir sahen ihre Haare. Und ihren Rücken. Und als sie die Treppe raufging, konnten wir einen Moment lang von den Knien abwärts ihre Beine und ihre Jeans sehen.

Ich wartete auf Joe. Er ließ mich nicht im Stich.

– Gott, Davy. Ich wünschte, ich wäre eine Klobrille.

– Diese eine spezielle Klobrille.

– Ja – Himmel. Nur die eine. Oder das Klo selbst. Ich glaub, das wär mir noch lieber. Die Scheißspülung – das ganze Dingsda.

– Na, ich weiß nich'.

– Ich schon, verdammt, sagte er. – Sie ist bestimmt schon fertig.

– Wäscht sich die Hände.

– Immer, sagte er. – Na also. Da kommt sie.

Obwohl es gerammelt voll war, konnte man die Schritte hören, man spürte die Schritte der Frauen, wenn sie vom Klo zurück nach unten kamen. Die nach oben nie – ein anderer Weg, eine andere Belastung der Stufen. Wir hörten sie, sahen ihre Füße, ihre Beine, und drehten uns in dem Moment weg, als sie am Treppenabsatz ankam und die Tür aufmachte, zurück nach drinnen.

Ich zumindest drehte mich weg. Joe nicht.

– Sie hat mich angelächelt, sagte er, und wir sahen ihrem Hinterkopf nach, als sie sich durch die Menge drängelte – denn das tat sie tatsächlich, das weiß ich noch, sie drängelte sich zurück zu ihren Freunden im vorderen Bereich.

– Echt?

– Ja.

– Hast du Zeugen?

– Mich, sagte er. – Und sie.

– Das reicht nicht, sagte ich.

– Und wie das reicht, verdammt.

– Hast du sie zurückgerufen?, fragte ich ihn.

– Sie rief mich an, sagte er.

– Kam dir zuvor.

– Genau.

– Ich meine beim zweiten Mal, sagte ich. – Am Tag danach.

– Schon klar, sagte er. – Nein, erst wollte ich, aber dann hatte ich Bedenken, verstehst du? Fragte mich, worauf ich mich da einließ. Ich wusste nicht, ob –. Ich mein, ich war vollkommen glücklich, Davy, weißt du? Das ist wirklich wahr. Ich weiß auch nicht –. Ich hab 'ne Art Deal mit mir gemacht. Ich würde warten bis mittags oder wann auch immer. Ich wollte warten.

– Es rausschieben.

– Oder einfach vergessen – ja. Aber –.

Er lehnte sich zurück, setzte sich auf. Er stützte die Ellbogen auf den Tisch. Und schaute runter, um sich zu vergewissern, dass der Teller weit genug weg stand.

– Ich liebe sie, sagte er. – Ich habe sie immer geliebt.

– Wie bitte?

Ich wartete auf sein Grinsen, wartete, dass er wieder zu Joe wurde.

– Ich habe sie geliebt, sagte er.

Er nickte leicht. Er hörte sich selbst sprechen und beantwortete seine eigenen Fragen.

– Genau, sagte er. – Also –

– 'Tschuldige, Joe, sagte ich. – Ich fürchte, ich kann dir nicht ganz folgen. Wen hast du geliebt?

Er sah mich an.

– Jessica, sagte er.

Dann schaute er sich um, als wäre er auf der Suche nach dem Kellner; als wollte er die Rechnung und dann gehen. Doch er unternahm nichts. Schließlich setzte er sich wieder gerade hin und sah mich an.

– Das klingt verrückt. Ich weiß.

Er hörte sich immer noch selbst beim Reden zu.

Der Kellner stand neben dem Tisch.

– Noch zwei Bier, Gentlemen?

– Gerne, sagte ich. – Danke.

– Aber es entspricht der Wahrheit, sagte Joe.

Jetzt sah er wieder zu mir. Er klang verändert, selbstbewusster. Wirkte nicht mehr so blass. Ich wollte nichts mehr dazu sagen. Warum hatte ich den Kellner weggeschickt, um uns ein neues Bier zu bringen? Ich wollte weg. Zurück zu meinem Vater. Zurück zu etwas, das ich verstand. Fast hoffte ich, das Handy in meiner Tasche würde vibrieren, eine Nachricht oder ein Anruf. Aber ich konnte nicht widerstehen.

– Wie kannst du so was behaupten?, fragte ich ihn.

– Was?

– Dass du sie geliebt hast.

– Weil es stimmt, sagte er.

– Scheiße, Joe, Himmel noch mal!, sagte ich. – Dreißig Jahre. Fünfunddreißig Jahre – nein, sechsunddreißig.

– Asbest kann vierzig Jahre lang in deiner Lunge brüten, sagte er.

– Wie bitte?

– Wenn du Asbest eingeatmet hast, sagte er. – Kann es dich noch vierzig Jahre später erwischen. Ist einem Freund von mir passiert, kanntest du nicht. Jim Cahill – ein Schreiner.

– Soll das heißen, Jessica ist wie Asbest?

Ich hoffte, er würde sich aufrichten, mich anstarren, lachen, mir eine verpassen oder auf den Tisch hauen.

– Nein, sagte er. – Ich mein ja bloß.

– Was?, fragte ich.

Inzwischen war ich wütend. Warum genau, wusste ich nicht. Was er sagte, war lächerlich. Geschenkt. Ich glaube nicht, dass mir das was ausmachte. Aber er erwartete von mir, dass ich ihm folgte, nickte, ihm glaubte. Also machte ich weiter. Inzwischen stützte ich mich ebenfalls mit den Ellbogen auf den Tisch.

– Was soll das heißen? Dass deine Liebe still vor sich hin gebrütet hat? Und einen Scheißwinterschlaf gehalten hat in deinem Scheißherz? Ist das ein Song? Meine Liebe brütet.

Der Kellner kam zurück, stellte die Flaschen auf dem Tisch ab, nahm eine nach der anderen wieder hoch, öffnete die Kronkorken und stellte sie zurück. Dann nahm er mein Glas.

– Prima, sagte ich. – Danke. Wir schenken uns selbst ein.

– Das sind mir die liebsten, sagte der Kellner.

Er lächelte und war wieder weg.

– Mach weiter, sagte ich zu Joe.

– Nein, du, sagte er.

– Also, sagte ich. – Du siehst diese Frau nach – sagen wir fünfunddreißig Jahren zum ersten Mal wieder.

– Genauer gesagt, siebenunddreißig.

– Gut, sagte ich. – Und du kannst dich nicht mal an ihren Namen erinnern. Womöglich hast du ihren Namen sogar noch nie gewusst.

– Doch.

– Okay, sagte ich. – Und – du behauptest, dass du dich nicht Hals über Kopf in sie verknallt hast. Was ich durchaus verstehen könnte. Wobei es keine Rolle spielt, ob ich irgendwas verstehe. Trotzdem – ich würde es verstehen. Sie hat sich gut gehalten. Eine gereifte Schönheit – und sie segelt durch den Gang direkt auf dich zu. Du bist schlecht drauf, fühlst dich ungeliebt.

Er blickte mir direkt in die Augen. Nickte leicht.

– Überflüssig, sagte ich.

– Und du?, fragte er. – Fühlst du dich überflüssig?

– Gott, klar, sagte ich. – Also. Okay. Ich kann mir vorstellen, dass mich das reizen würde. Und ich ein bisschen verknallt wäre. Ich wäre der Letzte, der das nicht verstehen würde. Ich meine, wenn mir das passiert wäre. Wenn sie mich um meine Telefonnummer gebeten hätte oder so. Wenn sie mich geküsst hätte, ganz nah neben mir gestanden hätte, so nah, dass ich ihren Atem auf meinem Gesicht spüren konnte. Dann wäre ich mit den Gedanken an die jüngere Version von ihr nach Hause gegangen und hätte halbwegs gehofft, dass sie mich anruft. Und gleichzeitig, dass sie's nicht tut. Und ganz im Ernst, Joe. Ich sehe regelrecht vor mir, wie ich sie zurückrufe und mich verliebe. Wenn ich merken würde, dass es ihr auch so geht. Oder ich das glauben würde. Dass sie sich in mich verliebt – dass sie gern mit mir zusammen ist. Wenn wir uns zum Mittagessen oder auf einen Drink verabredet hätten und die Unterhaltung nicht zu peinlich gewesen wäre. Eine großartige Vorstellung. Umwerfend. Beide im selben Alter. Keine Schuldgefühle – du weißt schon, keine Rumrechnerei, ob sie nicht eher so alt wie die eigene Tochter ist. Es gäbe jede Menge gemeinsame Themen. Vor allem, wenn die Zeit es gut mit ihr gemeint hat. Dann wäre sie schon ein kleines Upgrade – ach, keine Ahnung.

Mir fehlten die Worte; ich wollte nicht fies sein. *Schon ein kleines Upgrade.* Ich wünschte, das hätte ich nicht gesagt. Sein Gesichtsausdruck blieb unverändert. Er wirkte wie ein Mann, der sich für das interessierte, was er zu hören bekam.

– Aber, sagte ich. – Zu behaupten, du hättest sie schon immer geliebt. Das ist der Punkt, den ich nicht kapiere. Ich raff's nicht. Tut mir leid.

Ich schenkte mir mein Bier ein.

– Das mit der gelebten Lüge, sagte ich.

– Was?

– Ich habe all die Jahre eine Lüge gelebt.

– Habe ich das gesagt?

– Nein.

– Angedeutet?

– Ja, schon.

– Wie denn?

– Natürlich hast du das.

– Wie?

– Mit deiner Behauptung. Du hättest sie schon immer geliebt.

– Stimmt auch.

– Aber du hast den Großteil deines Lebens ohne sie verbracht.

Ich hatte das Gefühl, mich schütteln zu müssen, wollte aufstehen und gehen oder mich wenigstens bewegen.

– Genau das meinte ich mit dem Brüten, sagte er.

– Das ist total idiotisch.

– Leck mich, Davy.

– Du kannst nicht einfach Asbest oder irgendwas anderes nehmen, okay? Es mit menschlichen Emotionen gleichsetzen und dann erwarten, dass dir keiner widerspricht. Das geht einfach nicht. Scheiße, Joe. Das Argument, falls es denn überhaupt ein Argument ist, hat keinerlei Aussagekraft. Es erklärt rein gar nichts – tut mir leid.

– Okay.

Er zuckte mit den Achseln.

– Vielleicht ist das das Problem mit dem Ehrlichsein.

– Was?

– Niemand glaubt einem, sagte er.

– *Jesus*, Joe.

Ich würde ihm noch fünf Minuten geben.

– Was ist los mit dir?, fragte ich.

– Gar nichts.

– Joe.

– Nichts, wiederholte er. – Oder alles Mögliche. Aus einer Perspektive betrachtet. Mein Leben hat sich komplett verändert. Jetzt ist es so was von beschissen anders – *Jesus*, Davy.

Er griff nach seiner Flasche.

– Aber ich bin trotzdem immer noch derselbe. – Derselbe Mann.

– Bist du nicht.

– Oh doch, bin ich.

– Okay.

Ich schaute zu, wie er sich nachschenkte. Es war einfacher, als ihn anzusehen.

– Trotzdem, sagte ich. – Erklär's mir.

– Was?

– Deine Amnesietheorie.

– Die schlägt die Asbesttheorie, sagte er. – Glaube ich zumindest.

Er lächelte. Gleich würde er lachen; hoffentlich. Gleich würde rauskommen, dass er mich verscheißert hatte. Sicher hatte er eine gut aussehende Frau kennengelernt, und sie hatten eine Affäre. Und dann war mehr daraus geworden, viel mehr. Er war ein beschissener Vollidiot – und er würde damit prahlen. Da war er eben gelandet. Verdammt noch mal.

Ich beschloss, ihm einen Schubs in die richtige Richtung zu geben.

– Wie ist der Sex?, fragte ich.

– Es gibt keinen.

Er lächelte wieder. Er hätte mit den Achseln zucken müssen. Was er aber nicht tat.

– Hab ich dir doch schon erzählt, sagte er.

– Hast du nicht. Wann?

– Ich hab gesagt, es geht nicht um Sex, sagte er. – Bleiben wir hier, oder ziehen wir weiter?

– Lass uns erst mal die hier austrinken, sagte ich.

Ich hob mein Glas.

– Okay, sagte er. – *Grand.*

Ich war kein Säufer. Mir graute davor, zwei oder drei Pints trinken zu müssen. Ich würde ihm sagen, dass ich zu meinem Vater zurückmusste. Was nicht einmal gelogen wäre.

– Du hast sie also getroffen, sagte ich.

Es kam mir wie mehrere Tage vor, seit wir das Gespräch begonnen hatten.

– Ja, sagt er. – Jedenfalls rief sie mich an. Noch mal, meine ich. Am nächsten Tag.

– Wo warst du da?

– Auf der Toilette, sagte er. – Bei der Arbeit. Glamouröser geht's kaum, oder? Ich hatte mir gerade die Hände gewaschen, war dabei, sie zu trocknen. An einem Dyson oder irgend so einem Jet-Dingsda.

– Handtücher sind mir lieber.

– Oder meine Hosenbeine, ganz deiner Meinung. Egal. Ich spürte das Handy in meiner Tasche, gerade noch rechtzeitig. Fast hätte ich es fallen lassen.

– Du wusstest, dass sie es war.

– Nein – doch. Nein. Es hätte jeder sein können – Dutzende von Leuten. Mir klebt das Ding den halben Tag am Ohr. Und im Auto nonstop.

– Du hattest gesagt, du würdest zurückrufen.

– Was?

– Am Abend davor, sagte ich. – Als sie dich zum ersten Mal anrief. Als ihr zusammen *The Affair* angesehen habt. Du hast erzählt, du hättest ihr gesagt, du würdest sie am nächsten Tag zurückrufen. Du hast Trish dein Handy gezeigt. *George.*

– Ja.

– Aber du hast es nicht getan.

– Weil sie mir zuvorkam, sagte er. – Sag mal, versuchst du, mich aufs Glatteis zu führen?

– Nein.

– Okay, sagte er. – Aber das hab ich dir ja alles schon erzählt. Dass – dass ich echt ernsthafte Scheißbedenken hatte und so, Davy.

– Hat dir das keine Angst gemacht?, fragte ich.

– Was?

– Dass sie dich wieder angerufen hat, sagte ich. – Dass sie nicht warten konnte.

– Machst du Witze?

Sein alter Gesichtsausdruck war zurück; er war wieder Joe.

– Wann hattest du zum letzten Mal das Gefühl, eine Frau könnte es nicht erwarten, dich wiederzusehen?, fragte er. – Ohne Rücksicht auf Verluste. Wann?

–Wenn ich ehrlich bin, sagte ich. – Nie.

Was nicht stimmte.

Meine Frau hatte drei Minuten, nachdem sie mich kennengelernt hatte, beschlossen, dass ich ihr Ehemann werden würde. Behauptete sie zumindest immer.

Sie war die Tochter irgendeiner Bekannten, einer alten Freundin der Mutter meiner Freundin. Wir saßen auf einer Hochzeit nebeneinander. Auf der Hochzeit des Bruders meiner Freundin. Die Freundin, die alte Freundin der Mutter, war kürzlich gestorben.

– Tut mir leid.

– Ach, danke.

– Ist hart, sagte ich.

Ich wollte ihr eigentlich erzählen, dass meine Mutter auch tot war.

– Oh, gut, sagte sie. – Dann lass uns zusehen, dass es so bleibt.

Sie hob den Blick von ihrem Krabbencocktail. Sah mich intensiv an und lächelte, dann wechselte sie die Gabel von der rechten in die linke Hand und schob die rechte Hand unter den Tisch auf mein Bein. Sie krabbelte mit den Fingern meinen Oberschenkel hinauf und lehnte sich dabei vor mir über den Tisch, um sich, dicht an mich gedrängt, mit meiner Freundin zu unterhalten.

– Du hast ja einen tollen Freund, Cathy, ganz ehrlich.

– Und du reiß dich besser zusammen, sagte Cathy.

Sie sagte es fröhlich in die Runde. Aber sie konnte Faye nicht ausstehen. Das war offensichtlich.

– Keine Sorge, sagte Faye. – Ich bin nur hier, weil's was zu futtern gibt.

Sie tätschelte zum Abschied mein Bein und nahm die Gabel wieder in die rechte Hand.

– Diese Scheißerchen esse ich heute zum ersten Mal, sagte sie.

– Krabben?

– Genau.

– Schmecken sie dir?

– Geht so, sagte sie. – Der rosa Schlonz gefällt mir. Die Sauce, weißt du?

Ich schaute ihr beim Essen zu.

– Eigentlich doch, sagte ich. – Jetzt, wo ich darüber nachdenke. Faye.

Ich gab Joe Zeit, sich daran zu erinnern, dass Faye meine Frau war.

– Was?

– Sie konnte die Finger nicht von mir lassen, sagte ich. – Damals, als wir uns kennenlernten.

Er lächelte.

Zur Abwechslung wollte ich ihm was erzählen und nicht bloß zuhören. Ich wollte, dass er sich amüsiert.

– Sie hat mir Angst gemacht, sagte ich.

Er lachte.

– Es war auf einer Hochzeit, sagte ich. – Erinnerst du dich noch an Cathy?

– Nein, sagte er. – Oder doch?

– Wir waren eine Zeit lang zusammen.

– Warte, sagte er. – Die Polizistin.

– Genau.

– Die war nett.

– Ja, stimmt, sagte ich. – Ich mochte sie wirklich.

– Was ist passiert?

– Na ja, sagte ich. – Faye.

– Kenne ich die Geschichte?, fragte er. – Hast du mir das je erzählt?

– Glaub nicht. Ich glaube nicht, dass ich damals in der Lage gewesen wäre, jemandem davon zu erzählen.

– Super.

– Es war so Scheiß- …

– Peinlich.

– Nein, sagte ich. – Unfassbar.

– Super – erzähl weiter.

Er war froh, dass wir die Rollen getauscht hatten, und ich war es auch. Also erzählte ich ihm von der Hochzeit, warum ich dort war, warum Faye dort war, was sie zu mir gesagt hatte, als ich ihr mein Beileid aussprechen wollte.

– Das hat sie gesagt?

– Jepp.

– Während Cathy direkt neben dir saß?

– Auf der anderen Seite von mir, ja.

– Und?, fragte er.

– Was?

– Bist du hart geblieben?

– Mehr oder weniger, sagte ich.

Was ich da machte, war nicht in Ordnung. Ich wusste es, und ich spürte es. Es war vulgär und wahrscheinlich auch gemein. Treulos. Aber ich wusste auch, dass ich mich über Faye sprechen hören wollte. Ich wollte sie Joe lebhaft vor Augen führen. Ich hatte die Nase voll von seiner sexlosen Affäre.

– Liebe auf den ersten Blick, sagte Joe. – *Jesus.*

– Ich musste sie nicht mal ansehen, sagte ich.

Das stimmte auf gewisse Weise. Am Tag nach der Hochzeit hätte ich sie nicht beschreiben können. Ich hätte jedes einzelne Wort wiederholen können, das sie gesagt hatte, aber ich wusste nicht, welche Haarfarbe sie hatte oder welche Augenfarbe. Sie hatte mich überwältigt.

– Mir blieb nicht mal Zeit zu trinken, sagte ich.

Er lachte wieder.

– Komm, wenn wir schon mal dabei sind, können wir uns auch noch einen genehmigen, sagt er. – Ein Drink in einem Pub. Glaubst du, wir verkraften die Aufregung?

– Wenn wir aufpassen.

Wir bestellten die Rechnung, zahlten getrennt mit Kreditkarten, legten dem Kellner zwei Fünfer Trinkgeld auf den Tisch und gingen nach draußen. Es war immer noch erschreckend heiß.

– Fühlt sich an, als würde man ein fremdes Land betreten.

– Stimmt.

– Geht mir ein bisschen auf die Nerven.

– Ja, mir auch. Ein bisschen.

– Keine Gespräche mehr übers Wetter.

– Absolut. Wo gehen wir hin?

Es gab zwei Pubs, die in Laufweite lagen, das Sheds und das Pebble Beach.

– Im Sheds bin ich vor einer Weile mal wieder gewesen, sagte Joe. – Zu einer Beerdigung – du weißt schon, hinterher. War ganz okay.

– *Grand.*

Wir machten uns auf den Weg.

– Oder wir könnten zu George gehen, sagte Joe.

– Nein.

– Komm schon.

Er drehte sich um, und ich sah in dieselbe Richtung. Ein Taxi fuhr auf uns zu, in Richtung Stadt.

– Wir trinken eins im Sheds, sagte ich. – Und entscheiden dann.

Er sah auf die Uhr. Bis zur Sperrstunde blieben uns noch mehr als drei Stunden.

– Okay, sagte er. – Das haut hin.

Ich würde im Sheds noch ein Bier trinken und dann zurück zu meinem Vater fahren. Das würde ich ihm eröffnen, sobald wir dort waren und unsere Pints vor uns hatten.

– Erzähl weiter, sagte er, während wir durch die Hitze liefen und uns langsam wieder an die Temperatur gewöhnten. – Was ist dann passiert?

– Ich weiß nicht, ob ich das so erzählen kann, sagte ich. – Chronologisch – Schritt für Schritt sozusagen.

– Hat sie?

– Was?

– Dir den Schritt massiert?

– Nein. Nein – halt's Maul.

Seine Jessica war der edle Geist längst vergangener Samstage, aber Faye sollte die Schlampe sein, die auf einer Hochzeit unter den Tisch kroch und mir den Hosenstall aufmachte.

Ich war selbst schuld.

– Als sie die Hand auf mein Bein legte, sagte ich zu ihm. – Das war als Witz gemeint.

– Was?

– Sie hat mich nicht wirklich – keine Ahnung. Sie hat nicht versucht, mich zu verführen.

– Na ja, sagte Joe. – Ihre Hand lag aber trotzdem auf deinem Scheißbein. Oder?

– Ja.

Es gibt Momente, in denen spüre ich noch immer ihre Finger an meinem Oberschenkel hochkriechen.

– Aber sie hat nicht –. Wie gesagt, sie hat nicht versucht, mich zu verführen – oder zu erregen. Im herkömmlichen Sinn. So war das nicht.

– Wie dann –?

– Halt die Klappe und hör zu, sagte ich. – Ich hätte dir das mit ihrer Hand überhaupt nicht erzählen sollen.

– Hast du aber.

– Weiß ich – sei still jetzt. Es war einfach alles an ihr.

Ich wollte nach Hause. Ich wollte am liebsten sofort zum Flughafen, nach Hause fliegen und Faye sehen. Sie um Verzeihung bitten. Weil ich uns vergessen hatte. Weil ich ein Idiot war, ein Feigling. Weil ich hier war. Und nicht bei ihr. Weil ich sie fernhielt.

– Vor allen Dingen, sagte ich, – war es ihre Stimme. Nein, nicht ihre Stimme. Ihre Worte.

– Ihre Worte?

– Die Art, wie sie redete, sagte ich. – Genau. Sie kommentierte einfach alles.

– *Jesus*. Das würde mir auf den Keks gehen – nimm's mir nicht übel.

– Du warst nicht dabei, sagte ich. – Sie war unglaublich. Der absolute Knaller. Klingt lausig, war aber so. Es war total sexy.

– Sexy?

– Oh Mann, ich sage dir –.

Ich kam aus einem schweigsamen Haus. Wenn mein Vater und ich aneinander vorbeigingen, lächelten wir nur. Wir sprachen bloß das Notwendigste, beispielsweise wenn wir zusammen am Küchentisch saßen. Der Tod meiner Mutter hatte ihn zerstört. Ich erinnere mich an Gelächter – seines und ihres. Ich erinnere mich an lange Autofahrten in einem schwarzen Ford Anglia, als die beiden sich unterhielten und ich zwischen ihren Sitzen stand. Ich war zwölf, als sie starb, und von da an blieben die Heizkörper kalt. Das Schlafzimmer blieb kalt, der Flur und der Treppenabsatz blieben kalt. Ich benutzte zum ersten Mal im Leben einen Dosenöffner. Ich brachte mir bei, wie man kocht. Ich füllte die Waschmaschine und setzte sie in Gang. Er steckte Geld in eine Tasse und sagte mir, ich sollte mich bedienen, wenn ich Essen oder was anderes kaufen wollte. Ich war nicht unglücklich. Als der Schock über den Tod meiner Mutter erst mal vergangen war. Obwohl ich mir inzwischen nicht mehr sicher bin, ob das jemals der Fall war. Manchmal wache ich immer noch von ihrer Stimme auf – glaube ich. Ich nahm Geld aus der Tasse und kaufte mir ein Hemd, eine Platte, zehn Silk-Cut-Zigaretten und ein Päckchen Coconut Creams. Ich sah bis zum Sendeschluss fern. Als ich fünfzehn war, entdeckte er mich wieder – so fühlte es sich zumindest an. Er blieb im Flur stehen und fragte mich, wie es mir geht. Er buchte eine Reise für uns nach Italien, eine Woche Rimini. Wir saßen beide zum ersten Mal in einem Flugzeug. Er stellte mir Fragen über die Schule, meine Lieblingsfächer, wollte wissen, was ich mal werden wollte. Eines Tages kamen wir an einer Kirche vorbei.

– Gehst du zur Messe?, fragte er mich.

– Nein.

– Nie?

– Eigentlich nicht.

– Okay, sagt er. – Denkst du noch an deine Mutter.

– Ja.

– Ich auch, sagte er. – Die ganze Zeit. Wirklich. Die ganze Zeit.

Keiner von uns hatte schon mal Pizza gegessen.

– Schmeckt dir das?, fragte er.

– Das ist sensationell, sagte ich.

– Du hast recht, sagte er. – Ich frage mich, ob man die Dinger auch in Dublin bekommt.

– Keine Ahnung.

– Sollten wir rausfinden.

Er hielt mir sein Weinglas hin.

– Probier das Zeug mal, sagte er.

Er beobachtete mich, lächelte, als ich einen Schluck trank. Es war eine große Sache, dieses Lächeln; es zog über sein ganzes Gesicht. Es veränderte ihn.

– Schmeckt's dir?

– Nein, sagte ich. – 'N bisschen.

– Oh, oh, sagte er. – Die schiefe Bahn.

Er lachte, und ich lachte mit.

– Sie hätte dich gemocht, sagte er.

Ich wusste nicht, was er meinte.

– Sie hätte den Jungen gemocht, der du jetzt bist, sagte er. – Den Mann.

Ihm standen Tränen in den Augen.

– Entschuldige.

Ich liege nachts oft wach und denke an diese Woche zurück. Danach habe ihn nie wieder weinen sehen. Aber ich kehrte mit dem Wissen nach Hause zurück, dass er mich liebte. Diese Gewissheit besaß eine Stabilität, die ich nie vergessen habe. Manchmal killt mich das.

Wir wurden nie große Redner. Er ließ mich in Ruhe. Manchmal fragte er nach.

– Wie läuft's?

– Gut.

– Kohlemäßig alles klar?

– Klar.

– Wie läuft das Studium?

– Gut.

– *Grand.*

* * *

Faye überwältigte mich. Ich kannte keine witzigen Frauen. Faye war witzig und wusste das auch, und sie wusste, dass sie oft dafür gehasst wurde. Sie war eine Klugscheißerin, ein Biest, größenwahnsinnig. Das wurde mir bereits am Tisch auf der Hochzeit klar, noch ehe ich Faye selbst richtig wahrnahm. Sie redete wie ein Mann, als hätte sie Anspruch darauf zu reden. Ich sah, wie manche die Augen verdrehten und einander verstohlen die Ellbogen in die Rippen stießen. Ich sah Bewunderung, Neid, Lust, Hass. Gähnen sah ich niemanden.

Ich hörte Cathy.

– Zum Teufel mit der!

Das sollte nicht mal gemein sein. Sie war eine Erwachsene, die leise über ein vorlautes Kind urteilte und eine Meinung äußerte, von der sie wusste, dass sie geteilt wurde. Aber ich teilte gar nichts.

Wir saßen einen halben Saal vom Brauttisch entfernt und mit dem Rücken zu Braut und Bräutigam. Als die Reden begannen, drehten wir – ich, Cathy, Faye – unsere Stühle um, um die Redner zu sehen und zu klatschen. Es war meine erste Hochzeit.

– Deine auch?, fragte ich Faye.

Ich fürchtete mich, sie zu fragen. Mir war klar, dass es kein einfaches Ja oder Nein geben und sie mit Sicherheit Anstoß erregen würde. Aber ich wollte sie trotzdem hören; es war alles, was ich wollte.

– *Jesus* im Himmel, nein, sagte sie. – Ich war auf der Hochzeit meiner Eltern, war ich tatsächlich.

Wir hatten 1986. Faye war neunzehn.

Ich lachte. Außer mir lachte niemand.

– Wie war's?, fragte ich.

– Oh, scheißromantisch.

– Sie war wie Mícheál O'Hehir, erzählte ich Joe.

Inzwischen hatten wir das Sheds erreicht. Wir standen vor der Tür.

– Du hast dich in eine Frau verliebt, die aussieht wie ein Rennkommentator?

– Du weißt, was ich meine.

– Nicht wirklich, sagte er. – Nein. Hat sie sich angehört wie Mícheál O'Hehir? Das verwirrt mich gerade etwas, Davy. Ich glaube nicht, dass ich mich erinnern kann, wie Faye aussieht. Hast du ein Foto?

– Nein.

Das war nicht gelogen.

– Damit das absolut klar ist, sagte ich. – Faye hatte nichts mit – sie sah Mícheál O'Hehir nicht im Geringsten ähnlich. Oder hörte sich an wie er.

– Sehr gut.

– Sie lehnte sich an mich und redete mir ins Ohr, ohne Punkt und Komma, die ganzen Reden durch.

– Himmel.

Joe zog die Tür zum Schankraum auf, und ich folgte ihm hinein.

– Das würde mich fertigmachen, sagte er zu mir gewandt.

Wir standen noch beim Eingang.

– Also, weiter, sagte er. – Mícheál O' Hehir versuchte, mit dir anzubändeln.

– Leck mich, sagte ich. – Hör einfach zu.

– Tu ich ja.

– Hör zu, Scheiße noch mal, sagte ich. – Stell dir – Jennifer Lawrence vor, okay? Stell dir vor, Jennifer Lawrence säße auf einer Hochzeit neben dir. Und sie würde sich an dich lehnen, während du – also – während dir langsam dämmert, dass sie es ist. Und du wärst viel jünger als jetzt.

– Warum?, fragte er. – Was spielt das für eine Rolle?

– Einfach, weil die Vorstellung dadurch vielleicht ein bisschen weniger unwahrscheinlich wird, okay? Ein bisschen. Außerdem ist es so einfacher. Und du darfst nicht vergessen, ich war damals erst siebenundzwanzig.

– Okay.

– Jennifer Lawrence fängt also an zu reden. Sie fängt an zu erzählen und flüstert dir direkt ins Ohr. Du kannst jedes Wort spüren. Als wär's ihre Zungenspitze.

Ich war selbst überrascht von mir.

– Sämtliche Reden hindurch. Und währenddessen bist du von anderen Leuten umringt. Inklusive deiner eigenen Freundin, so ganz nebenbei. Würdest du dich dagegen wehren?

– Na ja –.

– Würdest du dich dagegen wehren?

– Ich wollte doch bloß wissen – ach, leck mich. Wer ist Jennifer

Lawrence gleich noch mal? Wo hat die mitgespielt? Willst du 'n Pint?

Ich war mir nicht sicher. Eigentlich trinke ich kein Guinness mehr, seit ich in England lebe. Aber da war was – ein unbestimmtes Gefühl. Es war vielleicht das letzte Mal, dass ich mit Joe zusammen sein würde. Das wussten wir beide.

– Okay, sagte ich.

– Zwei Pints, bitte, sagte Joe zu einem Barmann, der hinter seiner Theke stand und auf unsere Bestellung wartete.

Wir setzten uns an die Bar. Es war nicht viel los; wir hatten ein ganzes Stück Theke für uns. Über uns lief der Fernseher – irgendeine Talkrunde auf Sky Sports. Aber der Ton war leise gestellt – stumm.

Ich versuchte, mich an einen Film mit Jennifer Lawerence zu erinnern.

Die Tribute von Panem, sagte Joe. – Das ist sie doch, oder?

– Ja. – Genau.

– Hab ich nicht gesehen, sagte er. – Aber warte mal. *American Hustle*. In dem war sie saukomisch.

– Genau, da haben wir's, sagte ich. – Eine saukomische, umwerfende Frau redet dir permanent ins Ohr. Gefühlt stundenlang. Wahrscheinlich aber nur eine knappe Stunde. Weil die Scheißreden da vorne kein Ende nahmen.

– So langsam kapier ich, was du meinst, sagte er. – Verständlich, wie dich das ablenken konnte.

– Mich fesseln, sagte ich.

Ich hatte das Wort gefunden, das ich suchte.

– Gut gut, sagte er. – Faye war also umwerfend? Wie Jennifer Lawrence?

Ich wollte gehen. Ich wollte vom Hocker aufstehen, ihm den Rücken zudrehen, ihn nicht mehr ansehen. Abhauen.

– Für mich schon, sagte ich.

– Gut.

– Er vögelt seine Haushälterin, macht er wirklich. Und ihre Schwester.

Sie meinte den Priester, der vorn am Brauttisch das Mikro in der Hand hielt.

– Und mit der Brautmutter hat er's auch getrieben. An dem Tisch da vorn gibt es mit Sicherheit keine Dame, der er nicht auf die ein oder andere Weise schon mal zu Diensten war. Meistens vormittags, weißt du? Nach der Messe, aber vor der Beichte. Ein kleiner Fick und der heilige Rosenkranz, ein Tässchen Tee und ein paar Jaffa Cakes. Die isst er ihnen direkt vom nackten Hintern runter, jawohl, das tut er.

Ich wusste, dass mein Leben sich verändert hatte, als ich merkte, dass ich mich an sie lehnte. Ich war derjenige, der sich anlehnte. Ich hatte eine Freundin, und wir hatten Pläne, angedeutete, halb ausgesprochene Pläne. Ich hielt ihre Hand. Und sie hielt meine. Cathy. Ein paar Tage später kam sie mir zuvor. Sie rief bei meinem Vater an und hinterließ eine Nachricht für mich. Ich hatte zwar eine eigene Wohnung, aber dort gab es kein Telefon. Ein paar Mal die Woche übernachtete ich bei meinem Vater. Ich wusch meine Wäsche. Und nahm mir das Essen, das er für mich in den Gefrierschrank getan hatte. Normalerweise rief Cathy mich bei der Arbeit an.

– Sie hat am Wochenende keine Zeit, sagte mein Vater mir. – Sie hat mich gebeten, dir das auszurichten.

– Okay.

Ich mochte Cathy. Ich war gern mit ihr zusammen. Ich freute mich auf unsere Treffen, vor allem, wenn sie vom Dienst kam. Und sie zu mir raste. Ich dachte, ich hätte sie geliebt.

– Ich will mich ja nicht einmischen, sagte mein Vater.

Ich hatte vergessen, dass er da war; ich hatte vergessen, wo ich mich befand. Faye war allgegenwärtig, sie hatte mich verschlungen.

– Was?, fragte ich meinen Vater.

– Ich bin mir nicht sicher, ob du sie überhaupt noch mal wiedersehen wirst, sagte er.

– Wen?

– Cathy, Sohn.

– Okay.

– So, wie sie geklungen hat.

– Okay.

– Ist es besser so?

– Wahrscheinlich.

– Sie war schroff, sagte er. – Am Telefon.

– Okay.

Er hatte Cathy kennengelernt. Ich hatte sie mit nach Hause gebracht und ihm vorgestellt. Sie hatten sich unterhalten; sie hatten
einander gemocht. Das kam mir alles so weit weg vor. Wie an
einem anderen Ort, in einer anderen Zeit.

– Ich mochte sie, sagte er.

– Ja, sagte ich. – Ich mochte sie auch. Tu ich immer noch.

– Besonders unglücklich wirkst du aber nicht, oder?

Ich antwortete nicht. Ich wusste nicht, was. Ich war traurig, aber
auch erleichtert. Ob er Faye an mir riechen konnte? Ich schon.

Ich sah zu, wie Joe die beiden Pints entgegennahm und dem Barmann einen Zehner gab. Er stellte jedes Glas auf einen Bierdeckel.
Es hatte den Anschein, als würde er die Abstände bemessen und
darauf achten, dass das Bier genau richtig stand. Ich merkte, dass
er nicht mehr wusste, worüber wir geredet hatten, was ich ihm
draußen vor der Tür erzählt hatte. Was er gesagt hatte.

– Wo wohnst du jetzt?, fragte ich.

Er sah mich an. Und rutschte dafür auf seinem Hocker zu einer
Seite.

– Zu Hause, sagte er.

– Und wo ist das?

Und? War Faye umwerfend?

– Bei Jessica, sagte er.

– Ist das jetzt dein Zuhause?, fragte ich ihn.

– Jepp.

Er nickte bedächtig, als würde er überprüfen, ob das, was er da sagte, auch stimmte.

– Genau, sagte er. – Irgendwie betrachte ich es als mein Zuhause.

– Und was ist mit dem anderen?

– Tja, das ist es ja, sagte er. – Verfluchte Scheiße.

– Was ist passiert?

– Da kommen wir schon noch hin, Davy. Keine Sorge.

Faye und ich hatten in der Nacht, ehe ich zu meinem Vater fuhr, miteinander geschlafen, in der Nacht, ehe er mir Cathys Nachricht ausrichtete. Faye klammerte sich an mich. Wir waren bei mir in der Wohnung, in einem bilderlosen Zimmer, abgesehen von den Plattencovern, die unter dem Fenster in Stapeln an der Wand lehnten. Faye hielt mich eng an sich gedrückt. Ihr Mund lag auf meinem Ohr.

– Verstand, Verstand, Verstand, Verstand.

Ich hörte nicht richtig, was sie sagte. Flüsterte. Keuchte. Das Wort formte sich erst später, als ich ihr beim Schlafen zusah. Sie schlief tief und fest, regelrecht ausgeknockt. Ich weiß noch, dass ich genau das dachte – *ausgeknockt*. Ich hatte sie in den Schlaf gevögelt. Sie hatte sich selbst in den Schlaf gevögelt. Ihr Gesicht lag tief im Kissen vergraben unter ihren Haaren. Ihr Mund war leicht geöffnet. Beim Ausatmen hoben sich ein paar Strähnen. Sie fielen runter und flatterten erneut in die Höhe. Sie sah aus wie eine Zeichentrickfigur, dachte ich, wie eine dieser perfekten Disneyfrauen. Sie war das Mädchen am Ende vom *Dschungelbuch*, aber mit sämtlichen Songzeilen von Balu und von King Louie und auch noch ein paar von Shir Khan. Ich hatte Angst, einzuschlafen. Ich hatte Angst, sie würde plötzlich nicht mehr da sein. Oder dass es hell würde und sie verschwunden wäre.

– Was glotzt'n so, David?

Sie war wach. Ich sah ihre Augen glitzern. Sie hatte sich nicht bewegt.

– Ich schaue dich an.

– Prima.

Das liebte ich an ihr. Sie ließ nicht zu, dass ich fantasierte oder mehr draus machte, als da war. Sie war real. Alles, was sie tat, was sie sagte oder auch nicht sagte, war real.

Sie hatten sich getroffen.

– Wo?

Er wirkte genervt. Ich hatte ihn unterbrochen. Es war, als hätte er seine Geschichte verfasst, allein, sie aufgeschrieben. Vor einer Minute hatte er sich noch mit mir unterhalten. Aber jetzt, mit ihr, mit seiner Vorstellung von ihr, wollte er mich nicht mehr dabeihaben. Das überraschte mich. Ich hatte den Eindruck, er hätte mit ihr angegeben, vorhin, im Restaurant. Und ich hatte mit einer Spur von Triumph gerechnet, einer kleinen, tollen Anekdote. Ich glaube nicht, dass ich darauf aus war, aber erwartet hatte ich es irgendwie schon.

Sie hatten sich in einem Café in der Stadt getroffen, im Wigwam auf der Middle Abbey Street.

– Wieso dort?

Jetzt wollte ich ihn ärgern. Ihn aus der Reserve locken.

– Entfernung, sagte er. – Und Nähe.

– Zu was?, fragte ich. – Und wem?

– Zur Arbeit, sagte er. – Zu den Leuten im Büro. Das Wigwam ist gleichzeitig nahe genug, aber auch weit genug weg. Auch wenn ich nichts zu verbergen hatte.

– Hattest du wohl, sagte ich. – Du hast Trish belogen.

– Nicht wirklich. Ich habe ihr Informationen vorenthalten.

– Die Wahrheit vorenthalten.

– Okay – scheiß drauf, sagte er. – Es war einfacher so. Das war nicht böse oder unehrlich gemeint – glaub ich zumindest. Kann allerdings gut sein, dass Trish das anders sieht. Sie würde mir meine Scheißaugen auskratzen. Hör zu, ich wollte einfach nicht, dass mich irgendwer sieht. Aus dem Büro, meine ich. Oder sonst jemand. Und ich wollte auch nicht, dass es so rüberkommt, als würde ich mich verstecken. Also für mich so rüberkommt, meine ich. Ich hab mich nicht versteckt. Ach, keine Ahnung –. Es war nahe genug am Büro, aber auch nicht zu nah. Außerdem brauchte ich hinterher mein Auto – also, nachdem ich mich mit ihr getroffen hatte. Ich weiß echt nicht, warum ich dir das alles so detailliert erzähle.

Er hatte sich mit ihr im Wigwam getroffen. Einer seiner Söhne – den Namen weiß ich nicht mehr – hatte dort gearbeitet, bevor er nach Cork gezogen war, deshalb war Joe überhaupt auf dieses Café gekommen. Niemand aus seinem Bekanntenkreis ging dorthin, und die neueren Freunde seines Sohnes kannte er nicht. Er brauchte sich keine Sorgen zu machen, dass sein Sohn oder Trish etwas davon erfahren würde.

– So ein Hipsterladen, sagte er. – Typen mit Bärten.

– Und Tätowierungen.

– Die geschmackvollen, genau, sagte er. – Mittelklassetattoos. Kunst. Sind deine Kinder tätowiert?

– Ja, sagte ich.

– Meine auch. Und Faye?

Ich sah ihn an.

– Nein, sagte ich. – Und Trish?

Er schüttelte den Kopf.

– Nein, sagte er. – Aber man kann nie wissen. Vielleicht hat sie sich inzwischen *Joe die Drecksau* oder sowas in den Nacken stechen lassen. Auf Mandarin oder Latein.

– Sie war also da, sagte ich. – Jessica.

– Ja. Sie war da. Sie war schon vor mir da. Sie saß an einem der Tische, mit einer Kanne Tee.

– Stand sie auf, als du reinkamst?

– Was?

– Stand sie auf?

– Warum das denn?

– Höflichkeit, sagte ich. – Tradition – Förmlichkeit. Wobei, normalerweise macht das der Mann, oder?

– Nein, sagte er. – Tat sie nicht. Da war überhaupt nichts förmlich.

Das hatte er die ganze Zeit zu sagen versucht.

– Es war, als wären wir nie getrennt gewesen, sagte er.

– Ihr wart nie zusammen, sagte ich ihm.

– Okay, sagte er. – Wobei das auch nicht ganz stimmt. Jedenfalls muss die Frau nicht aufstehen, stimmt's? Das ist die Aufgabe des Mannes – da hast du, glaube ich, recht. Tür aufhalten und lauter so'n Zeug. Früher jedenfalls. Heutzutage zählt das vielleicht sogar schon als Beleidigung. Jemandem die Scheißtür aufhalten.

Das Wigwam war ein guter Laden, ein cooler Laden. Aber sie waren mit Abstand die Ältesten; Jahrzehnte älter als der Rest. Ihm fiel es auf; sie sagte nichts dazu. Er bestellte sich einen Kaffee, einen Americano, zahlte und setzte sich. Direkt neben sie. Der Tisch war zu breit, deshalb wollte er sich nicht gegenüber hinsetzen. Es hätte sich angefühlt wie ein Bewerbungsgespräch.

– Oder ein Lehrer-Eltern-Gespräch, sagte ich.

– Genau, sagte er. – Der Anfang von Liebesgeschichten.

Er rutschte hinter den Tisch und setzte sich neben sie. Sie gab ihm einen Kuss. Auf die Wange.

– Also, das klingt echt irre, sagte er.

– Red weiter.

Er hatte das Gefühl, in seinem echten Leben angekommen zu sein.

– Sofort, sagte er. – In der Sekunde, als ich mich setzte.

Es war nicht so, als wäre er plötzlich aufgewacht. Nichts derart Dramatisches, nichts, das seine Wut geweckt hätte oder wovon ihm schwindlig geworden wäre. Er setzte sich einfach nur hin. Es lag an ihrer Nähe und an der Wärme, die sie aus- und abstrahlte. Es fühlte sich vertraut und richtig an. Eine Lücke, die gefüllt worden war, als wäre es schon immer so gewesen. So beschrieb er sein Gefühl. Er war im Rest seines Lebens angekommen.

Ich sah ihn an. Er rutschte nicht unruhig herum. Er zerrupfte keine Bierdeckel. Das Licht im Pub schmeichelte ihm.

– Aber, sagte er. – Jetzt kommt der Brüller.

– Nämlich?

– Ich konnte mich nicht an ihren Namen erinnern.

– Den hatte sie dir doch gesagt – als sie dich anrief.

– Weiß ich doch, aber ich hatte sie unter George abgespeichert. Hab ich dir ja erzählt. Und ich hatte es nicht abgeändert. Bis heute nicht. Aber – damals – konnte ich mich einfach nicht mehr an ihren beschissenen Namen erinnern.

– Das ist echt schräg.

– Ich weiß, sagte er. – Irgendwie schon, oder?

Er hatte eine Theorie dazu; er konnte sich nicht an ihren Namen erinnern, weil es nicht nötig war. Er war sich ziemlich sicher, dass er ihn auf dem Weg zum Café noch gewusst hatte. Sein Auto hatte er im Arnotts Parkhaus abgestellt.

– Hast du nicht gesagt, es wäre in der Nähe deiner Arbeit?

Ich hatte nicht wirklich eine Vorstellung davon, was Joe beruflich machte. »Bei der Bank«. Diese Jobbeschreibung besagte heutzutage überhaupt nichts mehr. Ich wusste, dass er ein Abendstudium gemacht hatte, so ungefähr zehn Jahre nachdem wir die Schule verlassen hatten, und dass er einen Master hatte. Ich wusste, dass er seit 1977 »bei der Bank« arbeitete, aber ich wusste nicht, was das hieß oder welcher Job das sein sollte. Oder bei welcher Bank beziehungsweise bei welcher Sorte Bank.

– Was war in der Nähe von meiner Arbeit?

– Das Wigwam.

– Ah, ja – stimmt. Ich brauchte den Wagen. Sofort – direkt im Anschluss. Ich war mit Holly verabredet. Sie hatte drüben in Booterstown ein Spiel. In meinem Auto kann ich jede Menge erledigen – Arbeit, meine ich. Alles nur Bla Bla Bla – immer am Telefon.

Aber verzetteln wir uns bitte nicht mit dem Parkhaus. Das ist doch völlig egal.

Da war das eine Leben. Sein Job, das Auto, die Tochter. In dem Leben steckte er, als er die Abbey Street überquerte, die Straßenbahn von der Haltestelle Jervis auf sich zufahren sah und das Café betrat. Er kannte ihren Namen, den Namen der Frau, mit der er sich gleich traf. Er kannte ihren Vornamen; er erinnerte sich daran. Und dann plötzlich nicht mehr. Weil er sich nicht daran erinnern musste. Er war, wo er hingehörte, an der Seite dieser Frau. Das war sein Leben.

Jessica.

Der Name war wieder da. Nur ein paar Minuten später.

– Aber er sprang mir nicht plötzlich zurück in den Kopf, sagte er. – Weißt du, was ich meine?

– Ja, schon, sagte ich.

– Er war wie mein eigener Name, sagte er. – Einfach da.

– Okay. Hast du's zu dem Spiel geschafft?

– Ja – klar. Natürlich.

Er lächelte.

– Ich kam zu spät. Aber das war von vornherein so geplant. Ich wollte nur zur zweiten Halbzeit.

– Hat sie gewonnen?

– Du bist so ein Aas, Davy, sagte er. – Klar hat sie das. Sie hat zwei Tore gemacht. In der zweiten Halbzeit. Ich hab also beide mitbekommen.

Sie hatten anderthalb Stunden in dem Café gesessen. Dann musste sie nach Hause.

– Ist sie verheiratet?

– Nein.

– War sie's mal?

– Ja. Ist aber ewig her. Damals, zu unserer Zeit. So in etwa in der Ära.

– Also hat sie ganz jung geheiratet.

– Ja, sagte er. – Aber das war nichts Ungewöhnliches. Damals zumindest.

Nach ihrer Ehe hatte sie zehn Jahre bei einem Mann gelebt. Besser gesagt, er bei ihr; es war ihr Haus. Sie hatte eine Tochter.

– Ist er der Vater?

– Nein. Das war wieder ein anderer Typ.

– Okay.

– Das ist nicht so – ja, was eigentlich? – nicht so wild, wie es klingt, sagte er. – Glaube ich zumindest. Ich mein, wir sprechen hier von Jahrzehnten.

– Okay, sagte ich. – Und sie geht in Hollys Klasse, ja? Ihre Tochter.

– Sie ist in derselben Jahrgangsstufe, sagte er. – Nicht in derselben Klasse. Bis auf ein oder zwei Fächer.

– Und wie läuft das?

– Nicht so prickelnd, sagte er.

– Wundert mich nicht.

– Nein, stimmte er zu. – Holly hat sich 'ne Weile geweigert, zur Schule zu gehen. Und sie hat nicht mehr mit mir gesprochen. Das war nicht schön.

– Wie ist es jetzt?

– Immer noch nicht toll. Ein bisschen besser. Ich habe ihr kürzlich geschrieben – letzte Woche, glaube ich. Und sie hat geantwortet: *Verpiss dich x*. Aber das ist nun mal Holly – wie sie leibt und lebt. Sie hat geantwortet, nur das zählt. Zum ersten Mal seit – *Jesus*, Monaten. Jedenfalls schaue ich mir jetzt mehrmals täglich dieses x an. Ist allerdings nur eins, ein Küsschen. Früher waren's zwei.

Er scherzte nicht. Ich hätte gern nach Jessicas Tochter gefragt. Ich hätte gern gestichelt. Aber ich ließ es bleiben. Ich riss mich am Riemen.

– Worüber habt ihr geredet?, fragte ich ihn.

– Das ist es ja gerade, sagte er.

– Was?

– Genau das haben wir nicht getan, sagte er. – Geredet. Ich mein, natürlich haben wir uns unterhalten. Aber wir haben nicht die vergangenen Jahre durchgehechelt, wenn du verstehst, was ich meine. Wir haben einander nicht auf den neusten Stand gebracht. Kinder, Partner, Jobs – nichts dergleichen. Oder die Schule – die Schule der Mädchen zum Beispiel. Die haben wir überhaupt nicht erwähnt.

– Und worum ging's dann?

Ich glaubte ihm nicht. Dieses Rein- und wieder Rausspazieren, von einem Leben ins andere – das kaufte ich ihm nicht ab. Er saß neben mir, und zwar in einfacher Ausführung. Er hatte eine Affäre gehabt, er war erwischt worden, und jetzt versuchte er, was Mysteriöses und Schicksalhaftes daraus zu machen. Es langweilte mich.

– Genau, wie ich's gesagt habe, antwortete er. – Es fühlte sich an, als wären wir schon immer zusammen gewesen. Ich kann mich gar nicht mehr erinnern, worüber wir geredet haben. Einfach – irgendwelches Zeug.

– Was für'n Scheißzeug?

Ich war nach Dublin zurückgekommen, um meinen Vater zu sehen, aber ich wusste, dass ich auch weiterhin kommen würde, wenn er gestorben war, ein paar Mal jedes Jahr. Ich liebte es, wie ein Dubliner zu reden. Es fühlte sich an wie Sport machen.

– Echt, ich weiß es nicht mehr, sagte er. – Sie las ein Buch – also, als ich reinkam.

– Und darüber habt ihr euch unterhalten?

– Glaub schon. Wobei, sie sagte, sie hätte es bei Eason's für ihr Kind besorgt – für ihre Tochter.

– Wie heißt sie?

– Hanoi.

– Willst du mich verarschen?

– Nein.

Er zuckte mit den Achseln und grinste.

– Sie hasst den Namen, sagte er. – Sie erzählt jedem, es wäre Irisch und hieße Schlaukopf.

– Kluges Kind.

– Stimmt.

– Kommst du mit ihr klar?

– Ja, schon, sagte er. – Wir – ich glaube, wir bleiben beide auf Abstand. Aber ich mag sie.

– Was war das für ein Buch?

– Was?

– Das Buch, das Jessica las.

– Ein Schulbuch. Chemie, glaub ich.

– Sie saß da und las in einem Scheißchemiebuch?

– Ja, sie blätterte darin, sagte er. – Schlug die Zeit tot.

– Warst du zu spät?

– Nein, war ich nicht. – Ich war pünktlich wie die Maurer. Ich komme nie zu spät. Nie. Jedenfalls erzählte sie, sie wäre bei Eason's gewesen, wo sie auch noch einen Stift gekauft hatte, und dann zeigte sie mir den Stift.

– Verdammte Scheiße, Joe.

– Genau davon red ich doch die ganze Zeit, sagte er. – Es war, als hätten wir uns gerade erst gesehen. Es gab nichts aufzuholen. Irgendwie, als – als hätte ich gewusst, dass sie das Buch kaufen wollte.

– Ach, hör doch auf –.

– Beruhig dich, sagte er. – Glaub mir, genau so hat es sich angefühlt. Es geht um *Gefühle*, nicht um Fakten. Andererseits – sie wusste, was ich beruflich mache.

– Facebook.

– Ich bin nicht auf Facebook.

– Du hast schon immer bei der Bank gearbeitet.

– Richtig, aber das wusste sie nie – glaub ich wenigstens. Trotzdem wusste sie, was ich mache. Im Wigwam.

Ich sagte ihm, wie es mir damit ging.

– Das ist ziemlich langweilig, Joe.

– Ich weiß, sagte er. – Auch davon red ich schon die ganze Zeit. Glaub ich wenigstens. Für einen Unbeteiligten ist das langweilig, aber nicht, wenn man selbst drinsteckt.

– Du hast also ein gemachtes Nest gegen ein anderes einge-
tauscht.

– Du checkst es nicht.

– Richtig, stimmte ich zu. – Sieht sie besser aus?

– Ach, hör auf, verdammt noch mal!

– Ich check's einfach nicht, Scheiße noch mal.

– Tut sie übrigens wirklich.

Er schloss die Augen, als wünschte er, er hätte es nicht gesagt.

– Es fühlte sich –, sagte er.

Er nahm sein Pint und setzte es wieder ab.

– Es fühlte sich an wie nach Hause kommen, sagte er.

– Im Wigwam?

– Leck mich, Davy. Das ist die reinste Scheißzeitverschwendung.
Das funktioniert einfach nicht.

Er griff wieder zum Glas und führte es zum Mund.

Die nächste Runde ging auf mich – ich brauchte was zu tun,
um mich von Joes Gesicht abzulenken und von dem Drang, ihm
eine reinzuhauen. Ich schaute zum Barmann, wartete darauf, dass
er hersah. Er stand in sein Handy vertieft im Durchgang zwischen
Gastraum und Theke … Weil ich kein Stammgast war, wollte ich
ihn nicht stören.

Der Barmann stand links von mir. Joe saß auf der anderen Seite
und nutze die Gelegenheit, dass ich den Blick abgewandt hatte, als
er weitersprach.

– Ich war immer bei ihr gewesen, sagte er.

Der Barmann sah her. Ich hob mein Glas. Er nickte und holte
zwei frische Biergläser unterm Tresen hervor.

– Okay, sagte ich.

Mir war's egal. Ich kannte Joe – vielmehr, ich dachte, ich würde
ihn kennen. Wir hatten den Abend mit seiner Geschichte begonnen, wir würden ihn mit seiner Geschichte beenden. Ich interessierte mich nicht für sein Zuhause, weder für das alte noch für das
neue. Oder für ihn. Ich war hier und hörte zu, weil ich ihn mal

gekannt hatte. Der alten Zeiten wegen. Aber das reichte nicht. Das war mir klar. Ich sah zu, wie der Barmann unsere Gläser füllte. Ich holte das Handy aus der Tasche und überprüfte es auf neue Nachrichten oder entgangene Anrufe. Es war immer noch auf Vibration gestellt, aber ich hatte trotzdem Angst, dass ich etwas verpasst hatte. Der Bildschirm zeigte nichts an.

– Sie sagte zwei Dinge, mit denen sie mich quasi kalt erwischte, sagte Joe.

Ich steckte das Handy weg, lehnte mich zurück, um es tief in die Tasche zu schieben, und sah ihn an.

– Und zwar?

– Sie ist Legasthenikerin, sagte er.

– Echt?

– Ja, sagte er. – Als sie im Buch blätterte, erwähnte sie es.

– Wie jetzt? Hättest du das nicht längst wissen müssen, wo du doch die ganze Zeit bei ihr gewesen bist? So, wie du gerade behauptet hast?

– Das war nicht wörtlich gemeint.

– Okay.

– Weißt du doch.

– Okay.

– Jedenfalls, sagte er. – Sie sagte, sie würde Hanoi beneiden, und ich fragte sie, warum.

– Das war mutig.

– Wie meinst'n das?

– Mittelalte Frauen hassen jüngere Frauen, erklärte ich ihm.

– Auch die eigenen Töchter?

– Na klar.

Er zuckte mit den Achseln.

– Okay, sagte er. – Nein, nicht okay. Sie beneidete sie ums Lesen. Weil sie es nicht richtig kann.

– Faye kann lesen, sagte ich ihm.

– Bestimmt. So wie Trish.

Wir lachten. Mir kam's vor, als wär es das allererste Mal an diesem Abend; gut möglich, dass es tatsächlich so war. Es war ein neuer Klang, ein neues Gefühl.

– Und das Zweite?, fragte ich ihn.

Der Barmann kam mit den Pints auf uns zu. Ich wühlte in meiner Jacke nach der Geldbörse. Wie bescheuert, eine Jacke mitzunehmen. Bei der Hitze. Eine Jacke war das Letzte, was ich brauchte. Aber ich hatte nicht nachgedacht, als ich vorhin, nachdem ich Joe angerufen hatte, zum Haus zurückgefahren war, um zu duschen, mich umzuziehen. Ich hatte offiziell die Erlaubnis bekommen, für eine Weile, für ein paar Stunden zu flüchten.

Ich hatte damit aufgehört, mein Bargeld in den Hosentaschen mit mir rumzuschleppen. Vor ein paar Jahren – vielleicht zehn – war mir aufgefallen, dass ich mir die Hosen hochzog, sobald ich aufstand, und ziemlich oft auch im Gehen. Dann hatte ich mitbekommen, wie mich mal eine Frau dabei beobachtete und schnell wegsah. Ich hatte dem Kleingeld und meinen Schlüsseln die Schuld gegeben. Deshalb hatte ich beides aus meinen Hosentaschen verbannt – alles bis auf das Handy. Als ich jetzt die Hand in die Innentasche meiner Jacke schob und nichts darin fand, war ich nervös genug, um mir den Gedanken zu erlauben, dass die Geldbörse weg war. Alkohol hatte mich noch nie entspannt; er hatte noch nie einen anderen Menschen aus mir gemacht.

Die Geldbörse steckte in der anderen Innentasche. Joe wartete, während ich einen Zwanziger rauszog. Mit dem Schein rutschten die Kundenkarte einer Buchhandlung und ein paar Tankbelege heraus. Joe versuchte noch, sie aufzufangen, aber sie segelten auf die Fliesen. Ich reichte dem Barmann den Zwanziger.

Ich war betrunken.

– Danke.

Joe gab mir die Tankbelege und die Kundenkarte zurück und setzte sich wieder auf seinen Hocker.

– Sie hat noch einen Sohn, sagte er.

– Jessica?

– Genau.

– Älter? Jünger?

– Was?

– Als die Tochter.

– Älter.

– Und wie heißt der?, fragte ich. – Bangkok? Rangun?

– Er hat eine Tochter, sagte Joe. – Er heißt Peter.

– Peter? Scheißkonventionell, wenn du mich fragst.

Da war noch was, etwas, das er eben gesagt hatte; es war mir durchgerutscht, aber dann bekam ich es zu fassen.

– Hast du gerade gesagt, er hat eine Tochter?

– Richtig.

– Aha, sagte ich. – Der Sohn deiner Freundin hat ein Kind.

– Ja.

– Sie ist Großmutter.

Er nickte.

– Du hast deine Frau und deine Kinder für eine Glam-Gran verlassen.

Er nickte wieder; er war zufrieden. Gerade hatte ich ihm noch gesagt, dass mich seine Geschichte langweilte. Jetzt wusste er, dass ich nicht mehr gelangweilt war.

– Sieht ganz so aus, sagte er.

– Derselbe Vater?

– Sorry?

– Ist der Vater von Wie-heißt-er-gleich-wieder –

– Peter.

– Peter – ist Peters Vater derselbe wie der von Hanoi?

– Nein, sagte er. – Zwischen den beiden besteht ein großer Altersunterschied. Er ist viel älter.

Er setzte das frische Pint auf dem Bierdeckel ab. Zog mit dem Finger von oben nach unten eine Linie durch das Kondenswasser auf dem Glas.

– Könnte sein, dass ich es bin, sagte er.

Ich wusste, was jetzt kam. Ich hatte es gewusst – wahrscheinlich schon den ganzen Abend über. Ich war unmerklich mit in sein neues Leben gerutscht.

– Dass du was bist?, fragte ich.

– Sein Vater.

– Und? Bist du's?

– Glaub schon, sagte er. – Könnte sein.

– Verdammt, ich glaub's nicht!

– Ich werde dir nie im Leben ein Enkelkind schenken, sagte meine Tochter Róisín vor ein paar Jahren zu mir.

Sie war achtzehn, und es war ein Witz gewesen. Ich hatte ihr soeben mitgeteilt, dass sie von mir kein Geld bekommen würde, um übers Wochenende nach Berlin zu fliegen. Ich hatte gelacht – ich lachte immer, wenn Róisín wollte, dass ich lachte. Ich glaubte ihr trotzdem. Für mich war das kein Verlust; mir wurde nichts aus den Armen gerissen. Ich warf Faye einen Blick zu, aber ich war mir nicht sicher, dass sie es gehört hatte.

– Diese Turteltäubchennummer zwischen dir und Róisín, hatte sie irgendwann mal zu mir gesagt, ein paar Jahre zuvor. – Was soll das?

– Das soll gar nichts, hatte ich geantwortet. – Ich weiß gar nicht, wovon du sprichst.

– Mir wird kotzübel davon, sagte sie.

– Ich bin ihr Vater.

– Eben.

– Leck mich, Faye.

– Charmant.

– Ist aber so – leck mich. Was willst du mir eigentlich damit sagen?

– Gar nichts, sagte sie. – Ich? Gar nichts. Du verziehst sie.

Róisín war damals fünfzehn, glaube ich. Wir hatten zusammen

Mean Girls angesehen. Beziehungsweise sie; ich hatte sie beim Fernsehen beobachtet. Sie hatte gegen die seitliche Sofalehne gelehnt dagelegen und ihre Beine quer über meine geworfen. Sie ließ nicht zu, dass ich auf mein Handy oder das Tablet schaute. Ich beobachtete, wie sie auf die nächste lustige Szene wartete, und sah ihr zu, wie sie stumm die nächsten Dialogzeilen vorsagte.

– Wie oft hast du den eigentlich schon gesehen?

– Öfter, als ich sagen kann, sagte sie.

Róisín ist Engländerin, hier geboren, in Wantage. Bei ihrer Geburt hatte sie lediglich noch einen lebenden Großelternteil in Irland, meinen Vater. Aber sie liebte irische Redewendungen. Sie sammelte sie. Sie mochte ihren Namen – ihr gefielen die *Fadas*, die Akzente auf dem O und dem I. Und ihr gefielen die Probleme, die diese Buchstaben in der Schule und sonst wo verursachten.

– Die Frau wollte wissen, ob ich Araberin bin, erzählte sie mir eines Abends, als ich sie vom Schwimmen abholte.

– Welche Frau?

– Die Frau in der Schwimmhalle. Ich sollte meinen Namen buchstabieren.

– Die Schwimmlehrerin?

– Die Frau hinter der Scheibe.

– Weshalb wollte die deinen Namen wissen?

– Ich sollte ihr den Umschlag geben.

– Das Schwimmgeld.

– Genau.

– Und die dachte, dein Name wäre arabisch? Syrisch oder was?

– Jepp.

Sie kicherte.

– Scheißdumpfbacke, sagte sie.

– Na, na, na.

Wir hatten eine Regel: Ab und zu durfte sie Scheißdumpfbacke sagen, aber nur, wenn sie mit einem von uns allein war, und die Situation – die Scheißdumpfbacke – es erforderlich machte.

Wir lachten.

Sie brachte mich zum Lachen. Genau wie ihre Mutter früher –
und auch heute noch. Obwohl sie sehr verschieden sind. Ihr Sinn
für Humor verträgt sich nicht. Das war so, seit Róisín zu sprechen
angefangen hatte, wahrscheinlich schon früher. Aber vielleicht bilde ich mir das auch nur ein. Ja, ich bilde mir das nur ein.

– Ich liebe sie, wenn sie schläft, sagte Faye.

Róisín war das kleine Baby in der Wiege neben unserem Bett.

Ich dachte, das wäre ein Witz gewesen. War es auch. Und dann
auch wieder nicht. Faye eben.

– Aber wenn sie wach ist, sagte sie. – Himmel noch mal!

– Kinder bedeuten Arbeit, sagte ich.

Wir hatten zwei – einen Hosenmatz und dieses Baby.

– Ihr habt doch einen Fotokopierer auf der Arbeit, Davy, oder?

– Ja, haben wir, sagte ich.

– Und, liebst du den?

Ich lachte leise.

Sie nickte zu dem schlafenden Baby rüber.

– Warum sollte ich dann diese Dinger lieben?

Wir legten uns aufs Bett, voll angezogen.

– Kein Rumgequietsche, David, sagte sie. – Sonst wacht sie wieder auf.

Ich sah Joe an. Ich bin sein Vater, hatte er gesagt. Könnte sein. Ich
war eine Figur in seiner Serie, aber ich hatte ein paar Folgen ver-
schlafen. Irgendwas hatte ich verpasst – ich musste was überhört
haben, als ich mich darauf konzentrierte, den Barmann auf mich
aufmerksam zu machen.

Er hatte mit ihr Sex gehabt, damals. Beziehungsweise dachte
er anscheinend, dass es so war. Er hatte einen Sohn, von dem er
nichts gewusst hatte. Oder von dem er mir nie etwas erzählt hatte.
»Könnte sein.« So wie er das gesagt hatte, so wie ich ihn verstanden
hatte – klang es wie eine Entscheidung, die er erst gleich treffen

würde. Ich wollte dazwischenfahren. Ich wollte die Möglichkeit zu Staub zerschlagen. Den Verrat. Ich wollte gehen, weg von allem, was ich vielleicht sonst noch zu hören bekam.

Und gleichzeitig auch wieder nicht.

– Hast du ihn kennengelernt?, fragte ich.

– Nein.

– Wieso denn nicht?

– Er lebt in Perth, sagte er.

– Australien.

– Jepp.

Wie praktisch, dachte ich. Borneo wäre noch besser gewesen. Oder oben am Limpopo. Weit weg von Skype und Qantas Airways. Das war kein Geständnis. Von wegen: Ich bin sein Vater, oder: Ich könnte sein Vater sein. Das war keine Behauptung. Er lauschte, probierte die Worte aus – nicht an mir, an sich selbst.

Ich trinke nicht mehr. Ich habe aufgehört, mehr oder weniger. Eines Abends hatte ich mich mit Faye gestritten, ich hatte diesen Streit provoziert, und plötzlich tauchte dieser Satz – da spricht der Alkohol aus dir – auf, zupfte mich am Ärmel und gab mir einen Schubs, und ich glaubte ihm.

– Tut mir leid, sagte ich.

– Tatsächlich?

– Ja, wirklich. Ich – Himmel – ich weiß nicht mal mehr, warum wir angefangen haben. Meine Schuld – tut mir leid.

– Aha, sagte sie. – Nur damit das klar ist. Falls wir uns je wieder streiten sollten, so unwahrscheinlich das im Moment auch sein mag, werde ich die alleinige Anstifterin sein. Einverstanden?

– Wenn du willst.

– Allerdings.

– Okay.

– Super, sagte sie. – Und was möchtest du als Gegenleistung dafür, David? Komm, lass uns Staatsvertrag Aushandeln spielen. Wie lautet dein Vorschlag? Na los. Was hättest du gerne?

– Gar nichts, sagte ich.

– Ach Quatsch, komm schon, du Spielverderber, sagte sie. – Würdest du's nicht gern mal mit Alison von nebenan treiben? Ich hab doch gesehen, wie du sie angeschaut hast.

– Mir war nicht klar, dass du so was organisieren könntest, sagte ich.

– Ich bin Königin der Puffmuttern dieser Stadt, jawohl, das bin ich. Und die ist 'ne richtige Nutte. Oder etwa nicht?

– Doch.

– Eine Nutte. Ist es das, was du willst, Kofi Annan? Los, sag schon.

– Nein, Faye, will ich nicht.

– Was dann?

– Nichts.

– Ach Quatsch, sagte sie. – Nicht mal mich?

– Dich will ich immer.

– Von wegen.

– Doch, will ich.

– Da spricht definitiv der Scheißalkohol aus dir.

– Ich will dich jetzt.

– Ich bin hier. Scheiße noch mal. Siehst du?

Ich hängte es nicht an die große Glocke. Ich erzählte weder Faye noch sonst wem, dass ich nicht mehr trinken würde. Ich ging nicht zu den Anonymen Alkoholikern; ich bin kein Alkoholiker. Als Kühlschrank und Weinregal leer waren, hörte ich einfach auf. Wenn Faye Wein will, kauft sie sich eine Flasche. Sie hat immer schon gesagt, dass liegende Weinflaschen dämlich aussehen. Ich gehe nicht mehr in den Pub; in Wantage habe ich keine Stammkneipe. Ich trinke sehr selten. Den Alkohol spüre ich dann fast unmittelbar – er steigt mir sofort zu Kopf. Ich komme monatelang ohne ein Pint aus und fühle mich nach ein paar Schlucken trotzdem so betrunken, als würde ich nachlegen und genau dort weitermachen, wo ich am Vorabend aufgehört hatte.

Ich trinke nicht. Aber mit Joe trank ich. Und der Alkohol würde aus mir sprechen. Er hatte es schon getan: Manches, was ich gesagt hatte, war gehässig – auch in meinen Ohren. Ich benahm mich wie ein Arschloch. Arschloch ohne Arsch in der Hose, hatte Faye mich mal genannt, nachdem ich sie blöd angemacht hatte, weil ich mir idiotischerweise eingebildet hatte, ich wäre genauso schlagfertig wie sie.

Gewalttätig wurde ich nie. Nur dämlich.

Eine Sache wusste ich allerdings, oder besser gesagt spürte ich sie: Das war das letzte Mal, dass ich mit Joe sprechen würde. Er würde sich nicht wieder bei mir melden, und ich mich nicht bei ihm. Streit würde es keinen geben; wir würden's nicht auf die Spitze treiben. Der Pub würde schließen, wir würden aufbrechen – wir würden gehen. Ein Pint würde ich mir noch genehmigen und dann gehen. Ich würde nicht mehr mit ihm in die Stadt weiterziehen, zu George's. So weit würde ich es nicht kommen lassen. Wir würden draußen noch ein paar Minuten reden. Wir würden uns die Hand geben, uns wahrscheinlich umarmen und gehen. Getrennter Wege. Mein Vater würde sterben, und ich würde nicht wieder nach Dublin zurückkehren. Es würde mir nicht allzu schwerfallen wegzubleiben.

Ab jetzt würde ich vorsichtig sein.

– Wie ist das?

– Was?, fragte er.

– Einen Sohn zu haben, von dem du nichts wusstest, sagte ich. – Einen Mann. Er muss – wie alt? – Mitte dreißig sein.

– Ja, sagte er. – Verrückt, oder?

– Fast schon im mittleren Alter, sagte ich. – Wenn man mal nachrechnet. Wenn du ihn kennenlernst, hat er sein halbes Leben schon hinter sich.

Ich war nicht vorsichtig genug.

Ich wollte Joe am liebsten umbringen. Ich wollte ihn vernichten. Ich wollte ihn einfach nur umbringen, Scheiße noch mal.

Aber ich tat es nicht. Der Nebel lichtete sich – das war nicht ich, der da sprach.

Ich hatte Fayes Stimme im Ohr. Da spricht der Alkohol, oder?

Ich wusste, wie er darauf antworten würde.

– Ich war nicht –. Keine Ahnung, Davy – ich war nicht besonders überrascht. Als sie es mir sagte.

Bingo.

– Überrascht dich eigentlich überhaupt irgendwas, Joe?

– Gute Frage, sagte er. – Nee. Nein, ich glaub nicht.

– Ich hab mein eigenes Haus, sagte sie zu mir.

– Echt?, fragte ich.

– Ja, echt.

Sie hatte mich vier Tage nach der Hochzeit bei der Arbeit angerufen.

– Woher wusstest du, dass ich hier arbeite?

Ich musste flüstern, dabei hätte ich am liebsten geschrien. Sollten die Jungs und Mädels im Büro ruhig mitkriegten, dass eine Frau hinter mir her war – eine neunzehn Jahre alte Frau.

– Ich habe in jedem Büro von Dublin angerufen, sagte sie. – Ich hab gesagt, ich will das Sahneschnittchen mit der tollen Frisur sprechen.

Sie hatte Cathys Bruder angerufen, während seiner Flitterwochen, und ihn gefragt, wo ich arbeitete. Das erzählte sie mir irgendwann Monate später. Cathy hatte es nie erwähnt.

Mein Boss stand in der Tür seines Büros und sah zu mir rüber. Ich war begeistert. Sämtliche Augen waren auf mich gerichtet.

– Und dieses Haus, sagte ich. – Dürfte ich bitte erfahren, wo das steht?

– In Gorey.

– Tatsächlich? Aha, gut, ja.

– Nicht alle Mädchen sind scharf drauf, in Scheißdublin zu

wohnen, sagte sie. – Einige von uns kommen auch weit weg von den Großstadtlichtern wunderbar zurecht.

– Das ist sicher richtig, sagte ich. – Könnte ich bitte Ihre Telefonnummer haben, damit ich Sie später zurückrufen kann?

– Nein.

– Nein?

– Ich stehe in einer Scheißtelefonzelle, sagte sie. – Hast du etwa geglaubt, ich lümmle auf meinem Bett rum, im Negligé, oder was? Hast du deinen Pinsel griffbereit?

– Äh – ja, hab ich.

– Ich geb dir jetzt die Adresse. Ich erwarte dich Freitagabend. Wann bist du mit der Arbeit fertig?

– Um fünf – ja genau, um fünf.

– Dann sehen wir uns um acht, und komm ja nicht zu spät.

– Danke sehr –.

Sie hatte aufgelegt.

– Ich melde mich zurück, sobald ich etwas dazu sagen kann – auf Wiederhören.

Ich legte auf und nahm den Applaus und das Schulterklopfen entgegen.

– Das sagen wir Ca-thy! Das sagen wir Ca-thy!

Ich lieh mir das Auto meines Vaters.

Er blickte mich an. Es war der Tag, nachdem Cathy mir die Nachricht hinterlassen hatte, dass wir uns am Wochenende nicht sehen würden. Gerade eben hatten wir von ihr gesprochen. Er nahm den Autoschlüssel vom Schlüsselring.

– Ich mochte Cathy, sagte er.

Ich hatte ihn um sein Auto gebeten und gesagt, ich würde es Sonntag zurückbringen – oder Samstag, falls er es brauchte. Ich hatte ihm nicht erzählt, dass ich jemanden treffen wollte.

Er hielt mir den Schlüssel hin. Als würde es ihm widerstreben, als würde er wider besseres Wissen handeln.

Ich war versucht, ihn nicht zu nehmen.

Er sprach so gut wie nie von meiner Mutter. Er war jünger gewesen als ich jetzt. Ich glaube nicht, dass es andere Frauen gab. Zumindest habe ich nie welche kennengelernt. Er hat keine in unser Haus mitgebracht. Früher träumte ich davon – wenn ich wach war, und manchmal auch im Schlaf. Ich träumte, dass ich in der Küche auf eine Frau träfe. Sie wäre hübsch, wenn es in dem Traum nach mir ging. Ein bisschen zu alt, um umwerfend zu sein, aber attraktiv. Eine dieser toll aussehenden Mütter. Selbst in der Schule träumte ich von ihr. Wenn ich schlief, spürte ich ihre Wärme; einfach nur die Wärme – mehr nicht.

Ich schaffte es dreizehn Minuten vor der Zeit nach Gorey. Die Fahrt durch Arklow hätte mich fast gekillt. Ich hatte keinen Führerschein. Mein Vater hatte mich am Dollymount Strand fahren lassen und einmal nach Howth und wieder zurück. Allein war ich erst einmal ins Northside Shopping Centre gefahren und mit einer Gasflasche zu mir nach Hause. Aber im Schneckentempo durch Arklow, Mann – mit verkrampften Beinen, den Motor zweimal abgewürgt – und ständig Panik, meinem Vordermann hinten draufzuknallen. Ich war am Verhungern. Ich vermisste Cathy. Ich konnte das Pint in meiner Hand spüren und sie neben mir, wir hatten ein Stückchen freie Wand ergattert und standen dicht aneinandergedrängt in dem typisch für einen Freitagabend rappelvollen Pub.

Ich konnte mich nicht daran erinnern, wie Faye aussah.

Das ist immer noch so. Sie hat braune Augen, aber vielleicht täusche ich mich auch. Es würde mich zwar überraschen, wenn sie's nicht wären, aber nicht sehr. Ich könnte runtergehen und nachsehen. Aber das würde sie merken und den Grund wissen wollen. Oder, noch wahrscheinlicher, sie würde den Grund wissen.

– Du packst mich in dein Buch.

Ich habe ihr nicht erzählt, dass ich schreibe. War nicht nötig.

Sie war nicht wirklich schön. Sie hatte nichts Umwerfendes; ja, ich glaube, das trifft es – bis auf ihre Augen. Echte Stummfilmaugen – vielleicht bin ich mir deshalb nie sicher, welche Farbe sie haben. Sie waren riesig, und Faye bewegte sie absolut präzise dorthin, wo sie sie haben wollte. Ständig, nur, um mich zum Lachen zu bringen. Außerdem bewegte Faye sich, beziehungsweise ging sie, als wollte sie jeden Moment über mich herfallen. Sie fasste alles an, strich beim Gehen mit den Fingern über Wände, tippte zerbrechliche Sachen an, drückte auf Knöpfe, ging an Telefone und probierte Mäntel und Hüte an von Männern, Frauen und Kindern. Sah mich ernst an, lächelnd ohne zu lächeln. Aber es waren nicht nur ihre Augen – an Faye war alles Stummfilm. Außerdem gab es da auch noch ihre Stimme, ihren Wexford-Akzent – die Worte, dieser stete Strom brillant dirigierten Wahnsinns. Ich glaube nicht, dass ich mich je in Faye verliebt hatte. Ich glaube nicht, dass ich Zeit dazu hatte. Als ich auf der Hochzeit neben ihr saß, wusste ich, dass sie gefährlich war. Sie hatte alles Mögliche erzählt und machte sich keine Gedanken darüber, und sie legte sich voll ins Zeug, um einem das klarzumachen. Nichts, was sie sagte oder tat, war berechenbar. Ich glaube, ich habe noch nie erfolgreich vorhergesehen, was Faye als Nächstes sagen würde – ja, ich denke, das stimmt. Es gab zwei Sorten Männer. Es gab diejenigen, die Faye begegneten und zurückscheuten. Und es gab diejenigen, die Faye begegneten und hin und weg waren. Letztere waren in der Überzahl. Faye wurde zur einzigen Frau im Raum, im Zug oder am Tisch.

Ihr Haus lag ganz oben in der Stadt. Ich befand mich in einer Stadt, die ein Oben und ein Unten hatte. Es stand allein und wirkte wie das Haus eines Doktors oder Pfarrers. Es gab ein breites Gartentor und eine hohe Steinmauer. Und einen Baum, der über die Straße ragte. Ich wusste nicht, ob ich bis vor die Haustür fahren sollte; ich wusste nicht, ob das erlaubt war, ob man das machte.

Ich wagte es.

Vorne im Haus war alles dunkel. Die Haustür lag tief in einer Veranda versteckt. Es gab keine Klingel – zumindest konnte ich keine entdecken –, sondern nur einen Messingklopfer, einen Fuchskopf.

Ich klopfte einmal.

Und ein zweites Mal.

Die Tür ging auf. Das Licht im Flur war nicht angegangen.

Trotzdem sah ich, wie sie sich mit den oberen Schneidezähnen auf die Unterlippe biss, als versuchte sie, nicht zu lachen.

– Na so was, David, sagte sie. – Du kommst ein bisschen zu früh, oder?

– Soll ich draußen warten?

Ich war zufrieden mit mir; ich hatte einen Satz herausgebracht.

– Wovon träumst du nachts?, fragte sie. – Rein mit dir. Und was ist das da für ein Ding?

Ich sah zu dem Teil, auf das ihr Blick gerichtet war.

– Meine Tasche, sagte ich.

– Oh, sagte sie. – Und? Wie geht's Cathy so? Die steckt aber nicht zufällig in der scheiß Tasche, oder?

Ich stand immer noch vor dem Haus.

– Hoffe nicht, sagte ich.

– Ich mag Cathy, sagte sie.

– Mein Vater auch.

– Na super. Dann haben sich ja zwei gefunden.

Sie ging von der Tür weg. Ich trat in den dunklen Hauseingang und folgte ihr.

– Mach die Scheißtür zu, verdammt. Ich hoffe, du magst Katzen.

– Sie stören mich nicht.

– Prima.

Ich war eine Nacht und fast einen ganzen Tag bei ihr, ehe mir auffiel, dass ich keine einzige Katze gesehen hatte. Dafür saß ein Hund auf meinem Schoß und leckte mir das Kinn. Ich lachte.

– Was?

Sie saß neben mir.

– Du hast gar keine Katzen, sagte ich.

Sie setzte sich auf, drehte sich um und sah mich direkt an.

– Ich werde niemals zu einer Katzenfrau, sagte sie. – Das schwör ich verflucht noch mal bei Gott.

– War deine Mutter eine Katzenfrau?

– Was? Unterstellst du mir etwa, ich hätte nach dem Tod meiner armen Mammy die Scheißkatzen weggeschafft, oder was? Klar, ich hab sie ihr hinterhergeworfen, runter in das eiskalte Grab – leider sind sie vom Scheißsarg wieder abgeprallt. Willst du mir das etwa unterstellen?

Sie trug den Bademantel ihres Vaters und war darunter nackt. Den hatte er an, als er starb, erzählte sie mir.

– Siehst du?, sagte sie.

Sie zog eine Zwanzigerpackung Sweet Afton aus der Manteltasche.

– Seine Kippen, sagte sie. – Exakt da, wo er sie gelassen hat.

Sie steckte das Päckchen wieder ein.

– Es gab wirklich mal eine Katze, sagte sie.

– Ach was?

– Ist nach ihrem Tod verschwunden.

– Ernsthaft?

– Hat sich einfach verpisst, das Viech.

Sie lehnte sich über mich und den Hund, kniete auf dem Sofa. Untersuchte die Armlehne.

– Aha.

Sie nahm etwas zwischen Daumen und Zeigefinger.

– Beweisstück A.

– Was ist das?

Ich sah absolut nichts. Sie tat so, als würde sie es mir direkt vor die Nase halten.

– Ein Mitzihaar.

Jetzt erkannte ich doch was.

– Könnte auch ein Hundehaar sein, sagte sie.

Im Zimmer waren drei Hunde. Draußen, hinterm Haus, gab es noch mehr.

– Ich bin auf Katzen allergisch, sagte sie. – Wenn ich mir das hier in die Nähe meines Gesichts halte, explodieren mir die Augen.

Ihr Gesicht schwebte direkt vor meinem. Sie hatte den Hund von meinem Schoß runtergeschubst. Unten auf dem Fußboden war es inzwischen zu einem Streit gekommen, zwischen ihm und den anderen beiden Hunden. Aber ich sah nicht hin. Konnte ich nicht, und wollte ich auch nicht. Jetzt sah ich das Haar klar und deutlich; es ragte zwischen ihren Fingernägeln empor wie eine Stecknadel. Sie hielt es sich direkt ans linke Auge.

– Katze oder Hund?

Ich konnte nur noch ihr linkes Auge sehen.

– Los, sag schon, forderte sie mich auf.

Ich gab ihr die Antwort, die sie wahrscheinlich hören wollte.

– Katze.

Das weiße Haar teilte ihr Auge entzwei. Dann bewegte es sich und glitt an ihrem Augapfel entlang. Sie blinzelte nicht.

Das Haar war verschwunden.

– Merkst du was?

– Nein.

Sie seufzte.

– Na gut – war wohl doch nur ein Hundehaar.

Sie rutschte zurück auf ihren Platz.

– Vielleicht nächstes Mal.

Sie zog den Bademantel fest.

– Ich bin gern Waise, sagte sie. – Ist irgendwie cool, findest du nicht?

– Ja, sagte ich.

Ich dachte darüber nach.

– Ist es wirklich.

– Männer vögeln gerne Waisen, sagte sie. – Hat dir das schon mal wer erzählt?

– Nein.

– Eine Vollwaise mit einem Haus und einem Geschäft und einer Vagina, sagte sie. – Weißt du, was ich für die Männer dieser Stadt bin?

– Nein. Was?

– Die reiche Uschi mit der Muschi.

Keiner lachte. Die Wörter klangen boshaft – wie Selbstverletzung.

– Dir gehört ein Geschäft?, fragte ich.

– Jepp, sagte sie. – Inklusive Name über der Tür. Du kannst dir nicht vorstellen, wie viele Mammys bei mir vorbeigeschaut haben, seit meine eigene Mammy zu ihrem Schöpfer heimgekehrt ist. Frauen, deren Ehemänner mit meiner Mammy im Bett waren – nicht um zu schlafen, sondern um es ihr so richtig zu besorgen. Aber die Ehefrauen – die sind sehr gern bereit, die Vergangenheit ruhen zu lassen. So gerne wollen sie mich für ihre Söhne.

– Bringen sie die Söhne mit?

– Die sind doch nicht blöd, sagte Faye. – Die bringen mir Kuchen. Obsttorten. Und Shepherd's Pie und Blumen. Und fragen mich, wie ich das alles schaffe, wie ich zurechtkomme, so ganz allein in diesem schrecklichen alten Kasten, und wer sich für mich um den Laden kümmert, bis ich verkaufe, was natürlich fürchterlich schade wäre, weil – na ja – weil diese Stadt diesen Laden doch braucht, nicht wahr, dieser Laden, sagen sie mir, *ist* die Stadt.

– Was gibt es in dem Laden?

– Gewänder für das Landvolk, sagte sie.

– Klamotten.

– Sehr gut. Klamotten. Meine Mutter war total durchgeknallt.

– Woran ist sie gestorben?

– Ah, klar. Na ja –. Sie hat sich sozusagen umgebracht – aus Versehen, natürlich. Aber das erzähl ich dir ein andermal. Cathy.

Ich kam nicht mit. (Komme ich immer noch nicht.) Für mich klang es, als wäre Cathy in den Selbstmord ihrer Mutter verwickelt gewesen. Ich hatte noch nie von einer Frau gehört, die sich umgebracht hatte. Bis jetzt waren das immer Männer und Jungen gewesen – und auch nicht viele.

– Was ist mit Cathy?, fragte ich.

– Hast du mal ihren Vater kennengelernt?

– Äh, ja, sagte ich. – Er war doch letzten Samstag auf der Hochzeit.

– Stimmt, aber ich meine, hast du ihn kennengelernt? Hast du dich schon mal mit ihm unterhalten?

– Ja – ganz kurz. Als er zu einem Spiel in Dublin war. Warum denn?

– Er ist ein netter Mann. Er war meine persönliche Nummer eins auf der Liste der netten Väter, die in diesem Haus hier waren.

– Hat deine Mutter –?

– Hat sie.

– Ich wusste gar nicht, dass Cathy hier aus der Gegend kommt.

– Du hast meine Mutter nie kennengelernt, sagte sie. – Du wärst nicht einfach nur über die Straße gelaufen, um einen Blick auf sie werfen zu dürfen. Du hättest mindestens das ganze Land durchquert und noch viel mehr. Nenn mir eine spektakuläre Sehenswürdigkeit in Irland. Los – hopphopp.

– Die Steilklippen von Moher.

– Meine Mammy war die Steilkippen von Moher. Ich bin nicht wie sie.

– Du bist der Damm der Riesen, stimmt's?

Es war, als hätte sie mich nicht gehört. Ihr Gesicht blieb regungslos.

– Ich werde nie so sein wie sie, sagte sie.

– Okay.

– Hör mir zu, befal sie. – Hör her, was ich sage. Hör mir zu.

– Tue ich.

– Ich werde in meinem ganzen Leben nur einen einzigen Mann kennen, sagte sie. – Du liest doch die Bibel, oder?

– Nein, eher nicht, sagte ich.

Ich versuchte, zu begreifen, was sie da eben gesagt hatte.

– Jedenfalls ist es das *Kennen,* wie ich es meine, sagte sie. – Im biblischen Sinn.

Wir hatten uns in der Nacht zuvor geliebt. Wir hatten uns eine halbe Stunde zuvor geliebt.

Diese Augen – nagelten mich fest. Warteten darauf, dass ich etwas sagte.

– Okay.

– Meine Mutter weinte, wenn sie zu spät kamen, sagte Faye. – Und wenn sie gingen, weinte sie auch. Wenn sie pünktlich waren, warf sie sie hochkant raus und lachte sie aus, wenn sie bleiben wollten. Sie warf mit den ganzen kleinen Figuren nach ihnen. Schau dir das Kaminsims an. Logisch – da ist nichts mehr übrig.

– Warst du dabei?

– Ich war erst zehn, als Daddy starb.

– Okay. Wer führte den Laden?

– Sie.

– Tatsächlich?

– Sie erfand das Geschäft vollkommen neu. Hat mir eine der Sheperd's-Pie-Tanten erzählt. Das Beste, was dieser Stadt jemals passiert ist, sagte sie. Man konnte einkaufen gehen, ohne dafür extra rauf nach Dublin zu fahren. Sie verwandelte den großen Laden in ein Scheißkaufhaus.

– Das war die Untreue ihres Ehemanns wert.

– Wessen Ehemann?

– Der von der Sheperd's-Pie-Tante.

– Tja, mein Gott, sagte sie. – Genau. Das war's wert. Alle großen Labels gegen den Schwanz vom Ehemann? Prima Deal, Junge. Cathys Mutter versuchte übrigens, ihren Sohn davon zu überzeugen, mir den Hof zu machen.

– Der Bruder, der geheiratet hat?

– Genau der.

– Du machst Witze.

– Sicher nicht.

– Als er schon mit der Frau verlobt war, die er jetzt geheiratet hat?

– So lief das, sagte sie. – Ich meine, um fair zu bleiben. Ich hab ein Scheißkaufhaus, und die Verlobte ist nur 'ne olle Krankenschwester. Entschuldige, seine Frau natürlich, Gott segne sie.

Ich wartete eine Sekunde.

– Hat er sich bei dir gemeldet?, fragte ich.

– Nein, hat er nicht.

– Und woher weißt du dann, dass seine Mutter ihn dir ans Bein binden wollte?

Ich hatte keine Ahnung, wo meine Ausdrucksweise – *ihn dir ans Bein binden wollte* – plötzlich herkam.

– Ich wollte das Licht anmachen, sagte sie. – Also, als sie hier war. Seine Mammy – hier bei mir. Es wurde langsam dunkel. Aber die Lampe ging nicht. »Das repariert Cathal dir«, sagte sie.

– Wahrscheinlich die Glühbirne.

– War mir klar. Nur die Scheißglühbirne. Hab ich ihr auch gesagt – das ist nur die Glühbirne.

– Und?

– Nein, sagte sie. – Die Lampe war im Arsch.

Ich musterte die drei, vier Lampen im Zimmer.

– Welche ist es?

– Du wirst die mir auch nicht reparieren.

– Weiß ich.

– Hab ich hinten zur Küchentür rausgepfeffert, sagte sie. – Da landet ab jetzt der ganze kaputte Scheiß – ab sofort, verdammt.

Dann schwiegen wir. Irgendetwas lag in der Luft; ich dachte, sie würde gleich anfangen zu weinen – oder weinte vielleicht sogar schon.

Aber das tat sie nicht. Die Hunde hatten sich verzogen. Ich meinte, sie auf der Treppe gehört zu haben. Es war dunkel im Zimmer. Und kalt.

– Bist du ein Einzelkind?, fragte ich sie.

– Hältst du mich für ein Scheißkind?

– Nein.

– Ich hab letztes Jahr meinen Abschluss gemacht, sagte sie. – Vor nicht mal einem Jahr war ich noch ein Schulmädchen. Hast du jetzt ein schlechtes Gewissen?

– Kein bisschen.

– Oder das Gegenteil, sagte sie. – Kriegst du davon einen Steifen?

– Nein.

– *Grand*, sagte sie.

Sie sang ein Lied, das ich nicht kannte.

– *I ain't got no sister, I ain't got a brother, I ain't got a father, not even a mother.*

– Wie hast du abgeschnitten?

– *I'm a lonley girl, I ain't got a home.* Mit Hochschulreife. Einen Eins-a-Abschluss.

– College?

– Scheiß drauf, sagte sie. – Alles prima. Ich hab die Schnauze von irgendwelchem Fachwissen, so was von voll. Hast du jemals ein dämlicheres Wort gehört als »Geschwister«?

– Nein – nein, glaub nicht.

– Und? Hast du irgendwelche Ge-schw-üster, David?

– Nein.

– Interessant, sagte sie.

– Warum das?

– Wir sind beide Einzelkinder – einzelne, einsame Kinder. Mit toten Mammys.

– Und was ist daran so interessant?

– Ist einfach so, sagte sie. – Dinge passieren nicht ohne Grund. Behaupte ich.

Sie sah mich direkt an.

– Du genügst mir, sagte sie.

Sie lächelte nicht.

– Danke, sagte ich.

Ich konnte nicht anders. Ich lächelte.

Wir beobachteten, wie sie sich durch die Menge nach vorne drängelte, zurück zu ihren Freunden.

– Hast du ihren Hintern gesehen?

– Perfekt.

– Ja.

– Absolut perfekt.

– Was machen wir jetzt?

Wir machten gar nichts. Wir blieben, wo wir waren. Hielten weiter Ausschau, für den Fall, dass die Mauer aus Schultern und Köpfen sich wieder öffnete. Sobald wir einen Blick auf sie erhaschten, rempelten wir uns an.

– Hast du das gesehen? Wie sie sich vorgebeugt hat, um an ihr Bier zu kommen?

– Die Möpse – die Form unter dem Pullover.

– Oh ja, Mann.

– Eine Hand auf den Dingern.

– Oh ja, Mann.

– Ihr Gewicht – kannst du dir das vorstellen?

– Oh scheiße ja, Mann.

– Guck mal, sagte Joe. – Der Typ da ist am Gehen. Schnappen wir uns seinen Hocker?

Wir wollten uns ranwanzen, näher zu ihr. Wir würden die Jungs, die am Rand der Gruppe standen, in ein Gespräch verwickeln. Irgendeine Gemeinsamkeit würden wir sicher finden – irgendetwas musste es geben. Joe würde den Anfang machen. Irgendwer würde weiterrücken, gehen, den Mantel holen, und dann stünde sie vor uns. Vor mir. Ich würde mit ihr reden – irgendwas würde mir schon einfallen, irgendwas würde passieren.

– Geht der jetzt, oder was? Jetzt hockt der sich wieder hin, der Wichser.

– Verfluchtes Arschloch, überlegst du dir's jetzt vielleicht bald mal, du Arsch.

– Was machen wir jetzt?

Joe stand auf. Er nahm sein Glas und griff seine Jacke.

– Komm mit, sagte er.

Ich sah zu, wie er sich höflich einen Weg durch den Schankraum erkämpfte. Er lächelte alle, die er zur Seite schob, an. Ich konnte sein Gesicht zwar nicht sehen, aber er lächelte bestimmt. Ich kannte Joe. Ich wusste, was in ihm steckte, und ich wusste, dass ich ihn bremste.

Ich stand auf, griff mir ebenfalls Glas und Jacke und ging hinterher. Er hatte auf der Theke Platz für sein Bier gefunden. Seine Jacke hatte er auf den Haufen neben der Tür geworfen. Er hörte zwei Männern und einer Frau zu. Als ich kam, wollte er gerade selbst den Mund aufmachen.

So könnte es gewesen sein, so oder so ähnlich. Ich sehe es direkt vor mir; ich habe keine Probleme, es zu beschreiben. Joe ebnete den Weg, und ich bin ihm hinterher. Ich hätte bestimmt nicht gezögert.

– Die Ramones, sagte er später am selben Abend. – Die Jungs lassen einen nie im Stich, stimmt's?

Wir liefen durch North Strand nach Hause in Richtung Fairview. Wir liefen jedes Wochenende so weit, ehe ein Taxi auf dem Rückweg in die Stadt anhielt und uns mitnahm.

Die Ramones waren das Thema gewesen, worüber die zwei Typen und das Mädchen sich unterhalten hatten, als Joe dazugekommen war und sein Pint abgestellt hatte. Die zwei Typen überlegten, ob sie sich später, nach der Sperrstunde, noch *Rock 'n' Roll High School* ansehen sollten.

– Der beste Musikfilm aller Zeiten, sagte Joe.

Sie reagierten nicht. Sie kannten ihn nicht, hatten ihn noch nie gesehen. Sie drehten sich zwar nicht weg, aber sie schauten auch nicht zu ihm hin.

– Noch besser als *The Last Waltz,* sagte Joe.

Das Mädchen war es schließlich, die reagierte. – Echt?

– Find schon, sagte Joe.

Ich wusste, dass er *Rock 'n' Roll High School* überhaupt nicht gesehen hatte.

– Woher wusstest'n du das?, fragte ich ihn auf dem Nachhauseweg.

– Was'n?

– Dass sie auf *The Last Waltz* steht?

– War geraten, sagte er. – Sie hatte 'ne Frisur wie Emmylou Harris.

– Quatsch.

– Aber früher mal, sagte er.

– Woher willst'n das wissen?

– Weiß ich einfach.

– Leck mich, Joe, sagte ich. – Was faselst'n du hier rum?

– Hab ich gesehen, sagte er. – Sie hat sich gerade erst die Haare schneiden lassen – 'n totaler Typwechsel. Hat sich ständig reingefasst. Dahin getatscht, wo die Haare aufhörten. Außerdem sind sie schwarz wie die von Emmylou Harris.

– Scherzkeks, sagte ich.

– Du bräuchtest echt auch 'n paar Schwestern, Davy, sagte er. – Was man da alles lernt. Das ist kein Witz, okay?

– Wie zum Beispiel?

– Zum Beispiel – heut Abend, ja? Eine von meinen Schwestern hat sich vor 'ner Weile die Haare schneiden lassen und hat danach tagelang nur geflennt. Ist nicht mehr aus ihrem Scheißzimmer rausgekommen. Und als sie dann endlich wieder rauskam – weil sie ungelogen kurz vor'm Verhungern war –, hat sie sich ständig an die Haare gefasst. Also dahin, wo ihre Haare mal waren. Wie die Frau heute Abend. Ich hab's ihr angesehen. Die war total nervös deswegen. Nee, anders, sie hat getrauert. So in der Art. Auch, wenn ihr neuer Look ihr gefällt. Sie vermisst ihre Haare. Genau wie meine Schwester. Voll in Panik. Muss für 'ne Tussi mit langen Haaren ein Riesending sein. Wenn die Haare an ihr das Aufsehenerregendste sind. Würde ich jedenfalls behaupten. In Märchen wimmelt's vor Frauenhaaren.

– Welche Schwester?

– Paula. Glaub ich. Weiß ich nicht mehr. Aber ich würd sagen, Paula.

Ich fragte mich, und zwar nicht zum ersten Mal, wieso er bei Frauen nicht mehr Erfolg hatte. Mir kam's vor, als würde er alles über Frauen wissen. Wie sie tickten, was sie dachten. Was wichtig war, was sie zum Lachen brachte. Ich weiß noch, einmal, da waren wir noch in der Schule, hatte er mit nur zwei Worten die ganze Klasse zum Stillstand gebracht.

– Mädchen wichsen.

Niemand zweifelte an seinen Worten. Niemand sagte »Hör auf« oder »Verpiss dich, Joe«. Aber wie wichsten sie? Das war die Frage, die niemand zu stellen wagte. Woran zogen sie, woran rieben sie? Als der Lehrer reinkam und die Tür hinter sich zuzog – welcher, weiß ich nicht mehr; ich kann mich an die meisten Namen unserer Lehrer nicht mehr erinnern –, konnte er nicht fassen, wie still es war. Er roch den Braten.

– Was ist hier los? Raus mit der Sprache.

Er machte die Tür wieder auf, für den Fall, dass er schnell abhauen musste; so war das damals. Feindselig, angespannt. Ein Typ aus der letzten Reihe hinter uns flüsterte.

– Er hat recht.

Die Mütter mochten Joe. Die Schwestern mochten Joe. Die Frauen und die Mädchen in den Geschäften mochten Joe. Zumindest hatten sie nichts gegen ihn. Sie waren höflich, manchmal regelrecht geduldig. Sie sahen in ihm keinen Feind. Und es gab immer wieder Zettelchen von Mädchen. *Mary will mit dir gehen. Sag deinem Freund Joe, Jackie Salmon findet, er ist ein Sahneschnittchen. Sicher nicht – verpiss dich.*

Ich fragte mich, warum er nicht von Mädchen zu Mädchen, von Frau zu Frau weitergezogen war? Warum er kein anderes Leben geführt hatte? Vielleicht hatte er das ja – plötzlich machte er Kinder geltend, von denen ich nichts gewusst hatte, von denen *er* nichts gewusst hatte.

– Du bist trotzdem ein Lügner, sagte ich damals nachts in North Strand zu ihm. – Emmylou Harris, am Arsch!

– Okay, dann erklär's du doch, verdammt, sagte er. – Na los, nu tu nich' so bescheiden. Erhelle uns mit deiner hart erkämpften Scheißexpertise.

– Sie mag uns, sagte ich.

– Uns?

– Mich.

– Dich Scheißer?

– Uns beide, sagte ich. – Ist doch egal.

– Warte mal, sagte er. – Wir reden hier immer noch von Glatzkopfemmylou, ja?

– Sie ist kein Glatzkopf.

– Super, sagte er. – Egal. Du behauptest also, sie steht auf uns. Auf uns.

– Genau. Auf mich jedenfalls.

– Dann hat sie das aber verfickt gut versteckt, sagte er.

Er würde nie zulassen, dass sie auf mich stand. Er würde nicht einmal zulassen, dass ich auf die Idee kam.

Später waren wir dann tatsächlich in *Rock 'n' Roll High School* gewesen. Wir hatten uns den anderen angeschlossen, waren zwar nicht direkt willkommen, aber auch nicht unwillkommen. Wir hatten vorm George's rumgelungert, während die anderen – die wir nicht wirklich kannten – sich versammelten, beratschlagten, gingen, dablieben. Unser Mädchen bewegte sich mit dem Schwarm, sie gehörte dazu. Zehn, elf Leute gingen ins Kino. Wir waren mitten unter ihnen, liefen los; setzten uns in Bewegung. Wir zogen die South William Street runter, auf dem Gehsteig, neben dem Gehsteig, auf der Straße am Hideout und am Grogan's vorbei.

Sie war nicht dabei. Sie war verschwunden; gegangen – woandershin unterwegs; mit jemand anderem.

– Sie ist nicht da.

– Ist egal, sagte Joe. – Das ist eine Investition in die Zukunft.

– Wie meinst du das?

– Wir sind in der Clique, sagte er.

So habe ich das in Erinnerung. Das sagten wir, das taten wir. Irgendwo kurz vor College Green verloren wir die anderen, aber auf der O'Connell Bridge holten wir sie wieder ein. Ich kann mich an keine Namen mehr erinnern. Ich bin mir nicht sicher, ob ich ihre Namen je kannte. Muss aber so gewesen sein – später gab es Partys, Gespräche, Sex. Ich kann mich an Gesichter erinnern. An die Hüfte einer Frau, ein Lächeln, Augen. Fast kann ich noch die Haut spüren und den Atem. Ich erinnere mich an das Emmylou-Harris-Mädchen. Ich glaube, sie hieß Alice. Aber das war später; ihren Namen erfuhr ich erst später, bei anderer Gelegenheit. Den von Jessica kannte ich nicht. Da bin ich mir sicher. Aber jetzt ist ihr Name da und hat einen Platz in der Geschichte. Ich erinnere mich an Dinge, Ereignisse, und sie ist jetzt zu einer Frau geworden, die ich viel besser kenne als in Wirklichkeit.

Auf der O'Connell Street ging's wild zu. Auf den Stufen vor dem Gresham gab es eine Schlägerei. Auf dem Pflaster waren Blut und ein Zahn. Es gab eine kreischende Freundin und ein Mädchen, das versuchte, sie an den Haaren zu packen. Sie wurde von weiteren Mädchen zurückgehalten und von einem Mann, der ihr mit Prügel drohte.

Wir schafften es zum Findlater Place und ins Regent. Das Emmylou-Mädchen saß vor uns. Sie drehte sich um, lächelte Joe an – und dann mich.

– Ich hoffe, der taugt was, sagte sie.

– Wart's ab, sagte Joe. – Der ist toll.

Das war's dann wohl: Joe hatte dieses Abenteuer eingefädelt, aber beim Reden hatte sie mich angesehen.

– Der ist super, sagte ich.

Sie lächelte und drehte sich zurück zur Leinwand.

Sobald wir *Sheena Is a Punk Rocker* hörten, sprangen wir aus den Sitzen. Wir stellten uns in den schmalen Durchgang zwischen der Wand und den Reihen. Selbst als Joey Ramone längst aufgehört hatte zu singen, pogten und rempelten wir weiter. Joe hatte die Hand auf Emmylous Rücken gelegt. Sie keuchten und lachten. Ich vermutete, ich würde allein nach Hause gehen. Den weiten Weg raus aus der Stadt um zwei Uhr morgens – Summerhill, Seán Mc Dermott Street, North Strand – die Vorstellung war der Horror.

Tja, und dann – eine Stunde später – liefen wir doch zu zweit nach Hause.

Vor dem Kino hatten sich alle wiedergetroffen. Sie sammelten sich, zogen los. Emmylou war in der Nähe von Joe und dann plötzlich nicht mehr. Sie zog los – er nicht.

Er blieb bei mir.

Ich war froh.

– Cooler Film, sagte ich.

– Was für ein Scheißdreck, sagte Joe.

– Du hast doch gesagt, es wäre der beste Musikfilm aller Zeiten.

– Das war, bevor ich ihn gesehen habe.

– So schlecht war's auch wieder nicht.

– Hat seinen Zweck erfüllt, sagte er.

Wir waren drin in der Clique – hofften wir. Genau wie Joe gesagt hatte, wie er es vorhergesehen hatte. Aber wir würden abwarten müssen. Wir redeten nie darüber, warum wir das taten. Weil wir das Mädchen kennenlernen, mit ihr ins Bett gehen, uns in sie verlieben wollten? Wir beide – oder nur Joe? Ich weiß noch, dass ich dachte oder besser gesagt fühlte: Es ging um Akzeptanz. Und ich weiß noch, dass ich mehr wollte.

Wir erreichten die Newcomen Bridge und die Wohnblocks. Auf der anderen Straßenseite war eine Horde Typen. Sieben oder acht – sie wirkten zu chaotisch, um sich für uns zu interessieren. Als wir an ihnen vorbeigingen, auf die Schritte warteten oder ihre Rufe – war mir trotzdem klar, dass etwas passieren würde, ich spürte es, ahnte es, wollte es fast. Die Notwendigkeit, das Maul zu halten, der Drang, zu sprechen. Loszurennen, um auf uns aufmerksam zu machen. Ich bin inzwischen fast sechzig, aber ich spüre heute noch das Stechen in meiner Brust – den Rausch –, als ich schließlich rannte – wie um mein Leben. Nein, nicht *wie*. Ich rannte um mein Leben.

Wir waren schon über die Kanalbrücke rüber, als wir hinter uns eine Stimme hörten.

– He, habt ihr mal Feuer?

Es war noch zu früh, um wegzurennen.

Joe warf einen Blick über die Schulter.

– Nein.

– Ach kommt – was habt ihr's denn so scheißeilig?

Jetzt war es Zeit, loszurennen.

– Scheißschwuchteln!

Ich ging davon aus, dass wir's schaffen würden. Hätten sie auf uns gewartet, hätten sie sich auf der Straße verteilt und uns in eine Falle laufen lassen. Wir rannten unter die Eisenbahnbrücke. Die breiteste Stelle der Straße war nicht weit, und die Feuerwache auch nicht (ich weiß nicht mehr, ob die Feuerwache damals schon existierte, als wir dort langrannten, oder ob sie gerade erst gebaut wurde). Wir hatten die Nacht durchgesoffen, aber wir waren schnell, und die Typen nicht völlig drauf versessen, uns zu kriegen – das hofften wir wenigstens. Dann kam der Fairview Park, rechts von uns. Da drin war ein Schwuler erschlagen worden, ermordet, und das wegen vier Pfund und einer Uhr. Erst ein paar Monate zuvor – weil er schwul war. Vielleicht waren das dieselben Typen gewesen – vielleicht hatten die ihn totgetreten. Ich konnte ihre Schritte nicht mehr hören – war mir aber nicht sicher. Ich würde mich nicht umdrehen, auf gar keinen Fall. Sie hatten den armen Kerl totgetreten – hatten ihn abgepasst. Ich hörte Joe neben mir; wir atmeten im Gleichtakt. Mir taten die Beine weh, meine Brust brannte wie Feuer. Ich konnte sie hinter uns hören, sie waren immer noch da, immer noch auf der Jagd. Ein Taxi – ein Scheißtaxi! Es kroch zurück in die Stadt. Auf der anderen Straßenseite. Joe sah es auch. Wir sprangen auf die Straße und sprinteten rüber zum Park. Als das Taxi direkt auf uns zukam, hörten wir auf zu rennen. Wenn der Fahrer uns rennen sah, würde er weiterfahren. Ich versuchte, mich nicht vornüberzubeugen, um wieder zu Atem zu kommen oder zu kotzen. Ich schaute mich nicht um. Joe hob den Arm, die Hand. Das Taxi war jetzt ganz nah – wenn es nicht anhielt, waren wir am Arsch. Sie würden uns über den Zaun werfen, in den Park schleifen. Uns tottreten. Die Zeitungen würden uns für schwul erklären. Das war unsere letzte Chance. In letzter Sekunde hielt das Taxi an, direkt hinter uns. Nur noch die Tür öffnen – Joe bekam sie auf. Wir saßen drin. In Sicherheit, gerettet. Joe sagte dem Fahrer, wo wir hinwollten. Er machte einen U-Turn – die Straße war leer. Der Park stockfinster. Dann die Feuerwache, dort bewegte sich was. Die Typen, die Schwuchtelschläger. Sie hatten aufgegeben, ehe wir das Taxi angehalten hatten. Egal.

Der Schweiß war kalt.

Das Taxi bog in die Howth Road ein.

– Was man aus Liebe so tut, sagte Joe.

Er fing an zu lachen.

– Nächste Woche, sagte er. – Wirst schon sehen. Das zahlt sich alles aus.

Das ergab nicht wirklich einen Sinn.

Aber es war toll.

– Sieht er dir ähnlich?, fragte ich Joe.

– Sehen dir deine Kinder ähnlich?, fragte er zurück.

Manche finden, meine Kinder sehen mir ähnlich. Manche finden, sie sehen aus wie Faye.

– Ein bisschen – sagen die Leute. Sagt Faye.

– Ein bisschen, sagte Joe. – So ist das nun einmal. Wir sehen alle ein bisschen aus wie irgendwer. Im Ernst. Hol dir ein Foto von

Whitney Houston auf dein Handy. Na los. Und wir finden garantiert eine kleine Ähnlichkeit mit dem Barmann. Mach schon.

Er versuchte, sich rauszureden. Aber ich tat, was er wollte. Ich googelte Whitney Houston und wählte ein frühes Bild vor *Bodyguard*.

– Gott, war sie hinreißend.

– Im Gegensatz zu dem Scheißbarmann.

Wir waren uns jetzt ganz nah, Schulter an Schulter; wir lehnten uns aneinander, damit wir beide was sehen konnten.

– Seine Stirn. Siehst du?

– Stimmt, sagte ich. – Eindeutig die von Whitney.

– Schau, wie er dasteht – schau dir das an. Er ist ein Houston. Definitiv.

– Das ist doch schräg, oder?, sagte ich. – Wie wir uns die Art zu laufen angewöhnen oder so was. Meine Róisín läuft haargenau, wie meine Mutter ging. Behauptet mein Vater.

Joe nickte zum Barmann rüber.

– Vielleicht singt der ja wie Whitney.

– Möglich ist alles.

– Wir könnten ja anfangen, »I Wanna Dance With Somebody« zu singen, und schauen, ob er mitmacht.

– Und uns rauswerfen lassen.

– Vielleicht ist sie gar nicht gestorben, sagte er. – Und arbeitet in Wirklichkeit als Barmann im Sheds.

– Sieht Peter dir ähnlich?, fragte ich.

– Sei kein Arschloch, Davy.

– Ich bin kein Arschloch. Ich versuche, mich zu erinnern.

– Woran denn?

Ich zuckte mit den Achseln. Richtete mich auf, rückte weg von seiner Schulter, von ihm. Ich versuchte, den Rücken durchzudrücken – mich aufrecht zu halten.

– Manche Sachen sind ziemlich verschwommen, sagte ich.

– Was meinst du?

– Früher. Manche Dinge fühlen sich an wie gestern.

Er nickte.

– Geht mir genauso – jepp.

– Andere Sachen dagegen, sagte ich. – Die ungefähr zur selben Zeit passiert sein müssen. Und trotzdem – ich geb dir mal ein Beispiel. Faye sagt, wir hätten irgendwas gemacht, und ich hab keinen blassen Schimmer. Null Erinnerung. Sagen wir, irgendein Laden, in dem wir waren. Und sie redet vielleicht davon, was wir gegessen haben – also wo und was. Ich kann mich zwar nicht daran erinnern, aber ich zweifle auch nicht daran, dass es so war. Dann erwähnt sie irgendwas anderes, das am selben Tag, am gleichen Ort passiert ist, und alles ist sofort wieder da – jede Einzelheit.

Ich wollte, dass er uns beide dort sitzen sah, damals, bei George, auf unseren Hockern – Hocker wie die, auf denen wir jetzt saßen. Ich wollte dort sein. Das war auch meine Geschichte. Wir hatten dieselbe Frau angehimmelt. Es war eine gemeinsame Entscheidung gewesen. Etwas, das wir uns zusammen ausgedacht hatten. Im Laufe eines einzigen Abends – bei Abendessen und ein paar Drinks – hatte er einen Riesenbogen gespannt: mich erst an die Existenz einer Frau erinnert, die wir beide kaum gekannt hatten, und mir dann erzählt, dass er vielleicht der Vater ihres erwachsenen Sohnes war. Ich war damals dabei gewesen, ganz am Anfang, und dieses Ende war nicht akzeptabel.

Es gab eine Frage, die ich ihm nicht gestellt hatte, eine derart naheliegende Frage, dass ich fast laut aufgelacht hätte.

– Sagt sie, dass du der Vater bist?

– Nicht direkt, sagte er. – Nein. Sie beharrt nicht darauf.

– Also –

Er seufzte, und ich hörte ihn Luft holen.

– Das ist kompliziert, Davy. Verstehst du? Einfach kompliziert. Ich krieg das nicht gebacken. Mir fehlen die Worte.

Ich wusste, was er meinte – glaub ich wenigstens. Ich spürte die Beständigkeit meiner Ehe mit Faye, auch wenn ich nicht gewusst hätte, wie ich das beschreiben sollte. Aber meine Kinder waren von mir – das war ziemlich unkompliziert. Es gab Ereignisse, denen ich beigewohnt hatte, an denen ich beteiligt gewesen war. Ich vögelte meine Frau, und sie vögelte mich. Wir haben zwei Kinder. Sie ist die Mutter; ich bin der Vater. Es gab Fehlgeburten und eine Abtreibung. Ich spüre mein Herz, wenn ich an meine Kinder denke; sie befinden sich jenseits von allem, was sich in Worte fassen lässt. Ich weiß noch, wie schwer sie waren, als ich sie zum ersten Mal im Arm hielt, ich erinnere mich an ihre Bäckchen, das erste Lachen, die speckigen kleinen Hände, die meinen Finger umklammern. Aber auch an Blut und vollgeschissene Windeln. Meine Kinder sind eine Tatsache, und Joes mittelaltes Phantombaby machte mich zum Kotzen wütend.

– Ich muss pinkeln.

Damals, an unserem allerersten Wochenende, liefen wir die Main Street entlang. Wir wollten nirgendwohin – glaub ich wenigstens. Wir hatten kein Ziel. Das Gorey von damals war noch nicht wie das Gorey von heute. Das Gorey von heute, das sind Schaufenster voller Brautkleider. Im Gorey damals gab es nur wenige Schaufenster, es war eine Kleinstadt in Wexford, die versuchte, ein bisschen mehr zu sein. Das Gorey von heute ist wie ein Vorort von Southside Dublin, der aus Versehen vom Festland abgeschnitten wurde.

– Ich zeig dir jetzt meine Wurzeln, sagte Faye und zog die Hintertür zu.

Sie schloss nicht ab.

– Was machst du mit den Hunden?, fragte ich.

– Die können verdammt noch mal allein spazieren gehen, sagte sie.

– Wenn du weggehst, meine ich.

– Wer sagt denn, dass ich weggehe?

– Du, sagte ich.

– Ach was?

– Ja, sagte ich. – Du hast so was gesagt.

– So was gesagt. Habe ich wortwörtlich gesagt, ich würde von hier weggehen?

– Du hast es angedeutet.

– Ach was!, sagte sie.

Wir standen inzwischen auf der Straße.

– Hat Gladys Knight etwa gesungen »I'm *implying* on that midnight train to Georgia«? Los, sag schon.

– Eher nicht.

Ich liebte es, mit ihr zusammen zu sein.

– Nein, hat sie nicht, verdammt noch mal. Ich bin in meinem ganzen Leben niemals nur andeutungsweise in einem Zug weggefahren, und Gladys auch nicht. Oder irgendeiner von den Pips. Schau mal, hier geht es überall immer nur bergab.

Sie hatte recht. Wir liefen bergab, auf eine Kreuzung zu.

– Sogar der Scheißrückweg rauf geht immer nur bergab.

– Du bist hier nicht glücklich, sagte ich.

Sie schnaubte.

Und blieb stehen.

– Sag mal, David, wenn ich weggehe – *falls* ich weggehe, tatsächlich meine Koffer packe und von hier verschwinde – glaubst du, dass du dann der Grund dafür bist und mich zu einem glücklichen Mädchen machen kannst?

– Klar.

– Gott, bist du niedlich.

Die Stadt – dieser Teil der Stadt – war ruhig, obwohl Autos und Lastwagen an uns vorbeifuhren, langsam. Am Fuß des Hügels sah ich Menschen, unter uns. Es war später Nachmittag, allmählich wurde es dunkel und kalt. Wir standen vor einem Laden mit einer Pyramide aus Gläsern mit schwarzer Johannisbeermarmelade im Fenster.

Sie ging weiter. Ich kam mit. Sie hatte meine Hand genommen. Es war aufregend.

– Wo ist dein Laden?

– Wart's ab – warte. Siehst du schon noch.

Sie blieb wieder stehen.

– Ich wage eine Prophezeiung, verkündete sie. – Eines Tages – eines Tages – wird es an dieser Kreuzung Ampeln geben. Pass auf die Traktoren auf.

Wir rannten über die Straße, obwohl wir nicht mussten. Der Verkehr stand.

Sie ließ meine Hand los.

– Und jetzt schau, sagte sie. – Da.

Sie deutete auf die andere Straßenseite. Das Geschäft war doppelt so breit wie die Läden rechts und links davon. Der Name stand in großen roten Buchstaben über beiden Schaufenstern – quer drüber.

– Du heißt Devereux mit Nachnamen.

– Aha. Du hattest deine Hand auf meinem Arsch und findest erst jetzt raus, dass ich Devereux heiße. Schockierend, jawohl. Was ist nur aus diesem Land geworden?

Sie griff wieder nach meiner Hand.

– Was ist mit deiner Mutter passiert?

– Wie meinst du das?

– Wie ist sie gestorben?

Sie ließ meine Hand wieder los und zeigte wieder nach drüben auf die andere Straßenseite.

– Der Laden?

– Das ist kein Laden, sagte sie. – Hab ich dir schon mal gesagt. Das ist ein Kaufhaus.

– Und das Kaufhaus hat deine Mutter umgebracht?

– Behaupte ich jedenfalls, sagte sie. – Ist mit Sicherheit interessanter als Krebs, oder? Eine Frau in einer Männerwelt, David. Eine Frau, die die Männerwelt übernimmt. Sie war für den Job geboren – und gleichzeitig auch wieder nicht. Es hat sie umgebracht – sie haben sie umgebracht. Sie war einfach nicht dafür gemacht.

Sie hielt wieder meine Hand.

– Der Krebs war nur eine Begleiterscheinung, sagte sie. – Wahrscheinlich könnte ich auch meinem Vater die Schuld geben, weil er gestorben ist. Und sie mit dem Scheißkasten alleingelassen hat. Komm.

– Gehen wir nicht rein?

– Ich gehe da nie rein, sagte sie. – Was ziemlich schade ist. Weil ich nämlich immer total gern da drinnen war. Mit meiner Mammy. Immer irgendwo drunter versteckt. Hab ihr zugeschaut. Ich hab's geliebt. Aber, na ja.

– Wirst du den Laden verkaufen?

Wir gingen durch die Stadt zurück den Hügel rauf.

– Ja, wenn der Nachlass geregelt ist, sagte sie. – Klingt medizinisch, oder?

– Nachlass?

– Wie was mit Adern.

Ich stand am Urinal, dann am Waschbecken. Ich war allein. Die Toilette lag im hinteren Bereich des Pubs. Noch ein Stückchen weiter ging's raus zu den Rauchern; ich hatte das Schild gesehen. Ich könnte dort rausgehen – vielleicht gab es ein Tor, eine Möglichkeit, abzuhauen, ohne noch mal rein und an ihm vorbei zu müssen. Die Jacke würde ich dalassen – und meine Geldbörse auch; war mir egal.

Aber ich hatte nur etwas Zeit gebraucht. Eine Minute für mich allein. Ich hasste das, was Joe da trieb, aber es war faszinierend, verwirrend – vertraut. Die Dinge, die wir sagen und nicht sagen, die Dinge, die wir preisgeben und nicht preisgeben – ich wusste, was er machte.

Ich schaute auf mein Handy. Nichts.

Ich ging wieder raus – wieder rein.

Ich separiere uns. Jetzt sitze ich allein bei George. Joe ist nicht neben mir. Ich beobachte sie an ihrem Tisch. Der Cellokoffer lehnt an der Wand unterm Fenster. Ich beschließe, dass er ihr gehört. Sie ist schön. Sie strahlt. Ich weiß nicht, warum ich das denke – *sie strahlt*. Gut möglich, dass sie rein körperlich nichts Außergewöhnliches an sich hat, abgesehen vielleicht von ihrem Haar. Die Sprüche über ihren Hintern und ihre Möpse – reines Geplänkel, Prahlerei – zwei Typen, die die Hosen voll haben. Ich bin jetzt allein. Ohne Konkurrenz. Ich muss weder meine Eifersucht noch meine Verzweiflung im Zaum halten. Sie ist wirklich schön. Sie strahlt und hält ein Glas Lager in der Hand. Ihre Finger sind lang. Sie setzt das Glas ab. Sie rekelt sich – ich möchte schreien. Ihr Kopf geht zurück, ihre Hände strecken sich Richtung Decke. Ich kann einen Zentimeter weißes Bäuchlein sehen – ein richtiger Bauch ist es nicht. Sie hat ihren Kopf in den Nacken gelegt und hört ihren Freundinnen nicht zu. Sie senkt die Arme – verändert dadurch ihre Erscheinung, wird kleiner, runder. Sie lächelt ihren Freundinnen zu – sie ist wieder da. *Sorry.* Sie grinst. Ich sehe ihre Zähne. Die Stimme kannte ich schon. Southside Dublin.

Das ist nie passiert.

Nichts dergleichen ist je passiert.

Sie saß mit ihren Freunden am Tisch, mit den anderen Musikern – den Musikstudenten oder was auch immer. Sie saß mit dem Rücken zum Fenster. Sie war nicht schön. Sie war umwerfend. Und sie strahlte nicht. Sie war menschlich – aber umwerfend. Das weiß ich noch genau. Fleisch und Blut – Beine, Arme, Hals. Ich weiß noch, wie sie die Arme reckte, um sich zu strecken. Ich weiß noch, dass ich stöhnte. Es war theatralisch, aber es war echt. Joe saß neben mir – *ach, verfluchte Scheiße*. Der soll sich verpissen; er ist nicht da. Ich bin allein. Ich war allein. Als ich vor siebenunddreißig Jahren zu ihr rüberschaute, gab es keinen laufenden Kommentar. Sie war umwerfend. Ich war verliebt in sie. Verliebt in das, was ich aus ihr machte. Sie stand auf – sie war nicht groß – und kam zu mir rüber. Sie stand neben mir, während sie ihr Getränk bestellte. *Ein Point Horp, bitte, George.*

– Ein Point Horp, flüstert Joe neben mir. – Verfluchte Scheiße.

Ich schiebe ihn wieder weg – er ist nicht da.

Es gab sie wirklich. Eine toll aussehende Frau. Damals hätte ich sie noch nicht als Frau bezeichnet – damals wäre sie für mich ein Mädchen gewesen, damals, als ich noch ein Junge war. Sie gehörte zu einer ganzen Reihe von Mädchen und Frauen, die Joe und ich in den Jahren, in denen wir zusammen abhingen, für uns beanspruchten. Umwerfend, real, aber für uns unerreichbar. Und genau darum ging es – um die Unerreichbarkeit. Wir erschufen sie. Das Rohmaterial befand sich in sicherer Entfernung auf der anderen Seite der Bar, jenseits der Fensterscheibe oder gegenüber auf der Straße. Wir dachten sie uns aus, verpassten ihnen Wesenszüge, Angewohnheiten, Triebe. Wir gaben ihnen sogar Namen. Das hatten wir jahrelang so gemacht.

Nach dem Mädchen bei George machten wir das nie wieder.

Was ich damit sagen will: Ich war auch da. Ich war dabei. Ich hatte sie auch gesehen. Ich war auch in sie verknallt. Und ich erfuhr – wie Joe – auch nie ihren Namen.

– Was kam nach dem Wigwam?, fragte ich ihn.

– Neue Wigwams, sagte er.

– Du hast sie wiedergesehen.

– Ja, sagte er. – Klar, natürlich.

Ich hatte mich wieder beruhigt; Joes Geschichte spielte keine Rolle. Bald würde ich zurück nach Hause fahren, nach England. Ich würde Faye alles erzählen, was passiert war. Sie würde ihr Buch weglegen und mich über den Rand ihrer Lesebrille ansehen, sie würde die Brille abnehmen und sie sich auf den Kopf setzen. Sie hatte Joe nie wirklich kennengelernt. Aber das hier war eine gute Story. Faye würde sie lieben.

Sie hatten sich wiedergesehen.

– Vier Tage später.

Diesmal in einem Pub – in welchem wusste er nicht mehr.

– Wie das?

– Hab's vergessen.

– Sonst weißt du doch auch noch alles, sagte ich.

– Okay. Sagen wir im Harry Byrne's, sagte er.

– Ja?

– Sagen wir, es war dort. – Ja, wahrscheinlich. Ja, einmal definitiv.

– Trinkt sie immer noch Harp?, fragte ich.

– Was?

– Früher hat sie Harp getrunken.

– Stimmt.

Er lachte.

– Das hatte ich vergessen, sagte er. – Gott.

Er musterte die Bar, die Zapfhähne.

– Wird Harp überhaupt noch gebraut?, fragte er.

– Im Norden wird es noch getrunken, glaube ich.

– Echt?

– Glaub schon – ja.

– Ist ja irre, sagte er. – Aber nein. Sie bestellte ein Glas Merlot. Glaube ich. Wein – irgendeinen Roten. Ich glaub nicht, dass sie ihn trank. Sie hatte einfach nur das Glas vor sich stehen.

– Ein Point Horp, sagte ich.

– Was?

– So hat sie es immer ausgesprochen.

– Wirklich?

– Jepp.

– Okay, sagte er. – Das weiß ich gar nicht mehr.

Das zweite Mal war spätnachmittags auf dem Heimweg von der Arbeit.

– Ich weiß, was du jetzt denkst, sagte er.

– Tust du nicht.

– Okay, sagte er. – Aber ich glaube, ich weiß es.

– Okay.

– Du denkst, wir hätten uns ein paar Drinks genehmigt – uns Mut angetrunken. Und wären dann irgendwohin verschwunden. Nach Howth Summit oder sonst wo – zum Knutschen. Im Auto auf der Rückbank.

Noch vorhin hatte ich genau das gedacht. Oder in ein Hotelzimmer – das wäre noch wahrscheinlicher gewesen. Er hatte mit der Frau unserer Träume geschlafen, siebenunddreißig Jahre, nachdem wir auf diesen Gedanken gekommen waren. Doch noch ehe er weitersprach, wusste ich, dass ich falsch lag. Es war nichts passiert – kein Hotel, keine Rückbank. Aber *was* passiert war, wusste ich immer noch nicht. Nichts war passiert. Nur war mir klar, dass es das auch nicht traf. Das hier war eine völlig andere Geschichte.

Und genau das war es, dachte ich. Eine Geschichte. Kein Bericht, auch keine in die Länge gezogene Prahlerei. Joe erzählte mir eine Geschichte.

– Wie kommt es, dass alles immer ständig an mir hängt?, fragte Faye mich einmal, nachdem sie nach Dublin gezogen war.

– Wovon sprichst du?, fragte ich zurück.

Wir lebten seit zwei Monaten zusammen. Wir lagen auf dem Bett. Es ging nicht um Hausarbeit, und es ging nicht ums Geld – ich hatte keine Ahnung, was sie meinte.

– Meistens rede ich, sagte sie.

– Ja, genau, stimmte ich ihr zu. – Tust du.

Sie sagte nichts. Ich machte mir keine Sorgen.

– Wenn wir in einem Film wären, sagte ich. – Würdest du dich jetzt auf deinen Ellbogen stützen. Du würdest dafür sorgen, dass das Bettlaken deine Brüste bedeckt, und dann würdest du mich bedeutungsvoll anstarren, ehe du deine nächste Textzeile sprichst.

Sie lachte.

Faye lachte selten. Auch das liebte ich an ihr. Es war jedes Mal eine Überraschung. Und ein Sieg.

– Genau das meine ich.

– Was?

– So was wie das eben hätte normalerweise ich gesagt.

– Stimmt, sagte ich.

– Aber warum?

– Weil du das bist.

– Das bin ich?

– Ja, genau.

– Und – was bist du dann?

– Ich bin der, der dich dafür liebt, sagte ich.

– Ist das wahr?

– Klar.

– Das gefällt mir, sagte sie. – Oh, und wie mir das gefällt.

Und so blieb es. Für lange Zeit. Vielleicht gefällt es ihr immer noch.

– Dafür, dass du das gesagt hast, werde ich dich heiraten, David, sagte sie.

– Wirst du?

– Allerdings.

– Gut.

– Und dann werden wir sehen, wie's weitergeht.

– Prima.

– Du darfst die Braut jetzt küssen, David, sagte sie. – Wo immer du willst.

Am Anfang trafen sie sich zweimal die Woche. Sie fragte ihn nicht nach seiner Familie. Joe fragte überhaupt nichts. So wie sie dasaß, so wie sie ihn ansah beziehungsweise nicht ansah – ging er davon aus, dass sie dachte, er wüsste Bescheid. Es gab nichts zu fragen, keine Jahre nachzuholen. Dachte er.

– Dann war sie ein billiges Date, sagte ich.

Da sprach wieder der Alkohol. Ich wurde noch mal munter. Ich hatte wieder meinen Spaß.

– Mach mal halblang, sagte Joe. – Moment, ja? Hör zu – kennst du den Ausdruck wollüstig? Hab ich mal nachgeschlagen – is schon 'ne Zeit her. Hab's gegoogelt. Mein Leben lang hab ich also immer wieder mal dieses Wort gehört, und klar wusste ich ungefähr, was es bedeutet, hab's aber trotzdem nie ganz kapiert. Falls du weißt, was ich meine.

– Klar …

– Also. Ich hab's gegoogelt, hab mir die Definitionen rausgesucht und die Synonyme und den ganzen Krempel. Und hier geht's weder um Wollust noch ist es ordinär oder vulgär oder schlüpfrig oder unanständig. Oder sonst irgendwas. Das, was ich dir hier erzähle, mein ich. Und das wird's auch nicht.

– Trotzdem 'n tolles Wort.

– Absolut. Super Wort. Krieg ich 'n Ständer von.

Er lachte laut.

– Warum hast du's nachgeschaut?, fragte ich ihn.

– Wegen 'ner Sache, die Trish gesagt hat.

– Sprichst du noch mit Trish?

– Ich hör ihr zu.

Sein Gesicht verriet mir, dass er bereute, was er gerade gesagt hatte, er hätte es gern zurückgenommen.

– Es hat ja auch nicht unbedingt was mit Wollust zu tun, wenn man mit einer Frau Sex hat, mit der man nicht verheiratet ist, sagte ich. – Oder genauer gesagt über Sex spricht. Oder?

– Nein, gar nichts. Überhaupt nichts.

Aus ihm sprach jetzt auch der Alkohol.

– Gar nichts. Jedenfalls, was ich sagen will, ist, dass es so nicht war. Wir haben uns nicht – ach, keine Ahnung – befummelt.

– Wolltest du?

– Was?

– Das hast du gesagt, nicht ich – sie befummeln. Keine Ahnung – deine Pfoten dahinbewegen, wo du sie damals so gerne gehabt hättest.

– Nein.

Wo du sie gerne gehabt hättest, hatte ich gesagt. Wo *wir* sie gern gehabt hätten, hatte ich gemeint.

– Eigentlich nicht.

– Eigentlich nicht?

– Hör auf damit, Davy.

– Womit denn, Joe?

– Hör einfach auf, verdammt! Du hörst mir nicht zu. Du bist genauso schlimm wie Trish, verdammte Scheiße.

– Wie bitte?

– Ihr sucht ständig nach irgendwelchem Dreck, wo keiner ist. Wollt, dass sich alles nur um Körperteile dreht.

Jetzt war mir klar, warum er gegoogelt hatte. Ich konnte mich kaum erinnern, wie Trish aussah, aber ich konnte mir gut vorstellen, wie sie wollüstig sagte. Und Körperteile.

– Okay, sagte ich. – Tut mir leid. Ich habe dich unterbrochen. Also weiter.

– Gut, sagte er. – Was?

– Erzähl weiter. Womit du gerade angefangen hast.

– Gut, ich will damit nur sagen – also, was ich klarstellen wollte –. Es ging dabei nicht um – also – um Biologie. Oder zumindest nicht nur um Biologie.

– Okay.

– Mehr nicht. Es war, als wären wir Freunde. Uralte Freunde, schon unser Leben lang, meine ich.

– So wie du und Trish.

– Ja, sagte er. – Genau.

– Wie hat Trish darauf reagiert?

– Ach, leck mich!

Er wirkte dankbar. Er war vom Haken. Den Teil zu erklären wäre kein Problem.

– Tja Gott, sagte er. – *Jesus.*

– Hast du's ihr gesagt?

– Was meinst du?

– Hast du's ihr gesagt?, wiederholte ich. – Ich meine, hast du's ihr erzählt, oder hat sie's rausgefunden?

– Oh. Nein, nein. Ich hab es ihr gesagt. Ich hab meinen ganzen scheißdämlichen Mut zusammengenommen. *Jesus.*

Er lachte.

– Ich hab extra darauf geachtet, dass wir allein zu Hause waren. Aber ich weiß nicht, Davy. Ich hätte nicht – ich dachte, es wäre okay.

– Dachtest du nicht.

– Doch. Dachte ich.

– Das kann nicht sein.

– Dachte ich aber, verdammt. Wir verstanden uns super, ich und Trish. Immer schon. Aber mir ist klar, dass sich das jetzt echt lächerlich anhört, und ja, du hast recht – es war total bescheuert. Ich werd dir sagen, was passiert ist. Das Unterbewusstsein ist echt krass – verfluchte Scheiße. Jedenfalls hab ich mir gedacht, besser, ich zieh mir mal die Schuhe an. Du weißt schon, ehe ich es ihr sage – frag mich bitte nicht, warum.

Ich fing an zu lachen.

– Ich weiß, sagte er. – Dachte, ich müsste vielleicht abhauen – keine Ahnung.

– Wahrscheinlich.

– Ach, keine Ahnung. Es war irgendwie logisch – falls überhaupt irgendwas logisch sein konnte, verdammt. Jedenfalls standen sie unterm Couchtisch. Ich hatte sie irgendwann ausgezogen. Wir saßen vor dem Fernseher und schauten –

– *The Affair.*

– Nein – leck mich. Irgendwas anderes – keine Ahnung mehr. Jedenfalls, los jetzt, sagte ich mir. Los, spuck's aus. Es war Freitag, die Kinder waren unterwegs. Und ich fing an, mir einen Scheiß-schuh anzuziehen. Was machst du da?, fragt sie mich da. Und weißt du, was ich geantwortet habe? Ich stell nur schnell die Tonnen raus. Das war das Erste, was mir einfiel – anstatt zu sagen, was ich wirklich sagen wollte. Ich stell die Scheißtonnen raus. Heute ist Freitag, sagt sie. Ich hatte die Tonnen schon am Abend zuvor rausgestellt. Und trotzdem ziehe ich mir noch den zweiten Schuh an. In dem Moment hätte ich aufhören sollen – auf eine andere Gelegenheit warten. Aber weißt du, wie sie mich ansah? Als hätte sie's mit früh einsetzendem Alzheimer oder sonst was zu tun.

Er war in seinem Element. Er erzählte eine andere Geschichte, eine, die viel einfacher war.

– Ich hätte die Scheißdinger wieder ausziehen sollen – die Schuhe, verstehst du! Aber –. Und jetzt wird's echt schräg. Ich hab's ihr tatsächlich gesagt. Ich beschloss, es durchzuziehen. Quasi, um sie zu beruhigen. Um ihr zu beweisen, dass ich noch alle Tassen im Schrank hatte.

– Du hast Trish erzählt, dass es eine andere Frau gibt, damit sie nicht glaubt, du wärst dement?

– Unterm Strich, sagte er. – Ja.

– Wie hast du's formuliert?

Er ignorierte meine Frage, zumindest wirkte es so.

– Die Schuhe waren scheißunbequem, sagte er. – Kannst du mir glauben.

Er schaute zu seinen Füßen runter – streckte mir einen Schuh entgegen.

– Nicht die hier, sagte er. – Die Dinger, die ich da anhatte, waren eher so Stiefel. War ein ziemliches Gefummel, die anzukriegen – vor allem, so wie wir dasaßen – ganz hinten auf dem Sofa, verstehst du? Ich war also dabei, mir den zweiten Schuh anzuziehen – band mir den Schnürsenkel –, und sagte, ach, übrigens, ich hab da jemanden getroffen, von früher.

– Einfach so?

– Tja.

– Und?

– Hiroshima, Davy. Absolutes Hiroshima. Sie war sofort auf hundertachtzig, ohne Vorwarnung. Ich wusste es! Ich wusste es, verfluchte Scheiße! Du Arschloch!

Er sah sich um, ob auch niemand zuhörte. Dann schaute er zu mir.

– Wen denn, oder so was in der Art, damit hatte ich gerechnet. Keine Ahnung – irgendein einfacher Einstieg, um es ihr zu erklären. Aber sie machte mir 'nen fetten Strich durch die Rechnung. Weißt du, was sie sagte?

– Was?

Er senkte die Stimme.

– Ich wusste, dass du nicht mich gevögelt hast.

– *Jesus*, sagte ich. – Das ist genial.

– Irgendwie schon, sagte er. – Oder? Zwar nicht ganz korrekt. Aber tiefgründig – so was in der Richtung. Scharfsinnig. Würden wir je auf so was kommen?

– Wir Männer?

– Ja, sagte er. – Würden wir? Dass unsere Partnerin an einen anderen Mann denkt, während –

– Oder an eine andere Frau.

– Ja, noch besser. Aber bleiben wir beim Mann – machen wir's nicht zu kompliziert. An einen anderen Mann. Während sie mit dir zusammen ist.

– Ob wir das merken würden – meinst du das?

– Ja. Oder ob's uns stören würde. Egal. Jedenfalls stimmte das nicht. Ich hab keine andere gevögelt.

– Aber du hast an sie gedacht.

– Nein, sagte er. – Hab ich nicht. Nein.

Seine Stimme war wieder ernst. Ganz plötzlich. Es war ihm wieder eingefallen: Da war was, was er versucht hatte, mir zu erklären.

– Es ging nicht um Sex, sagte er. – Bei Jessica.

– Echt?

– Ja, Mann. Echt.

– Hat das was mit dem Alter zu tun?, fragte ich ihn.

– Was?

– Na ja, sagte ich. – Wenn du sie vor, sagen wir, zwanzig Jahren wiedergetroffen hättest – meinetwegen vor zehn. Wäre es dann anders gewesen?

– Sie ist eine schöne Frau.

– Das bezweifle ich nicht, sagte ich. – Und um das klarzustellen, ich habe nie was anderes behauptet. Ich sage nicht, du warst nicht scharf auf sie, weil ihre Möpse inzwischen hängen oder sie plötzlich ein Doppelkinn hat, das vorher noch nicht da war.

So zu reden lag mir nicht – aber ich amüsierte mich, jetzt, wo Joe es nicht mehr tat.

– Und uns geht es ja nicht anders, sagte ich. – Ich mein, wir werden alle älter. Vielleicht ist der Trieb einfach nicht mehr da – oder hat sich verändert. Ist vielleicht subtiler geworden. Hängt nicht mehr von Erektionen ab.

– Lass gut sein, Davy, Scheiße noch mal.

– Nein, hör zu, sagte ich. – Du siehst eine mittelalte Frau. Eigentlich fast schon eine ältere Frau. Statistisch betrachtet. Du triffst sie nach Jahren wieder. Aber – und jetzt kommt's. Sie fasst einen älteren Mann ins Auge – also so gut wie älter. Nämlich dich. Einen Mann mittleren Alters – sehr spätes mittleres Alter. Das muss doch – was weiß ich – Einfluss auf unser Verhalten haben. Irgendwie. Oder etwa nicht?

Ich sprach ihm die Glaubwürdigkeit seiner Geschichte ab. Und dann auch wieder nicht. Ich war bei ihm. Immer noch bei ihm. Versuchte, ihm zu folgen. Der alten Zeiten wegen.

– Glaub ich nicht, sagte er. – Nicht so, wie du das meinst.

– Was mein ich denn?

– Wir werden älter, wir werden langsamer, sagte er. – Da stimm ich dir zu. Ganz deiner Meinung. Wir werden ruhiger. Wir sind nicht mehr so leidenschaftlich. Außer –. Aber okay, ich verstehe, was du meinst. Zwei Menschen – ein Mann, eine Frau – beide fast sechzig. Das hat eine andere Geschwindigkeit. Das Energielevel ist anders – das ist absolut normal. Aber.

– Aber …

– Ich … ich will nicht vulgär werden. Zugegeben, war ich eben gerade, weiß ich selbst. Aber da hab ich nur Trish zitiert. Jedenfalls. Trish und ich liebten uns, jede Nacht, wochenlang. Monatelang – ehe ich ging. Wirklich, fast jede Nacht. In manchen Scheißnächten sogar zweimal, ab und zu. Hin und wieder.

Er hatte wieder die Stimme gesenkt. Und ich musste mich nah zu ihm hinbeugen, um ihn zu verstehen.

– Ich konnte nicht genug von ihr kriegen, sagte er. – Und sie war genauso – genauso unersättlich.

– Sie wusste vermutlich doch nicht, dass du gehen würdest.

– Du kapierst es nicht, Davy. sagte er. – Ernsthaft. Und außerdem glaube ich schon, dass sie es wusste. Sie spürte es. Jedenfalls hat sie das gesagt. Und ich würde ihr da nicht widersprechen. Obwohl ich mich noch gar nicht entschieden hatte. Hab ich nie. Im Grunde hat sie mich rausgeworfen.

– Echt?

– Ich konnte nicht bleiben, sagte er. – Es war verdammt noch mal unerträglich. Aber sie wusste es die ganze Zeit – sagte sie. Aber das ist eine andere Geschichte – irgendwie. Mir geht es darum, dass unser Sex so gut wie noch nie war. So alt ich auch bin und so – so alt wie wir sind. Sie ist. Mann, sie würde mich umbringen, wenn sie mich jetzt hören könnte, aber es war einfach der Wahnsinn.

Da war es wieder: Bedauern.

– Okay, du hast also recht, sagte er. – Aber du liegst auch falsch.

– Weiter, sagte ich.

– Also, sagte er. – Mann, ich glaub, ich bin zu betrunken. Hab irgendwie den Faden verloren.

– Hast du nicht, sagte ich. – Das war meine Schuld. Ich hab dich unterbrochen. Abgelenkt. Erzähl weiter.

– Okay, sage er. – Aber ich bin echt betrunken – ein bisschen. Ich bin aus der Übung. Du aber auch, oder? – Kann doch gar nicht anders sein.

– Ein bisschen, sagte ich.

– Wir hätten vorher trainieren sollen, sagte Joe.

– Erzähl trotzdem weiter, sagte ich.

– Wo war ich noch mal?

– Sex gegen kein Sex, sagte ich. – Trish gegen Jessica.

– Leck mich, Davy.

– Sorry, sagte ich. – Ich versuch nur, deinem Gedächtnis auf die Sprünge zu helfen.

– Na gut, sagte er. – Also –. Okay. Das klingt –. Genau das wollte ich den ganzen Abend schon sagen. Aber ich hab das Gefühl, jetzt isses zu spät. Ich hab die Gelegenheit verpasst.

– Nein. Hast du nicht.

– Dieses ganze Gerede über Sex. Das macht alles kaputt. War doch immer schon so. Weißt du noch, damals? Man versuchte, seine Abschlussprüfungen zu machen, und alles, was man im Kopf hatte, waren Möpse. Erinnerst du dich?

– Muss ich nicht, sagte ich. – Wir stolpern gerade wieder in dieselbe Falle.

– Die Möpsefalle.

– Gibt schlimmere.

– Ja. Und Jesus? Meinst du – glaubst du, Jesus hat auch an Möpse gedacht?

– Definitiv.

– Auch oben am Kreuz noch?

– Vor allem oben am Kreuz, sagte ich. – Er schaute über die Menge hinweg. Hatte einen super Ausblick zum Ausschau halten. Die Frau da hinten sieht echt nett aus.

– Da. Jetzt tun wir's schon wieder.

– Erzähl weiter.

– Immer um den heißen Brei herum.

– Na los.

– Na gut – okay. Aber erst muss ich den guten Mann um ein Glas Wasser bitten. Ich bin die Sauferei nicht mehr gewohnt, Davy.

– Geht mir genauso.

– Für Sex sind wir zu haben, aber beim Saufen machen wir schlapp, sagte er. – Entschuldigung?

Es war immer noch nicht viel los; der Barmann hörte ihn.

– Könnte ich bitte ein Glas Leitungswasser bekommen?, fragte Joe.

Der Barmann nickte.

– Kein Problem.

– Und noch zwei Pint, sagte Joe.

Er lehnte sich zurück.

– Wenn er schon mal dabei ist.

Er richtete sich wieder gerade auf und legte sich eine Hand auf den Rücken.

– Also, sagte er.

Er wartete, bis der Barmann ihm das Wasser gebracht hatte.

– Vielen Dank.

Die zwei Pints brauchten noch ein paar Minuten.

– Also.

Er kippte das halbe Wasser auf einmal runter. Und platzierte das Glas direkt hinter seinem Pint.

– Das ist –. Ich muss jetzt echt aufpassen, Davy. Wie ich das sage. Nicht, dass ich was verheimlichen will oder so. Also, erstens – noch mal zurück zu Trish und dem Ganzen. Sie lag falsch. Da war nie eine andere mit uns im Bett.

– Okay.

– Ich weiß gar nicht, warum ich dir das alles überhaupt erzähle. Vielleicht, weil Trish mir nie zugehört hat. Du bist heute Abend meine Trish, Davy. Wie findest du das?

– Ich komm drauf zurück, sagte ich.

Wir lachten.

– Du hast dir die Schuhe angezogen, erinnerte ich ihn.

– Ich wollte dir aber noch was anderes erzählen, sagte er.

– Was denn?

– Meine Gefühle für Jessica.

– Erzähl erst mal die Trish-Geschichte zu Ende.

– Das ist keine Geschichte, sagte er.

– Oh doch. Das ist definitiv eine Geschichte.

– Aber eine wahre, sagte er. – Jedenfalls hat sie mich eiskalt erwischt. Und das ist noch milde ausgedrückt. Warum habe ich meine Scheißschuhe überhaupt angezogen?

– Du wusstest, dass du gehen musstest, sagte ich.

– Stimmt aber nicht.

– Du wusstest es nicht?

– Ich bin nicht gegangen.

– Oh.

– Noch nicht, sagte er.

– Aber sie hat dich angegriffen.

– Na ja, schon, sagte er. – Ich hab dir ja erzählt, was sie gesagt hat – ich wusste, dass du nicht mich gevögelt hast. Gott, Davy – damit hatte ich echt nicht gerechnet. Wie gesagt, sie hat jede Menge Seiten überblättert und sofort ihre Schlüsse gezogen. Und weißt du? Weißt du, was ich inzwischen glaube? Ich glaube, mir die Schuhe anzuziehen, einfach damit weiterzumachen, das – das hat mir geholfen. So hatte ich wenigstens was zu tun; verstehst du, was ich meine?

– Ja, doch.

– Es half mir irgendwie dabei, ruhig zu bleiben, sagte er. – Weil ich was zu tun hatte. Sie ragte total hoch über mir auf. Sie war aufgestanden, weißt du? Das war das Problem. Zum Teil. Und noch was ging mir durch den Kopf. Himmel – an was für Dinge man in solchen Situationen auf einmal denkt. Wir haben einen Ofen im Wohnzimmer, einen Gasofen. Den haben wir uns einbauen lassen, muss so fünfzehn Jahre her sein – nein, länger. Jedenfalls dachte ich, Gott sei Dank. Weil wir vorher nämlich ein Kohlefeuer hatten. Dann wäre der Schürhaken noch da gewesen und die Kohlezange und der ganze Mist und sie hätte mir garantiert mit dem Schürhaken den Schädel eingeschlagen.

– Hat sie dich jemals geschlagen?, fragte ich ihn.

– Trish? Nein, nie – nein. Aber offen gestanden, war das schon eine Ausnahmesituation. Und wie sie explodiert ist –. Na ja, wie gesagt, ich war ganz ruhig. Nein, nicht ruhig – gelähmt. Gelähmt trifft's eher. Ich blieb, wo ich war – sitzen, mein ich. Und fummelte immer noch an meinem Schuh rum. Was regst du dich denn so auf?, fragte ich sie. Das ist doch nur jemand von früher. Aber Trish tickte trotzdem aus. Keine Chance. Wer sie ist, wollte sie wissen. Und ich fragte, wer sagt denn, dass es eine Frau ist? Und da tickte Trish erst recht aus. Ob ich sie komplett für dumm verkaufen wollte? War wahrscheinlich so. Dabei war in Wirklichkeit ich der Dumme.

Er verstummte. Ich sah ihm beim Denken zu. Ich sagte nichts – ich achtete sehr darauf, dass ich nichts sagte.

– Jetzt fall ich schon wieder selbst drauf rein, sagte er.

– Worauf denn?

– Ich tu so, als ginge es darum, dass meine Alte mich beim Fremdgehen erwischt hat. Dabei ist das überhaupt nicht der Punkt. Wirklich, ich glaube, ich bin da reingezerrt worden – in diese – in diese Interpretation reingezerrt worden, weil Trish dachte, dass ich sie bescheiße. Das hatte ich überhaupt nicht beabsichtigt. Aber ich bin von Anfang an automatisch zurückgerudert und hatte nie die Möglichkeit zu sagen, was ich eigentlich sagen wollte.

– Was hast du ihr denn erzählt?, fragte ich.

– Och, sagte er. – Nur, dass sie ein Mädchen ist, das ich von früher kannte, vor ewigen Zeiten.

– Stimmt doch auch.

– Nein, sagte er. – Stimmt eben nicht. Sie ist nicht einfach nur irgendwer. Aber ich hab Trish erzählt, das alles wäre – also sie, Jessica – wäre vor ihrer Zeit gewesen und ich hätte sie damals nur flüchtig gekannt. Ich spielte es runter – nicht es. Sie. Jessica. Aber witzigerweise –.

– Was?

– Trish nicht.

– Hä? Was nicht?

– Trish spielte nichts runter, sagte er. – Sie wollte alles wissen. Jede Kleinigkeit. Ihren Namen beispielsweise. Aber da hatte ich echt Glück. Weil ich ihren Namen nicht kannte – also ihren Nachnamen. Wirklich. Und ich muss ehrlich ausgesehen haben, als ich das sagte, weil ich es ja echt nicht wusste. Und dann hat sie sich mein Scheißhandy geschnappt.

– O Gott.

– Genau. Aber dann dachte ich, nicht so schlimm, ich hatte Jessicas Namen ja nicht abgespeichert.

– George.

– Siehst du? Du erinnerst dich. Jedenfalls krallt sich Trish mein Handy und fällt drüber her – sozusagen mit fliegenden Fingern – du weißt schon, wie Frauen das eben können. Und ich lasse sie. Ich versuche nicht, ihr das Ding wegzunehmen. Ich sehe ihr zu, und plötzlich denke ich, das macht sie nicht zum ersten Mal, sie hat mein Handy schon öfter gefilzt. Also, mein Passwort kannte sie schon vorher. Das ist in Ordnung – ich mein, ich kenne ihrs ja auch. Kennst du Fayes Passwort?

Ich brauchte eine Sekunde, um zu kapieren, dass er mich was gefragt hatte.

– Jepp, sagte ich. – Ja, kenn ich.

– Hab ich mir gedacht, sagte er. – Ich wette, das ist bei den meisten Paaren so. Jedenfalls, so wie Trish sich da durchscrollte, wo genau sie auch immer rumscrollte, war mir klar, dass sie das schon mal gemacht hatte. Als ich nicht dabei war. Und mir wurde klar, dass ich am Arsch war. Sie hatte nur darauf gewartet. Diese George-Trulla rufst du aber ziemlich häufig an, oder?, sagt sie. Und sie dich, wie's aussieht, auch. Sagt's und ruft bei ihr an.

– Trish hat Jessica angerufen?

– Jepp.

– Von deinem Handy.

– Jepp.

– Verfluchte Scheiße, Joe.

– Na los, sagte er. – Lach schon. Lass es raus.

Er fing noch vor mir zu lachen an.

– *Jesus*, Joe.

– Ich weiß.

– Die Kollision deiner zwei Welten.

– Kann man so sagen.

– Was passierte dann?

– Tja, sagte er. – Trish rief sie an. Und Jessica ging ran. Ist da George?, fragt sie – also Trish – und wartet die Antwort gar nicht erst ab. Ist da George, die Enid-Blyton-Lesbe?, fragt sie. Ich war fassungslos – beinahe hätte ich gelacht. Und dann sagt sie, Pfoten weg von meinem Mann, du Schlampe. Ich weiß, wo du wohnst. Und verfluchte Scheiße noch mal, ich fragte mich, ob das stimmte.

– Weil sie es so überzeugend gesagt hat.

– Und wie, Mann, sagte er. – Dann war Jessica an der Reihe, Trish sagte plötzlich nur noch ja, ja, ja, ja – um sie zu übertönen, verstehst du? Hör mir gut zu, sagte sie. Du lässt die Pfoten von ihm, oder ich polier dir deine Fresse. So hatte ich sie noch nie reden hören – so brutal. Krass. Und dann löschte sie die Nummer. Sie hielt das Handy hoch, um mir zu zeigen, was sie tat. – Schau her.

– Und was hast du gemacht?

– Nichts, sagte er. – Ich saß einfach nur da. Und dann fing sie an, durch meine Fotos zu scrollen. Machst du viele Bilder, Davy?

– Eher nicht – nein.

– Ich auch nicht, sagte er. – Ich glaube, das ist bei uns nicht so verbreitet – bei Männern in unserem Alter. Liegt uns nicht. Deshalb fand sie auch nur Bilder, die sie mir selbst geschickt hatte.

Fotos von den Kindern und manchmal irgendwelches Zeug, das sie kaufen wollte und mich nach meiner Meinung fragte, na, du weißt schon.

– Klar.

– Gardinen, ein Kühlschrank oder weiß der Geier was.

Faye hat mir mal das Foto von einem einzelnen Weetabix geschickt und dazu die Frage: Werde ich die Packung kaufen? Ich hatte ihr morgens beim Frühstück von dem vollen Arbeitstag erzählt, den ich vor mir hatte.

– Wenigstens hast du ihr keine Fotos von deinem Schwanz geschickt, sagte Joe.

– Das hat Trish gesagt?

– Ja, sagte er. – Dadurch hatte ich endlich die Gelegenheit, auch mal was zu sagen. Warum zum Teufel sollte ich so was tun? Damit das Mädchen was zum Lachen hat, sagt sie. Die armselige, kleine Schlampe. Sie sah mich nicht an – sie sah mich die ganze Zeit kein einziges Mal an. Wie Carrie in *Homeland* war sie total aufs Handy fixiert. Und wie sie redete – als würde sie Jessica kennen. Als hätte sie Jessica kennengelernt und fände sie unsympathisch.

Er verlor den Schwung. Er hatte die Geschichte zu Ende erzählt, die er eigentlich gar nicht erzählen wollte, die Geschichte von dem Vorfall, der – seiner Meinung nach – den Kern nicht traf. Jessica existierte tatsächlich; das war mir jetzt klar. Trish hatte sie so real werden lassen, wie es Joe die ganze Zeit nicht gelungen war.

– Was passierte dann?, fragte ich.

– Nix.

– Nix?

– Zu dem Zeitpunkt nich' viel, sagte er. – Aber, tja.

– Was, tja?

– Wir hatten wieder Sex, sagte er. – Trish und ich.

– Aber nicht am selben Abend.

– Sagt wer?

– Echt?

– Nein, sagte er. – An dem Abend nicht. Davy, hör zu. Ich hab
dir das schon mal gesagt. Hier geht es nicht um zwei Frauen, die
sich um mich kloppen oder irgendwas in der Richtung. Oder darum, dass ich in der Midlife-Crisis stecke oder so.

– Midlife?

– Spätes Midlife, sagte er. – Leck mich. Darum geht's auf jeden
Fall nicht. Als ich Jessica traf, als ich sie wiedersah. Da dachte ich –
nein, da fühlte ich, also, es fühlte sich an, als hätte ich zwei Leben
gelebt. Ja, genau so. Ich habe zwei Leben gelebt. Da war mein Leben – die Familie, Trish, mein Job und so weiter. Das – das offizielle
Leben, könnte man sagen. Und dann gab's da noch ein Schattenleben. Das hab ich auch gelebt – und das ist mir erst da bewusst
geworden. Als, na ja. Als ich sie wiedertraf. Obwohl wiedertreffen
nicht wirklich stimmt, Davy. Ich war die ganze Zeit mit ihr zusammen. So fühlte sich das an. Das wollte ich die ganze Zeit sagen.
Ganz ehrlich. Ich hab niemanden beschissen.

– Was hat sie dazu gesagt, dass Trish sie anrief?

– Sie hat es nie erwähnt.

– Und du?

– Auch nicht.

– Komm schon, sagte ich. – Hast du es Trish jemals erzählt?

– Was?

– Das mit Jessica, sagte ich. – Konntest du Trish je sagen, was da
passiert ist?

– Nicht in einem Rutsch, sagte er. – Nein. Eigentlich gar nicht.

Es waren keine anderen Gäste da, als wir die Bar betraten, um halb
vier, direkt nach der Mittagssperrstunde. George zog die Jalousie in
der hinteren Ecke hoch.

– Gentlemen.

Wir setzten uns an unser Ende der Bar und drehten jedes Mal
die Köpfe, wenn wir die Schwingtür hörten – sie wurde von Schultern und Einkaufstüten aufgedrückt, aber nie von Instrumenten-

kästen. Sie kam nicht. Und auch sonst niemand mit einer Geige oder einem Cello, keine Vorhut vom College um die Ecke.

– Habt ihr eigentlich viele Gäste von der Musikschule, George?, fragte ich.

– Ja, schon, sagte George.

– Ich meine, auch samstags?

– Nein, samstags eher weniger, sagte George. – Außer, drüben im Gaiety spielt das Orchester, dann sind samstags immer jede Menge Musiker hier, zwischen der Matinee und dem Abendkonzert.

– Mit ihren Instrumenten?

– Nein, nein.

George lachte – er gluckste.

– Das Klavier würde man auch nur schlecht durch die Tür bekommen.

Er rieb sich die Hände und ging, um die zwei Typen zu begrüßen, die gerade reingekommen waren. Einer hatte eine Schallplattentüte dabei.

– Ich tipp auf Spandau Ballet, sagte ich.

– Duran Duran, sagte Joe.

– Scheißknallköpfe.

– Vielleicht spielt sie im Gaiety im Orchester.

– Unten im Graben.

– Aber eins sag ich dir, sagte er. – Sie begleitet auf keinen Fall ein Panto. Kommt mir nicht in die Tüte.

– Gibt es bei einem Panto überhaupt Cellos?, fragte ich. – Oder ein ganzes Orchester?

– Nein, sagte Joe. – Glaub nicht.

Ich war noch nie in einem Märchenspiel gewesen. Inzwischen bin ich zum Kenner geworden. Sieben oder acht Jahre lang gab es für unsere Kinder nichts Schöneres, als sich zu Weihnachten die traditionellen Pantos anzusehen, die Fahrt ins Wyvern Theatre in Swindon, das Essen vorher und das Eis in der Pause. Faye liebte diese Tradition genauso.

– Timmy Mallett, sagte sie irgendwann mal.

Wir waren gerade von *Aladdin* nach Hause gekommen und ins Bett gegangen.

– Man weiß nie, ob man ihn mit nach Hause nehmen oder erwürgen soll, sagte sie.

Sie seufzte und legte mir die Hand auf den Rücken.

– Erwürg ihn für mich, David, sagte sie.

– Ist das ein Befehl?

– Glaub schon.

– Jetzt gleich?

– Nein, das eilt nicht. Aber vor nächstem Weihnachten.

– In Opern vielleicht, sagte ich zu Joe.

– Schon eher.

– Ich bin noch nie in der Oper gewesen, sagte ich.

– Ich auch nicht.

– Gehen wir mal?

– Wozu denn?, fragte Joe. – Das Beste daran wäre sowieso unten vor der Bühne.

– Unser Mädchen.

– Wie sie im Dunkeln vor sich hin sägt.

– Da ist es bestimmt nicht dunkel, sagte ich. – Die müssen doch ihre Noten lesen können, oder nicht?

– Glaubst du nicht, die können das auswendig, so wie die Sänger?

– Nee, glaub ich nicht.

– Unsere Süße schon.

– Mir gefällt die Vorstellung, dass sie ihre Noten liest, sagte ich. – Wie sie die Seiten umblättert.

– Okay.

– Vielleicht trägt sie sogar eine Lesebrille.

– Ach nein, sagte Joe. – Vergiss es.

– Nein?

– Na ja, vielleicht. Okay – schwarzes Gestell.

– Keine Kontaktlinsen.

– Cool.

– Ob sie lächelt, wenn sie spielt?, fragte ich.

– Nein, sagte er. – Genies lächeln nicht.

– Ist sie ein Genie?

– Auf alle Fälle.

– Aber das hieße, sie ist irre.

– Prima, sagte Joe. – Allerdings ist sie heute Nachmittag nicht hier im Pub, also kann sie nicht völlig durchgeknallt sein.

Eine kurze Zeit lang, nur ein paar Minuten, so gegen halb fünf, war keine einzige Frau anwesend, sondern bloß Männer.

– Was ist denn hier los?

– Keine Ahnung.

– Vielleicht sieht so die Zukunft aus, sagte Joe.

– Hä?

– 'Ne Welt ohne Frauen.

– Trostlos.

– Unkompliziert.

– Scheiß trostlos.

Wir konnten so tun, als würden Frauen uns das Leben kompliziert machen. Es war niemand da, der sich über uns lustig gemacht hätte.

Wir waren eben bei unserer zweiten Runde angelangt, als mir etwas auffiel.

– Ich hab seit Donnerstag nichts mehr gegessen.

– Ernsthaft?

– Ja, sagte ich. Gestern kein Frühstück. Und kein Mittagessen. Ich hab meine Brote vergessen und bin mittags los, das neue Joe-Jackson-Album kaufen, und als ich endlich von dem Typen im Sound Cellar loskam, musste ich im Stechschritt zurück ins Büro. Nach der Arbeit noch ein paar Pints, und dann bin ich zu Hause gleich vor dem Gasofen eingepennt. Und heute sind wir direkt in die Stadt. Ohne Scheißfrühstück.

Von dem Mädchen aus dem Büro erzählte ich ihm nichts, dem Mädchen, das mich irgendwann mal angelächelt und neben dem ich im Pub gestanden hatte – im Hartigan's –, weil ich hoffte, sie würde mich ansprechen oder irgendeine Bemerkung machen, damit ich mich mit ihr unterhalten konnte; ich erzählte ihm nicht, dass ich nach sieben Pints gegangen war, fünf Pints später als sie.

– Du hast vor dem Ofen gepennt?

– Ja, bis zwei oder so. Und dann bin ich schweißgebadet aufgewacht – *Jesus*. Klitschnass. Und dann –

– Hat dein Dad dich nicht geweckt?

– Er kommt nie ins Wohnzimmer, wenn ich da bin.

Ich hatte ihn oft da stehen gesehen – zwei dunkle Füße auf der anderen Seite der Tür. Meist verharrten die Füße eine Weile, dann gingen sie wieder weg.

– Glaubt er, du hättest eine Schnecke dabei, oder was?, fragte Joe.

– Glaub ich nicht, sagte ich. – Jedenfalls, ich bin am Verhungern. Wir gingen.

– Sind gleich wieder da, George.

– Alles klar.

Wir gingen ins Coffee Inn auf der South Anne Street, Spaghetti Bolognese essen. Essengehen kam uns immer vor wie Geldverschwendung. Trotzdem mochte ich den Laden – gerammelt voll mit Leuten, die waren, wie ich sein wollte. Wir tranken zwei Pint im Kehoe's, zwei im Neary's und noch zwei im Sheehan's. Als wir zu George zurückkamen, war eindeutig eine andere Tageszeit, es herrschte ein anderes Treiben.

Ich stand allein vor der Tür. Auf der Chatham Street war Joe noch bei mir gewesen, gleich neben mir. Dann war der Gehweg plötzlich gepackt voll. Ich war kurz auf die Straße ausgewichen. Dabei hatte ich Joe verloren, ohne es zu merken.

Ich stand draußen. Schaute durchs Fenster. Die Glasscheiben in der Tür – die Scheiben in beiden Türen – waren mattiert, nur knapp unter Augenhöhe befand sich eine kreisrunde, durchsichtige Stelle, wie ein Bullauge. Um durchzuschauen, musste ich mich leicht vorbeugen.

Sie war da, umringt von ihren Freunden. Ich sah die Männer an, die in ihrer Nähe waren. Hätte ich einen Filzstift gehabt, hätte ich auf die Scheibe malen und ihre Blicke kartieren können. Die Stellen, an denen sie sich kreuzten, hätte ich umkringelt. Auf ihrem Gesicht, sie kreuzten sich alle auf ihrem Gesicht. Und – irgendwie – auch auf meinem Gesicht, in meinen Augen, reflektiert von der Scheibe, durch die ich zusah.

Sie kratzte sich am Hals. Zog den Rollkragen ihres Pullovers ein bisschen nach unten. Sie kratzte sich mit einem Finger an der Stelle direkt über dem Schlüsselbein, dann zupfte sie den Pullover wieder zurecht. Sie sah niemand Bestimmtes an – keinen Mann, keine Frau. Sie war allein. Die Karte mit den Blicken war für sie nicht sichtbar.

Joe stand jetzt neben mir. Schaute durch das zweite Bullauge. Sah, was ich sah. Wir blieben draußen stehen. Minutenlang.

– Spielt sie immer noch Cello?, fragte ich.

Seine Antwort überraschte mich.

– Ja.

– Echt?

– Ja, sagte er. – Jeden Tag.

Alle Frauen waren irre. Das hatte Faye mir erzählt. Und ich glaubte ihr.

Draußen schien die Sonne; es war, als hätten sich die Vorhänge in Luft aufgelöst. Mein Vater war unten in der Küche. Er war ganz still. Ich sah ihn am Küchentisch sitzen, vor sich einen Tee und die Samstagsausgabe vom *Independent*, den Blick auf die Tür zum Flur oder auf die Decke gerichtet. Er lächelte, schüttelte den Kopf.

Wir hatten in meinem alten Zimmer geschlafen, weil wir in der Nacht kein Taxi mehr erwischt hatten und es zu meinem Vater näher war als zu unserer Wohnung – und, das hatte ich Faye nicht erzählt, ich wollte, dass er sie kennenlernte. Inzwischen glaube ich, dass ich ihn provozieren wollte. Ich wollte anecken. Ihn belustigen. Ich wollte ihm etwas geben, das er anderen Männern erzählen konnte, falls er überhaupt mit anderen Männern sprach. Ihm die Gelegenheit geben, zu grinsen und die Augen zu verdrehen.

– Und viele Männer sind es auch, sagte sie.

– Irre?

– Davon red ich doch die ganze Zeit, scheiße, David.

Sie schlug mir auf die Brust.

– Du sollst mir verdammt noch mal zuhören.

– Tu ich doch.

– Ja, sagte sie. – Irre. Das sind sogar ziemlich viele Männer. Leider nicht zwangsläufig auf die gute Weise. Eigentlich die wenigsten.

Am witzigsten, interessantesten und unterhaltsamsten war Faye vor dem Sex und danach. Ich glaube nicht, dass ich auch nur ein einziges Mal richtig vorausgesehen habe, was sie gleich sagen würde. Aber wenn sie zu reden anfing, wenn Faye Vollgas gab, wusste ich, dass wir bald Sex haben würden. Ich wollte es, und sie wollte es.

– Irre Typen sind üble Typen, sagte sie.

– Bin ich irre?

– Nein, sagte sie. – Aber ich arbeite dran. Nein, nicht wirklich. Normal bist du mir irgendwie lieber, weißt du.

Frauen waren irre.

Faye machte mich darauf aufmerksam. Auf die kleinen Hinweise und Anzeichen – die Augen, die Klamotten. Der Gang, die Frisur, der Blick. Der Irrsinn war überall, in ihnen und um sie herum.

– Und du bist auch irre, sagte ich.

– Junge, ich bin die Scheißkönigin im Irrenhaus, sagte sie. – Und falls noch nicht jetzt, dann, wenn ich erst mal fertig bin.

Es konnte die Wimperntusche oder die Strumpfhose oder die dunklen Augen hinter einem Vorhang aus Haaren sein. Es war der Versuch, herauszustechen, oder der Versuch, dazuzugehören. Irre zu sein sei das Schicksal aller Frauen, sagte sie, deshalb sei es besser, das Irresein in den Griff zu bekommen, bevor es einen fest im Griff hatte.

– Meine Mutter versuchte alles, um nicht irre zu sein, sagte sie, als wir in meinem alten Zimmer lagen. – Sie bemühte sich so sehr, dass sie schließlich zu einem Mann wurde. Sie schlug die Männer in ihrem eigenen Spiel. Als Daddy starb, dachten alle, mein Onkel Jim würde in die Bresche springen und den Laden übernehmen. Daddys kleiner Bruder, ein echter Devereux und so. Schließlich liegt's einem im Blut und der ganze Scheißdreck. Aber Mammy wollte nichts davon wissen. Sie fand den Laden schon immer ein bisschen langweilig und wollte selbst ran. Ein richtiges Geschäft draus machen. Und so kam's dann auch. Onkel Jim und der ganze Rest konnten sich verpissen.

Ich lauschte auf Geräusche von unten. Ich wollte, dass mein Vater mitbekam, dass ich nicht allein war, dass neben mir ein nacktes Mädchen lag. Dass es mir gut ging. Dass ich glücklich war.

– Cathy ist nicht irre, sagte ich.

– Aber so was von, sagte Faye. – Außerdem bin ich noch nicht fertig mit meiner Mammy.

– Erzähl weiter.

– Jetzt ist die Luft raus.

– Erzähl schon.

– Also gut, sagte Faye. – Weißt du, was ein Weiberheld ist?

– Klar, sagte ich. – So ungefähr.

– Du wärst selbst gern einer.

– Stimmt nicht.

– Lügner, sagte sie. – Du bist ein riesengroßer Lügner. Aber so was von.

– Eigentlich bin ich doch schon einer, oder?

– Für mich reicht's, David, sagte sie. – Mammy wurde zur Mackerheldin.

Ich hatte keine Ahnung, wie meine Mutter gewesen war, ob Männer sie mochten oder ob sie die Gesellschaft von Männern genossen hatte. Ich hatte keine Anhaltspunkte. Kannte nur, wie sie mit mir gewesen war. Hatte keine Erinnerungen an sie draußen in der Welt.

– Wie meinst du das?, fragte ich Faye.

– Sie benahm sich wie ein Typ, sagte sie. – Sie hat das echt durchgezogen. Und die Männer ließen sie machen – sie liebten es. Sie trank mit ihnen, sie ging mit zu Pferderennen. Sie hätte ihre Frauen verführt, wenn sie gekonnt hätte. Hat sie vielleicht auch ein oder zwei Mal, keine Ahnung. Während ich in der Schule war. Aber nein, eher doch nicht – nein, ich glaub nicht. Das hätte nicht zu ihr gepasst. Also hat sie stattdessen die Typen verführt. Und irgendwann unterwegs hat sie ihn dann verloren.

– Wen hat sie verloren?

– Ihren Verstand.

– Oh.

– Sag mal, sagte Faye. – Wann hast du eigentlich zum letzten Mal die Bettwäsche gewechselt?

– Äh, ich wohne nicht mehr hier.

– *Jesus*, sagte sie. – Ist wahrscheinlich Jahre her.

– Nein, sagte ich. – Glaub ich nicht – keine Ahnung. Vor ein paar Monaten.

– Sieht schlimmer aus.

– Ich hab zu Weihnahten hier übernachtet.

– Weihnachten? Scheiße, David. Das ist fast ein Jahr her. – Himmel.

Sie klopfte auf die Bettdecke.

– Voll staubig, sagte sie. – Mein Gott. Wenigstens riecht's nicht nach Frauen. Immerhin. Vielleicht bist du ja woanders ein Weiberheld, David, aber nicht in diesem *Leaba*. Zurück zu meiner Mam-

151

my. Es gab einen Moment, einen Zeitpunkt, an dem sie fröhlich irre war.

– Was heißt fröhlich irre?

– Das heißt, sie hatte ihr Irresein unter Kontrolle. Sie beschloss, den vögle ich – einfach aus Spaß. Ehe er auf die Idee kommt, dass er mich vögelt.

– Ist das dein Ernst?

– Aber ja, David.

– Woher willst du das wissen?

– Ich bin ein schlaues Köpfchen, o ja, das bin ich. Außerdem waren wir nur zu zweit. Nachdem er gestorben war – mein Daddy. Und sie war glücklich.

– Weil er starb?

– Nein, sagte sie. – Deshalb doch nicht. Sie weinte viel – das weiß ich noch. Ich hörte sie häufig schon, bevor ich in die Küche kam. Sobald sie mich sah, hörte sie auf. Wischte sich die Augen trocken und lachte und nannte sich eine Idiotin. Ich bin mir ziemlich sicher, dass sie ihn geliebt hat.

– Ich hab meinen Vater nie weinen hören, als meine Mutter starb.

– Na klar, ist doch nur natürlich, sagte sie. – Ich würde auch keine Heulsuse sein wollen.

– Das merk ich mir.

– Besser ist das.

– Tu ich.

– Aber das heißt nicht, dass er's nicht gemacht hat.

– Glaub ich nicht.

– Egal. Mammy versuchte, es zu verstecken – irgendwie. Dein Dad war da vielleicht erfolgreicher.

– Gut möglich.

– Jedenfalls glaub ich, es hat sie irgendwann eingeholt, sagte sie. – Und dann ist sie gestorben, die Gute.

– Nicht an Krebs?

– Das ist nur die offizielle Version, sagte sie. – Sie dachte, sie könnte sie in ihrem eigenen Spiel schlagen – diese Typen. Das größte Scheißwirtschaftswunder von Wexford. Dabei hat sie in Wirklichkeit nie was anderes gemacht als vögeln. Das hat sie enttäuscht, David. Und ein paar Männer auch.

Sie setzte sich auf.

– Gehen wir zu ihm runter.

Sie rutschte vom Fußende auf den Boden und angelte sich meinen Pullover.

– Wird er mich mögen?, fragte sie.

Ich schaute ihr dabei zu, wie sie sich den Pullover über den Kopf zog.

– Ich mag deinen Mief, David, sagte sie. – Gut und männlich.

– Danke.

– Und jetzt steh auf, sagte sie.

– Er wird dich lieben, sagte ich.

* * *

– Ist sie gut?, fragte ich Joe.

– Glaub schon. Ja, ist sie. Gehört halt auch zu diesen Instrumenten, oder?

– Was?

– Das Cello, sagte er. – Es lässt sich schwer sagen, ob jemand es gut spielt oder nicht.

– Findest du?

– Ohne Begleitung, sagte er. – Nur Cello. Ohne Geigen oder Flöte oder was weiß ich.

– Ist das so?

– Ja, echt. Definitiv. Das ist wie eine Bassgitarre oder so. Auf 'nem Konzert. Hast du schon mal ein Basssolo gehört, das dir gefällt?

– Nie.

– Ich auch nicht. Er kann spielen? Super. Aber bitte kein Solo, um das zu beweisen.

– Geht mir mit Gitarrensolos übrigens genauso, sagte ich.

Ich war schon seit Jahren nicht mehr auf einem Konzert gewesen. Vor ein paar Jahren hatte ich Róisín vorgeschlagen, zusammen zu Arcade Fire zu gehen, in London. Sie lachte mich nicht mal aus. Aber ich durfte ihr zwei Tickets kaufen, für sie und einen Freund, den ich nie kennenlernte.

– Unerträglich, sagte Joe. – Gibt's so was heutzutage überhaupt noch? Solos?

– Gute Frage.

– Auf die wir zwei keine Antwort wissen, sagte er. – Was an sich bereits eine Scheißantwort ist.

Die Pints waren gekommen. Nachdem ich bezahlt hatte, war der Barmann in sein Versteck zurückgekehrt. Die Hocker rechts und links von uns waren frei. Wir waren immer noch allein.

– Jedenfalls klingt's wie Musik, sagte er. – Wenn sie spielt. Es klingt gut. Gar nicht übel.

– Ich hab dich unterbrochen, sagte ich.

– Tja, sagte er. – Wieder mal.

– Sorry.

– Ich mach dir keinen Vorwurf, sagte er. – Muss sich ja auch ziemlich bizarr anhören. Was ich dir da erzähle. Ist mir vollkommen klar – ich versteh dich.

– Hast du das Trish auch erzählt?

– Was erzählt?

– Was du eben gesagt hast. Das mit dem Schattenleben.

– Ja, hab ich, sagte er. – Zumindest hab ich's versucht. Aber – nicht an dem Abend, von dem ich dir eben erzählt habe.

Er nahm das frische Pint vom Tresen.

– Sie sagte was von meinem Schattenschwanz und wo der sich all die Jahre versteckt hätte.

Ich lachte.

– Verständlich.

– Ja. Wahrscheinlich, sagte er. – Ich weiß nicht, ob ich das Bier hier überhaupt will.

Ich griff nach meinem.

– Was sein muss, muss sein, sagte ich, obwohl ich meins auch nicht wollte.

Ich stieß mit ihm an.

– Aufs Schattenleben.

– Sei nicht so gemein, du Arsch, sagte er.

– Bin ich nicht.

– Okay.

– Entschuldige, sagte ich. – Erzähl weiter.

– Gehen wir danach noch zu George?

– Nein, sagte ich. – Machen wir nicht. Erzähl schon – weiter jetzt.

– Na schön, sagte er. – Okay.

Er zog sein Glas näher zu sich ran. Betrachtete es.

– Es ist wie damals, genauso fühlte ich mich, als ich sie in der Schule wiedersah – Jessica. Als ich sie durch den beschissenen Korridor auf mich zulaufen sah. Ich war überhaupt nicht überrascht – als hätte es keine Unterbrechung gegeben, keine dazwischenliegenden Jahre. Und hörmalbittezu, ich mal mir das jetzt nicht im Nachhinein schöner und bunter aus oder mache es bedeutender oder so was, die Wahrheit aufbauschen, oder so. Aber ich weiß natürlich, dass es das gibt. Das passiert. Ist mir auch schon mal passiert.

– Mir auch.

– Das Hirn spielt einem Streiche. Die Beleuchtung im Raum oder so was.

– Oder ein bestimmter Song.

– Ja, manchmal auch das – hm, keine Ahnung. Ich mein jetzt nicht Nostalgie. Oder das andere Dingsda. Déjà-vu.

– Ja, ich weiß, was du meinst – erzähl weiter. Is'n bisschen wie aufwachen. Als wäre das echte Leben der Traum.

– Ganz genau, sagte er. – In gewisser Weise. Manchmal hab ich mich so gefühlt, wenn ich in 'nem Meeting war und nur halb hingehört hab.

– Das ist mein Normalzustand, log ich.

– Jepp, sagte er. – Genau. Aber das war kein Tagtraum und auch kein Wegdämmern.

– Weiß ich.

– Es war viel –. So war es jedenfalls überhaupt nicht.

– Einmal, sagte ich. – Einmal waren wir eine Woche verreist, Faye und ich. Ist vielleicht fünf Jahre her. Portugal. Nur wir beide. In Lissabon.

– Nett.

– Ja, war es. Irgendwann bin ich aufgewacht, und dieses Licht – am Rand der Vorhänge, an den Kanten, verstehst du? Ich wusste nicht, dass ich woanders war – in einem Hotelzimmer. Ich dachte echt, ich wär zu Haus in meinem Bett – dass das Licht beim Aufwachen immer so aussähe.

– Aha –.

– Warte. Als ich mich umdrehte, hatte ich nicht mit Faye gerechnet. Ihr Anblick war der totale Schock. Nur für 'ne Sekunde – ein paar Sekunden. Ich hatte keine Ahnung, wer sie ist. Meine echte Frau war weg. Es fühlte sich an, als wär was aus mir rausgerissen worden.

Ich konnte es hören: Mein Akzent veränderte sich, tauchte aus der Vergangenheit auf. Ich verwandelte mich wieder in den Dubliner Jungen, der ich gewesen war, als wir Jessica begegneten. Genau wie Joe: Er war mir weit voraus. Der Alkohol half uns bei der Illusion. Der Alkohol machte es leicht und ehrlich.

– Wusstest du, wer deine echte Frau war?, fragte Joe. – Ich mein, in deinem Traum.

– Nein, sagte ich. – Nein, wusste ich nicht. So weit ging das nicht. Aber das Gefühl blieb – tagelang. Ich war sogar sauer auf Faye. Obwohl mir klar war, wie bescheuert das ist. Ich behaupte übrigens nicht, dass meine Erfahrung so ist wie deine. Aber es gibt Ähnlich-keiten. Findest du nicht?

– Absolut, sagte er.

Ich hatte ihm wieder Dampf gemacht. Er wollte meine zwei Ehefrauen verdrängen. Er wollte sich wieder selbst dabei zuhören, wie er mir seine Geschichte erzählte.

– Wenigstens hab ich Trish nicht aussortiert.

– Ich hab Faye auch nicht aussortiert.

– Du hattest sie vergessen.

– Aber nur, weil ich im Halbschlaf war, und nur 'n paar Sekun-den lang.

– Ich hab Trish nie vergessen.

– Bist 'n guter Mann, sagte ich. – Hörst du, Joe – scheiße noch mal.

– Ja, ich weiß.

Er grinste – gönnte mir den alten Joe.

– Was ist eigentlich los mit uns, verflucht?, fragte er.

– Das ist der Alkohol, sagte ich. – Macht uns ganz wirr.

– War schon immer so.

– Aber wir konnten's mal besser – damals.

– Das gilt aber eigentlich für alles – oder?

– Außer Kochen.

– Stimmt, sagte er. – Der Scheiß, der keine Rolle spielt. Kochst du?

– Ab und zu, jepp.

– Ich auch. Ist aber eigentlich eher Rumgealbere, oder nicht? So tun als ob.

– Ein Vorwand, um zu trinken.

– Ja, genau, das auch.

Ein Vorwand, um mich zu verstecken, hätte ich genauso gut sagen können. Ein Vorwand, um nicht reden zu müssen.

– Jetzt mach schon, sagte ich. – Die schmeißen uns noch raus, ehe du fertig erzählt hast.

– Na gut, sagte er. – Also, jedenfalls. Ich hab's weggeschoben. Das Gefühl. Irgendwie. Ich sagte mir ständig, sie ist nur 'n gut aussehendes Mädchen von früher – reiß dich zusammen. Wie heißt's so schön? 'Ne Frau, die sich gut gehalten hat. Die mochten wir auch damals schon, als wir noch kleine Scheißer waren.

– Stimmt.

– Erinnerst du dich noch an Missis Early?

– Die war damals wahrscheinlich erst dreißig.

– Vierzig.

– Ein Kind.

– Stimmt. Jedenfalls hab ich mir eingeredet, mehr wär da nicht. Nur ein kleines Spiel mit dem Feuer. Dass ich's nur auf 'n bisschen Aufregung abgesehen hätte. Ich hab ihre Nummer, ruf sie aber nicht an, aber wenn ich wollte, könnte ich. Und es hat funktioniert.

– Versteh ich nicht.

– Na ja – Trish. *Jesus*. Ich will jetzt sicher nicht ordinär werden, Davy. Aber ich war hart wie'n Scheißprügel. Und Trish –

– Stopp, Moment mal kurz, sagte ich.

– Was'n?

Er sah aus wie ein Mann, der soeben einen sehr guten TED-Talk gehalten hatte.

– Hast du das nicht nur gemacht, also Nummern tauschen und dich mit ihr treffen, um deinem Leben ein bisschen Würze zu verleihen? Das hör ich da nämlich raus.

– Dachte ich auch, sagte er. – Das versuch ich dir ja die ganze Zeit zu erklären. Am Anfang dachte ich, das könnte sein. Ich war quasi offen für diese Theorie.

– War das nicht vielleicht eher genau dein Plan?

– Na ja, okay, doch, vielleicht schon, irgendwie. Ich hatte diesen Scheißplan. Bis zu einem gewissen Grad. Aber ich hab mich nicht benommen wie ein Vollarsch. Gar nicht.

– Hat offensichtlich nicht besonders gut funktioniert.

– O Mann, sagte er. – Weißt du noch, wie das war, wenn du in ein Mädchen verknallt warst? Also, nachdem ihr zum ersten Mal zusammen wart? Nach dem Sex, mein ich. Dieses Gefühl – wie randvoll du dich da gefühlt hast.

– Wichsaugen haben wir das genannt.

– Stimmt, du hast recht – jetzt wo du's sagst.

Er lachte.

– Wichsaugen, sagte er und lachte noch mal. – Bis unter die Haarwurzel voller Wichse. Aber genau so war's. Als hätte man Milch hinter den Augen. Man schwebte mit einem Ständer und einem Schwamm statt einem Gehirn durch den Tag.

– Überwältigt.

– Aber so was von, verdammt noch mal. Man konnte an nichts anderes denken als an diese Frau. An ihren Geruch – *Jesus*. Einfach alles. Man war nicht mal in der Lage, die Stunden bis zum nächsten Mal zu zählen – viel zu viel Mathematik. Man war zu dämlich. Es gab nur – du weißt schon. Ihre Fotze.

– Okay.

– Schon komisch, wie normal das Wort inzwischen geworden ist, oder?

– Schreckliches Wort.

– Find ich auch, sagte er. Jedenfalls, so ging's mir damals. Mit Trish. In meinen glorreichen Zeiten. Ich war dermaßen in meine Alte verknallt. O Mann.

– Is ja irre.

– Na ja –. Es war sensationell. Aber auch anstrengend, Mann, das kann ich dir sagen. Wir ließen die Kinder verwahrlosen.

Er lauschte seinen eigenen Worten nach – ich sah es ihm an – und fing schallend an zu lachen.

– *Jesus* –.

Er schlug mir auf die Schulter. Das war neu, eine Geste – eine Handlung, die nicht zu ihm gehörte. Oder zumindest bisher nicht.

Der Barmann sah zu uns rüber.

– Jedenfalls, sagte Joe. – Zurück zum Thema. Da hat schon wieder der Alk aus mir gesprochen.

Er holte tief Luft, hielt sie an, atmete aus.

– Aber, sagte er. – Ich hab dran geglaubt. An das Gefühl. Hab drauf gewartet, dass was passiert.

– Was'n?

– Wusste ich selbst nicht, sagte er. – Irgendwas. Ich mein, ich wollte mich nicht wie der letzte Idiot benehmen – verstehst du. Aber ich hab mich trotzdem gefühlt wie ein Betrüger. Wenn ich mit Trish im Bett war.

– Wen hast du denn betrogen?

– Trish, sagte er. – Jessica. Sogar mich.

– Hat dich aber nicht davon abgehalten.

– Nein, sagte er. – Hat es nicht. Na ja, ich dachte eben … Das wäre der neue Normalzustand – oder so.

Er lächelte nicht. Spielte nicht den Draufgänger.

– Ich wünschte, ich hätte Trish zustimmen können, sagte er.

– Wobei?

– Als sie sagte, sie hätte gewusst, dass ich eine andere vögle, sagte er. – Ich mein, das stimmte einfach nicht. Was sie behauptete – stimmte nicht. Ich wünschte nur, ich wäre mutig gewesen. Aber ich hab einfach alles abgestritten. Und jetzt hock ich hier. Wo würd ich heut wohl stehen, wenn ich es nicht abgestritten hätte?

– Weiß man's?

– Nein, sagte er. – Aber ich hab die Tür zu schnell zugeschlagen.

– Glaubst du, Trish hätt 'ne andre Frau im Bett gewollt?

– Hier geht's nicht um Betten.

– Ich blick's nich' mehr, sagte ich.

Ich hörte mich an wie Róisín, wenn sie Irin spielte.

– Worum geht's 'n dann?, fragte ich.

– Keine Ahnung. Um Seelen?

– Ach, leck mich doch.

Er stieg von seinem Hocker.

– Ich muss pinkeln. Bin gleich zurück. Lauf ja nich' weg, Davy.

– Wenigstens ist deine Blase so alt wie der Rest von dir.

– Leck mich.

Er lächelte Faye zu – zumindest dachte ich, er würde ihr zulächeln.

– Ich hab schon viel von Ihnen gehört, sagte er.

Hatte er nicht. Ich hatte ihm nichts erzählt. Inzwischen weiß ich, dass es nicht nötig gewesen war, etwas über sie zu hören. Er hatte mich gesehen, wie ich ins Nichts starrte, wenn ich mal bei ihm war. Wie ich ständig auf die Uhr sah, nicht schnell genug wieder wegkommen konnte.

Mit Cathy war ich nie oben gewesen – in meinem alten Kinderzimmer. Ich hatte sie mit nach Hause gebracht, um sie ihm vorzustellen, aber wir hatten uns nie heimlich reingeschlichen, auf Strümpfen, angetrunken und kichernd. Ich hatte Cathy gemocht, aber bei ihr rannte ich nie mit, was Joe und ich Wichsaugen getauft hatten, durch die Gegend. Während der Zeit mit Cathy war ich nie milchig umnebelt gewesen. Sie hatte einen Freund gesucht, und ich genügte ihr. So hatte ich das damals gesehen – glaube ich zumindest –, und für mich hatte es auch gepasst. Ich hätte sie geheiratet; wir waren kurz davor gewesen, es laut auszusprechen, als ich auf der Hochzeit neben Faye saß.

Faye sagte auch, ich würde ihr genügen. Aber das war was anderes. Niemand hätte das so sagen können wie sie – das Fältchen im linken Mundwinkel, das halb geschlossene Auge. Faye wollte mich. Wenn ich in ihr war, wusste ich, dass ich es war, den sie in sich haben wollte. Ich war es, der auf ihr lag. Ich war es, den sie zu sich runterzog. Es war nie nur ihr Gesicht, ihre Gestalt, ein Knöchel, eine Hand. Es war immer Faye.

– Schön, Sie kennenzulernen, Mister Walsh, sagte sie.

Sie trug nur meinen Pullover, nichts sonst.

Cathy hatte angeboten, Tee zu kochen. Sie hatten sich über ihre Countys unterhalten – sie kam aus Süd-Wexford, mein Vater kam aus Waterford – und über mögliche gemeinsame Bekannte, Familien und Bauernhöfe. Mit Cathy hatte er mehr geredet als jemals mit mir. Er hatte sich mit ihr unterhalten, ganz direkt. Mir war aufgefallen, wie er auf ihre Anwesenheit, auf die Aufmerksamkeit einer Frau reagierte. Ich lernte ihn dadurch kennen. Ich machte ihn glücklich.

– War Cathy eigentlich lesbisch?, hatte er mich vor ein paar Jahren gefragt.

– Cathy?

– Das Mädchen, mit dem du damals zusammen warst, sagte er. – Ich hab mich das oft gefragt.

– Nein, sagte ich. – Soweit ich weiß, nicht.

– Ging mir durch den Kopf.

– Damals?

– Nein, sagte er. – Nein, nein. Damals wäre mir so was nicht in den Sinn gekommen.

– Mir auch nicht, sagte ich.

– Hast du dich das damals auch irgendwann mal gefragt?

– Nein, sagte ich. – Nein.

– Und heute?, wollte er wissen.

– Warum sollte ich?

– Na ja. Wegen allem, was wir inzwischen wissen. Und wegen dem Verfassungsreferendum über die gleichgeschlechtliche Ehe und so weiter. Außerdem war sie Polizistin. Das kommt auch noch hinzu.

– Ich glaube nicht, dass sie lesbisch war, sagte ich.

– Aha.

– Und ich glaube nicht, dass das Tragen einer Uniform darauf hinweist, dass eine Frau homosexuell ist.

– Damals vielleicht schon.

– Glaub ich nicht.

– Egal. Ich mochte sie jedenfalls.

– Ich auch.

– Hörst du manchmal noch was von ihr?

– Nein.

– Ich mochte sie.

– Ja, weiß ich.

Er richtete sich auf, als er Faye kennenlernte. Das war etwas Besonderes. Er richtete sich auf.

Nein – er stand auf. Mein Vater erhob sich, als Faye in meinem blauen Pullover vor ihm stand, auf der anderen Seite vom Küchentisch. Er ging um den Tisch herum, um ihr die Hand zu geben.

– Ich freue mich auch, Sie kennenzulernen, sagte er. – Ich hab schon viel von Ihnen gehört.

Daraufhin drehte er sich um, ging wieder um den Tisch herum und setzte sich. Er betrachtete Faye, das neunzehn Jahre alte Mädchen, das in seiner Küche stand – in der Küche meiner Mutter. Ich hatte das Gefühl, seine Gesichtszüge würden schmelzen. Als würden sie sich verschieben und kämen ins Rutschen – irgendwas passierte gerade. Ich dachte, gleich würde er genau das tun, wovon ich eben noch behauptet hatte, ich hätte es bei ihm noch nie erlebt: weinen.

Aber dann passierte nichts weiter.

Er richtete sich auf. Mein Vater war ein Mann, und da war eine Frau im Raum. Er richtete sich auf – und mit einem Mal sah ich meinen Vater, wie ich ihn noch nie gesehen hatte. Plötzlich konnte ich ihn mir mit meiner Mutter vorstellen – wie er sie festhielt, mit ihr zusammen war, ihren Nacken küsste. Ich sah, was er verloren hatte, und ich liebte ihn.

Dann veränderte sich erneut etwas. Der Mann trat wieder hinter den Vater zurück – die Bewunderung, und die Sehnsucht wichen. Er sah mich an. Er starrte mich an, dann wandte er sich ab. Tat, als würde er die Zeitung lesen. Wartete darauf, dass wir verschwanden.

– Das hast du echt nicht drauf, Joe, sagte ich ihm.

Er war vom Klo zurück, saß wieder neben mir.

– Was hab ich nicht drauf?

– Dich zu erklären.

– Hab ich wohl, sagte er. – Leck mich. Aber echt –. Davy.

Er starrte sein Pint an.

– Ich will das gar nicht, sagte er.

Ich nahm meins vom Tresen. Trank einen großen Schluck weg.

– Ich war Trish gegenüber nicht fair, sagte er.

– Du hast sie verlassen.

– Das mein ich nicht, sagte er. – Ach, leck mich. Auch wenn's stimmt.

– Was?

Er griff zu seinem Glas.

– Trotz ihrer Wut, sagte er. – Egal. Ich war derjenige, der den Schritt gemacht hat. Der gegangen ist, verstehst du? Das kam nicht von ihr. Aber trotzdem –.

– Was'n?

– Jetzt sind wir wieder beim Thema, sagte er. – Ich hab mich ein bisschen über sie lustig gemacht, oder?

– Keine Ahnung, sagte ich. – Ich glaube nicht.

– Doch, hab ich, sagte er. – Definitiv. Das ist nicht gut. Ich liebe Trish.

– Okay.

– Tu ich wirklich. Das hört ja nicht einfach auf. Ich hab versucht, ihr das zu sagen.

– Hat sie zugehört?

Er antwortete nicht. War auch nicht nötig. Er kippte mehr von seinem Bier runter, als ich erwartet hatte.

– Jedenfalls, als ich mich zum ersten Mal mit Jessica traf, sagte er.

– Zum ersten Mal?

– Erstes, zweites, jedes Mal. Da wusste ich einfach, das ist mein Leben. Ich fühlte mich zu Hause.

– Hast du schon gesagt.

– Wirklich buchstäblich, sagte er. – Zu Hause.

– Wo warst du?

– Hab ich dir doch gesagt. Das spielt keine Rolle. Ich war bei ihr. Ich war zu Hause. Endlich, Davy.

– Endlich, Joe?

– Endlich. Genau – endlich. Ich erzähl dir nur, wie's mir ging. Ich weiß, wie lahm das klingt – kann ich auch nicht ändern.

– Und was ist mit deinem anderen Zuhause?

– Hör mal, sagte er. – Ich sag dir doch nur, wie sich das anfühlte. Das ist – keine Ahnung – kein Schachbrett. Oder Monopoly. Häuser und Besitz. Und es ist auch nicht logisch, ist mir schon klar – glaub mir, das ist mir so was von klar. Und auch nicht normal, schon klar. Aber es hat sich eben so angefühlt.

– Was heißt zu Hause?, fragte ich ihn.

– Was?

– Was meinst du damit?, fragte ich. – Für mich – ist es das Haus. Faye und die Kinder. Das Haus und die Menschen darin. Und die Jahre, die wir dort verbracht haben. Die ganze Geschichte, die mich damit verbindet. Das Haus meines Vaters – ist nicht zu Hause. Jedenfalls nicht mehr. Ich hasse es, dort zu sein.

Es stimmte. Ich hasste es, in diesem Haus zu übernachten. Ich hasste es, dort aufzuwachen, zu wissen, wo ich war. Es war jedes Mal ein Schock.

– Das ist ein großes Wort – Zuhause, sagte ich.

– Ja.

– Also, was meinst du damit?

– Na ja, das ist echt schwer, sagte er. – Hätten wir ein Jahr früher darüber gesprochen –.

– Genau ein Jahr früher.

– Ja, genau. Ein Jahr. Oder ein Jahr und einen Tag früher. Dann wär ich ganz deiner Meinung. Wort für Wort. Trish und die Kinder, in unserem Haus. Das war mein Zuhause.

– Jetzt nicht mehr?

Er antwortete nicht. Holte sein Handy aus der Tasche, schaute drauf, schob es wieder zurück.

– Nein, sagte er. – Ich wünschte, es wär so –. Aber ich weiß nicht.

Jetzt holte ich mein Handy raus und schaute drauf. Nichts.

– Ich weiß es nicht, sagte er. – Ich dachte immer, das wär gut.

– Was wäre gut?

– Zu sagen, dass ich es nicht weiß. Ich dachte immer, das wär ein Zeichen für irgendwas. Reife. Und Begegnung auf Augenhöhe. Hat Trish mal gesagt. Als eins der Kinder mich was fragte und ich das antwortete. Dass ich es nicht weiß, mein ich. Sie sagte, ein Mann gibt zu, dass er was nicht weiß. Wir lachten. Ich fand das toll. Befreiend irgendwie. Hat sich echt gut angefühlt. Bei der Arbeit dasselbe. Weil ich schon so lange dort bin. Ist eigentlich total egal, was ich sage, ich mach meinen Job sowieso. Einmal hab ich es in einem Meeting gesagt. Jungs, habt keine Angst zuzugeben, dass ihr was nicht wisst. Die Gesichter – *Jesus.*

– Kann ich mir vorstellen.

– Trish sagte, ich würd's übertreiben. Und gleich 'ne Philosophie draus machen. Irgendeinen Lifestyle-Bullshit. Und das stimmte auch – irgendwie. Trish fand, die Kinder würden langsam denken, ich wär einfach nur dämlich. Wo ein richtiger Dad doch eher ein durchgeknallter Alleswisser sein sollte. Na ja, egal. Jetzt ist es jedenfalls nicht mehr mein Zuhause, jetzt bringt's mich um.

– Echt?

– Nein, sagte er.

Er rollte einen Hemdsärmel runter.

– Ganz ehrlich?, sagte er. – Nein.

– Besoffenes Gelaber.

– Nein.

Er knöpfte den Hemdsärmel zu.

– Ich glaube, ich würde es mir wünschen. So ganz unter uns –

ich wünschte, ich hätte das Gefühl, dass es mich umbringt, dass das Haus – Trish und alles – sich nicht mehr wie mein Zuhause anfühlt. Aber es bringt mich nicht um. Tja –.

Er rollte den zweiten Ärmel runter.

– Tja, so ist das nun.

– Okay.

– Nein, ist es nicht. Okay. Oder?

– Nein.

– Nein, das ist nicht okay. Irgendwie. Ich weiß es nicht, Davy. Das gehört alles auch mit dazu.

– Wie meinst du das?

– Die Familie, sagte er. – Sie sind –. Mann! Sie sind irgendwie nicht mehr da.

– Joe?

– Was?

– Hast du eine Vorstellung davon, wie viele Männer ich kenne, die ihre Ehefrauen für andere Frauen verlassen haben? Männer in unserem Alter. Und du kennst sie auch – Männer, die das gemacht haben, was du gemacht hast. Wir könnten den ganzen Abend mit Zählen verbringen.

Er hatte den zweiten Ärmel nicht zugeknöpft. Als er das Glas hob, hätte die Manschette ihn fast im Gesicht getroffen. Also setzte er das Glas wieder ab und knöpfte den Ärmel zu.

– Jüngere Frauen, sagte er. – Für Jüngere.

– Nein, sagte ich. – Nicht nur.

– Jessica ist älter als Trish.

– Und?

– Du hörst mir nicht zu, Davy. Du hast mir nicht zugehört.

– Und du gehst mir total auf den Zeiger, Joe.

– Jetzt hörst du dich an wie Trish.

– Leck mich. Ich hab jedes einzelne beschissene Wort aus deinem Mund gehört. Du hast deine Frau und deine Kinder verlassen und machst 'ne Philosophie draus.

Der Barmann schaute zu uns rüber. Er blieb, wo er war, aber er starrte uns an. Ich starrte nicht zurück.

– Sind wir zu laut?, fragte Joe.

– Keine Ahnung, sagte ich. – Glaub nicht.

– Arschgesicht, sagte Joe. – Wofür hält der sich? Wie spät isses?

– Halb neun, sagte ich.

Es tat gut, das zu sagen – »halb neun«. Ergab für mich immer schon mehr Sinn als »acht Uhr dreißig«.

– Was machen wir?, fragte er.

– Keine Ahnung.

– Ich weiß nicht, warum ich mir ständig diese Scheißärmel hochkremple, sagte er. – Gewohnheit wahrscheinlich. Trinken wir noch eins?

– Glaub schon.

– Oder vielleicht lieber einen Kurzen.

– Nein.

– Stimmt, du hast recht. Das wär Quatsch. Wer ist dran?

– Keine Ahnung. Ich will –. Eigentlich will ich nichts mehr trinken. Mir reicht's.

– Eins noch, sagte er. – Meine Runde. Außerdem muss ich das zu Ende bringen.

– Was zu Ende bringen?

– Du warst dabei, als alles anfing, sagte er.

– Quatsch, sagte ich.

– Doch, warst du, sagte er. – Bei George. Damals.

– Nein, sagte ich. – War ich nicht. Das denkst du dir aus. Halt mich da raus.

– Was soll das heißen, ich denk mir das aus?

– Genau das soll es heißen …

– Aber was meinst du damit?, fragte er.

– Also, hör zu, sagte ich. – Das, woran du dich angeblich erinnerst, und das, was ich weiß, woran ich mich erinnere, stimmt nicht überein.

Mein Kopf fühlte sich an, als wäre ich gegen eine Tür geknallt.

– Was du *weißt*?

– Jepp.

– Scheiße, du *weißt*, dass du dich erinnerst? Trinken wir jetzt noch ein Pint oder nicht?

– Na gut – okay.

– Ich kipp dir das Scheißteil über'n Kopf, sagte er.

– Wie bitte?

Ich saß ihm im Weg. Er stemmte sich vom Hocker und lehnte sich über den Tresen, damit der Barmann ihn sehen konnte.

– Zwei Pints, bitte.

Ich sah den Barmann nicken.

– Danke sehr.

Joe setzte sich wieder hin.

– Scheißdumpfbacke, sagte er. – Hast du den gesehen?

Mir war klar, was er tat. Er verwandelte sich in Joe zurück – in den Mann, den ich einst kannte – damit er mich wieder anpflaumen konnte. Direkt dahinter lauerte die neue Version.

– Schön, sagte er. – Woran erinnerst du dich also?

– Es ist das, woran ich mich nicht erinnere, sagte ich.

– Und zwar?

– Ich erinnere mich nicht, dass du mit ihr abgedampft bist.

Er schloss die Augen und öffnete sie wieder.

Okay, sagte er. – Bin ich aber.

– Okay.

Er sah mich an. Mein Blick glitt weg.

– Okay. Können wir uns auf was einigen? Nur ein Vorschlag. Davy?

– Okay, sagte ich. – Schieß los.

– Gut. Ich akzeptiere, dass du dich nicht erinnerst, und du akzeptierst, dass du dich nicht erinnerst, und auf die Weise können wir beide akzeptieren, dass es passiert ist –.

– Dass was passiert ist.

– Verdammt noch mal, sagte er. – Ich erinnere mich besser an sie als du. Das ist doch logisch, oder?

– Okay.

– Das ist doch nur menschlich, oder?, fragte er. – Wir erinnern uns an unterschiedliche Dinge. Ich habe Geschwister –.

– Und?

– Und wir streiten uns ständig über alles, was länger als dreißig Jahre zurückliegt – oder länger als einen Monat. Und wir sind im selben Haus aufgewachsen. Dauert nich' mehr lang, und wir streiten uns darüber, wer unsere Eltern sind. Dann werden wir uns nich' mal mehr darüber einig sein. Deshalb –.

Der Barmann brachte die Pints.

– Zwei besonders Gute, sagte er.

– Guter Mann, sagte ich.

Ich kramte Geld aus der Tasche und gab ihm einen Zehner.

– Vielen Dank.

Er ging und ließ uns allein. Ich sah, wie er das Wechselgeld in eine Spendendose neben den Zapfhähnen steckte.

– Also, sagte Joe.

– War das überhaupt meine Runde?, fragte ich.

– Bin mir nicht sicher. Möglicherweise.

– Ich will das gar nicht mehr.

– Geht mir genauso, aber muss sein. Sind wir etwa keine Männer?

– Doch sind wir, definitivo. *We are Devo.*

– Absolut, sagte er. – Also, es ist doch so: Ich erinnere mich an das, woran ich mich erinnere, und du erinnerst dich an das, woran du dich erinnerst. Weil du nicht da warst, zum Teufel. Bei dieser einen besonderen Gelegenheit. Deshalb schlage ich vor, wir lassen das aus und machen weiter.

– Okay, sagte ich. – Schön.

Ich würde zuhören und gehen. Ich kannte den Mann, dem ich zuhörte, und eine Minute später kannte ich ihn plötzlich nicht mehr. Es spielte keine Rolle. Ich musste weg.

– Ich bleib jetzt in der Spur, sagte er. – Keine Ablenkungen mehr. Sie redete mit mir –.

– Wann und wo befinden wir uns gleich wieder?

– Hä?

– Wann hat sie mit dir geredet?, fragte ich. – In letzter Zeit oder –?

– In letzter Zeit, sagte er. – Nein, Quatsch – ich meine letztes Jahr. Als wir wieder anfingen, uns zu treffen.

– Okay, sagte ich. – 'Tschuldige – erzähl weiter.

– Das Gefühl war sofort da. Wie gesagt. Dass ich schon immer mit ihr zusammen war.

– Okay.

– Und dass das erste Mal in Wirklichkeit das fünfhundertste oder sonst wievielte Mal war. Aber davor – stimmt schon, ich geb's ja zu. Die vielen Jahre und die Tatsache, dass ich nie an sie gedacht habe – obwohl, das stimmt so auch nicht ganz. Ich hab oft an sie gedacht. Und dann war da plötzlich die – ach, was weiß ich – die Möglichkeit. Der Reiz des Neuen. Ich bin mir nicht sicher, ob es um Sex ging, Davy. In Wirklichkeit, verstehst du? Ich weiß nicht, ob ich so weit gegangen wäre. Da ging's eher um Fantasie. Die Vorstellung, die Erwartung. Diese bestimmte Atmosphäre – irgend'ne Energie oder so. Weißt du, Trish und ich – da kommen wir nie wieder hin.

– Nein, wahrscheinlich nicht.

– Okay. Ich fahr also hin und treff mich mit ihr. Weißt du ja schon. Und hab dieses Gefühl. Dass wir längst zusammen sind.

Wieder wollte ich ihn schlagen. Wieder wollte ich gehen. Aber ich wollte auch die Geschichte hören; ich wollte noch viel mehr davon.

– War es ernüchternd?, fragte ich ihn.

– Wie meinst'n das jetzt?

– Na ja, sagte ich. – Du hast dir gewisse Hoffnungen auf ein sexuelles Abenteuer gemacht. Sorry – das klingt schlimm. Aber du weißt, was ich mein. Der Reiz des Neuen, hast du gesagt. Und davor sagtest du, eine Frau, die sich gut gehalten hat.

– Ich dachte, das hast du gesagt.

– Nein. Du.

– Okay.

– Vielleicht wir beide.

– Möglich – red weiter.

– Das ging dir also durch'n Kopp. 'N Techtelmechtel mit 'ner Frau, die mal das Mädchen deiner Träume war. Aber dann sitzt du mit ihr am Tisch, und es fühlt sich an, als wärt ihr in Schlappen und Morgenmantel und es passiert einfach nix mehr.

– So war das nich'.

– War es ernüchternd?

– Nein.

– Nein?

– Es war anders.

– Okay. Unerwartet?

– Sehr.

– Und ernüchternd.

– Leck mich.

– Muss so gewesen sein, sagte ich. – Scheiße noch mal! Oder vielleicht war's ja erleichternd. War's das?

– Na bitte. Jetzt kommst du der Sache schon näher.

– Tatsächlich?

– *Jesus*, Davy, wann bist du eigentlich zum Scheiß-FBI gegangen?

– War es eine Erleichterung? Sag schon.

– Könnte sein.

– Du konntest jedenfalls brav zurück nach Hause gehen und Trish vögeln.

– Was ist eigentlich dein beschissenes Problem?, fragte er. – Warte mal, ja, jetzt weiß ich's. Hatte ich gar nicht mehr aufm Schirm. Du warst ja auch hinter ihr her.

– Trish?

– Hör auf, so ein Spast zu sein, Davy, sagte er. – Jessica natürlich.

– Deren Namen ich bis vorn paar Stunden noch nich’ ma’ kannte. Is’ lange her, dass mich jemand Spast genannt hat.

– Stimmt doch. Du bist ’n Scheißspast.

– Das kann man heute nicht mehr sagen.

– Weiß ich.

– Es war also eine Erleichterung – hast du gesagt.

– Hast *du* gesagt.

– Und du hast mir zugestimmt.

– Okay, sagte er. – War es. Ein bisschen. Weiß ich nich’ mehr. Weil es plötzlich nich’ mehr darum ging. Darum, dass ich mich mit ’ner Frau treffe, die ich kaum kannte. Um den ganzen Aufwand.

Jetzt überraschte er mich.

– Ist dir so was schon mal passiert?, fragte er.

– Nein.

– Echt nich’?

– Nein. Hast du schon mal gefragt.

– Echt?

– Glaub schon, ja.

– Okay. Jetzt mal ganz im Ernst, Davy – gab es nie eine andere Frau?

– Nicht wirklich, nein.

– Nicht mal eine ernüchternde?

Ich antwortete nicht. Es war keine richtige Frage gewesen. Joe hob das Glas. Er kippte ordentlich was weg, zwei Riesenschlucke, drei. Dann stellte er das Glas zurück auf den Bierdeckel.

– Jedenfalls, sagte er. Irgendwas is’ mit mir passiert.

Es war an einem Samstag, einer der letzten Samstage, vielleicht der letzte. Sie war da, mit ihren Freunden und dem Cellokoffer. Saß unter dem Fenster, als wir reinkamen. Ich rannte Joe direkt hinten rein. Er hatte sie zuerst entdeckt. Aber ich erholte mich rechtzeitig, um mitzubekommen, dass sie zu uns hersah und lächelte.

Sie lächelte.

– Hi, *Guys*, sagte sie.

Guys, das Wort hatte damals noch 'ne andere Bedeutung. Heute bezeichnet jede Kellnerin und jede Barfrau eine Gruppe von zwei oder mehr Männern als *Guys*, unabhängig vom Alter – sowohl der Barfrau als auch der Männer. Das war damals noch anders. Wir waren keine *Guys*; *Guys* gab es nicht. Wir waren junge Typen, Jungs, Männer. Nur Männer in amerikanischen Filmen waren *Guys*.

Aber jetzt waren wir auf einmal auch *Guys*, ganz offensichtlich. Allerdings sprachlose *Guys* – wir waren Stummfilm-*Guys*.

Schließlich brachte ich ein Wort raus.

– Hi.

Ich war derjenige, der etwas gesagt hatte. Nicht Joe. Ich war der erste *Guy*, der mit ihr sprach. Das weiß ich genau. Das wusste ich damals schon, und ich glaubte zu wissen, was das hieß. Weil ich der Erste war, der reagierte, hatte sie mit mir gesprochen.

Wir gingen weiter. Ich hinter Joe her, zu unserem Ende vom Tresen.

Ich war derjenige, der etwas gesagt hatte. Meine Stimme war die einzige gewesen. Das war mir damals sofort bewusst, und es war aufregend.

Das klingt irgendwie pathetisch. Ist es aber nicht – nicht in dem Sinne, wie ich das Wort verstehe. Wenn wir zusammen waren, waren wir wie Kinder. Die meiste Zeit war ich ein voll funktionsfähiger Erwachsener – die ganze Woche über. Aber wenn wir zusammen waren, geschah etwas; wir wurden von Freude überschwemmt und ertranken darin. Ehe ich Faye traf, erlebte ich Glück nur, wenn ich mit Joe zusammen war. Ich glaube, das stimmt. Zumindest Glück, dem man trauen konnte. Glück, das ich – auf gewisse Art bemessen, das ich fühlen konnte; Glück war ein Ding in meiner Brust. Wenn ich mit Joe zusammen war.

Ich mochte es, ein Junge zu sein. Ich liebte es, ein Junge zu sein. Dieser Drang, dieser Rippen zerberstende Schmerz. Ich bin mir nicht sicher, ob ich vorher jemals einer gewesen war. Ein Junge. Zu Hause konnte ich nicht glücklich sein. Ich konnte es auch jetzt nicht einfach; es ließ sich nicht erzwingen. Weil kein Glück da war. Ich erinnere mich noch, wie ich mit zwölf oder dreizehn eine Figur – ich weiß nicht mehr, welche; eine Frau jedenfalls – in *Coronation Street* zu einer anderen sagen hörte: »Du musst dich allein durchschlagen.« Ich wusste genau, was sie meinte.

Jedenfalls sagte ich zu dem Mädchen, von dem ich heute weiß, dass sie Jessica heißt, hi. Und ich wusste: Das könnte das Ende vom Glück sein. Es könnte der Beginn von etwas Neuem sein. Eine andere Art Glück. Ein Abenteuer. Eine Nacht. Ein Leben.

Und ich lief davon.

Ich schaute zu ihr rüber. Sie sah nicht in unsere Richtung. Sie hörte einer Freundin zu. Widmete sich ganz dem, was ihre Freundin – irgendeine Frau, ich habe keine weitere Erinnerung an sie – ihr erzählte. Ich hörte Worte, begriff aber keinen Zusammenhang; versuchte es auch gar nicht. Sie hatte nicht auf uns gewartet. Ich war enttäuscht, und ich war erleichtert. Ich war in Sicherheit.

Ich war schüchtern, aber nicht gelähmt. Ich hatte schon Frauen angesprochen und Stunden später mit ihnen geschlafen. Ich hatte Blicke aufgefangen, und es war mir gelungen, sie zu erwidern, wenn ich wollte, wenn ich das Gefühl hatte, es zu müssen. Wenn ich meinem Urteilsvermögen vertraute, wenn ich wusste – wenn ich zu wissen glaubte –, dass ich den Blick richtig deutete. Ich war überrascht, wenn eine Frau mir zulächelte, aber nie unter Schock. Ich war schüchtern, aber nie um Frauen verlegen.

Keine Ahnung, was mit Joe war. Ich weiß nicht, warum er damals nichts zu Jessica sagte, warum es mir gestattet war, unser Sprecher zu sein. Wir hatten auf unserem Weg quer durch die Stadt zu George schon ein paar Pints getankt. Wir waren gerannt, hatten so getan, als hätten wir's eilig, ins Trockene zu kommen. Er war als Erster an der Tür gewesen, ich war noch einer Pfütze ausgewichen, wahrscheinlich drübergesprungen – ich weiß es nicht mehr. Er sah sie als Erster. Aber ich sagte etwas.

Wieso dem so viel Platz einräumen? Es war das einzige Mal, dass ich mit ihr sprach. Und ich war derjenige, der etwas sagte.

– Also, jetzt erzähl mal, sagte Faye irgendwann, nachdem wir geheiratet hatten. – Was macht dich bei einer Frau an?

– Worte, sagte ich.

Ich zögerte nicht. Ich dachte nicht nach. Es fühlte sich an, als läge mir die Antwort längst auf der Zunge und ich hätte nur auf die Frage gewartet.

Faye tat so, als würde sie sich mit dem kleinen Finger das Ohr saubermachen.

– Wie bitte?, fragte sie. – Was?

– Worte, sagte ich.

Sie war schwanger, im sechsten oder siebten Monat. Wir saßen in unserem neuen Haus. Ich war gerade zurückgekommen, von meinem neuen Job. Es gab nichts zu essen. Der Geruch frischer Farbe würde für immer der Geruch unseres Glücks sein.

Faye boxte mich in den Arm.

– Du würdest lieber ein Wörterbuch vögeln als eine Frau?, fragte sie. – Willst du mir das damit sagen, David?

– Ich würde lieber eine Frau vögeln, die mich fragt, ob ich lieber ein Wörterbuch vögle, sagte ich.

– 'Ne Megaklappe?

– 'N Schlaumeier.

– Da müsste sie aber eher eine Schlaumeierin sein, oder?

– Okay, eine Schlaumeierin.

– Bin ich eine?

– Aber ja.

– Tja, da fehlen mir jetzt echt die Scheißworte, sagte sie.

Wir waren in England. Weit weg von Gorey und ihrem Haus. Weg von Dublin. Weg vom langen Schatten ihrer toten Mutter und dem meines lebendigen Vaters. Wir waren die frische Farbe im Leben des anderen. Hier hatte es nichts – niemanden – gegeben, ehe wir kamen.

– Ich bin mir nicht sicher, ob ich das gutheißen kann, sagte mein Vater.

So etwas hatte er noch nie zu mir gesagt. Das war ein paar Wochen, nachdem er Faye kennengelernt hatte. Ich hatte ihm gerade erzählt, dass wir heiraten würden.

Ich war auf Streit gefasst gewesen. Ich wusste – ich weiß heute: Ich hatte Streit erwartet. Wir waren allein in der Küche – in seiner Küche. Das war nicht mehr mein Zuhause. Das war auch nicht mehr mein Land. Ich wollte rausgeworfen werden. Und Faye ging's genauso. Wir wollten beide den Rauswurf.

– Was gutheißen?, fragte ich.

Er hatte mich nicht angesehen.

Jetzt sah er mich an.

– Sie ist bestimmt ein nettes Mädchen, sagte er.

– Ja, ist sie, sagte ich.

– Ich zweifle nicht an dir, sagte er.

– Doch. Du zweifelst an mir.

Er griff zum Kessel. Ich wollte zu ihm rüberhechten und ihm das Ding aus der Hand reißen. Ich wollte die Hintertür aufmachen und das Scheißteil raus in den Garten pfeffern.

– Ich war kein besonders guter Vater, sagte er.

Er hatte die Stimme erhoben, fast geschrien, um das Wasser zu übertönen, das rauschend in den Kessel lief.

– Das würd ich nicht sagen.

Er stellte das Wasser ab.

– Ich schon.

Er hielt ein Streichholz ans Gas. Er war ein alter Mann am Herd. Seine dünnen Haare standen ab, beleuchtet von der Sonne, die neben ihm durchs Fenster schien. Ich konnte sein Gesicht nicht sehen, aber so, wie er da stand, sah es aus, als würde er nachdenken, als versuchte er, sich daran zu erinnern, warum er da stand. Ich hätte ihn am liebsten in den Arm genommen.

Das Gas rauschte. Ich sah zu, wie er wartete, der Flamme noch nicht traute. Er wollte sich nicht umdrehen, mich nicht ansehen. Er suchte nach etwas anderem, das dringend zu tun war. Das dauerte alles keine Minute, vielleicht ein paar Sekunden.

Er drehte sich um.

– Ich habe wahrscheinlich kein Recht dazu, sagte er. – Aber ich werde es trotzdem sagen. Ich finde, du solltest vorsichtig sein.

– Vorsichtig?

– Ja.

– Vorsichtig? Verfluchte Scheiße?

– David.

– Entschuldigung. Aber, vorsichtig? Wie meinst du das?

– Sie ist noch sehr jung.

– Na und?

Er zuckte mit den Achseln. Er lächelte.

– Na gut. Bevor du es sagst. Ja, deine Mutter war auch jünger als ich.

– Sechs Jahre.

– Ja.

Jetzt lächelte er nicht mehr.

– Sie ist ungestüm, sagte er. – Dein Mädel.

– Faye.

– Sie war halb nackt.

– Wir kamen von oben.

– Ich will mich nicht einmischen, sagte er. – Ich verstehe, warum du –. Sie war attraktiv.

– Ist sie immer noch.

– Du hast uns einander vorgestellt, und sie kam in – was war das? – in einem deiner Pullover hier runter. Ich konnte ihre *Scham-haare* sehen. Herrgott noch mal, David. Ich bin dein Vater, und sie stellt sich so zur Schau. Hier! Und du, Sohn – du hast sie gelassen. Nur, falls du das noch nicht gemerkt haben solltest, David, wir sind nicht die verfluchten Borgias, Himmel noch mal.

Der Kessel fing an zu zischen.

– Aber darum geht es nicht. Wenn du ein Mädchen mit nach oben nehmen willst, bitte sehr – auch wenn du eigentlich gar nicht mehr hier wohnst, wenn ich dich daran erinnern darf. Damit hab ich kein Problem. Ich beneide dich, Herrgott. One-Night-Stands – oder wie immer das heißt. Das geht mich alles nichts an, und ich wünsch dir viel Glück. Sie ist ein gut aussehendes Mädel. Aber wie ich sehe, meinst du es ernst.

Er sah den Kessel an und den Wasserdampf, der sich in der Küche breitmachte.

– Stimmt's?, fragte er.

Er griff zum Geschirrtuch und nahm den Kessel vom Feuer.

– Ist sie schwanger?, fragte er.

Er war immer ein sanfter Mann gewesen. Zu sanft, hatte ich oft gedacht – Sanftmut als Form von Abwesenheit. Er war nie grausam gewesen oder grob.

Faye *war* schwanger.

– Nein, sagte ich. – Ist sie nicht.

Könnte ich diesen Abend wiederholen, ich würde einiges anders machen, einiges anders sagen.

Ich würde ihm sagen, dass sie schwanger war.

Ich würde nichts sagen und gehen.

Ich würde nach Hause gehen, in die Wohnung, in der ich inzwischen mit Faye lebte, ihr aber nicht erzählen, was mein Vater gesagt hatte.

Ich würde nach Hause gehen und Faye *alles* erzählen, was er gesagt hatte.

Ich würde bei meinem Vater bleiben und ihn fragen, weshalb er gefragt hatte, ob Faye schwanger sei, anstatt zu sagen, Guter Mann oder, Ich freu mich für dich. Ich würde mich bemühen, ihn zu verstehen. Ich würde ihn fragen, warum er mich erst jetzt, so lange nach dem Tod meiner Mutter, einmal scharf kritisiert hatte. Ich würde ihn fragen, warum er mich von sich stieß.

Faye lachte, als ich es ihr erzählte.

– Warum hast du's ihm überhaupt erzählt?, fragte sie.

– Keine Ahnung. Wollte ich einfach.

– Ohne dass ich dabei war?

– Ich dachte, er würde sich freuen.

– Der Typ?, sagte sie. – Der will nicht glücklich sein. Jetzt komm her.

Sie nahm mich in die Arme. Faye war eine große Frau, so groß wie ich, und sie sah mir direkt in die Augen.

So war Faye: Sie war in der Lage, einem Blick standzuhalten – sie gewann jeden Blickzweikampf.

– Du hast mit dem Unglück deines Vaters nichts zu tun. Außerdem bekommst du genug Unglück von mir. Na, bekommst du jetzt einen Ständer?

– Und wie.

Mein Vater sah mich an.

– Ich fänd's nicht schlimm, wenn sie's wäre, sagte er. – Schwanger.

– Ist sie aber nicht, sagte ich.

– Prima, sagte er. – Dann muss es Liebe sein, oder?

Er drehte sich um und nahm zwei Tassen aus dem Regal neben dem Herd.

– Deine Mutter wäre sehr glücklich, sagte er.

– Glaubst du?

– Sie hätte Faye geliebt.

Ich weiß nicht, warum ich Faye nicht erzählte, dass meine Mutter sie geliebt hätte. Ich war mir nicht sicher, ob das stimmte, ich wusste es nicht. Aber er hatte es gesagt, um nett zu sein, und ich hatte Faye nie davon erzählt. Ich ließ es weg, radierte es aus, erzählte ihr nur die Hälfte von dem, was passiert war. Sie hätte Faye geliebt. Vielleicht war das der Grund, warum er sie nicht liebte – nicht lieben konnte. Sie war meiner Mutter zu ähnlich. Aber auch das war nur eine Vermutung.

Wir erfinden unsere eigenen Geschichten.

– Das Baby kommt in England zur Welt, sagte Faye am selben Abend. – Einverstanden?

– Okay.

Wir wären sowieso weggegangen. Faye redete von Abstand – zu Gorey, zur Familie, zu Erwartungen und Kontrollen. Mir war vorher nie in den Sinn gekommen, wegzugehen. Bis Faye sagte, sie wolle eines Tages irgendwo aufwachen, wo sie keine irische Luft mehr atmen müsse. Da wollte ich sofort packen.

– Genau, scheiß auf ihn, sagte sie. – Wenn er seinen Enkel oder seine Enkelin sehen will, muss er eben nach England kommen.

Sie hielt mich im Arm.

– Dann wird er ein paar Shilling in die Hand nehmen müssen und sich auf dem Boot die Seele aus dem Leib kotzen, sagte sie.

– Geizig war er nie, sagte ich.

– Vielleicht nicht mit Geld, sagte sie. – Aber in Sachen Freundlichkeit wird's eng.

Sie küsste mich auf die Schulter.

– Und deshalb kann er sich gerne verpissen, sagte sie. – Wir beide haben was Besseres verdient.

Ich habe mich oft gefragt, ob wir weggegangen wären, wenn ich Faye die ganze Geschichte erzählt hätte. Vielleicht wären wir trotzdem fortgezogen, aber nicht so schnell. Wir hatten das Geld vom Verkauf von Fayes Haus und dem Geschäft; wir mussten nicht knausern. Und sie hatte sich sehr deutlich ausgedrückt.

– Ich will nicht nach Dublin ziehen.

– Okay.

– Ich mag Dublin nicht. Schockiert dich das, David?

– Nein.

– Du bist ein Lügner.

– Bin ich nicht.

– Weißt du, was das Problem mit Dublin ist?

– Was?

– Dublin ist lediglich die Hauptstadt von Irland, sagte sie. – Und das ist wirklich nichts, worauf man sich was einbilden kann.

Wir gingen also weg. Die eigentliche Frage lautet, weshalb ich Faye nie alles erzählt hatte, was mein Vater damals zu mir sagte, weshalb ich sie belogen hatte, weshalb ich mich total reinsteigerte in das, was ich ihr nun erzählt hatte und was nicht. Ich wollte wie sie sein, denke ich manchmal. Ich wollte mich isoliert fühlen und heimatlos; ich wollte mich ihr angleichen.

Wir hatten es aufs Kinderkriegen angelegt, von Anfang an. Der Wunsch war immer da gewesen: Wir wollten unser Leben ändern, etwas Neues schaffen. Wir wollten weggehen. Trotzdem weiß ich immer noch nicht, weshalb ich meinen Vater verletzte, weshalb ich Faye verletzte und die Kinder auch. Keine der Antworten beantwortet die Frage. Es wird darauf nie eine Antwort geben.

Vor fünf Jahren – ungefähr fünf – saßen wir nebeneinander und sahen fern. Irgendwann lief Werbung, unter anderem ein Spot, der die Zuschauer vor den Gefahren von ungeschütztem Sex warnte. Ich spürte es sofort – ich war zurück in unserer Dubliner Wohnung, mit Faye, im Bett. Und tat etwas Gefährliches, gleichzeitig Wunderbares. Mit ihr. Wir dachten uns ein Leben aus – unser gemeinsames Leben.

Ich drehte mich zu Faye, um sie anzusehen, sie hatte sich bereits zu mir gedreht. Wir sagten kein Wort, küssten uns und rutschten auf der Couch herum, um einander ansehen zu können, so wie wir heute waren, älter.

– Ungeschützter Sex, Faye.

Ich legte meine Hände um ihr Gesicht.

– Das ist es, was uns ausmacht, genau das.

Und sie legte ihre um meins.

– Also, ja, sagte Joe. – Irgendwas is' passiert.

– Okay, sagte ich. – Aber was?

– Tja, sagte er. – Ich weiß immer noch nich', wie ich's ausdrücken soll.

– Hat sie dich verhext, oder was?

Er schob sich vom Tresen weg. Er atmete laut aus – pfiff fast.

– Nein.

– Du hast gezögert.

– Nein, sagte er. – Nein, hat sie nich'. Das wär total bescheuert.

– Aber du hast gezögert.

– Leck mich, sagte er. – Hör zu – da gibt es so einen Film, irgend so 'n Kinderkram. Holly hat ihn geliebt. Ich kann mich nicht mehr an den Titel erinnern. Jedenfalls gibt's da so 'ne Mauer, und wenn die Figuren durch die Mauer gehen, sind sie in 'ner andern Welt – andere Welt, andere Regeln, alles anders. *Stardust* – ja genau, so hieß der. Kennst du den?

– Nein, sagte ich. – Glaub nicht. Ich meine, vielleicht hab ich ihn gesehen – keine Ahnung.

– Mir geht's nicht um den Film. Ist übrigens echt gut. Holly hat ihn geliebt. Aber mir geht's nicht um die Story. Die Hauptfigur muss also die Mauer überwinden, um ins Märchenland zu kommen, oder was das sein soll, so heißt das jedenfalls, glaub ich – keine Ahnung mehr. Ach, Carrie aus *Homeland* spielt da übrigens auch mit. Als ganz junges Ding – ist schon 'ne Weile her. Schaust du *Homeland*?

– Ist genial.

– Und wie, sagte er. – Obwohl, die letzten Staffeln hab ich gar nicht mehr gesehen.

– Die neuste is' toll, sagte ich. – Total aktuell. Die Russen mischen bei den Wahlen mit und so weiter. Claire Danes.

– Ja, genau, sagte er. – Also gut, hör zu, da war natürlich keine Mauer oder sonst was Dramatisches. Aber ich hatte das Gefühl, eine andere Welt zu betreten. 'N bisschen jedenfalls. Ich will hier nichts übertreiben.

– Sorry, sagte ich. – Worum geht's jetzt gerade? Hexerei? Hypnose?

– Nein, sagte er. – Nein. Was Psychisches, vielleicht. Ich weiß es nicht. Irgendwas jedenfalls. Irgendwas ist auf alle Fälle passiert. In meinem Kopf – sozusagen. Kennst du dich mit dem Kram aus?

– Mit Psychologie?

– Ja, sagte er. – Wie das Hirn funktioniert und so was.

– Nein, sagte ich.

Ich wollte nicht, dass wir vom Thema abkamen. Ich wollte nicht über mich reden.

– Ich musste zum Hirnscan, sagte er.

– Echt?

– Ja, wirklich. Ins MRT.

– Deswegen?

– Was?

– Weil du die Frau getroffen hast?

– Nein. Nein, Quatsch. Vor zwei Jahren oder so. Vor Jessica. Ja, zwei Jahre ist das her.

– Warum?

– Hab ich dir das nie erzählt?

– Nein, sagte ich. – Nein, hast du nicht.

– Wirklich nicht? Bist du sicher?

– Absolut, sagte ich.

Das stimmte nicht. Ich war mir überhaupt nicht sicher. Ich musste vor einem Jahr selbst in die Röhre. Meine MRT war noch nicht so lange her wie seine. Ich hatte Joe nichts davon erzählt. Und ich wollte von seiner auch nichts hören. Ich konnte förmlich spüren, wie die Nachricht in mich reinsickerte.

– Was ist los mit dir?, fragte Faye. – David?

Ihre Stimme klang anders, wie von weit weg. Ich stand in der Küchentür. Sah raus in den Himmel. Ich hatte beschlossen, aufzustehen. Es hatte sich angefühlt wie aufwachen, als ich mich bewegte, aufstand, wie zu mir zu kommen. Das Gefühl wiederholte sich andauernd – aufwachen, ein ums andere Mal wach werden –, während ich zur Hintertür ging.

Faye hatte mich offensichtlich gesehen. Sie musste mich beobachtet haben.

– Was ist los mit dir? Dave?

Ich drehte mich zu ihr um – wachte wieder auf.

– Hallo.

– Geht's dir gut?

– Ich bin eingeschlafen – oder?

– Nein.

– Nein?

Ich ging an ihr vorbei zu dem Stuhl, auf dem ich gesessen hatte. Der Stuhl, auf dem ich immer saß. Mein Stuhl – wenn gerade sonst niemand drauf saß. Ich setzte mich hin – der Stuhl war unter mir.

– Was ist mit deinem Rücken los?

– Nichts.

Ich sah sie an. Sie setzte sich neben mich – zog einen weiteren Stuhl unterm Tisch raus und musterte mich.

– Was ist los?

– Ich wache ständig auf, sagte ich.

Ich schaute mich um, nach oben und wieder um mich herum.

– Hast du was geraucht, oder was ist los?, fragte sie.

– Nein.

Die Frage war nicht albern. Nichts war albern.

Ich sah sie an, sah sie direkt an – wachte auf. Sie wirkte beunruhigt.

– Was hast du gegessen?

Es war Samstag, früher Nachmittag.

– Frühstück, sagte ich. – Glaub ich.

– Und was?

– Toast.

– Bist du irgendwo gewesen?

– Nein.

Ich stand auf – wachte auf. Mir wurde schwindlig – ich musste mich wieder hinsetzen. Ich hielt mich an den Armlehnen fest. Setzte mich, wachte auf.

– Ich wache ständig wieder auf, sagte ich.

– Du siehst bekifft aus, sagte sie. – Du siehst total breit aus.

– Es ist alles so langsam, sagte ich.

– Was ist langsam?

– Es. Das –.

Ich stand auf.

Ich hatte die Worte vergessen.

– *Jesus*, David –.

– Luft, sagte ich. – Frische Luft.

– Willst du raus, spazieren gehen?

Ich wachte auf.

– Okay.

Wir wollten den Hund mitnehmen. Ich bückte mich, um ihm die Leine anzulegen – und wachte auf. Da lag Fayes Hand auf meiner Hand. Ich war auf Händen und Knien. Sie nahm mir die Leine ab. Packte den Hund am Halsband.

– Dave?

Ich stand auf, streckte mich – wachte auf.

– David, Scheiße noch mal, hör auf damit.

Ich lächelte. Drehte mich um. Lächelte sie an.

– Mir geht's gut.

– Tut es nicht. Hast du einen Schlaganfall, oder was? David?

Ich ging durch den Flur. Ich nahm meine Jacke von der Garderobe. Zog sie an. Wachte auf. Der Hund war unten, zu meinen Füßen. Ich machte die Haustür auf. Faye war neben mir. Wir standen draußen – ich zog die Tür zu. Wachte auf. Ich ging zwischen den Autos durch. Fayes Auto. Und meinem. Da waren Bäume. Und andere Autos. Ich sah Faye an. Ich sah auf meine Füße runter. Und den Gehweg. Wachte auf.

– David?

Ich blieb stehen. Ich drehte mich um – drehte mich – drehte mich.

– Ja, Faye?

– Wir brauchen eine Tüte. Für Harrys Hundekacke. Hast du welche dabei?

Meine Hand war schon in meiner Tasche. Ich zog die Hand raus. Ich hielt drei oder vier orangene Tüten in der Hand.

– Ja.

Ich öffnete ein Tütchen. Leckte einen Finger an, um sie aufzufalten. Schob die Hand in das Tütchen. Wachte auf. Spreizte die Finger. Schaute nach unten. Sah die Kacke. Bückte mich – griff runter. Wachte auf. Hob die Kacke auf. Drei halbharte, dunkelbraune Klumpen. Ich schloss die Hand um die Hundekacke. Wärme durch orangefarbenes Plastik. Stand auf. Wachte auf. Musterte die Tüte. Drehte sie auf links. Kacke innen. Finger außen. Ich machte einen Knoten in die Tüte.

Ich blickte zu Faye.

Wir gingen weiter. Unter den Bäumen. Ich hörte – ich konnte irgendetwas hören. Wind. Wind, der irgendwo durchpfiff. Wind, der heulte. Weit weg – und ganz nah. Faye hatte den Hund an der Leine. Das war das Geräusch – das Windgeräusch. Die Flexileine. Kreischendes Nylon, rein – raus – rein, das sich am Plastikgehäuse rieb. Ein Auto fuhr vorbei. Ich hörte kein Geräusch, keinen Motor.

Ich blieb stehen. Ich wachte auf.

– Das dauert ja ewig, sagte ich.

– Was denn?

Ich wachte auf.

– Wir laufen schon seit Stunden.

– Komm, sagte sie. – Komm mit. Ich bring dich jetzt ins Krankenhaus.

Ich schaute mich um. Das Gartentor vom Nachbarn. Ich schaute Faye an.

– Okay.

– Du bist auch beunruhigt, sagte sie.

War ich nicht.

Ich lief weiter.

– Bleib hier, sagte Faye.

– Wo?

– Hier, sagte sie.

Sie packte meine Hand. Legte sie aufs Dach ihres Autos.

– Hier. Ich hol nur schnell den Schlüssel und bring Harry ins Haus. Ich wünschte, die verdammten Kinder wären noch hier.

– Wirklich?

– Ausnahmsweise. Ja. Bleib hier.

Ich stand neben dem Auto. Meine Hand lag noch immer auf dem Dach, als sie wieder rauskam. Ich sah, wie sie die Haustür zweimal zuschloss. Ich wachte auf. Ich sah sie in ihre Handtasche schauen. Ich sah sie die Tasche schütteln. Ich sah sie ihr Handy rausholen und wieder reinwerfen. Die Autotür – meine Tür, die Beifahrertür – war geöffnet. Ich spürte Fayes Hand auf meinem Kopf.

– Rein da.

Sie drückte leicht dagegen – sorgte dafür, dass ich mich runterbückte. Ich sah dabei zu, wie ich die Füße ins Auto hob. Sah meine Füße an. Faye schloss die Tür. Sie knallte sie nicht zu. Ihre Tür stand offen. Ich konnte ihre Taille sehen. Sie beugte sich ins Auto. Hielt mir ihre Tasche hin.

– Hier. Halt das.

Ich schaute die Tasche an.

– *Jesus!* David!

Sie beugte sich weiter rein. Ließ die Tasche auf meinen Schoß fallen. Ich hielt sie fest. Sie saß neben mir.

– Kannst du sehen? Scharf?

– Ja.

– Der Baum da – die Zweige. Die siehst du richtig, ja?

– Ja.

Sie ließ den Motor an.

– Macht es Sinn, dich zu bitten, schon mal dort anzurufen?

Ich schaute die Handtasche an.

– Nein, sagte sie. – Dacht' ich mir.

Der Wagen bewegte sich.

– Schnall dich an, sagte sie.

Ich schaute hin – ich spürte den Gurt. Ich hatte mich schon angeschnallt.

– Fahren wir ins Krankenhaus?

– Ja, richtig, wir fahren ins Krankenhaus.

Ich wachte auf.

Mein Handy lag in meiner Hand. Ich schaute es an. Irgendwas sollte ich damit anstellen.

– Du machst mir Angst, Dave.

– Tut mir leid.

– Wirklich?

– 'Ne Kopfverletzung, sagte Joe.

– Was ist passiert?

– War auf dem Dachboden und bin aufgestanden.

– Du machst Witze.

– Ganz sicher nich', sagte er. – Hätt' mit meinem Schädel fast 'nen Querbalken zertrümmert. Hab' ganz schön Schwein gehabt, bin nur haarscharf an der Luke vorbei, weißt du? Wenn ich da runtergeknallt wär! Ich war nämlich bewusstlos, total ausgeknockt.

Er liebte diese Geschichte.

– Ich wollte gerade aufstehen. Und da flitzt mir 'ne Maus über die Hand. Ich dachte, es wär 'ne Ratte. Also spring ich hoch wie von der Tarantel gestochen – und bämm. Zack – weg. Nix mehr. Trish hat den Schlag nicht gehört, weil sie draußen im Garten lag, sich sonnen. Hat 'ne halbe Ewigkeit nach mir gerufen. Hab aber nix davon mitgekriegt. Ich war original K. o. Warst du schon mal bewusstlos, Davy?

– Nich' wirklich, nee, sagte ich. – Sprichwörtlich K. o.? Nein.

– Ist echt unglaublich, wie schnell das gehen kann.

– Kann ich mir denken.

– Muss man sich mal vorstellen, sagte er. – Wir sind so beschissen zerbrechlich. Bin erst in der Uniklinik wieder richtig wach geworden. Aber angeblich war ich bei Bewusstsein, als sie mich vom Dachboden runterholten.

– Wer hat dich da runtergeholt?

– Die Sanis. Ich hab keine Erinnerung daran – ist nie wieder zurückgekommen. Eine war 'ne Frau. Hat Holly erzählt. Sie hat mich gefunden – Holly. Wurde mir erzählt. Sie kam aus ihrem Zimmer, weil sie Trish rufen hörte. Sie sah die ausgeklappte Leiter, kletterte rauf und fand mich. Hat mir's Leben gerettet.

– So schlimm?

– Ich hatte 'nen beschissenen Schädelbasisbruch, Davy!

– Leute –.

Das war der Barmann. Er sah zu uns herüber – starrte uns an.

– Sorry, sagte ich.

– Waren wir zu laut?, fragte Joe mich.

– Du, antwortete ich. – Du warst wohl zu laut.

– Leck mich!, sagte er leise. – So laut können wir gar nich' gewesen sein. Das ist schließlich ein Scheißpub, Scheiße noch mal!

– Ham sie dir 'ne Platte eingesetzt oder so was?

– Nein. Nein, zum Glück nicht. Also, tja –. Meine liebe Holly.

– Muss für sie doch auch 'n ganz schöner Schock gewesen sein, oder?

Ich musste an Róisín denken. Ich vermisste sie. Wir skypten zwar, aber wir fanden es beide nicht toll. Das ist, als wären wir in einem schlechten Film, hatte sie mal gesagt, vor Monaten. Du siehst nicht aus wie du. Du siehst total dämlich aus.

– Danach war sie monatelang total anhänglich, sagte Joe. – Es war –. Ich weiß nich', Davy. Doch. Weiß ich wohl. Es war toll.

– Kann ich mir vorstellen.

– Sie hatte total Schiss, dass ich sterben würde, sagte er. – Angst, dass ich tot umfallen könnte. Ich war einen Monat krankgeschrieben, weißt du?

– *Jesus.*

– Jepp. Und das hab ich dir nie erzählt?

– Nein.

– Komisch, sagte er. – Weil, weißt du, sonst hab ich's ja auch jedem erzählt. Na ja – egal. Jedenfalls hatte ich meine Tochter wieder, mein kleines Mädchen. Ich glaub, du weißt, was ich meine.

– Ich weiß genau, was du meinst.

– Sie hörte auf, ein Teenie zu sein, und wurde wieder ein Mensch. Genau. Doch. So war das eine Zeit lang. Und dann kam ich und hab alles in die beschissene Tonne getreten.

Er seufzte wieder, pfiff fast.

– Hab ich tatsächlich, oder?, fragte er.

Ich sprach mit dem Neurologen.

– Ich wache ständig auf.

– Trinken Sie gern?

Ich verstand nicht. Er wirkte zu jung für so eine Frage.

– Er ist kein Alkoholiker, sagte Faye.

– Hat er getrunken?

– Heute?

– Ja.

– Nein.

– Stimmt das?, fragte er an mich gewandt.

Ich schaute ihn an.

– Ich hab ein Buch gelesen, sagte ich.

– Und gestern Abend?, fragte er. – Eine Party? Alkohol zum Feierabend?

– Sind Sie Ire?, fragte ich ihn.

– Ja, bin ich.

– Ich auch.

– Ja.

Ich wachte auf.

– Eben ist es wieder passiert, sagte ich.

– Sie hatten wieder das Gefühl, aufzuwachen?

– Ja.

– Und gestern Abend?, fragte er.

– Er war zu Hause, sagte Faye. – Mit mir. Aber da Sie Ire sind, werden Sie wissen, dass es mehr als wahrscheinlich ist, dass wir Sie anlügen, wenn es um Alkohol geht.

– Und?

– Eine Flasche zu zweit. Und die war noch nicht leer, als wir den Fernseher ausmachten.

Ich stand neben der Liege.

– Setzen Sie einen Fuß vor den anderen, sagte der Neurologe. – Zehen an Ferse.

Ich schaute meine Füße an.

– Und jetzt machen Sie bitte einen Schritt. Den hinteren Fuß vor den anderen.

– Der Säufertest, sagte Faye.

– So was Ähnliches.

Ich schaute den vorderen Fuß an.

– Machen Sie einen Schritt.

– Geht nicht.

– Versuchen Sie's.

Er hielt mich, als ich stürzte. Half mir, mich aufs Bett zu setzen. Ich schaute seine Hände an. Und wachte auf.

– Schon wieder.

– Danke, sagte er. – Das ist hilfreich.

– Es ist wie eine gepunktete Linie, sagte ich. – Anstatt einer durchgezogenen. Immer von Punkt zu Punkt.

– Ja.

Vor mir, direkt vor meiner Nase, lag ein Blatt Papier – ein Schreibblock. Und ein Stift – ein Kugelschreiber.

– Zeichnen Sie bitte eine Uhr.

– Ich hielt den Stift. Ich schaute aufs Papier.

– Sie muss nicht perfekt sein.

Ich hörte Fayes Stimme.

– Mach schon, David.

Der Arzt – der Neurologe – war jung, viel jünger, als ein Facharzt sein sollte.

Ich malte einen Kreis. Er war nicht schön.

– Kann ich den noch mal machen?

– Das ist schon in Ordnung.

– Das sieht aber nicht wie eine Uhr aus.

Ich wachte auf.

– Mich interessieren die Zahlen, sagte der Arzt. Die Stunden.

– Er kennt die Zahlen, stimmt's, David? Er ist sehr fortschrittlich.

Ich schaute nach Faye – ich suchte nach Faye. Sie stand hinter mir, vor dem Fenster. Ich konnte sie nicht sehen – konnte mich nicht umdrehen. Ich blickte auf das Blatt Papier, den Kreis, der kein Kreis war. Dann setzte ich den Stift an den oberen Rand. Ich wusste nicht, was ich machen sollte.

– Schon wieder, sagte ich.

– Gut, sagte er. – Die Stunden – kennen Sie die?

– Ich glaub schon.

Ich nahm den Stift, rückte ein Stückchen nach rechts und schrieb eine 1. Jetzt war alles klar. Ich wusste, was zu tun war. 2, 3, 4, 5, 6, 7, 8, 9, 10, 11.

Es dauerte Stunden – es fühlte sich an, als würde es Stunden dauern. Ich sah auf meine Hand, die den Stift hielt.

Ich hörte auf. Ich war wieder oben angelangt. Wusste nicht, was als Nächstes kam.

– David?

Ich wachte auf.

Ich wusste die Zahl nicht.

Er nahm den Block zur Hand.

– Danke sehr, sagte er. – Stehen Sie auf.

– Ich?

– Ja.

Es ging nicht. Ich brachte es nicht zustande. Ich wachte ständig wieder auf. Er half mir hoch. Er musste nicht ziehen. Ich stand auf. Ich konnte den Fußboden nicht sehen – ich konnte nicht runterschauen. Ich sah nur, wie er die schwarze Gummimanschette um meinen Arm schlang. Sah, wie die Manschette sich ausdehnte, ich spürte es eng werden.

– Ich messe jetzt Ihren Blutdruck, sagte er. – Im Stehen und im Sitzen.

Ich spürte, wie die Manschette wieder locker wurde.

– Er ist sehr niedrig, sagte er.

– Okay.

– Sehr niedrig. Setzen Sie sich, bitte.

– Wie bitte?

– Setzen Sie sich hin. Auf die Liege.

Ich spürte seine Hand auf meinem Arm.

– So ist gut, sagte er, als ich mich aufs Bett sinken ließ.

– Ist mir egal, sagte ich.

– Verzeihung?

– Ist mir egal.

Ich spürte, wie die Manschette stramm und wieder locker wurde. Ich schaute nicht hin.

– Auch niedrig, sagte er.

– Wie niedrig?, fragte Faye.

– Sehr niedrig.

Er sah in eins meiner Augen. Ich blinzelte nicht.

– Wie heißt der Präsident von Irland?

– Wir sind in England, sagte ich.

Ich sah ihn lächeln.

– Guter Mann, Dave, sagte Faye. – Zeig ihm, wo der Hammer hängt.

– Ich würd's trotzdem gern wissen, sagte er. – Wie heißt er?

– Ich wache immer wieder auf, sagte ich.

– Und wer ist Präsident von Irland?

Ich wusste es. Ich wusste es, und gleichzeitig wusste ich es nicht. Ich wusste, dass ich es gewusst hatte. Aber da kam nichts. Es war wie bei der Uhr – die Zahl ganz oben. Ich wusste nicht mehr, was ich wusste.

Ich wartete darauf, dass Faye die Stille füllte. Mich rettete.

Sie tat es nicht.

Es war mir egal.

Ich wachte auf.

– Michael D. Higgins.

– Die beruhigt sich schon wieder, sagte ich zu Joe.

– Glaubst du?

– Na klar.

– Aber wann?

– Weiß ich nicht. Irgendwann.

– Muss wahrscheinlich nur Geduld haben, sagte er.

– Ja, ganz genau.

– Ist aber schwer.

– Jepp.

– Scheißschwer.

– Kann ich mir vorstellen.

– Wo waren wir?

– Was?

– Ich hab dir was erzählt, sagte er.

– Du bist über die verzauberte Mauer gestiegen, sagte ich.

– Das war keine Scheißmauer.

– Das war dein Bild.

– Ja, stimmt. Aber es war keine Mauer.

– Weiß ich –. Aber – sag mal, hat der Schlag auf den Kopf irgendwas damit zu tun?

– Was?

– Das war eine ernst gemeinte Frage, sagte ich.

– Okay, sagte er. – Aber das war kein Schlag auf den Kopf. Ich hab mir den beschissenen Schädel gebrochen, verdammt!

– Okay.

– 'Ne Scheißschädelfraktur, Davy.

– Leute.

Der Barmann schon wieder.

– 'Tschuldigung, sagte Joe.

Er sah mich an und lächelte.

– Vielleicht fangen wir uns noch 'n Rausschmiss ein.

– Fänd ich irgendwie gut, sagte ich.

– Würde uns guttun. Vor die Tür gesetzt zu werden.

– Ja, wahrscheinlich, sagte ich. – Bestimmt.

Wir waren noch nie irgendwo rausgeflogen. Wir ließen etwas aufleben, das nie passiert war.

– Also, jedenfalls, die Mauer, sagte er.

– Ja?

– Ich dachte, ich könnte einfach immer rüber und wieder zurück, sagte er. – Obwohl mir diese Mauer – also die aus dem Film – eigentlich erst vor ein paar Minuten eingefallen ist. Aber du weißt, was ich mein, ja?

– Wie jetzt?, sagte ich. – So was wie zwei Haushalte auf Trab halten?

– Nein –.

– Ein Loch in der Hecke?

– Ach komm schon, Davy, fick dich, echt.

– Warum sagst du das jetzt?

– Okay, Leute – trinkt aus. Na los.

Der Barmann war hinter dem Tresen rausgekommen. Er stand plötzlich zwischen uns, hielt uns auseinander. Dabei griff er nach unseren Hockern, als wollte er sie uns unterm Hintern wegziehen.

– Schmeißt du uns jetzt raus?, fragte Joe.

– Wenn ihr das so nennen wollt, sagte der Barmann. – Ich kenn euch zwei Typen nicht, also trinkt einfach aus und zieht Leine – na los.

– Na vielen Dank auch, sagte Joe.

Er sah mich an.

– Siehst du, Davy? Wir werden rausgeschmissen.

Ich lauschte.

– Es dauert nur fünf Minuten, sagte die Stimme. – Haben Sie verstanden?

– Ja.

Ich steckte in der Röhre, im Scanner. Ich lag auf dem Rücken gegen die Wände gedrückt auf der Liege – oder was immer das war. Auf einer Unterlage. Auf einem Brett. Mein Kopf war fixiert. Ich konnte mich nicht bewegen.

Es war mir egal.

Ich wachte auf.

– Ich zähle jetzt von drei rückwärts, sagte die Stimme. – Hören Sie mich?

– Ja.

Sie scannten mein Hirn. Suchten nach Gerinnseln.

– Drei, zwei –.

Ich wusste: Der Lärm zehrte an den Nerven – hätte an den Nerven zehren sollen, hätte an ihnen zehren können.

Ich wachte auf.

Vielleicht war es das letzte Mal, dachte ich, genau das dachte ich. Jedes Mal, wenn ich aufwachte. Vielleicht war es das letzte Mal. Es war mir egal, ob ich starb. Ob ich nicht starb. Es war mir egal.

– Kann ich vorher noch aufs Klo?, fragte Joe.

Der Barmann antwortete nicht. Er war ein Schäferhund und hatte uns beide durch die zwei schmalen Türen nach draußen gescheucht. Er fasste uns nicht an, sprach nicht mehr mit uns. Anschließend drehte er sofort um und ging zurück in den Pub. Ich versuchte, mich darüber zu amüsieren, aber bekam es nicht ganz hin.

– Da hätt ich echt dran denken müssen, sagte Joe. – Männer in unserem Alter. Immer erst noch mal aufs Klo, ehe man sich rausschmeißen lässt.

– Ich find's ein bisschen enttäuschend, sagte ich. – Ich hatte mir mehr erwartet.

– Wir könnten ein Fenster einwerfen, sagte Joe. – Und die Biege machen.

Ich würde jetzt nach Hause gehen – nein, nicht nach Hause, ins Haus meines Vaters. Dort würde ich duschen, schlafen und zurück ins Hospiz fahren. Ich hatte genug. Joes Geschichte hatten wir an der Bar zurückgelassen. Sie war nicht mit uns raus auf die Straße gekommen. Ich würde mich loseisen, eine Entscheidung treffen. Es war mir egal. Ich wollte schlafen. Ich wollte mich am nächsten Morgen nicht quälen oder neben der Spur sein. Ich wollte bei meinem Vater sitzen.

Joe sah über die Straße rüber zu den Bäumen und zur Promenade.

– Komm, wir gehen da drüben pinkeln, sagte er. – Hinter der Pumpstation.

Er überquerte die Parkplätze vor dem Pub und trat auf die Straße. Es herrschte kein Verkehr – ich sah und hörte nichts. Also folgte ich ihm.

– Ich gehe jetzt, Joe, sagte ich zu ihm.

– Wir fahren in die Stadt.

– Nein.

– Doch, tun wir, verdammt, Davy. Lass mich jetzt nich' im Stich.

Er überquerte die Straße, und ich ging mit. Wir liefen hinter das seltsame Gebäude.

– Was soll das sein?

– Eine Pumpstation, erklärte Joe. – Hat Preise gewonnen.

Er pinkelte gegen die Wand.

– Scheiße oder Wasser?, fragte ich.

– Keine Ahnung, ehrlich gesagt.

Er stöhnte – er stöhnte mit Absicht.

– Wenn man so pinkeln kann – in einem steten Strahl. In unserem Alter. Dann ist alles perfekt. Dann ist die Prostata in Ordnung.

– Hat Jessica dir das erzählt?

– Halt's Maul. Na los, du pinkelst jetzt da hin, und dann schnappen wir uns ein Taxi.

– Ich fahr nach Hause.

– Nein, tust du nicht.

– Doch.

– Nein, sagte er. – Davy. Ich muss dir das erzählen.

– Du hast den ganzen Abend damit verbracht, mir das zu erzählen, sagte ich. – Und ich hab immer noch keinen Schimmer, was passiert ist. Außer, dass du über irgend'ne Mauer gestolpert bist.

– Komm schon. Hör auf, so ein Arsch zu sein.

Ich öffnete den Hosenstall. Der Wind in den Bäumen – die Äste waren lebendig, knarzten.

– Weißt du noch, wie wir immer hierhergekommen sind?

– Nein, sagte ich.

– Sind wir aber.

– Sind wir nicht.

– Doch.

– Toll.

– Mach hinne, Scheiße noch mal. Bis du deinen Schniedel ausgepackt hast, sind schon vier oder fünf Taxis vorbeigekommen.

Ich wusste es, als ich da stand, die Beine gespreizt, den Blick starr auf die Wand der Pumpstation gerichtet: Ich würde mitfahren. Wir würden bei George landen. Ich war nicht müde, und ich wurde nicht mitgeschleppt. Es war meine Entscheidung. Ich wollte es.

Wir standen am Straßenrand, gegenüber vom Pub.

– Keine Scheißtaxis, sagte er.

Ich verkniff mir eine Entschuldigung.

– Es ist nicht mehr so heiß.

– Nein. Jetzt isses super. So, wie's sein sollte. Da ist eins, schau mal.

Ein Auto – ein Taxi – kam auf uns zu. Joe hob den Arm.

– Geht doch.

Es wurde langsamer. Ich konnte sehen, wie der Fahrer, ein Afrikaner, uns musterte. Er blieb stehen.

– Super, sagte Joe. – Wir wurden erwählt.

Er öffnete die hintere Tür und stieg ein. Er rutschte durch, und ich schob mich auch auf die Rückbank. Ich wartete darauf, dass er irgendwas Überfreundliches, leicht Spöttisches zum Fahrer sagte. Doch er tat es nicht. Er sagte ihm, dass wir zur South William Street oder zumindest so nah wie möglich dort ran wollten, und bedankte sich. Dann schnallte er sich an und lehnte sich zurück, legte den Kopf ab. Ein, zwei Sekunden lang machte er die Augen zu.

– Es gab nichts, das mir gesagt hätte, ich könnte es nicht – wie soll ich sagen. Ausgleichen.

Er sprach leise, nur zu mir.

– Ich konnte nicht beiden gerecht werden, sagte er. – Jess und Trish.

Jess.

Das war neu. Ich war überrumpelt. Ich wusste nicht gleich, wen er meinte. Den ganzen Abend über war sie Jessica gewesen. Im Taxi lief kein Radio. Ich sah zum Seitenfenster raus. Wir kamen am alten Clontarf-Bad vorbei. Offenbar war das Gebäude inzwischen in ein Restaurant umgewandelt worden. Die Lichter brannten, und vor der Tür parkten zwei Reihen Autos. Ich erwähnte es nicht.

– Ich hör mich an wie ein Großkotz, sagte er.

Ich löste den Blick vom Fenster, um ihn anzusehen. Er schaute zu mir her.

– Oder etwa nicht?

– Keine Ahnung, sagte ich. – Ich weiß nicht, was ich dazu sagen soll.

– Ich weiß. Klar. Aber ich glaube, es stimmt. Ich hab mich nicht zum Affen gemacht, echt nicht, Davy. Oder nicht nur zum Affen gemacht. Nein, hab ich nicht. Sie brauchte mich.

– Wer jetzt?

– Jess.

– Was meinst du damit, sie brauchte dich?

– Ich wusste es. Als ich mich mit ihr traf. Sie –. Ich hab einfach – keine Ahnung. Sie brauchte mich.

– Das hast du mir noch gar nicht erzählt.

– Stimmt, da hast du recht, sagte er. – Hab ich nicht.

Wir fuhren durch Fairview durch, kamen an der Feuerwache vorbei, wo wir nach dem Ramones-Film gejagt worden waren. Ich erinnerte ihn nicht daran.

– Hör zu. Du hast angedeutet – du hast gesagt, du hättest vielleicht einen Sohn.

– Okay –

– Und du hast mir erzählt, dass du inzwischen mit Jessica zusammenlebst und dass du – was eigentlich? Dich entfremdet hast?

– So ungefähr.

– Dass du dich von deiner Familie entfremdet hast.

– Genau.

– Aber sonst hast du mir eigentlich nichts erzählt – nicht wirklich.

– Ich weiß.

– Also –

– Ich liebe sie, Davy.

– Jessica?

201

– Ja.

– Und was ist mit Trish?

– Das ist was anderes.

– Scheiße noch mal.

– Doch. Isses.

– Ich hab dir das vorhin schon gesagt, Joe. Du klingst wie jeder mittelalte Kerl, der sich in eine jüngere Frau verliebt hat. Nur, dass in deinem Fall die Jüngere gar nicht jünger ist. Sondern vielleicht sogar älter als wir, oder?

– Ein Jahr.

– Du hast dich verknallt.

– Ach, halt's Maul.

– Hör mal zu, sagte ich. – Jedes Mal, wenn ich nach der Arbeit noch ein paar Bier trinken gehe, spreche ich mit einem von euch, mit einem wie dir. Was einer der Gründe ist, weshalb ich nie gehe.

– Was ist mit dir?

– Was?

– Hast du dich jemals verknallt?

– Hier geht es nicht um mich.

– Sag schon.

– Hör zu, sagte ich.

Wir sprachen noch immer leise, aber wir fauchten. Ich konnte das Gesicht des Fahrers im Rückspiegel sehen. Er behielt uns im Auge. Wir waren zwei betrunkene Männer. Wahrscheinlich versuchten wir, es uns nicht anmerken zu lassen, rissen uns zusammen. Aber ich war betrunken, und Joe war es auch. Wir waren zwei betrunkene Männer, und wir saßen dem Fahrer im Nacken.

– Nimm's mir nich' übel, sagte ich zu Joe. – Ehrlich – nimm's mir bitte nich' übel. Aber mittelalte Männer und die Wiederentdeckung ihrer Wichsaugen.

Ich sah Joe lächeln.

– Es ist langweilig. Es ist so scheißlangweilig.

– Ich weiß, sagte er. – Weiß ich doch.

– Ich bin hier, sagte ich. – Eigentlich wollte ich nach Hause zu meinem Dad. Ich hatte genug, echt. Und ich bin trotzdem hier. Weil du gesagt hast, du willst es mir erzählen.

– Okay.

– Weil ich dabei war, als ihr euch kennengelernt habt.

– Weil wir Kumpel sind.

– Ich kenn dich gar nicht, sagte ich.

Wir hatten die Matt Talbot Bridge überquert und bogen nach rechts zu den Kais ab.

– Unglaublich, dass die eine Brücke nach Matt Talbot benannt haben, sagte ich.

– Was?

– Matt Talbot war ein totaler Freak, sagte ich. – Mit seiner Selbstkasteiung und den Ketten, und dass er sein Abendessen immer an seine beschissene Katze verfüttert hat.

– Jetzt fängst du damit an.

– Womit?

– Damit, vom Thema abzulenken. Auszuweichen, abzulenken. Was auch immer.

– Ich mein ja nur, sagte ich. Als wir jung waren, als wir noch zu George gingen, da haben sie die Brücken nach religiösen Fanatikern benannt. Und jetzt – die neue da, die dahinten, wo die Straßenbahn drüberfährt.

– Die Rosie Hackett Bridge.

– Wer war das?

– Eine Gewerkschaftsführerin – glaub ich.

– Sie war Mitglied der Irischen Bürgerarmee, sagte der Fahrer.

– Echt? Danke sehr.

– Sie war eine ganz wunderbare Frau.

– Muss sie wohl.

– Siehst du?, sagte ich. – Eine völlig andere Stadt.

– Eigentlich nicht. Du lebst ja nicht hier.

– Muss aber so sein. In gewissen Punkten. Schließlich dachtest du, du könntest gleichzeitig mit zwei verschiedenen Frauen leben.

– Okay –

– Du dachtest echt, das ginge.

– Das isses ja gerade, sagte er. – Ich habe nicht gedacht. Gedacht, wie man sonst eben denkt. Es war nicht logisch.

– Ist er dein Sohn?

– Das spielt keine Rolle. Für das, was ich dir zu sagen versuche. Es spielt keine Rolle.

– Dann ist das 'ne Scheißstory.

– Stimmt irgendwie.

Er zog sein Handy raus und sah auf die Uhr.

– Komm, wir trinken eins im Palace.

Es war Erschöpfung. Ich hatte keinen Schlaganfall erlitten; es gab keine Blutgerinnsel. Alles war gut.

Ich war erschöpft.

– Wie?, fragte ich ihn, den Neurologen.

Ich weiß nicht, ob ich wusste, wie er hieß.

– Das können nur Sie selbst beantworten, sagte er.

Ich wachte auf.

– Es ist immer noch dasselbe, sagte ich ihm.

– Die Punkte.

– Anstatt der durchgezogenen Linie.

– Das ist ein gutes Bild dafür. Das muss ich mir für meine Studierenden merken.

– Sie haben Studierende?

– Ja.

– *Jesus*, Dave, wir werden alt, sagte Faye.

Sie war hinter mir. Ihre Hand hatte auf meinem Rücken gelegen, meiner Schulter, aber jetzt nicht mehr. Der Neurologe lächelte.

– Tut mir leid.

– Sollte es auch, sagte sie.

Ich wachte auf.

– Also, sagte der Neurologe. – Noch mal zurück zu meiner ersten Frage.

Er sah mich an – zu mir herunter. Ich saß in einem Rollstuhl. Kam gerade vom dritten Scan zurück. Ich dachte, jetzt könnte ich wieder gehen. Aber sie ließen mich nicht.

– Sind Sie ein Trinker?

– Nein, ist er nicht, sagte Faye.

– Sind Sie?, fragte er.

– Nein, sagte ich. – Nicht wirklich.

– Hören Sie zu, sagte Faye. – Wenn Sie mich fragen würden, würde ich ja sagen. Wenn das hier ein irisches Gespräch wäre. Aber David – nein. Ab und zu eine Flasche Irish Pale Ale, aber die stiert er genauso lange an, wie er draus trinkt. Eine, zwei in der Woche, mehr nicht. Und ab und zu ein Glas Wein. Früher hat er mal ein bisschen getrunken, aber jetzt nicht mehr.

– In Ordnung, sagte der Neurologe.

– Sie glauben, dass ich lüge.

– Nein.

– Untertreibe.

– Nein.

– Doch, tun Sie, sagte Faye. – Sieh ihn dir an, Dave, jetzt wird er rot.

Er lächelte – grinste. Er grinste Faye an, über mich hinweg. Er grinste mich an.

– Wir behalten Sie für ein paar Tage hier, sagte er. – Wenn das in Ordnung ist. In Ordnung?

– Ja.

– Wir müssen Ihren Flüssigkeitshaushalt stabilisieren, sagte er. – Sie sind dehydriert. Gefährlich dehydriert. Wir besorgen Ihnen ein Bett, damit wir Sie an den Tropf hängen können.

Er nahm sein Handy aus der Jackentasche. Schaute drauf. Er hob die andere Hand und tippte den Bildschirm an.

– Ich möchte, dass Sie einen Blick hier draufwerfen, sagte er.

Sein Handy war ein Spiegel.

– Ist das eine App?

– Ja. Sehen Sie bitte hin.

Er zeigte mir meine Augen. Meine Augen sind braun, das heißt, die Iris war es. Alles andere war rot. Ein durchgängiges, gleichmäßiges Rot. Als hätte ich das Weiße mit einem Filzstift ausgemalt. Ich blinzelte. Die roten Augen vor mir blinzelten. Ich glaubte, was ich sah. Es war mir egal.

Ich wachte auf.

Ich sah, wie er das Handy zurück in seine Jackentasche steckte. Ich sah, wie er das Jackett zurechtrückte. Durch das Gewicht des Handys war eine Schulter heruntergerutscht.

– Es geht mich nichts an, sagte er. – Und gleichzeitig ist es wichtig. Sie müssen sich darüber klar werden, weshalb Sie hier sind. Weshalb Sie erschöpft sein könnten. Erschöpft *sind*. Verstehen Sie?

Ja.

– Vielleicht können Sie darüber reden, sagte er.

Er war an der Tür.

– Dann sehen wir uns morgen, sagt er. – Nein, Entschuldigung. Montag. Wir sehen uns Montag.

– Welcher Tag ist heute?

– Samstag, sagte er. – Mein freier Tag.

– Sind Sie meinetwegen reingekommen?

– Gehört zum Job, sagte er.

Er war weg. Ich war allein.

– So ein junges Bürschlein, sagte Faye.

Ich war nicht allein. Ich konnte Faye nicht sehen. Sie war hinter mir.

– Ein junges Bürschlein, das Doktor spielt, sagte sie. – So verdammt jung – *Jesus*. Ich wette, die Schwestern lieben ihn.

Ich wachte auf. Ich war allein.

– Sie können ihn hochheben und sich aufs Knie setzen. Faye war im Zimmer. Im Krankenzimmer. Ich hörte ihre Schritte, ihre Absätze.

– Sie können ihn baden und ihm den Popo waschen.

Sie legte mir die Hände ans Gesicht und zog es – mich – zu sich heran.

– Es ist schön, dich lachen zu hören, sagte sie.

Ich hatte nicht gemerkt, dass ich lachte. Hatte es nicht gespürt. Spürte es nicht.

Sie ließ mich los.

– Ich mag dein Klackern, Faye.

– *Jesus*, David.

Sie ging vor mir auf und ab, zwischen dem Rollstuhl und der Tür.

– Dann klackere ich noch ein bisschen für dich rum.

Das sagt sie immer noch zu mir. Wenn sie mich ansieht, wenn sie mich dazu bringt, sie anzusehen. Du magst also mein Klackern, ja? Du stehst auf mein Geklacker, sagt sie. Wenn wir uns ansehen. Wenn sie mich zum Lachen bringt.

Der Fahrer fuhr uns die D'Olier Street rauf, an der Bank of Ireland vorbei und ein Stückchen die Westmoreland Street runter, bis zur Ecke Fleet Street. Ich bezahlte, musterte das Wechselgeld, erkannte ein Zwei-Euro-Stück und gab es ihm zurück, zwischen den beiden Vordersitzen hindurch.

– Für Sie.

– Danke, Sir.

– Gute Nacht.

– Gott segne Sie, Sir. Und Ihren Freund. Sie sind gute Menschen.

– Danke.

– Ich wünsche Ihnen alles Gute.

– Bis dann.

Joe sah die Fleet Street runter.

– Scheiß Temple Bar, sagte er.

– Die sparen wir uns.

– Find ich auch.

– Dafür sind wir zu alt.

– Dafür haben wir zu viel Geschmack.

– Wir sind Snobs.

Vor dem Palace stand eine Menschentraube, rauchend, redend, lachend. Aber drinnen ging es einigermaßen, es war nicht allzu voll. Es gab einen freien Hocker, in der Nähe der Tür. Die Worte des Fahrers hatten mir gutgetan. Er hatte in uns etwas gesehen, das mir selbst entgangen war. Etwas in mir, etwas an uns, unserer Vergangenheit, unserer Gegenwart. Nicht nur den Alkohol. Nicht nur die Aggressionen.

Joe nahm sich den Hocker.

– Wer zahlt die nächste Runde?

– Ich habe keine Ahnung.

– Okay.

Er bestellte bei einem vorbeikommenden Barmann zwei Pints. Schaute sich um. Dann sah er mich an.

– Guter Laden, sagte er.

– Ja.

– Kannst du dich noch ans Klo erinnern, damals?

– Nein.

– Doch, kannst du. Die Tür runter und rein ins Schwarze Loch von Kalkutta. Ständig war das Licht kaputt, und man konnte nur hoffen, dass man in die richtige Richtung pinkelte.

– So waren die damals alle.

– Jepp, sagte er. – Seitdem sind wir weit gekommen. Tja, also –.

Ich dachte, er würde etwas sagen. Ich dachte, er würde endlich mit dem rausrücken, was er im Taxi hatte sagen wollen, was er angeblich schon den ganzen Abend lang zu sagen versucht hatte. Aber da kam nichts. Er kramte ein paar Münzen raus und türmte auf dem Tresen einen ordentlichen Stapel aus Zwei-Euro-Münzen auf, sechs Stück.

– Beschissen schwere Dinger, viel zu schwer, um sie ständig mit sich rumzuschleppen, sagte er. – Wenn's zu viele werden.

Ich reagierte nicht. Er war am Zug.

– Is' nur noch 'ne Frage der Zeit, bis das Bargeld ganz abgeschafft wird, sagte er. – Dann gibt's nur noch Karten. Würdest du's vermissen?

– Bargeld?

– Ja.

– Ich hab immer ganz gern ein bisschen Cash in der Tasche.

– Geht mir genauso.

Der Barmann kam mit dem Bier.

– Guter Mann, danke sehr.

Joe nahm die Münzen vom Tresen und drückte sie dem Barmann in die Hand.

– Stimmt so.

Ich sah zu, wie die Bläschen in den frischgezapften Pints nach oben stiegen, als wäre es das erste Mal; wie das Hellbraun sich zu Schwarz verdunkelte, wie sich der Schaumrand bildete. Ich konnte nicht anders.

– Is'n Scheißwunder, oder?

Er wusste, wovon ich sprach.

– Oh ja, das ist es.

Er hörte den Satz nicht zum ersten Mal. Es war eins unserer Standardzitate gewesen, seit wir es irgendwann mal einen alten Knacker hatten sagen hören, vielleicht genau da, wo ich jetzt stand.

Joe griff zu seinem Pint und zog es ein Stück näher zu sich heran. Ich machte dasselbe – beugte mich über ihn und stellte mein Glas auf einen nassen Bierdeckel.

– Ich glaube nicht, dass ich das noch möchte, sagte ich.

Ich meinte es ernst.

– Scheiße, mir steht's bis zum Anschlag, sagte ich. – Noch so ein Satz, den wir als junge Männer von einem alten Mann übernommen hatten, einem alten Mann, der wahrscheinlich jünger gewesen war als wir jetzt.

– Wir lassen's 'n bisschen langsamer angehen, sagte er.

Die Entscheidung lag bei ihm. Er konnte die Zeit, die uns blieb, nutzen, oder wir konnten sie mit Geschwafel verbringen, einander umarmen und uns nie wiedersehen.

Er trank den Schaum von seinem Pint. Stellte es wieder ab. Ich wollte meins wirklich nicht mehr. Ich hielt das Glas umfasst, aber ich nahm es nicht hoch.

– Es ist echt schräg, Davy, sagte er.

– Ja?

– Ich bin ein anderer Mann, sagte er.

– Ach was?

– Du bist so aggressiv.

– Echt?

– Ja, bist du, scheiße, Mann. Das ist total unnötig.

– Bin ich nicht.

– Ich mach dir ja keinen Vorwurf, sagte er. – Ist ja auch alles total schräg, oder?

– Ich bin nicht aggressiv.

– Okay.

– Du hast gesagt, du bist ein anderer Mann.

– Das stimmt auch, sagte er. – Sind wir doch alle. Du auch.

– Ach, leck mich.

– Nein, sind wir doch wirklich alle. Wir werden älter, wir verändern uns. So ist das. Aber, na ja, also. Jetzt fühl ich mich gerade wieder wie früher – glaub ich. Weil ich mit dir zusammen bin.

Er lächelte.

– Das ist gut.

Er hob sein Glas.

– Na komm – Cheers.

Ich hob meins auch. Wir stießen an.

– Das ist gut, wiederholte er.

Er wollte, dass ich ihm zustimmte.

– Und das bringt mich wieder auf den Gedanken, wie schräg das alles war, sagte er. – Wie schräg sich das anhören muss.

– Keine Ahnung, sagte ich. – Eigentlich hast du mir immer noch nichts erzählt. Aber ich stimm dir zu, es ist echt scheißschräg, verdammt.

– Versteh ich.

– Dann klär mich auf, sagte ich. – Das einzig Konkrete, das du bis jetzt erwähnt hast, ist diese Mauer.

– Die Mauer.

– Die Mauer aus dem Film.

– Ich weiß, welche Mauer, sagte er. Vielleicht war die Mauer nicht so gut. Du weißt schon, als Metapher oder so. Oder vielleicht doch. Trotzdem. Das war's jedenfalls.

– Was war's?

– Weiß ich doch auch nicht, Davy, sagte er. – Ich such die ganze Zeit nach den richtigen Worten. Worten, um der Sache gerecht zu werden. Rein auf dem Papier, also – da bin ich schuldig. Ist mir klar. Ich hab meine Frau und meine Familie für 'ne andere verlassen.

– Wichsaugen, sagte ich.

– Er lächelte, zuckte mit den Achseln.

Das Lächeln verschwand.

– Wir hatten keinen Sex, sagte er.

– Hast du schon gesagt.

– Ja?

– Ich glaub schon.

– Okay.

– Echt nicht?

– Nein.

– Mit Jessica.

– Ja – nein. Mit Jessica. Mit wem denn sonst?

– War nur der Klarheit halber, sagte ich. – Die Frage.

– Okay, sagte er. – Ja, genau. Mit Jess. Nur damit du's weißt.

– Geht mich ja auch echt nix an, sagte ich zu ihm.

– Nur damit du's weißt, wiederholte er. – Das is' so. Ich bin keiner von den Typen, die ihre Familie verlassen haben – für 'n Bohrloch.

Ich lachte – es platzte aus mir raus. Das Wort hatte ich seit Jahren nicht gehört. Zu Fayes Wortschatz gehörte es nicht.

– Sorry, sagte ich. – Ich weiß, dir ist es ernst. Aber Bohrloch –

– Der Alkohol, sagte er. – Jedenfalls, damit das klar ist, Davy. Was ich getan habe, hat nix mit – was weiß ich, mit 'nem Klischee zu tun. Okay?

– In Ordnung, sagte ich. – Okay. Kapiert.

– Wir hatten keinen Sex.

Der Pub war voll, aber niemand schaute zu ihm hin.

– Ist mir egal, sagte ich.

– Und mir auch, sagte er. – Darum geht es ja. Es ist nicht passiert. Und es ist mir egal. Und dir wär's vielleicht auch egal, aber ich wette, dass du's schräg findest.

– Die ganze Kiste ist schräg.

– Das mit dem Sex, mein ich.

– Nein, das nicht, sagte ich. – Eigentlich nicht.

– Dann ungewöhnlich – 'n bisschen.

– Wahrscheinlich, sagte ich. – Ja, doch. Definitiv.

– Interessant?

– Jepp, glaub schon – ja.

– Gut.

– Was spielt das für eine Rolle?, fragte ich ihn. – Warum findest du es wichtig, ob es interessant ist?

– Na ja, irgendwas muss es doch sein, sagte er. – *Jesus*, Mann! Ich mein –

– Was?

– Ich hab – tja, was eigentlich? – mehr als mein halbes Leben ausgelöscht. Irgendwie. Und dann noch nich' mal wegen Sex.

– Du hast gar nichts ausgelöscht, sagte ich. – Erzählst du mir jetzt etwa, du hättest Trish und deine Kinder ermordet?

– Nein!, sagte er. – Nein, nein.

Er sah weg, sein Blick wanderte zum Fenster, zu den Türen, zu der Sitzecke in der Nische, zu den Flaschen auf den Regalen vor uns und wieder zurück.

– Nein, sagte er. – Aber ich habe tatsächlich was ermordet. Nicht wortwörtlich, aber ich hab was echt Dramatisches und vielleicht Falsches getan. Ich liebe meine Kinder, Davy.

– Glaub ich dir.

– Ja, weiß ich doch. Ich führ grade Selbstgespräche. Weißt du, es ist, als hätten sie nicht existiert.

– Hätten nicht?

– Würden nicht existieren, sagte er. – Nein –. Hätten nicht. Sie existieren ja. Aber –.

– Er sah mich an. Seine Augen waren feucht.

– Sie spielten keine Rolle mehr, sagte er.

– Dabei ist sie nicht mal eine Femme Fatale.

– Ja, sagte er. – Ja, das stimmt. Das ist sowieso alles Schwachsinn, das ganze Femme-Fatale-Gelaber. Immer schön der Frau die Schuld geben.

– Wichsaugen.

– Eben!, sagte er. – Genau. Meine Wichse, meine Augen. Ich übernehme die volle Verantwortung.

– Wie nobel von dir, Joe.

– Leck mich, sagte er. – Wenn's doch wahr ist. Die Typen, von denen du geredet hast. Die Jungs, die hinter jüngeren Frauen her sind. Die sind selbst für ihre Entscheidungen verantwortlich. Die werden doch nicht von ihren Schwänzen am Gängelband geführt.

– Joe, sagte ich. – Das ist so langweilig.

– Über Frauen reden, findest du langweilig?

– Hör endlich auf, sagte ich. – Sei doch mal ehrlich. Du redest nicht über Frauen.

– Leck mich, Davy.

– Du versuchst immer noch abzulenken, um eben nicht über diese eine, bestimmte Frau zu reden.

– Stimmt doch gar nicht, sagte er. – Ich hab angefangen. Ich fang jetzt an – tu ich wirklich.

– Hör auf, sagte ich. – Ich sag dir mal, was hier läuft – kann ich dir genau sagen. Du hörst dich an, als wärst du erwischt worden, wie du was Falsches gesagt hast – von Trish, meinetwegen, oder von Jessica. Und jetzt versuchst du, dich rauszureden, oder du versuchst, zu erreichen, dass sie ganz schnell wieder vergessen, was sie vielleicht gehört haben könnten.

– Das ist völliger Schwachsinn.

– Nein, ist es nicht, sagte ich. – Jetzt komm ma' her.

Ich fühlte mich so glücklich, als ich das sagte – jetzt komm ma' her –, so innerlich jubelnd und frei, dass ich fast geheult hätte. Ich konnte es spüren, und ich konnte ihn verstehen – ein bisschen wenigstens. Ich verwandelte mich zurück in einen anderen Mann. In einen Mann, der ich vielleicht mal gewesen war – ich war mir nicht sicher.

– Es interessiert mich nicht, sagte ich.

– Interessiert dich nicht?

– Nein.

– Du hast mich den ganzen beschissenen Abend lang gelöchert –

– Nein, sagte ich. – Hab ich nicht. Du warst scharf auf die Gelegenheit, mir von deinen Abenteuern zu berichten, und ich war bereit, dir zuzuhören.

So war das bei uns beiden nie gewesen. Joe war sonst immer der Motor. Ich konnte ihn regelrecht denken sehen, er versuchte, aufzuholen und mir ein Bein zu stellen.

– Ich bin immer noch bereit, dir zuzuhören, sagte ich. – Aber erspar mir bitte diesen Scheißschwachsinn von wegen alle Männer sind Schweine und alle Frauen Engel.

Ich griff zum Glas. Ich spürte, wie mein Arm leicht zitterte, mir tat das Handgelenk weh, aber das Gewicht des Glases und seines Inhalts hatte etwas Beruhigendes.

– Okay, sagte er.

Ich setzte das Glas an die Lippen. Die Kälte an der Unterlippe fühlte sich gut an; fühlte sich richtig an. Das Bier lief in meinen Mund. Es war okay; ich würde es schaffen. Ich setzte das Glas wieder ab; dabei beugte ich mich über ihn.

– Hast ja recht, sagte er.

– Es gibt schon ein paar notgeile Tussis, die darauf aus sind, einen armen Kerl ins Elend zu treiben.

Ich reagierte nicht.

– Aber, sagte er. – Also, jedenfalls. Diesmal ging's nicht um Sex.

– Am Anfang wolltest du's.

– *Jesus*, Davy, leck mich doch, ja? Hör endlich auf, so verdammt pedantisch zu sein. Übrigens, ich liebe dieses Wort.

– Ich auch.

– Ein schönes, altmodisches Klugscheißerwort. Egal. Und ja, als ich sie sah –

– Jessica.

– Ja, Jessica. Scheiße noch mal. Also als ich sie sah –

– In der Schule.

– Genau. Da gab's 'nen Teil von mir, der das definitiv wollte.

– Das ist beruhigend.

– Oh, gut. Prima. Da bin ich aber froh. Okay, ja, ich geb's zu. Wir standen vor dem Matheraum, aber in Gedanken machte ich 'ne Erkundungstour in Biologie.

– Auch beruhigend.

– Zumindest ein Teil von mir, sagte er.

– Welcher Teil von dir?

– Sei nicht so ordinär. Ich fand, sie sah toll aus. Sie sah *wirklich* toll aus. Echt – ist immer noch verdammt hübsch. Aber als ich sie dann wirklich traf, hörte das schlagartig auf.

– Buchstäblich?

– Buchstäblich.

– Und dann bist du nach Hause gegangen und hast Trish gevögelt.

– Ja das stimmt auch, sagte er. – Auch wenn's arschig von dir ist, das jetzt auf den Tisch zu bringen.

Er schaute sich abermals um und dann wieder zu mir.

– Ich denk mir das erst beim Reden aus, Davy, sagte er.

– Weiß ich.

– Damit mein ich aber nicht, dass ich lüge.

– Weiß ich.

– Ich versuche, Sinn in das Ganze reinzubringen.

– Dann versuch's weiter.

– Tu ich ja, sagte er. – Tu ich doch, verdammt noch mal. Alkohol ist was Komisches, oder? Man sieht die Dinge völlig klar, aber dann findet man die richtigen Worte nicht, um sich auszudrücken.

– Oder so.

– Oder so. Ganz genau. Also, noch mal. Ich traf mich mit Jess, und ich hoffte – so halb –, da würde was laufen. Dass ich endlich, fast ein ganzes Scheißleben später, mit der Frau meiner Träume im Bett landen würde. Unserer Träume.

– Deiner Träume.

– Und deiner – leck mich doch, Davy. Gib's zu.

– Das ist deine Geschichte, sagte ich.

– Ja, aber –.

– Red weiter.

– Du warst auch in sie verknallt, sagte er. – Aber gut. Also – ja. Da war schon was – klar. Spannung. Und noch viel mehr, viel mehr als Spannung. Ich meine, *Jesus*, sie –.

Er schaute sich eilig um, musterte die Männer und Frauen in unserer Nähe.

– Sie endlich zu vögeln. Einfach mit ihr zusammen zu sein. Sie ist wunderbar, wirklich, Davy. Sie unter meinen Händen zu spüren. Und ihre Hände auf mir.

– Eine Erkundungstour in Biologie.

– Mindestens mit einer Zwei Plus abgeschlossen.

– Aber –

– Nein, hör auf, sagte er. – Jetzt wird's wieder schlüpfrig. Ich will das nicht. Wir belassen's dabei.

– Aber –

– Was?

– Ich wollte gar nichts Schlüpfriges sagen, sagte ich.

– Was?

– Das wäre also das erste Mal gewesen. Mit Jessica.

– Ja.

– Jetzt mach aber mal'n Punkt, sagte ich. – Du hast gesagt –. Vorhin hast du's selbst gesagt. Dass du glaubst, du könntest der Vater ihres Sohnes sein.

– Ja, hab ich.

Er wirkte weder in die Enge getrieben noch wie ertappt.

– Und du hast gesagt, es spielt keine Rolle.

– Stimmt.

– Also wirklich, sagte ich. – Verfluchte Scheiße. Joe. Wie soll das denn gehen, Scheiße noch mal?

– Davy, sagte er. – Gib mir 'ne Chance, verdammt.

– Bist du jetzt der Vater oder nicht?

Er stand auf, hob beide Schultern und breitete die Arme aus. Wie ein lustloser Christus am Kreuz, das für einen kleineren Mann gemacht worden war. Dann setzte er sich wieder hin.

– Was soll das heißen, Joe?

– Es heißt –.

Er hob wieder die Schultern.

– Es heißt, ich weiß es und – wahrscheinlich – weiß ich es aber auch nicht, sagte er. – Es heißt, dass es vielleicht keine Antwort darauf gibt. Wenigstens keine zufriedenstellende Antwort.

– *Jesus* –.

– Ich weiß, sagte er. – Und das ist auch das Problem, wenn man so säuft wie wir. Dass die Geschichten schmutziger werden müssten oder was weiß ich. Aber die hier ist nicht schmutzig und wird's auch nicht werden.

– Darum geht es doch gar nicht.

– Schon klar. Aber irgendwie doch.

– Ich komm nicht mehr mit.

– Tja. sagte er. – Ich bin versucht, dasselbe zu sagen, Davy, echt, liegt mir auf der Zunge. Aber ich verkneif's mir.

– Obwohl du sagst – wie war das? –, dass du vielleicht, vielleicht aber auch nicht, der Vater eines nicht mehr jungen Mannes bist?

– Jepp.

Er zögerte nicht, verzog nicht einmal das Gesicht, lächelte auch nicht. Oder zuckte mit den Achseln.

– Ich glaub, ich hau jetzt ab, Joe.

– Ach, nein.

– Ich bin zu betrunken, um weiter zuzuhören.

– Ach fick dich doch, Davy. Das ist die einzige Art, zuzuhören.

– Unsinn.

– Gesprochen wie ein wahrer Engländer.

– Leck mich.

– Hör mal, sagte er. – Hör mal. Du kannst jetzt nicht gehen. Du bist mein Kumpel. Gib mir eine Chance.

– Was für eine Chance?, fragte ich. – Was für eine beschissene Chance? Was willst du denn eigentlich, Herrgott noch mal!

Er hatte getan, als wäre er an der Reihe gewesen, sich eine Last von der Seele zu reden, und ich hätte mich egoistisch verhalten. Als hätte er die ganze Zeit mein Altherrengequengel ertragen müssen und wäre jetzt endlich, endlich auch mal an der Reihe.

Und vielleicht war ich auch tatsächlich egoistisch. Ich hatte ihm nichts von meiner Auszeit im Krankenhaus erzählt, von der Angst, die mich erst nicht gepackt hatte, erst Monate später, als ich endlich anfing zu weinen. Obwohl ich nie was erwähnt hatte, nahm ich ihm seine mangelnde Neugierde übel. Irgendwie war es für mich offenbar wichtig, dass er ein schlechter Mensch war. Ich musste der Gute von uns beiden sein. Zwei Gute konnte es nicht geben.

– Es ist so, sagte er. – Ich glaube nicht, dass es eine Rolle spielt.

– Was?

– Ob ich sein Vater bin oder nicht. Sein biologischer Vater.

– Du bist ihm doch nie begegnet.

– Spielt keine Rolle.

– Du hattest nie Sex mit ihr.

– Tja, sagte er. – Also.

– Ach, Gott. Was denn jetzt?

Er zuckte mal wieder mit den Achseln.

– Hab ich so nie gesagt, Davy, oder?

– Hattest du?

– Spielt es eine Rolle?

– Ich gehe jetzt. Definitiv, sagte ich.

Aber ich griff zum Glas und trank einen Schluck. Das Stout lief ohne Widerstand runter. Ich fühlte mich absurderweise zufrieden; ich hielt mein Bier in der Hand.

– Ich liebe sie, Davy, sagte er.

– Na und?

– Das ist viel wert.

– Was zum Teufel willst du damit sagen?

– Ich will, dass sie glücklich ist, sagte er. – Das ist alles, was ich will.

– Na und, verdammt?

– Das ist meine Int… – Intention, sagte er. – In-ten-ti-on. Es ist alles, was ich will. Is' gar nich' so einfach zu sagen, wenn man besoffen ist, oder?

– Was?

– Intention. Intention zu sagen.

– Du sagst ständig total ernste Sachen, sagte ich. – So kommt's zumindest rüber. Und dann sagst du plötzlich so was Belangloses wie eben. Um uns wieder abzulenken.

– Stimmt.

– Warum?

– Weil ich mich selbst gern reden hör, sagte er. – Und ich's selbst nicht fassen kann. Verdammt.

– Ich muss nämlich sagen, Joe, das nervt total. Absolut. Scheiße noch mal.

Ich wollte gehen, aber ich beugte mich nah zu ihm, lehnte fast an seiner Schulter.

– Als ich sie traf, sagte er.

– Jessica.

– Genau. Als ich sie traf. Also, als ich sie traf. Keine Ahnung. Da war ich glücklich.

– Scheißglücklich?

– Nicht begeistert. Oder aufgedreht. Oder erregt, oder irgend so was. Nur glücklich. Ich sag dir – ich sag dir, wie das war. He, du schubst mich vom Hocker, Davy.

– Sorry.

– Willst du ihn haben – willst du dich hinsetzen?

– Nein, sagte ich. – Nein, alles prima.

– Okay.

– Also, du wolltest gerade was sagen.

– Wollte ich?

– Wie du dich fühltest, als du Jessica trafst.

– Ja, genau – toll. Genau. Also. Als meine Ma starb, haben wir das Haus ausgeräumt, meine Schwestern und ich.

– Wie lange ist das her?

– Spielt das eine Rolle?

– Nein.

– Vier Jahre. Fünf. Vor fünf Jahren. Wir stellte das Haus zum Verkauf. Sehr seltsame Erfahrung übrigens. Ein Haus ausräumen.

Schließlich hatten sie ihr ganzes Leben dort zusammen verbracht, meine Ma und mein Da.

– So wie bei mir.

– Klar, natürlich.

– Also mein Vater lebte dort – lebt immer noch dort.

– Ja, stimmt, sagte er. – Jedenfalls, ich fand das schrecklich, eine beschissen schreckliche Erfahrung. Ihr ganzes Zeug rauszuwerfen. Hab mich echt scheiße gefühlt – Schuldgefühle, wahrscheinlich. Ihr ganzes Leben, verstehst du? Ab in den Müllcontainer. Oder zur Wohlfahrt. Und meinen Schwestern ging's genauso. Herrgott, was haben wir geheult. Bei jedem Teil, das wir in die Hand genommen haben. Und gelacht. Das hier können wir unmöglich wegwerfen, nein, und das auch nicht. Aber es musste sein. Und dann fanden wir Dinge, von denen wir nicht mal wussten, dass es sie noch gab.

– Was denn?

– Nichts Heikles, komm wieder runter. Kein Gewehr und auch keinen Vibrator –

– O Gott.

Wir lachten.

– Nein, nichts dergleichen. Gar nicht. Sachen, die man schon vor Jahren hätte wegwerfen sollen. Sachen, die wir hatten, als wir Kinder waren, an die wir uns nicht mehr erinnerten.

– Spielzeug?

– Nein.

– Wir haben die ersten Schuhe der Kinder aufgehoben.

– Nein. Wir auch – aber nein, das war's auch nicht. Trish hat sie irgendwo hingetan. Nein, nicht so was. Oder Zähne. Habt ihr die Milchzähne von euren Kindern aufgehoben?

– Ein paar.

– Wir auch, sagte er. – Nachdem die Zahnfee durch den Kamin gekommen ist. Nein – das war der beschissene Santa. Is' ja auch egal. Also, wir haben entschieden, die Schühchen und die Zähne aufzuheben. Trish und ich. Aber es war noch anders. Oder ein bisschen anders. Vielleicht hatte sie's auch bewusst entschieden – ich glaub jedenfalls, dass es meine Mutter war. Ich seh' jedenfalls nicht, dass mein Vater sich um so was geschert hätte. Sie hatte entschieden, die Schulzeugnisse aufzuheben. Aber nur von einem von uns.

– Von wem?

– Meine nicht. Und wir fanden einen Brief aus der Gaeltacht. Einen einzigen. Dabei waren wir alle irgendwann mal dort – jeder von uns. Trotzdem hat sie nur einen Brief aufgehoben. Ich bin mir ziemlich sicher, dass ich ihr auch Briefe geschrieben hab, als ich dort war.

– Also nicht deiner.

– Aber was anderes von mir. Orla hat's gefunden. Mein Gebetbuch von der Erstkommunion.

– *Jesus.*

– Ja, oder? Genau! Es lag in einem kleinen – in einem Köfferchen. Ganz hinten im Schrank. So ein Köfferchen wie von einem Teenager aus der Zeit, als meine Ma noch ein Teenager war. Mit so 'ner Schnalle, du weißt schon – als Schloss.

– Genau.

– Aber nicht aus Pappe wie diese alten Koffer von den Auswanderern. Er war – glaub ich – aus Plastik. Vinyl oder sonst was. Lack – keine Ahnung. Beige. Und ich glaube, Orla hatte Angst, ihn aufzumachen. Sie hatte Angst, es könnten Klamotten drin sein – dass unsere Ma irgendwann mal vorhatte, abzuhauen oder so.

– Und? Was war drin?

– Das Gebetbuch – hab ich doch gesagt.

– Außer dem Buch.

– Briefe, sagte er. – Briefe an sie, als sie noch ein Kind war. Die meisten waren von einer Cousine oder so aus New York. Und zwei von einem Jungen namens Colm. Und ein paar Fotos. Ein paar Schleifen. Eine alte Schallplatte – eine Achtundsiebziger, ob du's glaubst oder nicht. Mit dem Titel »The Old Refrain«. Zeug, das sie mit ins Haus gebracht hatte – in die Ehe. Ihr Leben, ehe sie heiratete.

– Und dein Gebetbuch.

– Ganz genau, sagte er. – Es steckte in einer kleinen Seitentasche.

– Nur deins?

– Nur meins. Es war das einzige Teil in dem Koffer aus der Zeit nach der Hochzeit mit meinem Vater. Darüber haben die Mädels sich natürlich ein bisschen aufgeregt. Haben mich Mamas Liebling genannt. Aber dann musste Sheila zugeben, dass sie sich nicht erinnern konnte, ob sie je ein Gebetbuch hatte. Sie sagte, sie hätte sicher eins gehabt, könnte sich aber nicht daran erinnern. Und den andern ging's genauso. Sie konnten sich nich' an ihre eigenen Gebetbücher erinnern. Aber jetzt kommt's.

– Du auch nicht.

– Genau. Ich hatte keinerlei Erinnerung daran. Auch nicht, als ich's wieder in den Händen hielt. Is'n hübsches kleines Ding, übrigens. Der Druck auf dem Umschlag is' total verblasst, man kann's gerade noch so erkennen. Zur Erinnerung an die Erste Heilige Kommunion. Und ein Kreuz, klar. Und innen – auf der ersten Seite. Da steht mein Name und meine Adresse und das Datum.

– Wann war das?

– Am 29. Juni 1965.

– *Jesus.*

– Jepp.

– Das ist sensationell.

– Genau, sagte er. – Und weißt du, was das Beste ist? Hör zu. Was mich echt fix und fertig gemacht hat? Es ist die Handschrift meines Vaters.

– Sensationell.

– Ach, Mann.

– Das muss unglaublich gewesen sein.

– Tja –.

Er nahm die Brille ab und rieb sich kurz über die Augen.

– Schau mich an, sagte er. – Ein verfluchter Idiot.

Er setzte die Brille wieder auf.

– Tja, sagte er. – Kannst es dir ja vorstellen, Davy. Und du weißt ja, ich und Religion. Ich hasse die beschissene Kirche, wirklich alles daran. Aber dieses Ding – dieses kleine Büchlein. Jesus –. Und das stimmt jetzt echt. Es war das Erste, was ich einpackte, als ich wegging.

– Wie, wegging?

– Weg von Trish und dem Ganzen.

– Ach ja – sorry. Kapiert.

– Das Allererste, sagte er. – Völlig irre, ist mir auch klar. Wenn man drüber nachdenkt, was da los war.

– Kann ich irgendwie verstehen.

– Aber es hat mich – ach, keine Ahnung. Glücklich gemacht. Mich mit – mit Glück erfüllt. Obwohl ich es nie vermisst hatte, obwohl ich nicht mal was davon wusste. Wahrscheinlich hat sie's noch am selben Tag weggepackt, am Tag meiner Erstkommunion. Wir werden nie erfahren, warum sie das Buch in den kleinen Koffer gepackt hat – warum ausgerechnet dorthin. Ist ja auch egal. So war das. Ich fühlte mich einfach total glücklich. So vollkommen. Vollkommen – genau.

– Genau.

– Und genau so hab ich mich gefühlt, als ich Jess traf. Als ich wieder bei ihr war.

Jetzt sah er ebenfalls glücklich aus. Er hatte es geschafft; er hatte mir alles erklärt. Dachte er.

– Eine vollkommene Überraschung, sagte er. – Völlig aus dem Nichts. Und trotzdem ergab es Sinn.

Ich war offiziell erschöpft. Und wusste nicht weshalb. Da hatte nichts klick gemacht, nicht ein guter Grund hatte sich angekündigt. Arbeit, Geld, Sex, Kinder, Trauer, Ehe – eine lange Reihe von Nicht-Gründen. Ich war ein Betrüger. Davon war ich überzeugt.

Als ich am Morgen nach meiner Aufnahme aufwachte, wusste ich genau, wo ich war und weshalb. Ich war erschöpft; das hatte man mir am Vortag erklärt. Die Zeit war in unzusammenhängende Augenblicke auseinandergefallen. Aber das war vorbei. Ich setzte mich im Bett auf; ich war sehr vorsichtig. Ich wusste, dass ich aufpassen musste, weil ich einen niedrigen Blutdruck hatte – interessanterweise, hatte der Neurologe, dessen Namen ich mir nicht merken konnte, gesagt. Ich war nicht am Infusionsständer angeschlossen, der neben meinem Bett stand. Das wäre später wieder dran. Der Zugang klebte auf meinem Handrücken. Vor der Brust hatte ich ein Herzüberwachungsgerät. Es sah aus wie ein altmodisches Smartphone, wie ein früher Prototyp, in einer dicken Plastikhülle. Es hing mir um den Hals. Ich musste es mit mir rumtragen. Ich setzte mich auf die Bettkante. Wartete ein bisschen. Dann stand ich auf.

Aufwachen, wissen, sitzen, stehen – es war eine durchgehende Linie, verbundene Augenblicke bei klarem Verstand. Ich stand langsam auf, eine Hand immer noch auf dem Bett. Ich stellte mich hin. Mir war nicht schwindelig. Ich sah zu meinen Füßen, ich schaute runter. Neben meinen Füßen standen Hausschuhe. Die gehörten mir nicht. Ich besaß keine Hausschuhe. Aber ich konnte es mir erklären. Faye hatte sie unten in einem Laden gekauft. Der gelbe Pyjama, den ich anhatte, die Hausschuhe, der Energydrink, *The Girl On The Train* – das alles hatte sie mir nach oben gebracht, ehe sie nach Hause gefahren war. Ich interessierte mich für meine Füße. Ob sie zu gebrauchen waren. Ob ich damit laufen konnte. Ich hob den rechten Fuß und setzte ihn vor den linken; ich würde vom Bett wegtreten. Ich würde aus etwas heraustreten – und ich war mir nicht sicher, ob ich das wollte. Ich mochte die Erschöpfung. Mir gefiel es, nichts zu wissen, mich um nichts zu kümmern und kein wohlüberlegtes Leben zu führen.

Ich machte den Schritt. Ich machte noch einen. Ich ging zum Fenster. Um das Bett herum. Ich schob den Vorhang zur Seite. Ich schaute zum ersten Mal hinaus. Auf eine Wand. Ich lächelte – ich spürte mich lächeln. Eine Wand – ohne Fenster. Und ein Stückchen Himmel in derselben Farbe wie die Wand, genauso scheußlich gestrichen. Das gefiel mir – das würde ich Faye erzählen.

Das würde ich Faye erzählen.

Ich war in der Lage, zu frühstücken; ich hatte Hunger. Ich sollte im Bett bleiben. Ich war dehydriert. Aber es ging mir gut. Gut, aber es war mir egal. Genau das wollte ich. Es sollte mir egal sein. Ich sah zum Fenster, auf die Wand neben dem Fenster. Ich wartete darauf, nein, ich legte es regelrecht darauf an, dass die Unterschiede – die Farben von Glas und Himmel – sich auflösten. Ich versuchte, in den Zustand zusammenhangsloser Zeit zurückzukehren. Ich wollte ihn wiederhaben. Ich wusste nicht, wem oder was ich mich nicht stellen wollte. Ich wusste es nicht, und es war mir egal. Ich versuchte, mich dorthin zurückzustarren, mich selbst zu hypnotisieren. Flucht. Traurigkeit. Bedeutungslosigkeit. Sie waren verschwunden. Ich versuchte, dorthin zurückzugelangen.

Faye war im Zimmer. Aber ich hatte sie reinkommen sehen – sie war nicht einfach plötzlich da gewesen. Ich hatte sie die Tür öffnen hören. Ich hatte sie gesehen. Ich sah, dass sie mich ansah – lächelte.

– Wie geht's uns heute Morgen?

Ich sah, wie sie den durchsichtigen Beutel musterte, der am Infusionsständer hing. Ich hing wieder am Tropf. Ich sah sie die Stirn runzeln – sah, wie sie sich dazu entschloss.

– Und das bringt's jetzt, ja?

Sie berührte meinen Pyjamakragen.

– Gelb steht dir, David.

Sie hatte eine Einkaufstüte dabei. Ich wollte wissen, was darin war. Wollte ihr beim Auspacken zusehen, während sie jeden Gegenstand kommentierte und die Sachen einzeln vor mir auf den Tisch stellte. Ich wollte sie Dinge tun sehen. Ich sah: Ich verstand. Und sie wollte das auch. Sie wollte, dass ich ihr zusah. Wollte, dass meine Blicke ihr folgten. Wollte meine Blicke spüren. Sie wollte mich dem Tod entreißen.

– Mir geht es besser, sagte ich ihr.

Sofort wurde ich von Bedauern überflutet; ich war reingelegt worden, erwischt. Ich wollte umkehren. Vielleicht war dies das letzte Mal. Ich wollte wieder dorthin zurück.

Aber Faye wollte ich auch. Ich wollte bei Faye sein. Faye ansehen. Sie spüren. Sie stellte eine Smoothie-Flasche auf den Tisch, Mango und Passionsfrucht.

– Davon wachsen dir Haare, wo du sie haben willst, sagte sie. – Und zwar nicht die grauen Dinger.

Sie trat um den Tisch herum und beugte sich zu mir runter, direkt vor mein Gesicht, vor meine Augen. Sie küsste mich auf den Mund.

– Ich will, dass es dir wieder gut geht, sagte sie.

Sie untersuchte meine Augen.

– Die sind nicht mehr so rot. Nur noch rosa. Rosa steht dir, Dave.

– Gelb und rosa, sagte ich. – Meine Farben.

– O Gott, ich bekomm einen Damenständer.

Ich lachte – es platzte aus mir raus.

– Das ist Musik in meinen Ohren, sagte sie. – Bist du wieder zurück?

– Ja. Bin ich.

– Super.

– Glaub ich.

– Von wegen glaub ich, sagte sie. – Das kannst du vergessen. Entweder du bist wieder zurück oder du bist es nicht.

– Ich bin wieder zurück.

Ich sagte es und hasste es gleichzeitig. Hasste, dass es so sein sollte. Die Erschöpfung war ein sicherer Ort, und ich wollte zurück dorthin. Ich schloss die Augen, aber ich konnte sie nicht geschlossen halten.

Eines Abends schafften wir es auf eine Party. Wir hängten uns an die anderen dran und kamen mit. Wir stiegen in ein Auto. Einen Mini, glaube ich. Wir hatte keine Ahnung, wohin es ging. Die beiden anderen Typen im Auto johlten laut, als wir an einem großen Flügeltor vorbeikamen, sie lachten und klatschten.

– Was war das denn?, fragte ich das Mädchen neben mir, das Emmylou-Mädchen. Sie saß auf einem Schoß zu meiner Linken.

– Blackrock College.

– Mochten sie's dort nicht?

– Sie haben's geliebt, sagte sie, und wie. – Eigentlich sind sie nie wirklich von dort abgegangen.

– Ich kann mich nicht mal an den Namen meiner Schule erinnern, sagte ich zu ihr.

– Du gefällst mir.

Das Auto hielt. Ich stieg aus, lief den anderen hinterher, sorgte dafür, dass ich in Joes Nähe blieb, und schlüpfte durch eine Lücke in einer Mauer. Ein Pfad unter Bäumen. Eine Laterne. Aber keine Tür.

– Wie kommen wir rein?

Da war ein offenes Fenster. Da waren Menschen. Da war Musik. Um die Ecke war eine Tür. Und die Mutter.

– Oh, Mist.

Eine aufsehenerregende Mutter. Eine Mutter, wie wir noch keine erlebt hatten. Ein paar Stufen führten zu ihr hinauf – offensichtlich war das die Vorderseite des Hauses. An der würden wir nie vorbeikommen. Sie war umwerfend. Viel zu viel Sex für eine Mutter, aber trotzdem definitiv die Mutter, die Besitzerin des Riesenkastens hinter ihr.

Joe trat auf die erste Stufe.

– Noch zwei Blackrock-Jungs für Sie, sagte er.

– Ach du meine Güte, antwortete sie und hob die gigantischen Augen zum Vordach über ihrer Betonfrisur, lächelte und trat beiseite, gerade so weit, dass wir an ihr vorbei und sie riechen konnten, uns im Vorbeigehen an ihr reiben konnten.

– Heilige Scheiße.

– Das ist mal was anderes, verdammt.

Ein Haus wie aus amerikanischen Filmen. Ein Meer von Menschen oben auf der Treppe und unten. Die, die von oben runterkamen, hatten Heineken-Flaschen in Händen. Wir gingen rauf, reihten uns in eine Schlange ein, die bis zu einer Badewanne reichte, die voll mit Eis und Flaschen war. Neben der Wanne saß ein Kind mit einem Flaschenöffner auf einem Duschhocker. Jo krempelte sich einen Ärmel hoch und angelte vier Flaschen aus der Wanne. Die Heineken-Etiketten schwammen auf dem Wasser. Ein Papierchen blieb an seinen Unterarmhaaren kleben. Er pulte es ab und warf es in die Wanne zurück.

– Was feiern wir?, fragte er das Kind.

Einen Jungen.

Der Junge starrte uns an.

– Wieso wisst ihr das nicht?

– Das ist ein Test, sagte Joe. – Außerdem hab ich zuerst gefragt.

– Jess hat sich mit Gavin verlobt.

– Korrekt, sagte Joe.

Wir ließen das Kind allein und gingen zurück nach unten. Wir standen mitten in dem knallvollen Raum, wichen zur Seite, um die Leute vorbeizulassen, schauten uns die Menschen an, die einander schon immer kannten – die Paare, die Freunde, die ganze umwerfende Meute.

– Wo steckt sie?, fragte Joe.

Sie war der Grund, weshalb wir hier waren. Unser Mädchen – unsere Frau. *Hi.* Sie hatte uns hierhergeschleppt. Ich sah mich um. Ich musterte jeden Stuhl, sämtliche Wände, schaute durch beide Durchgänge. Wo steckte sie? Sie war mit den anderen aus dem George abgehauen, mit uns. Sie hatte mit uns vor der Tür gestanden. Wir hatten sie in eins der Autos steigen sehen; sie hatte ihr Cello mit reingezerrt. Wir hatten sie lachen hören. Nicht auf *deinen* Schoß?! Benimm dich! Der Mini, in den wir uns gequetscht hatten, stand nur ein Stückchen weiter, gleich Ecke Fade Street. Wir fuhren alle zur Party. Also war sie hier irgendwo.

Es war mir egal. Das Gefühl habe ich heute, das Gefühl hatte ich damals. Der unerfüllbare Traum – nur, dass ich ihn nicht träumte. Aber Joe – ich weiß es nicht. Ich war schon mal verknallt gewesen. Ich wusste, wie sich das anfühlte. Die Wichsaugen und der Wunsch, das Mädchen vor den Wichsaugen zu beschützen, vor meinen eigenen Augen. Verschlungen zu werden, geborgen, verändert. Sich in einer Frau aufzulösen. Zu sterben und wiedergeboren zu werden. Die Frau ganz nah neben sich zu spüren. Bei Joe bin ich mir nicht sicher. Er war in eine Frau verliebt, die er nicht kannte. Aber ich weiß es nicht. Ich schaute mich halbherzig nach dem Emmylou-Mädchen um. Ich wollte sie anlächeln. Sehen, was passierte.

– Wir versuchen's in der Küche, sagte Joe. – Das ist doch Scheiße.

Wir drängelten uns in den Flur – es wurde immer voller – und entdeckten die Küche, ein Reich für sich. Es gab einen Kamin, einen riesengroßen schwarzen Herd aus Metall, einen silbernen Kühlschrank. Es war gerammelt voll. Und da war sie. Sie saß auf einem Stuhl, sie war die Einzige, die saß. Es dauerte einen Moment, bis ich begriff, dass das Ding, an das sie sich offensichtlich anlehnte, ihr Cello war. Hatte sie gespielt, würde sie gleich spielen? Sie rutschte zur Seite, beugte sich runter – verschwand. Und tauchte wieder auf – sie hatte den Bogen aus dem Koffer auf dem Küchenboden geholt. Sie würde gleich spielen. Ich schaute zu Joe rüber, sah sein Gesicht von der Seite. Ich sah sein spöttisches Grinsen. Aber nur kurz. Er unterdrückte es, wischte es von seinem Gesicht. Spott war unsere Reaktion auf alles, was wir nicht kannten – Kunst, Essen, die Welt: Wir reagierten mit Spott. Und Spott war Joes Reaktion, als er sah, dass sie gleich anfangen würde, Cello zu spielen. Zuerst.

Sie warf den Kopf zurück, mit Schwung, die Haare flogen gleich mit. Doch sie fielen ihr sofort wieder ins Gesicht, während sie über die Seiten strich, und – ganz allmählich – brachten ihre Bewegungen Töne hervor und erzeugten einen Klang, der anfing, sich auszubreiten und anzuschwellen. Wahrscheinlich Bach – ich weiß es nicht.

Ich entdeckte das Emmylou-Mädchen. Sie stand an der Tür und schaute – wie alle anderen – zum Cello. Ich ließ Joe stehen und ging zu ihr rüber. Sie war allein. Ich stellte mich neben sie.

– Hi.

Sie sah zu mir her.

– Oh. Hi.

Wir schauten beide zu der Frau mit dem Cello.

– Sie spielt nicht besonders gut, sagte Emmylou.

– Nein, stimmte ich ihr zu.

Ich schaute zu Joe rüber, um mich zu vergewissern, dass er mich nicht gehört hatte. Er gaffte – ich glaube, das Wort trifft es – er gaffte sie an, gaffte auf ihre Hand mit dem Bogen und ihr hinter den Haaren verstecktes Gesicht. Es war der Blick eines Mannes, der auf die Frau stand, die er ansah. Nichts anderes. Er wartete darauf, ihr Gesicht wieder sehen zu können.

Das denke ich mir gerade aus. Natürlich habe ich an dem Abend vor fast vierzig Jahren Joes Gesicht gesehen. Trotzdem ist es gelogen. Ich weiß nicht, welchen Gesichtsausdruck er hatte. Es war mir egal. Die Frau neben mir hielt meine Hand. Ich hatte mit meiner vorsichtig ihre Hand berührt, und sie hatte zwei, drei meiner Finger genommen und gehalten und ihre Hand dann ganz für meine geöffnet. Ich glaube, sie hieß Alice – ich bin mir nicht sicher. Jedenfalls verbrachte ich die Nacht mit ihr und lief am nächsten Morgen ihrer Mutter über den Weg. Daran erinnere ich mich noch, aber nicht an das Mädchen, die Frau selbst – zumindest nicht wirklich.

Ich blieb nicht auf der Party. Alice wandte sich als Erste von der Musik ab. Sie drückte meine Hand, und ich ging mit.

Wir, Joe und ich, wussten nicht, dass die Cellistin Jess hieß. Als wir ihr zusahen, als ich Joe beobachtete. Wir wussten nicht, dass sie verlobt war und dass sie auf ihrer eigenen Verlobungsparty Bach spielte.

Ich rufe mir noch einmal die Szenerie vor Augen – versuche, mich zu erinnern –, um zu sehen, ob ich Gavin irgendwo entdecke, den Verlobten. Ich habe keine Ahnung, wer Gavin war. Ich sehe ihn nicht neben ihr stehen oder hinter ihr. Er lehnt weder am Kühlschrank noch schaut er sich um und sorgt dafür, dass niemand die Darbietung stört. Ich sehe ihn auch nicht bei George, den Arm um ihre Schulter gelegt. Ich glaube nicht, dass ich ihn je zu Gesicht bekommen habe. Ich bin mir nicht mehr sicher, ob das Kind mit dem Flaschenöffner wirklich Jess und Gavin sagte. Ich schlief in jener Nacht mit einem Mädchen, und ich glaube, ihr Name war Alice, aber sicher bin ich mir nicht.

Die Frau, die wir monatelang angegafft, von der wir monatelang geträumt hatten, hieß Jess – das weiß ich jetzt. Wir waren bei ihr zu Hause. Und ich erinnere mich noch, dass Alice sie nicht mochte. Ich erinnere mich, dass mir das half, Alice zu mögen, nach ihrer Hand zu tasten. Das hatte ich gemacht, nachdem ich ihren genervten Seufzer gehört hatte – nachdem sie dafür gesorgt hatte, dass ich ihn hörte. In dem Moment mochte ich sie, auch wenn ich sie vorher schon gemocht hatte. Aber nicht so sehr, dass ich mir ihren Namen gemerkt hätte. Ich nenne sie jetzt Alice, weil mir das angemessener – netter – erscheint, als sie das Emmylou-Mädchen zu nennen.

Ich weiß, dass die Frau Jess hieß. Sie war die Schwester des Jungen im Bad, und sie war verlobt. Aber – ehe wir das Haus betreten hatten, ehe wir uns oben ein Bier holten, hatten wir ihren Namen nicht gekannt. Wir hatten ihn vorher nie gehört, wir hatten uns nie danach erkundigt. Dass wir ihn nicht wussten, ist die Wahrheit. Unten in der Küche wussten wir nicht, dass wir der Verlobten zusahen. Auch das stimmt wahrscheinlich. Wir wussten nicht, dass sie Jess war.

Ehe ich mit Alice abhaue, betrachte ich Joe noch einmal.

Ich sehe es ihm an: Er ist verzaubert. Das beschließe ich zumindest.

Joe war runtergegangen, ins Schwarze Loch von Kalkutta. Ich war bereits unten gewesen. Es war hell erleuchtet, fast schön, vermutlich überwacht; es war wie ein Abstieg ins neunzehnte Jahrhundert. Als er weg war, setzte ich mich auf seinen Hocker. Es wurde voller, und so ließ sich der Platz am einfachsten verteidigen. Außerdem war ich müde. Unter Strom und gleichzeitig müde – und betrunken. Ich schaute auf mein Handy. Ich hatte Angst vor dem Anruf und sehnte ihn herbei.

Er hatte einen neuen Versuch unternommen, mir zu erklären – und auch sich selbst, dachte ich –, wie es für ihn gewesen war. Jess zu finden, herauszufinden, was sie ihm bedeutete, verglich er mit dem Wiederfinden von etwas, das er verloren hatte und mit Sicherheit aufgegeben hätte, wenn nicht – wie in diesem Fall – das wachsende Gefühl von Verzweiflung und Angst es verhindert hätte.

– Ist das wirklich passiert?, fragte ich. – Was du mir da gerade erzählst. Hast du wirklich was verloren?

– Ja.

– Ganz ehrlich?

– Ja, sagte er. – Wirklich.

– Und was?

– Meinen Ehering.

– Du hast deinen Ehering verloren?

– Genau.

– Wie das denn?

– Schon wieder so ein beschissenes Klischee, sagte Joe. – Auf der Weihnachtsfeier.

– Du hast ihn abgenommen.

– Frag mich bitte nicht, warum.

– Warum?

– Tja, sag ich doch. Völlig sinnfrei. Die Frau wusste, dass ich verheiratet war. Deshalb war's – ach, es war einfach nur dämlich. Außerdem war da gar nichts. Da wäre nie was passiert. Trotzdem hab ich ihn abgenommen. Auf dem Klo. Und in die Jackentasche gesteckt.

– Wo war das?

– In irgend'nem Scheißschuppen, von dem ich noch nie was gehört hatte. Inzwischen sagen die Jüngeren an, wo's hingeht. Jedenfalls, ich unterhalt mich also mit ihr. Könnte sogar sein, dass wir uns tatsächlich über unsere Kinder unterhalten haben, Scheiße noch mal. Aber irgendwas – vielleicht der Alkohol. Oder die Tatsache, dass sie wirklich eine verdammt gut aussehende Frau ist, und dazu noch total offen und so. Jedenfalls, bin ich aufs Klo und runter mit dem beschissenen Ehering. Als würd ich mir selbst 'ne Ansage machen. Mir selbst die Erlaubnis erteilen. Selbstbetrug, wahrscheinlich. Absolut unlogisch. Absolut und völlig idiotisch. Und, wie gesagt, ich hatte noch nicht mal Frühlingsgefühle oder so was.

– Hast du nicht gesagt.

– Dann sag ich's eben jetzt, verdammt. Jedenfalls, als ich vom Klo zurückkomm, hockt jemand anderes auf meinem Platz, und ich bin froh. Wirklich. Noch ein paar Drinks. Verrücktes Zeug – Cocktails, du weißt schon. Eimerweise verfluchter Gin mit Gemüse. Anschließend hab ich mich vom Acker gemacht. Mir hat's echt gereicht. Rein ins Taxi und ab nach Hause.

Der Ring fiel ihm am nächsten Morgen wieder ein. Er lag noch im Bett. Er hatte sich eben auf die Seite gedreht, die Trish gerade freigemacht hatte, und in ihre warme Kuhle gelegt, als ihm der Ring wieder einfiel. Sein Jackett war unten, hing ordentlich über dem Küchenstuhl. Er war sich so gut wie sicher, dass er es dort gelassen hatte. Er war immer sehr gewissenhaft und methodisch, wenn er betrunken war. Das Jackett hing also unten in der Küche, und der Ring war im Jackett, und Trish würde die Taschen durchsuchen und den Ring finden, und ihr wäre klar, warum er nicht auf dem Ringfinger seiner linken Hand steckte. Sie würde sofort Bescheid wissen, ohne großartig nachdenken zu müssen. Es gab nichts nachzudenken. Er hatte den Ring abgenommen, weil er sich für die halbe Stunde, die es gebraucht hätte, um einem jungen Ding an die Wäsche zu gehen, entheiraten wollte und er vergessen hatte, sich auf dem Heimweg wieder zu verheiraten, weil er zu betrunken gewesen war – sein Atem und seine Ausdünstungen sprachen Bände.

Er setzte sich auf, zu geschockt für einen Kater. Hoffte, das Jackett auf dem Boden liegen zu sehen, obwohl er wusste, dass es da nicht war. Seine Anzughose hing ordentlich über der Stuhllehne neben dem Fenster, zusammen mit Hemd und Krawatte. Die Schuhe standen nebeneinander, unter dem Stuhl geparkt. Die Unterhose hatte er an.

– Mein Herz, Davy, sagte er. – Jetzt ohne Witz, ja? Das Dröhnen, das eigentlich in meinem Schädel hätte sein müssen – war mir in mein Scheißherz runtergerutscht.

Hatte er mit der Frau Sex gehabt? Er wusste, dass es nicht so war – er war sich ganz sicher, dass nichts gewesen war. Trotzdem schnüffelte er an sich, roch an seinem Schritt. Obwohl er wusste, dass nichts passiert war. Und er hasste sich, weil nichts passiert war, und er dankte Gott dafür, dass nichts passiert war. Ihm fiel absolut nichts ein, was er Trish erzählen könnte, um ihr die Sache mit dem Ring zu erklären. Jetzt gerade, genau in diesem Moment, war sie da unten – davon war er überzeugt –, hielt das Jackett in einer Hand und ließ die andere in die erste Tasche gleiten.

Jess hatte Joe inzwischen völlig vergessen, oder vielleicht wollte er auch nur dafür sorgen, dass ich Jess vergaß. Aber das war egal. Er war in Hochform, sein eigener Held, sein eigener Schurke, Genius und Vollidiot, präsentierte sich selbst in Überlebensgröße in seiner eigenen Geschichte. Ich glaube, er war der Junge und der Mann, der ich sein wollte.

– Warst du in Übung?, fragte ich ihn.

– Hä?

– Na ja, warum sollte Trish deine Taschen durchwühlen?

– Ach so, sagte er. – Das ist eben Trish. Sie ist halt 'ne absolute

Nervensäge – nein. Nein! Sorry – das ist unfair. Aber na ja, weißt du, so wie ich dir diese Geschichte jetzt erzähle, ja?

– Ja?

– Na ja, sie hätte sich eben auch genau so 'ne Geschichte zurechtgelegt, sagte er. – Falls das Sinn macht. In ihrer Fantasie – sie wäre mitten in der Geschichte drin gewesen, unten in der Küche. Die Taschen durchsuchen – dazu sind Taschen schließlich da, so was eben.

– Zwei beschissene Dramaqueens.

– Leck mich, aber, ja, stimmt schon.

Er wollte runter in die Küche gehen, hatte aber zu viel Angst. Es bestand immer noch die Chance, dass sie die Taschen nicht gefilzt hatte und es auch nicht tun würde. Aber vielleicht wartete sie auch schon unten an der Treppe auf ihn, den Ring in der offenen Hand. Oder sie lauerte in der Küche, tat so, als läge kein Streit, keine Trennung in der Luft. Ihm fiel absolut nichts ein, was er ihr hätte erzählen können, falls sie den Ring gefunden hatte. Er stand trotzdem auf und zog den Bademantel an. Er nahm Hemd und Hose vom Stuhl, um zu überprüfen, was er ohnehin schon wusste. Das Jackett war unten. Er sah in den Hosentaschen nach – kein Ring. Auf dem Treppenabsatz dachte er sich eine Geschichte aus. Er würde ihr erzählen, dass sich beim Händewaschen ein Handtuch in seinem Ring verfangen hätte, eins dieser kleinen, weißen Dinger, wie sie auf Hoteltoiletten in Stapeln neben dem Waschbecken liegen. The Clarence – er würde ihr erzählen, sie wären im Clarence gewesen; nach dem Essen wären sie alle gemeinsam dorthin weitergezogen. Sie waren schon mal im Clarence gewesen, er und Trish, sie würde wissen, wovon er redete. Er hatte den Ring abnehmen müssen, um das Handtuch loszubekommen, weil es sich irgendwie darunter verhakt hatte – er hatte keine Ahnung, wie; er war betrunken gewesen. Und dann hatte er vergessen, den Ring wieder anzustecken. Er musste ihn in die Jackentasche gesteckt haben, um sich die Hände zu waschen.

Trish war in der Küche. Sie schrieb eine Einkaufsliste, machte

Kühlschrank und Schubfächer auf und zu. Es war kurz vor Weihnachten. Weihnachten hatte er völlig vergessen. Dabei war das der Grund, warum er mit den Leuten vom Büro unterwegs gewesen war.

– Auferstanden von den Toten, sagte sie.

Sie hatte ihm den Rücken zugewandt. Sie inspizierte die Gefrierfächer über dem Kühlschrank. Das Jackett hing da, wo er es gelassen hatte. Er nahm es vom Stuhl, genauso, wie Trish es in seiner Vorstellung getan hatte. Unauffällig schob er eine Hand in die Tasche, in die er am Vorabend den Ring gesteckt hatte. Trish wühlte immer noch im Tiefkühlschrank. Die Tasche war leer; der Ring war nicht da.

– Kein beschissener Ehering, Davy, sagte er. – Dabei wusste ich genau, dass ich ihn da reingesteckt hatte. Ich war mir ganz sicher, Scheiße noch mal.

Trish hatte sich umgedreht.

– Was suchst du da?, fragte sie.

– Gar nichts, sagte er.

– Du hast aber nicht wieder angefangen zu rauchen, oder?

Das hatte ich vergessen: Joe hatte mal geraucht. Genau genommen war es ungewöhnlich, dass er an diesem Abend gar nichts in die Richtung gesagt hatte, weil er oft rauchte – nur eine, oder zwei –, wenn wir zusammen waren.

– Nein, sagte er zu Trish. – Meine Geldbörse.

Er war erleichtert – heilfroh. Sie hatte die Taschen nicht durchwühlt. Sonst hätte sie gewusst, dass er weder ein Päckchen Silk Cut noch Streichhölzer oder ein Feuerzeug in der Jacke hatte. Andererseits liebte Trish das Drama. Es konnte ebenso gut eine Falle sein. Er musste immer noch auf der Hut bleiben, und inzwischen meldete sich sein Kater. So stark, dass er dachte, er müsste sterben. Gerade überprüfte er die zweite Tasche, als Trish auf die schwarze Geldbörse zeigte – ein Geburtstagsgeschenk von ihr. Sie lag auf dem Küchentisch.

– Da ist sie doch.

Der Ring war nicht da. Auch in der einzig anderen Tasche, in der er hätte sein können, befand sich kein Ring. Das Jackett hatte eine Innentasche, aber dort hätte er den Ring nie reingetan. Er ging die Szene vom Vorabend noch mal in Gedanken durch, wie er sich den Finger einseifte, den Ring abnahm, ihn in die Tasche schob – rechte Seite, Außentasche. Trish sah ihn an. Sie hatte ihn auf seine Geldbörse hingewiesen, trotzdem schob er die Hand in die Innentasche des Jacketts und suchte etwas, nach dem er nicht mehr suchen musste.

– Joe, sagte sie.

– Was?

– Deine Geldbörse liegt auf dem Tisch.

– Weiß ich.

Die Innentasche war leer. Er hoffte, dass sein Gesicht genauso leer und ausdruckslos war. Er hatte das Gefühl, sich jeden Moment übergeben zu müssen.

– Im Kühlschrank ist Cola, sagte Trish. – Willst du eine? Du siehst aus, als könntest du sie vertragen.

Er hängte das Jackett zurück über den Stuhl, hob die Schultern leicht an, um sicherzugehen, dass es gut hing. Und dann sah er seinen Ehering. Er steckte an seinem Ringfinger.

– Herrgott!, sagte ich.

– Ich schwör's bei Gott. An meinem beschissenen Ringfinger.

– Das ist sensationell.

Ich lachte schallend. Lehnte mich an ihn. Legte eine Sekunde lang die Stirn an seinen Kopf. Ich hob den Kopf.

– *Jesus*, Joe, sagte ich. – Was bist du für ein schrecklicher Scheiß-chaot.

Ich wusste, dass wir noch ein Pint trinken würden.

– Mein verfluchtes Herz, Davy, sagte er. – Und sie fragt, ob ich 'ne beschissene Cola will. Ich hab echt geglaubt, sie würde mich umbringen – abstechen – oder mir irgendein Teil aus dem Scheißgefrierschrank überziehen. Eine Lammkeule oder sonst was. Den beschissenen Truthahn.

Er musste ständig wieder seinen Ring ansehen; er konnte nicht anders. Rechnete ständig damit, dass er in Wirklichkeit doch weg war. Er konnte nicht fassen, dass nichts passieren würde. Er war beinahe enttäuscht.

– Ich liebte diese Kämpfe mit Trish, sagte er. – Muss ich echt zugeben.

– Joe, sagte ich.

– Was?

– Warum erzählst du mir das?

– Was meinst du?

– Du hast mir was erzählt – also diese Geschichte. Übrigens, sensationell. Aber du hast gesagt, sie würde – ach, keine Ahnung – zeigen, wie es sich anfühlte, als du Jess wiedergetroffen hast. Und jetzt sagst du mir, du hättest diese Kämpfe mit Trish geliebt.

– Stimmt ja auch.

– Was?

– Das mit den Kämpfen.

Er schaute sich um; er hatte sich gerade selbst reden gehört. Dann sah er wieder zu mir.

– Streitereien, meinte ich. Diskussionen.

– Ich weiß, was du meinst.

– Trish, sagte er. – Wenn die in Fahrt kommt, ist sie wie eine Opernsängerin. Unfassbar.

– Ja, sagte ich.

Ich hatte Trish nur ein paar Mal getroffen, aber ich kann mich noch erinnern, dass sie mir einmal quasi den Kopf abriss und dass ich mich winzig und völlig durcheinander fühlte und gleichzeitig total glücklich darüber gewesen war, im Zentrum ihrer Aufmerksamkeit zu stehen. Sie hatte mich am Arm gefasst, als sie mit mir fertig war. Hatte ihre Hand hoch- und runtergleiten lassen, vom Ellbogen zur Schulter, von der Schulter zum Ellbogen. Hatte ihn getätschelt. Wir waren alle betrunken gewesen, in irgendeinem Garten. Joes Freunde sind auch meine Freunde, hatte sie gesagt. Denk dran, ich bin auf deiner Seite. Als ich ging, fühlte ich mich glücklich und einsam.

– Du hast es mir immer noch nicht erzählt, sagte ich.

– Ich vermisse Trish. Ein Teil von mir vermisst sie. Muss ich echt sagen.

– Du hast es mir immer noch nicht erzählt.

– Fick dich, Davy, verdammt noch mal. Kommt schon noch – ich hab den Faden verloren. Als ich angefangen hab, war's noch total logisch. Ja, genau, jetzt hab ich's wieder – dieses Gefühl von Euphorie, als ich den Ring sah. Ich dachte, ich wäre total am Arsch, und dann war da plötzlich der Ring. Aber das geht schon wieder am Kern vorbei. Jedenfalls, das war mein Gefühlszustand. Echt. Es war wie ein Wunder, dabei kann man das total leicht erklären. Es kann eigentlich nur so sein, dass ich mich rechtzeitig daran erinnerte, dass ich den Ring in die Tasche gesteckt hab. Wahrscheinlich im Taxi auf der Heimfahrt, und da hab ich ihn eben wieder angesteckt. So einfach. Also, tja. Jess hab ich auch wiedergefunden.

– Und es fühlte sich an wie ein Wunder.

– Irgendwie schon, sagte er. – Aber ohne Feuerwerk, falls du mir folgen kannst. Eher ganz allmählich. So ungefähr: Ich kann's nicht fassen, aber es passiert gerade. Als ich sie in der Schule traf und als sie mich dann anrief, dachte ich – wahrscheinlich – aha, interessant. Aber dann, unsere ersten Begegnungen. Da verwandelte sich das langsam in dieses andere Gefühl – dass es kein Wiedersehen war, dass es die ganze Zeit so gewesen war.

Joe kam vom Klo zurück. Ich stand auf, er drückte sich an mir vorbei und setzte sich. Mit der Rechten zog er sein Pint näher zu sich heran. Ich musterte seine Linke.

– Du trägst deinen Ring immer noch, sagte ich.

– Hä?

Dann schnallte er, was ich gesagt hatte, und hob die Hand.

– Stimmt, sagte er. – Und du hast's bemerkt. Sag mal, kann es sein, dass du ein kleiner Korinthenkacker bist, Davy?

– Leck mich.

– O Mann, sagte er. – Mir fällt kein anderer Kerl ein – nicht ein einziger –, dem das aufgefallen wär oder den's gejuckt hätte. Nimm's mir nicht übel.

– Doch nur, weil du das erzählt hast, sagte ich.

– Du bist echt super, sagte er. – Lass dich doch nicht von mir verarschen. Okay, ja. Ich trag ihn immer noch. Trish hat mir ihren um die Ohren gepfeffert.

– Hat's wehgetan?

– Ging daneben.

Er grinste.

– Hat die Fotografie ihrer Mutter erwischt. Das ganze Scheißteil kam von der Wand und flog in tausend Scherben.

– Großartig.

– War's tatsächlich. Und Trish fing sogar noch vor mir an zu lachen. Trish ist spitze. Wirklich.

Er tickte mit dem Fingernagel gegen den Ring.

– Wir sind ja auch gar nicht geschieden, sagte er.

– Sicherst dich nach allen Seiten ab, was?

– Nein, sagte er. – Fick dich. Nein. Was passiert ist, ist passiert. Ich bereue nichts.

– Ist das wahr?

– Ist es, ja, glaub schon. Ja, echt. Aber dieser Spruch, von wegen nix bereuen. Das ist schon 'n bisschen kaltschnäuzig, oder?

– Gut möglich, sagte ich. – Und definitiv unrealistisch.

– Genau. Wie soll das denn gehen, nichts bereuen? Irgendwas bereut man immer. Jeder bereut irgendwas.

– Stimmt.

– Also, okay, ja, sagte er. – Ich bereue schon was. Verdammt viel sogar. Die ganze Familienkiste. Ich vermisse sie – so 'ne Scheiße,

Mann. Dir muss ich das ja nich' sagen – dir würd's genauso gehen, das weiß ich.

– Jepp.

– Das wird sich schon wieder gradebiegen, mit der Zeit. Was immer die Scheiße bedeuten soll. Krieg ich immer zu hören. Jedes Mal, wenn ich mein beschissenes Maul aufmache. Stimmt ja auch. Muss doch stimmen. Man wird nicht einfach vom guten Vater zu einem schlechten, so auf Knopfdruck. So läuft das nicht. Oder Ehemann. Die beruhigen sich schon wieder.

– Wahrscheinlich schon, ja, sagte ich.

– Irgendwann.

– Genau.

– Scheiß drauf.

– Und was ist mit dir?

– Was soll mit mir sein?

– Beruhigst du dich auch wieder?

– Ich bin total ruhig.

– Prima.

– Ruhig wie – was weiß denn ich.

Er beobachtete mich – sah mir dabei zu, wie ich mit einer Hand das Pint vom Tresen nahm. Er beugte sich ein bisschen vor und packte meine andere Hand, die linke. Ich ließ es zu, und wir schauten beide meine Hand an, den Rücken, die Finger.

– Lass mal schauen, sagte er. – Und wo ist dein Scheißring?

Er ließ meine Hand wieder los.

– Ich hab keinen.

– Nicht?

– Hatte nie einen.

– Warum das denn?

– Na ja, sagte ich. – Das war damals nicht so ungewöhnlich, weißt du nicht mehr? Dass der Bräutigam keinen Ring trug. Ich hätte nichts dagegen gehabt, aber Faye wollte nichts davon hören.

– Warum denn nicht?

– Sie hat damals als Kind immer Eheringe auf dem Tisch gefunden. Nachdem ihr Vater gestorben war.

– *Jesus*, sagte er.

– Jepp.

– Hatten die Männer damals überhaupt schon Eheringe?

– Ich weiß, was du meinst, sagte ich. – Muss wohl. Sonst hätte Faye keine gefunden.

– Und ihre Ma war 'ne Matratze?

– 'Ne doppelte.

Ich kam mir illoyal vor. Und brutal. Aber es hatte keinen Sinn, Joe Fayes Mutter erklären zu wollen. Das war zu kompliziert. Und der Alkohol ertränkte die Worte.

– Aber das ist doch unlogisch, sagte er.

– Was?

– Dass die Typen ihre Ringe abgenommen haben. Ehe sie rauf zu ihrer Mutter sind.

– Faye hat sie immer versteckt.

– Was? Die Ringe?

– Ja.

– Großartig.

– Ihre Mutter hat ihr Geld dafür gegeben, erzählte ich ihm. – Nach den ersten paar Malen.

– Das ist doch irre, sagte Joe. – Nicht wirklich witzig, oder? Fand Faye es witzig?

– Nein.

– Aber das Geld hat sie genommen.

– Sie sparte es.

Faye war schon vor dem Tod ihrer Mutter auf dem Absprung gewesen. Sie musste sich nur noch von der Überzeugung befreien, dass sie gebraucht wurde; und von der Angst, dass sie nicht gebraucht wurde. Einmal hatte sie es bis Dublin geschafft, mit sechzehn. Ihre Mutter hatte geahnt, dass sie bei ihrer Tante Mary war, der Schwester ihres Vaters, und rief sie an. Komm nach Hause, Häschen. Ich sterbe.

– Weißt du, diese Nummer mit dem Ring, sagte Joe. – Zwei Frauen, Davy. So war das eine Zeit lang für mich. Mann, ich klinge wie ein Arschloch.

– Schon, ein bisschen.

– Ich weiß. Mir wär auch lieber, ich wär keins. Die Mormonen mit ihrer Scheißpolygamie, das kann doch gar nicht funktionieren. Zumindest nicht für die Frauen – sicher nicht, oder?

– Nein.

– Tja, eine Religion, die von einem Mann erfunden wurde.

– Wurden die doch alle.

– Hä?

– Die Religionen.

– Stimmt, sagte er. – Alles Schwachsinn. Ich spür das Bier, Mann.

– Im Schädel.

– Genau, sagte er. – Ich bin aus der Übung. Trotzdem, Mann. Schön dich zu sehen.

Er hob sein Glas. Wollte, dass ich mit ihm anstieß.

– Ja, Mann, find ich auch, sagte ich.

Wir stießen an.

Ich wollte gehen. Ich wollte zurück sein, ehe der Anruf kam. Ich wollte bei meinem Vater sitzen. Einfach dasitzen. Ich wollte ihm sagen, dass ich ihn liebte. Ich wollte es laut aussprechen.

– Aber es gibt Männer, die haben das hingekriegt, sagte Joe. – Die Kiste mit dem Doppelleben.

– *Jesus*, Joe –

– Ja, ich weiß, sagte er. – Aber so sah's nun mal aus. So war's bei mir – man könnte auch sagen, das war ich, so hab ich gelebt. Das ging über Monate.

– Das muss scheißanstrengend gewesen sein.

– Nein.

– Doch, sagte ich. – Geht gar nicht anders.

– Nein, ich schwör's dir, sagte er. – Schon klar, warum du das glaubst. Aber war es nicht.

– Das waren aber nicht wirklich zwei Leben, oder? Ich meine, so richtig? Zwei Haushalte und so?

– Nein, sagte er. – Und – ach, keine Ahnung. Sich aufzuteilen – eine Nacht hier, eine Nacht dort. Das muss der Killer sein. Von der Logistik ganz zu schweigen. Die ständige Lügerei im Griff behalten – verfluchte Scheiße. Aber weißt du, ich hab nicht rumgemacht. Verstehst du, was ich sagen will, Davy? Ich hab mich nicht wie ein Scheißkerl verhalten.

– Geht doch gar nicht anders.

– Nein.

– Bis zu einem gewissen Grad, sagte ich. – Musst du einer gewesen sein. Hast du Trish erzählt, was du vorhattest?

– Nein.

– Na also. Du hast ihr was verschwiegen.

– Willst du mich verarschen? Trish?

– Ich will damit nur sagen, nur weil du denkst, du hättest niemanden betrogen, heißt das noch lange nicht, dass es nicht trotzdem so war.

– Kannst du bitte ein bisschen leiser sein?

– War ich zu laut?

– Ein bisschen.

Ich schaute mich um. Ich entdeckte niemanden, der den Blick abwandte. Der Barmann war beschäftigt. Alles war gut.

– Bist du von zu Hause weggeblieben?

– Von uns zu Hause?

– Ja.

– Ja, schon, sagte er. – Ein paar Mal. Bevor –

– Trish es rausfand.

– Ich hab's ihr gesagt – aber ja.

– Wie oft?

– Hä?

– Wie viele Nächte?

– Vier. Jeweils nur eine Nacht. Okay? Eine einzige Nacht. Jedes Mal.

Jetzt senkte ich die Stimme. Ich wusste selbst nicht warum.

– Du hast mir erzählt, du hättest mit Jess keinen Sex gehabt, sagte ich leise.

– Stimmt. Aber –

– Was?

– Du musst das jetzt endlich mal abhaken – das mit dem Sex. Wenn du je verstehen willst, was ich dir die ganze Zeit erklären will.

– Mach mal halblang, Joe, echt!

– Leck mich, Davy – mach du endlich mal halblang. Ich bin kein Penner und ich bin auch nicht bescheuert, verdammt. Ich wusste, dass es so nicht weitergehen konnte, und ich wusste, dass ich es Trish sagen musste. Und ich wusste auch, was passieren würde. Und genau so kam's dann auch. O Mann – verfluchte Scheiße. Selbst als es wirklich kompliziert wurde. War da trotzdem ein Zauber – mehr sag ich nicht. Es gab einen Zauber, der dafür gesorgt hat, dass sich das beschissene Leben in der Zeit fast vollkommen verflucht normal anfühlte.

Er packte sein Glas. Eine Sekunde lang dachte ich, er würde mir das Bier über den Kopf schütten. Oder sich. Aber er tat es nicht, trank einfach nur daraus.

– Was ist das?, fragte Faye.

– Was ist was?

Wir waren vor zwei Jahren nach England gezogen. Wir fühlten uns immer noch ein bisschen verloren, und Faye war zum zweiten Mal schwanger. Sie hielt einen Zettel in der Hand, einen Beleg.

– Was, verdammt noch mal, soll das bitte sein, David?

Sie schlug mir den Zettel auf die Nase und wich zurück, ehe ich danach greifen konnte.

– Hör auf, Faye, sagte ich.

– Womit aufhören? Womit genau soll ich aufhören?

– Das ist nicht witzig, sagte ich. – Hör auf damit.

Sie musterte den Beleg. Sie hielt ihn sich dicht vor die Augen, obwohl es noch fünfundzwanzig Jahre dauern würde, bis sie eine Lesebrille brauchen würde.

– Bombay Indian Restaurant, sagte sie.

Sie machte wieder einen Schritt auf mich zu und schlug mich mit dem Bewirtungsbeleg. Diesmal fester. Ihre Knöchel streiften meine Nase.

– Beruhig dich, Faye – bitte.

– Wer ist sie?, fragte sie. – Kenne ich sie?

Sie musterte wieder den Beleg.

– Zwei Vorspeisen, zwei Hauptgerichte.

– Ich hoffe, das macht dir Spaß, sagte ich.

– Tut es.

– Das ist öde, Faye.

– Was ist öde, David? Indisches Essen oder Fremdgehen?

Ich musste lachen.

– Was ist daran so witzig?

– Du, Faye, sagte ich. – Du bist umwerfend.

Sie schaute den Beleg an. Sie war gerade oben gewesen und hatte Cathal, unseren Ältesten, ins Bett gebracht.

– Der war in deiner Tasche. Wenn du's wissen willst.

– Nein, war er nicht.

– Dann ist es vielleicht meiner.

– Vielleicht, sagte ich.

– Ich frag mich nur, mit wem ich mich wohl getroffen haben soll. Willst du's wissen?

– Nein.

– Musst dir auch keine Sorgen machen, Dave. Ich würde niemals die Zunge eines Kerls in die Nähe meiner Muschi lassen, nachdem er Chicken Vindaloo gegessen hat.

– Klug von dir, sagte ich. – Übrigens. Wir beide waren das.

– Was waren wir?

– Du warst die Frau, erklärte ich ihr. – Wir waren vor ein paar Wochen indisch essen. Und wir hatten Cathal dabei.

– Klingt plausibel.

– Weißt du noch, was du gesagt hast?, fragte ich. – Du wärst die einzige schwangere Frau in ganz England, die es scharf mag.

Manchmal wusste ich, dass sie mich verarschte, und manchmal machte sie mir Angst. Immer dann, wenn ich glaubte, ich würde mit einer Frau unter einem Dach leben, die ich nicht kannte und nicht mochte. Ihre Unberechenbarkeit wurde zur Bedrohung. Manchmal kam mir der Gedanke, dass sie sich selbst nicht über den Weg traute, dass sie uns nicht traute; sie testete sich aus, übernahm die Verrücktheiten ihrer Mutter. Die Ausfälle waren kurz, gemein, sporadisch und strategisch. Sie machte es niemals vor den Kindern. Ließ sie in Ruhe erwachsen werden, und als sie weg waren, sorgte sie dafür, dass sie weg blieben. Unsere Kinder bekamen keine Telefonanrufe mit: Komm nach Hause, Häschen, ich sterbe.

– Weißt du was, Dave?, sagte sie an dem Tag, als wir Róisín nach London ins College gefahren hatten.

– Was?

– Jetzt können wir tun und lassen, was wir wollen.

– Das stimmt.

– Das erste Mal seit einer beschissenen Ewigkeit, sagte sie. – Wir können den Hund verhungern lassen, wenn wir wollen.

– Wollen wir das?

– Könnte auf die Tagesordnung kommen, sagte sie. – Das meine ich damit. Wir können machen, was wir wollen. Reizt dich das, David?

Tat es nicht.

Ich hatte keine Kinder mehr; ich hatte gar nichts. Ich hatte nichts zu tun und wollte auch nichts tun, außer rumliegen und warten –

worauf, wusste ich nicht. Eine Offenbarung oder eine Krankheit –
beides erschien mir gleich sinnvoll.

– Undankbare kleine Arschlöcher, sagte sie.

– Sprichst du gerade von unseren Kindern, Faye?

– Allerdings.

– Wir könnten fernsehen, sagte ich.

– Mein Gott! Was für eine Idee. Fernsehen.

Ich küsste sie auf den Scheitel. Wusste, was gleich kommen
würde.

– Küss mich nie wieder dahin, David.

Langsam lernte ich sie schließlich doch noch kennen.

* * *

Ich beobachtete Joe. Er hatte aufgehört zu sprechen. Der Drang,
sprechen zu müssen, war nicht mehr da. Er sah sich um, als wären
wir gerade erst gekommen.

– Der Laden hat sich nicht verändert.

Er deutete auf eine Reihe alter Fotografien.

– Die toten Schriftsteller sind immer noch tot, sagte er.

– Das ist beruhigend.

– Irgendwie schon, sagte er. – Ich lass mich treiben.

– Was?

– Ich lass mich treiben, sagte er. Ich versuche rauszufinden, wie
man es beschreiben kann.

– Was beschreiben?

– Keine Ahnung, sagte er. – Das ist ja das Problem. Die ganze
Kiste. Was passiert ist – seit ich Jess getroffen habe.

– Du lässt dich treiben?

– Jepp – glaub schon.

– Mit dem Strom, meinst du das?, fragte ich ihn. – Du schwimmst
mit dem Strom? Überlässt dich dem Schicksal? Meinst du das?

– Nein, sagte er. – Nein. Das auf keinen Fall. Das klingt ja, als würde ich mich am Schwanz durch die Gegend führen lassen. Tu ich aber nicht. Überhaupt kein Scheißbisschen, verdammt. Wirklich nicht.

– Okay.

– Ich werd dir sagen, was es ist.

Doch er tat es nicht – nicht sofort. Er ließ den Blick über die Flaschen oben im Regal schweifen, dann über die Bilder. Jetzt wirkte er nicht mehr betrunken. Die feuchten Augen waren wieder trocken. Er sah älter aus – älter als noch vor ein paar Minuten. Und seine Bewegungen – als er den Kopf drehte – wirkten steifer; er musste den Oberkörper mitdrehen. Sein Hinterkopf, der Bereich unten am Nacken, wirkte fleischig.

Ich wartete.

Plötzlich wollte ich wieder gehen. Mir gefiel meine Rolle hier nicht, als Zuhörer, als Kassettenrekorder. Ich wollte Faye anrufen. Wollte zu meinem Vater.

Er griff wieder zum Glas.

– Das hat alles was mit dem Älterwerden zu tun, sagte er. – Glaub ich wenigstens. Die ganzen Erinnerungen, verstehst du? Es wird immer schwieriger, das, was passiert ist, von dem zu unterscheiden, was vielleicht passiert sein könnte und was gar nicht passiert ist, obwohl man es denkt.

Er sah mich an.

– Ist doch so, oder?

– Kann man sich auf die Erinnerung verlassen?, sagte ich. – Ist es das, worauf du hinauswillst?

– Glaub schon, ja.

– *Jesus*, Joe.

– Ich weiß.

– Scheiße noch mal!

– Ich weiß, sagte er. – Ich erinnere mich an eine Sache. Hör zu –.

Er hob das Glas. Trank. Nahm das Glas wieder von den Lippen und drückte es gegen seine Brust.

– Ist noch nicht lange her, sagte er. – Erst – *Jesus* – erst ein bisschen über ein Jahr. Wir haben bei uns zu Hause was gefeiert. Muss Aarons Abschluss gewesen sein.

Der Name, Aaron, sagte mir nichts, aber mir war klar, dass er Joes Sohn sein musste.

– Seinen Collegeabschluss?

– Nein, nein, sagte er. – Er ist nicht der Älteste. Das ist Sam. Nein, nur seinen Schulabschluss. Oberschule, du weißt schon. Ist heutzutage ja eine Riesenkiste – meine Güte. Jedenfalls, meine Schwestern waren auch da, und Grace, die Schwester von Trish. Und die Ehemänner. Du kennst das ja. Die ganze Mischpoke. Wir waren draußen im Garten. Dort haben wir einen Teich, und 'ne Terrasse. Und 'nen Grill. Eins von diesen Riesendingern, die unter der Abdeckung aussehen wie ein Hubschrauber, wenn man im Winter zum Fenster rausschaut.

– So einen haben wir auch, sagte ich.

– Siehste, sagte er. – So ein Teil steht in Irland inzwischen in jedem zweiten beschissenen Garten rum.

– Bei Jess auch?

– Nein, sagte er. – Nein. Aber weißt du was? Ich bin mir nicht mal sicher. Ich war noch nie bei ihr im Garten.

– Dein Ernst?

Er schien ernsthaft nachzudenken, ging im Geiste die vergangenen Monate durch.

– Jepp, sagte er.

– Du wohnst doch da.

– Ich weiß, sagte er. Das is' – tja – 'n bisschen schräg, oder? Aber, ach, keine Ahnung. Ich war einfach noch nie hinterm Haus. Die Mülltonnen stehen alle vorn, und –

– Du musst doch wenigstens mal zum Küchenfenster rausgeschaut haben.

– Ja, hab ich, sagte er. – Klar. Und da hab ich keinen Grill gesehen. Egal, wo war ich?

– In deinem Garten.

– Richtig, sagte er. – Danke. Also, wir waren alle draußen, saßen in einem großen Kreis, und da fängt Trish an, 'ne Geschichte zu erzählen. Irgendwas aus der Zeit, als die Kinder noch kleiner waren, schon ein paar Jahre her – also noch ein paar Jahre früher. Am Ende unserer Straße steht eine Schule, weißt du noch?

– Nein, sagte ich.

Ich war noch nie bei ihm zu Hause.

– Doch, bestimmt.

– Nein.

– Egal. Da ist 'ne Schule, sagte er. – An der Ecke. Eine Mädchenschule – 'ne staatliche, verstehst du? Und wenn du morgens um kurz vor neun versuchst, da vorbeizukommen, wenn gerade die Eltern ihre Kinder abliefern, hast du keine Chance. Alles verstopft. Das nervt wirklich höllisch. Egal. Jedenfalls, Trish erzählt also ihre Geschichte. Das Auto – also unser Auto – steckte hinter einem Jeep fest. Die Frau mit dem Jeep hatte praktisch mitten auf der Straße geparkt und stieg aus, um ihre Bälger hinten rauszulassen. Und Trish erzählt also der versammelten Runde, ich hätte das Fenster runtergekurbelt und ihr zugerufen, Entschuldigung? Genau so, wie's ja auch gewesen ist – das werd ich nie vergessen. Und sie, diese Frau – eine Riesin, wirklich, mit Baseball-Cap, ja? Die Frau zieht also den Kopf aus der Hintertür und dreht sich um. Also, wie Trish die Sache erzählt hat, einfach einmalig. Wir lagen jetzt schon am Boden – quer durch die Bank. Die Kids, die Alten, alle johlten. Jedenfalls, ich bitte sie also ganz freundlich – du weißt schon, die Frau mit der Baseball-Cap, ja? Ich sage zu ihr: Würden Sie bitte Ihren Wagen zur Seite fahren, wir versuchen nämlich gerade, hier rauszukommen. Und sie darauf: Verpiss dich.

– Nicht dein Ernst.

– Doch, sagte Joe. – Sonst nichts. Nur: Verpiss dich. Mir mitten in die Fresse. O Mann, Davy, du musst dir Trishs Gesicht vorstellen, als sie das erzählte. So was Witziges hat die Welt noch nicht erlebt.

Sie trug natürlich keine Cap, als sie die Geschichte erzählte, aber so, wie sie den Kopf hielt, hätte man schwören können, dass sie eine aufhatte. Es war zum Totlachen, scheiße noch mal. Tja. Aber.

– Was aber?

– Sie war nicht dabei.

– Wie meinst du das?

– Sie war nicht mit im Wagen – Trish. Ich bin gefahren, Holly saß neben mir. Wir waren allein im Auto, nur Holly und ich. Ich wollte sie auf dem Weg zur Arbeit im Fußball-Sommercamp absetzen. Sie ist eine Spitzenfußballerin, meine Holly. Supersportlich, wirklich. Jedenfalls. Es war Juni, Holly hatte schon Ferien, aber die Mädchenschule, also die staatliche, ja? – Die hatte noch bis Monatsende Unterricht. Deshalb saß sie überhaupt bei mir im Auto. Trish aber nicht, das ist der springende Punkt. Sie hat die Nummer mit der Frau überhaupt nicht miterlebt. Ich hab ihr das hinterher erzählt.

– Okay.

– Findest du das nicht relevant?

– Keine Ahnung, sagte ich. – Nein, eigentlich nicht – glaube nicht. Das tun wir doch alle, oder? Geschichten ausschmücken, was dazudichten. Vor allem in diesem Land.

– Nein, schon klar, ich weiß, was du meinst, sagte er. – Was das betrifft, bin ich ganz deiner Meinung. Sie hat die Geschichte weiß der Geier wie oft von mir gehört. Und macht ihr eigenes Ding draus.

– Jepp.

– Klar, sagte er. – Is' verständlich. Ganz natürlich. Außerdem hat sie's echt drauf mit Anekdoten – sie is'ne echte Geschichtenerzählerin. Fantastisch. Du solltest mal sehen, wie ich an Trishs Lippen hänge, wenn sie voll in Fahrt ist. *Jesus* – weißt du noch?

– Klar, sage ich.

Das war gelogen; ich konnte mich nicht erinnern, je gesehen zu haben, wie Trish was erzählte. Aber ich hatte Faye erlebt, und ich wusste, wie Männer aussahen, die an ihren Lippen hingen, wie sie sich vorbeugten, dazwischengrätschen wollten, sich wieder zurücklehnten, staunend und mit offenem Mund.

– Tja, also, ich überlass ihr die Geschichte mit Freuden, sagte Joe. – Sie ist die Entertainerin. Ich war nur der arme Tropf, der den Wutschwall abbekam – die Scheißgeringschätzung von Missis Baseball-Cap. Aber das spielt keine Rolle. Wir sind beide Eigentümer unseres Hauses – immer noch, übrigens. Und wir hatten ein gemeinsames Konto, da können wir uns genauso gut auch die Geschichten teilen. Keine Ahnung – unsere beschissenen Autobiografien oder was weiß ich. Und erzählen, das kann sie einfach besser als ich.

– Ist bei uns genauso, sagte ich. – Bei mir und Faye.

– Siehst du?, sagte er. – Und das ist doch was Gutes. Wir fühlen uns weder bedroht noch unterminiert.

– Nein.

– Und wie sie dabei strahlen, sagte er.

– Jepp.

– Oder?

– Ja.

– Tja, sagte er. – Es ist großartig. Mehr als großartig. Aber.

– Die Tatsache bleibt.

– Die verfluchte Tatsache bleibt. Sie saß nicht mit in dem beschissenen Auto.

– Tja, sagte ich. – Na und?

– Na und? Gar nichts, na und. Aber ich glaub, das ist der Punkt. Wenn Trish und ich uns – also, wenn wir noch zusammen wären, gäb's dieses Gespräch jetzt nicht, zwischen dir und mir. Weil ich sie dann irgendwann ins Auto reingelassen hätte, hinten, zu Holly, auf die Rückbank – irgendwann. So wäre es gekommen.

– Möglicherweise.

– Definitiv, sagte er. – Genau das wär passiert. Daran hab ich keinen Zweifel. Es war ja schon so, je öfter ich zugehört hab, wie sie die Geschichte erzählte. Ich wollte sie bei mir im Auto haben. Und irgendwann wär's in meiner Erinnerung so gewesen. Ich hätt sie neben mir auf dem Beifahrersitz sitzen sehen. Oder sie am Steuer und mich daneben. Ich hätte mich ganz ehrlich daran erinnert. Aber dann haben wir uns getrennt.

– Und sie sitzt nicht mehr mit im Auto.

– Sie ist nicht in dem beschissenen Auto. Trinken wir noch eins?

– Meinetwegen, sagte ich.

Ich versuchte, mir eine Situation ins Gedächtnis zu rufen, wo es mir so gegangen war, wo Faye sich ein Ereignis angeeignet hatte. Aber ich konnte mich nicht mehr erinnern, wann wir das letzte Mal mit anderen zusammen gewesen waren, wann ich zum letzten Mal dabei zugehört und zugesehen hatte, wie sie eine Geschichte erzählte. Ich war schon seit Jahren ihr einziges Publikum. Und ich hatte mich vor ihr versteckt.

Es war meine Schuld.

– Noch zwei, bitte, sagte Joe zu einem Barmann, ich glaube, es war derselbe, der uns schon das erste Bier serviert hatte.

Der Mann hob die Hand.

– Zwei, wiederholte er und ging zum Zapfhahn.

Joe zog sein Handy raus und sah auf die Uhr.

– Jede Menge Zeit, meinte er.

Er steckte das Handy in die Tasche zurück. Ich zog meins ebenfalls raus, hielt es nebens Bein und sah nach unten. Dann ließ ich es zurück in die Tasche gleiten.

– Ich hab Holly gefragt, sagte er.

– Was?

– Ich habe sie gefragt – Holly. Ich hab gefragt, wie sie das findet, dass Trish behauptet, sie wäre dabei gewesen.

– Wann hast du sie gefragt?

– Na ja, als sie noch mit mir gesprochen hat, sagte er. – Also auf alle Fälle, ehe Trish und ich uns trennten. Ehe sie mich rausgeschmissen hat.

– Ach ja, war das so?

– Eigentlich nicht, sagte er. – Nicht wirklich. Ich hab mich selbst rausgeschmissen. Um die Wahrheit zu sagen – was auch immer das verdammt noch mal bedeuten soll. Nein. Wir stritten zwar wie die Bekloppten, aber ich war immer noch zu Hause. Wahrscheinlich hat Holly uns gehört. Definitiv. Schöner Mist. Na, jedenfalls, Holly sagte, sie wäre dabei gewesen.

– Trish.

– Jepp. Sie sagte, Trish hätte mit uns im Auto gesessen. Und ich will dir mal was sagen, ja? Das war sehr verletzend für mich.

– Wieso?

– Na ja, diese Dinge, sagte er. – Also Erinnerungen. Die sind doch was Kostbares, oder? Für mich waren sie das jedenfalls immer. Was Besonderes. Da war ich, und neben mir saß Holly, und dann diese Frau mit der Cap, die mir sagte, ich soll mich verpissen, und dann lachten wir darüber, nur wir zwei, als wir wieder unterwegs waren und die Tante uns nicht mehr sehen konnte. Nur Holly und ich.

– Du hast dich aber nicht mit ihr angelegt, oder?

– Mit wem?

– Mit der Tante.

– Machst du Witze? – Niemals – Davy! Im Ernst! Leg dich niemals mit einer Frau an, die 'ne Baseball-Cap aufm Kopf hat. Wenn du von diesem Abend heute nur eins in Erinnerung behältst, dann bitte das, ja? Scheiße noch mal! Und das mit Holly, das war so, als hätte sie mich ausradiert. Aus ihrer Erinnerung. Das hat wehgetan.

– Hat sie gesagt, du wärst nicht dabei gewesen?

– Nein, sagte er. – Nein, das nicht. Aber sie hat ihre Mutter eingefügt. Sie hat Partei ergriffen.

– Herrgott noch mal, Joe, sagte ich. – Glaubst du das wirklich?

– Ja, tue ich. Doch – glaub schon. Versteh mich nicht falsch, ich mach ihr keinen Vorwurf. Sie hat Trish die Geschichte genauso oft erzählen hören wie ich. Und dazu kommt, dass sie stinkwütend auf mich ist. Das mein ich damit, wenn ich sage, sie hat mich ausradiert. Ich werd bestraft. Ah, das Bier. Wer ist dran?

– Könnte meine Runde sein.

– Könnte auch meine Runde sein, sagte Joe. – Diese Frage hätte sich damals nie gestellt, oder? Das hätten wir gewusst. Teil vom Muskelgedächtnis oder so.

Er suchte in seinen Taschen nach Geldscheinen. Ich auch, und ich war schneller. Ich zog den nächsten Zwanziger aus dem Geldbeutel und streckte ihn an Joe vorbei zum Barmann rüber. Er nahm den Schein und drehte sich zur Kasse.

– Die nächsten beiden Runden geh'n auf mich, sagte Joe.

Er sah zu, wie der Barmann das Wechselgeld auf den Tresen legte.

– Wenn ich mich dran erinnere, Scheiße.

Er sah zu, wie ich das Wechselgeld einsammelte, den Fünfer und die Münzen, und es in der Jackentasche verschwinden ließ.

– Also, tja, sagte er. – Erinnerungen.

– Okay, sagte ich. – Was ist damit?

– Hast du auch schon mal eine Lüge so oft erzählt, dass du sie am Ende selbst geglaubt hast?

– Wahrscheinlich.

– Wahrscheinlich, am Arsch. Hast du bestimmt.

– Okay.

– So oft, dass sie zu einer Erinnerung wird, sagte er. – Irgendeine Schwindelei, die du erzählt hast, um aus irgend'ner Nummer wieder rauszukommen, wird zu einem Ereignis, an das du dich erinnern kannst. Als hättest du eine Linie überschritten oder so. Hältst du das für möglich? Ich bin mir da nicht so sicher.

– Nein, sagte ich. – Ich auch nicht – glaub ich.

Ich wurde betrunken, zum zweiten oder dritten Mal an diesem Abend. Ich fühlte mich jung. Fühlte mich schlank und groß. Waghalsiger.

– Aber woher soll man das wissen?, fragte ich.

– Was?

– Na ja, wenn eine Lüge zur Erinnerung wird, weißt du ja nicht mehr, dass es eine Lüge ist. Höchstwahrscheinlich. Oder?

– Da is' was dran.

– Ich meine, ich erinnere mich schon daran, so überzeugend gelogen zu haben, dass ich es fast selbst geglaubt hätte. Aber dass es eine Scheißlüge war, wusste ich trotzdem. Ich hab's nicht wirklich geglaubt –. Ich war beeindruckt, mehr nich'.

– Wann war das?

– Was? Fragst du mich jetzt ernsthaft, ob ich in meinem ganzen Leben nur eine einzige Lüge erzählt habe?

– Nein, sagte er. – Nein. Nur – nenn mal ein Beispiel. Ich hab das Gefühl, die ganze Zeit über rede immer nur ich. Ist das so?

– Jepp.

– Leck mich, sagte er. – Also, erzähl schon.

– Na ja, sagte ich.

Mir fiel nichts ein.

– Warum reden wir gleich noch mal über dieses Zeug?, fragte ich. – Erinnerungen und den ganzen Kram. Womit hat das angefangen?

– Gute Frage, sagte Joe. – Ich – keine Ahnung, ich glaub, ich hab damit angefangen. Ich wollte erklären –

Mir fiel doch was ein.

– Jetzt weiß ich was, sagte ich.

– Guter Mann.

– Ich hab Faye mal erzählt, ich hätte eine Stalkerin.

– Ja leck mich doch!

Er lachte, und ich lachte mit.

– Sensationell, sagte er. – Das ist ja völlig irre. Was ist passiert?

– Na ja, sagte ich. – Das ist ewig her. Noch bevor man überhaupt von Stalkern gesprochen hat.

– Bevor ihr nach England gegangen seid?

– Nein, sagte ich. – Nein. So lange auch wieder nicht. Weißt du, ich lebe inzwischen länger in England, als ich nicht in England gelebt habe. Falls du verstehst, was ich meine.

– Versteh ich.

– Echt?

– Jepp, sagte er. – Du lebst seit über dreißig Jahren in England.

– Ja, sagte ich. – Stimmt haargenau.

– Leck mich am Ärmel.

– Jepp, sagte ich. – Ist manchmal echt schwer zu glauben. Vor allem heute Abend. Irgendwie. Heute fühlt sich's an, als wär ich nie weg gewesen.

Er griff zu seinem alten Glas.

– Tut gut, dich zu sehen, Mann, sagte er.

Ich griff zu meinem, und wir stießen wieder an.

– Echt super, oder?, fragte er.

– Jepp.

– Echt super. Zieh wieder her, Davy – echt jetzt.

– Nein.

– Ach, komm schon, sagte er. – Komm nach Hause.

– Kann ich nicht.

– Warum nicht? Was hält dich denn ab?

– Faye hätte was dagegen.

– Scheiß auf sie.

* * *

Faye hatte einen Film angeschaut. Sie hatte den Schlüssel in der Haustür gehört. Dachte, sie hätte auch ein Auto gehört – das wegfahrende Taxi. Es waren Geräusche, mit denen sie gerechnet hatte – das Auto, der Schlüssel, die behutsam geöffnete Haustür. Dann passierte das Unerwartete. Ein Rhythmus, der nicht zu mir passte. Fremde Schritte im Hausflur.

– David?

Ich erinnere mich an meine Hand auf der Wand. Neben dem Lichtschalter.

– Dave?

Sie kam in den Flur und sah, wie ich meine Füße anschaute.

– Was ist los?

Ich hob den Fuß, hatte gerade gemerkt, dass der Schuh fehlte. Er war nicht nass. Regnete es draußen, war es draußen nass? Ich wusste es nicht.

– Was ist mit deinem Fuß?

Ich ließ den Fuß los. Ich ließ die Wand los. Ich schaute wieder hin. Der Schuh war immer noch nicht da. Ich schaute zu Faye.

– Gott, was ist denn los mit dir!, sagte sie. – Komm, komm rein. Wo ist dein Scheißschuh hin? Und mach um Himmels willen die Haustür zu. Sonst haut der verfluchte Hund wieder ab.

Ich konnte nicht sprechen. Konnte mich nicht erinnern, wie ich nach Hause gekommen war. Konnte mich nicht erinnern, in einem Taxi gesessen zu haben. Konnte mich nicht erinnern, ein Taxi bezahlt zu haben. Konnte mich nicht erinnern, die Haustür aufgesperrt zu haben. Konnte mich nicht umdrehen, um sie zuzumachen. Faye machte es schließlich; sie ging an mir vorbei. Ich hörte die Eile – die Tür auf der Fußmatte, ein dumpfer Schlag und das Klicken. Zu mir war Faye behutsam. Sie lächelte, legte den Arm um mich, schob ihn unter meinen eigenen, führte mich zum Sofa und ließ mich vorsichtig sinken. Dort lag ich, mit dem Gesicht zum Fernseher. Da waren Geräusche, ein Schusswechsel, Musik, dann nichts mehr. Der Hund sah mich an. Welcher Hund auch immer es damals war. Die Vorderpfoten auf dem Sofa, direkt vor meinem Gesicht.

Faye saß auf dem Teppich.

– Musst du kotzen, ist dir schlecht?

Ich versuchte, den Kopf zu schütteln, hob ihn, stützte mich auf einen Ellbogen. Dann bewegte ich den Kopf, nach rechts, nach links.

– Nein zu sagen wäre einfacher gewesen, Dave, sagte Faye.

– Nein, sagte ich. – Nein, Faye.

– Du weißt noch, wie ich heiße – schön.

Ich schloss die Augen. Aber das war keine gute Idee. Ich machte sie wieder auf.

– Wo ist dein Schuh?

– Irgendwo.

– Prima.

Da war was in ihrem Tonfall, wie sie mit mir sprach. Sie behandelte mich wie ein Kind. Ich lag auf der Seite, die Hände unter dem Gesicht. Ich hatte einen Schuh verloren. Ich war ein Kind. Meine Mutter saß neben mir und kümmerte sich um mich.

Das gefiel mir nicht. Ich wollte keine Mutter.

– Da ist eine Frau bei mir im Büro, erzählte ich ihr.

– Tatsächlich?

Ich setzte mich auf. Es war, als hätte ich geschlafen. Ich war bereit.

– Was ist mit ihr?, fragte Faye.

– Was?

– Diese Frau, von der du mir unbedingt erzählen willst.

– Sie lässt mich nicht in Ruhe, Faye.

– Hat sie dir deinen Schuh weggenommen?

– Nein, sagte ich. – Ich glaub nicht. Ich weiß es nicht. Sie ist umwerfend, Faye.

– Das ist sie ganz bestimmt.

Ich wollte, dass Faye mich schlug. Ich wollte, dass sie austickte. Sich über mich beugte und mich verprügelte. Ich wollte sie über mir spüren, auf mir.

Jetzt saß sie auf dem Sofa, hielt einen meiner Füße fest.

– Und sie hat deinen Schuh als Geisel genommen, ja?

Ich legte mich wieder hin.

– Du bist Aschenputtel, David, sagte sie.

– Was?

– Ja, genau das bist du, sagte Faye. – Du bist um Mitternacht davongerannt und hast dabei deinen Schuh verloren. Na klar, aber schau mal. Es ist noch nicht mal Mitternacht. Es ist kaum dunkel. Und jetzt läuft sie von Tür zu Tür und lässt sämtliche Männer deinen Schuh probieren.

– Sie ist umwerfend.

– Glaub ich dir. Und jetzt klingelt sie gleich an unserer Tür, oder? Ich weinte.

– Das würde ich niemals tun, Faye.

– Selber schuld, *Daithi*.

– Das würde ich niemals tun.

– Ich weiß, sagte sie. – Ich weiß, dass du das nicht tun würdest.

Ihr Gesicht war ganz nah an meinem. Ich machte die Augen auf. Sie war immer noch da, vielleicht ein Stückchen weiter weg. Ich machte die Augen zu. Ich machte sie auf. Sie war weg.

– Faye?

– Schlaf jetzt, David.

Auf mir lag etwas. Faye hatte mich mit einer Bettdecke zugedeckt. Der Fernseher war aus, das Licht war aus.

– Faye?

– Schlaf jetzt, verfluchte Scheiße.

– Wo bist du?

– Ganz in der Nähe.

– Wo?

– Schlaf jetzt.

– Ich will nicht.

– Doch, willst du.

– Will ich nicht.

– Dann mach, was du willst.

– Ich will aber nicht.

– Du bist eine Nervensäge, weißt du das? Schlaf jetzt. Und steh ja nicht noch mal auf und spazier durch die Gegend. Lass die Kinder schlafen.

– Sie war umwerfend, Faye.

– Ja, ich weiß, sagte sie.

Sie war wieder neben mir. Sah zu mir runter.

– Pass auf, dass du auf der Seite liegen bleibst, sagte sie. – Der Eimer steht direkt neben dir. Falls du ihn brauchst.

Sie war weg.

– Ich will dich festhalten, Faye.

Ich kam nicht hoch. Ich wollte, aber es gelang mir nicht. Ich musste schlafen – musste das alles hinter mir lassen. Musste die Augen zumachen. Das hier musste aufhören, ich musste anfangen. Von vorne anfangen. Sie wiederfinden. Sie ansehen. Sie festhalten.

– Warum hast du das gesagt?, fragte ich ihn.

– Was'n?

– Scheiß auf sie, sagte ich.

– Das hab ich doch nicht so gemeint, sagte Joe. – Scheiß auf sie. Das hab ich nie gesagt.

Er grinste.

– Eher, scheiß drauf, sagte er – Genau, das hab ich gesagt. Und auch sicher nicht aggressiv. Oder abwertend – ganz sicher nicht.

Es war, als hätte er darauf gewartet; er hatte seine Antwort geplant.

– Wie kommst du auf die Idee, du könntest so was einfach sagen, verdammt?, fragte ich.

– Ist ja gut, sagte er. – Hör zu, ich hätte das nicht sagen sollen. Aber – ach, scheiß drauf – ich hab nicht gesagt, was du behauptest. Aber ich entschuldige mich trotzdem bei dir.

– Es ist immer wieder dieselbe Scheiße.

– *Jesus*, sagte er. – Geht das wieder los.

– Leck mich, Joe.

– Trink aus, Davy, sagte er. – Ehe sie uns rauswerfen.

Das war schon immer so. Daran hatte ich nicht mehr gedacht.

– Fick dich, sagte ich. – So eine Scheiße kannst du einfach nicht bringen.

– Es tut mir leid.

– Das ist – ach, scheiß drauf. Es ist, als würdest du erwarten, dass ich mich entscheide – nein, nicht mal entscheide. Dass ich dir gehorche, wie ein Scheißschoßhund.

– Wo kommt das denn auf einmal her?

– Von ganz tief unten und von weit, weit weg.

– Was soll das heißen, scheiße noch mal?

– Fick dich.

Ich würde jetzt endlich tun, was ich schon die ganze Zeit tun wollte. Ich würde gehen. Mir reichte es.

– Mach's gut, Joe.

– Es tut mir leid, sagte er. – Das wollte ich nicht. Das war respektlos von mir – dämlich. Sorry.

Ich würde gehen.

– Ich will überhaupt nicht, dass du wieder zurück nach Dublin kommst, sagte er. – Nicht wirklich. Ich fand es einfach nur so schön gerade, und ich dachte, dir ging es genauso. Also – na ja. Sorry.

– So eine Scheiße kannst du einfach nicht bringen.

– Das hatte überhaupt nichts zu bedeuten.

– So eine Scheiße kannst du nicht bringen, wiederholte ich. – Ich bin nämlich noch verheiratet, weißt du. Ich kenne die verdammten Regeln.

– Ach, komm, sagte er. – Scheiße noch mal.

Er lachte, und ich wollte ihm immer noch keine reinhauen. Also ging ich doch noch nicht – der Drang war wieder verschwunden. Ich wollte, dass ich ihn schlagen wollte. Ich wollte spüren, wie ich mich aktiv dagegen entschied. Wollte ihm verzeihen, weil er es nötig hatte.

– Du bist ein saudummes Arschloch, Davy, sagte er. – Ich kenne die Regeln. Scheiße noch mal.

– So ist es immer schon gewesen, sagte ich. – Aber jetzt ist das anders.

– Was laberst du?

– Ich musste immer schon alles stehen und liegen lassen, sagte ich.

– Das ist doch Blödsinn.

– Ist es nicht, sagte ich. – Und das weißt du ganz genau.

– Und ich frag dich das jetzt noch mal, okay? Wo kommt das auf einmal her?

– Es war echt immer schon so, verdammt.

– Was?

– Aber eins sag ich dir, das ist jetzt anders.

– Ja, ganz sicher, sagte er. – Aber was denn eigentlich?

– Ich lebe nicht mal mehr in diesem verwichsten Land.

– Zum Glück!

– Du kennst Faye doch nicht mal.

– Weiß ich, und es tut mir leid, sagte er. – Wirklich. Ich wollte nicht – Mann – ich wollte deine Gefühle nicht verletzen. Oder dich beleidigen. Oder sie – Faye. Es tut mir leid. Echt.

– Du wolltest mir sogar einreden, ich hätte auf Jessica gestanden, sagte ich. – Ehe wir noch wussten, wer sie überhaupt war. Was wir übrigens niemals wirklich taten, okay? Mir völlig egal, was du behauptest.

– Leck mich doch!

– Nur weil du in sie verknallt warst, sollte ich auch in sie verknallt sein. Dabei hab ich sogar mit der einen da rumgemacht – Mags.

– Mags?

– Ja.

– Mags?, fragte er. – Erfindest du jetzt schon irgendwelche Leute? Irgendwelche Scheißmags?

– Ja – Mags.

– Wer ist Mags?

– Ich glaub, sie hieß Mags.

– Du glaubst?

– Ja.

– Wer war das?

– Ich bin mit ihr nach Hause gegangen, sagte ich.

– Die Liebe deines Lebens, und du kannst dich nicht mehr richtig an sie erinnern.

– Ich hab nicht gesagt, dass sie die Liebe meines Lebens war, sagte ich. – Und ich erinnere mich sehr wohl an sie. Gut sogar. Ich weiß nur nicht mehr genau, wie sie hieß. Das ist ewig her.

– Das will ich auch hoffen, sagte er. – Denn eins steht mal fest. Du bist verheiratet, und du kennst die Regeln.

– Ach, leck mich doch.

– Ich hab dich nur zitiert, sagte er. – Wer ist Mags?

– Damals, sagte ich. – Direkt nach dem College. Sie hatte eine Wohnung in der Leeson Street.

– Du hast mit einer Tussi mit eigener Wohnung rumgemacht?

Er gewann schon wieder die Oberhand. Er nahm mir meine Wut und meine Gewissheit. Und ich ließ es geschehen. Genau wie damals. Ich trottete hinter ihm her. Ließ ihn mich freiwillig zu seinem Sidekick machen.

Ich trank von meinem Pint. Es war schal – es protestierte; es wollte nicht getrunken werden. Ich schluckte die Brühe runter.

– Ich geh pinkeln, sagte ich.

– Guter Mann.

Obwohl ich nicht gesessen hatte, fühlte ich mich, als wäre ich gerade aufgestanden. Mir war schwindlig. Doch ich schwankte nicht – glaub ich wenigstens. Ich hatte auch keine Punkte vor Augen, aber ich merkte, wie ich sehr bewusst einen Schritt nach dem anderen machte, um von der Tür nach unten aufs Klo zu kommen. Das Krankenhaus kam mir in den Sinn, wie ich versucht hatte, einen Fuß vor den anderen zu setzen, und es nicht schaffte.

Ich musterte die Stufen, die nach unten führten, und hielt mich am Geländer fest. Es tat gut, Abstand zu haben. Abstand zu ihm,

Abstand zu dem warmen Bier. Ich wollte jetzt pinkeln – und zwar dringend. Noch auf der Treppe öffnete ich den Hosenstall. Unten angekommen, ließ ich das Geländer los. Mir ging's gut.

Ich pinkelte. Alles in Ordnung. Es war vollkommen normal – ein starker Strahl. Ich hasste das Altwerden – diese Überraschungen. Diese blitzschnellen unerwarteten Demütigungen. Ich hatte mit einer allmählichen Verlangsamung gerechnet, aber so war es nicht; es war eine Abfolge von Schockmomenten. Man hatte mir mitgeteilt, ich würde auf einem Ohr nicht mehr gut hören. Man hatte mir mitgeteilt, ich hätte zu niedrigen Blutdruck und zu hohe Cholesterinwerte. Man hatte mir mitgeteilt, ich hätte einen Arterienverschluss. Koronare Herzkrankheit. Man hatte mir mitgeteilt, ich hätte auf dem linken Auge grauen Star – einen kleinen, der aber wuchs. All das in weniger als vier Jahren. Vom Mann zum alten Mann. Zum sterbenden Mann. Zum vorsichtigen Mann. Zum selbstmitleidigen, jämmerlichen Mann. Man hatte mir mitgeteilt, ich solle nicht trinken, und ich ließ mich vollaufen – ich war schon voll. Ich war mein jüngeres Ich, betrunken, nüchtern, betrunken, nüchtern, mehrmals an einem Tag. Ich war betrunken. Ich war betrunken und wütend, betrunken und glücklich. Betrunken und verwirrt. Betrunken und nur betrunken. Mir war etwas entgangen.

Ich schaute auf mein Handy. Mir war nichts entgangen.

Ich wusch mir die Hände. Es war kalt hier unten – das war angenehm. Ich war immer noch allein. Ich trat an die Wand gegenüber vom Waschbecken. Ich hielt den Blick auf die Tür gerichtet und legte mein Gesicht, die linke Wange, an die Wand, an die weißen Kacheln. Ich spürte, wie die Kälte durch mich durchfloss. Bis in die Zehenspitzen. Ich stand wieder sicherer auf den Beinen, war nicht mehr so schwach. Dann ging ich zur Treppe zurück. Ich erinnerte mich an das, was er gesagt hatte, und an das, was ich gesagt hatte. Ich wollte weitermachen. Weiter auf ihn losgehen. Ich musste die Wut wachhalten. Er musste es erfahren, und ich musste es klarstellen.

Ich fühlte mich sicherer, weniger schwer. Ich war bereit, ihn zu schlagen.

Ich schaute wieder auf mein Handy; holte es aus der Tasche. Das hatte ich schon getan, erinnerte ich mich.

– Du hast erzählt, du hattest eine Stalkerin, sagte er, als ich zurück war.

– Nein, hab ich nicht.

– Doch, hast du.

– Ich hab Faye erzählt, ich hätte eine Stalkerin, korrigierte ich ihn. – Das hab ich vorhin gesagt, aber du hast mir nicht zugehört.

– Ach, Davy.

– Nein, nein – entschuldige, sagte ich. – Aber ich muss das klarstellen. Du hattest kein Recht, so über Faye zu reden. Das war einfach nur vulgär, und du wolltest mich gegen sie aufstacheln, auch wenn dir das vielleicht nicht bewusst war. Und sie hieß definitiv Mags.

Er sah mich an. Mehr nicht – er sah mich an. Er versuchte nicht, dazwischenzugrätschen oder zu widersprechen. Diesmal lächelte er nicht, und er schüttelte auch nicht den Kopf. Er ließ mich reden.

– Da war ein Konzert, sagte ich. – Im Magnet. Ich bin mir fast sicher, dass es im Magnet war. Von The Atrix. Ich wollte Mags mitbringen, aber du meintest, das ginge nicht. Du sagtest, das wäre ein Treuebruch, und dass ich mich ja samstagsabends mit ihr treffen könnte oder an jedem anderen Tag, aber nicht freitags. Ein beschissener Treuebruch dir gegenüber, natürlich. Freitagabend war unser Abend. Und ich weiß noch, wie ich dachte, was für ein Blödsinn, aber ich sagte nichts. Und ich traf mich nicht mit ihr, obwohl ich es ihr versprochen hatte und sie mir nur ihre Telefonnummer von der Arbeit gegeben hatte, und es war zu spät, um sie dort noch anzurufen. Ich wollte mich vor dem Trinity mit ihr treffen, glaub ich, am Tor. Aber ich ging nicht hin. Dabei mochte ich sie wirklich.

– Nein, das stimmt nicht, sagte er jetzt.

– Doch, sagte ich. – Aber das wurde mir erst hinterher klar.

– *Jesus*, Davy.

– Es war immer dasselbe, sagte ich. – Ich mach dir keinen Vorwurf. Aber ich war immer der Trottel.

Ich ließ den Rest von meinem alten Pint stehen und griff zum frischen. Es roch gut, es roch ausgezeichnet. Das Glas lag kalt in meiner Hand. Ich trank. Hielt mir das Glas an die Wange.

– Wir haben immer getan, was du wolltest, sagte ich.

– Stimmt doch gar nicht.

– Doch, das stimmt. Ich bin hinter dir her getrottet. Überall.

– Trinken wir noch eins?

– Von mir aus.

Der Barmann reagierte sofort. Diesmal hatten wir keine rote Linie überschritten. Ich wollte für immer hierbleiben. Oder zurück aufs Klo und mich dort unten einschließen. Ich wollte bei Joe bleiben. Ich wollte Joe umbringen.

– Und ich stand nie auf Jessica, sagte ich zu ihm.

– Doch. Und wie.

– Nicht mehr als auf jede andere Frau, sagte ich. – Ich stand auf sie, war verrückt nach ihr oder was auch immer, weil du darauf bestanden hast. Du warst in sie verknallt, also musste die ganze Welt stillstehen. Aber ich? Sorry, aber sie war nichts Besonderes. Das klingt falsch – entschuldige. Jedenfalls war sie mir egal.

– Genau das war dein beschissenes Problem, Davy, sagte er. Dir war immer alles egal.

– Was?

– Die Stalkerin, sagte er. – Los, erzähl schon.

– Was meinst du damit, mir wär immer alles egal gewesen, verdammt?

– Erzähl mir von deiner Stalkerin, sagte er. – Und dann sag ich dir, ob ich richtig liege.

– Ich hab's dir schon mal gesagt. Es gab keine verschissene Stalkerin.

– Aber Faye hast du erzählt, es gäbe eine.

– Ja.

– Wieso?

– Wegen dem Kick vielleicht?

Er lachte.

– Ich glaub, ich hab mich geirrt, sagte er.

– Ja, vielen Dank. Aber dieses Wort. Diese Redewendung – für den Kick. Wenn ich das sage, komm ich mir so verdammt alt vor. Es klingt echt falsch. Ich meine, gibt es was Schlimmeres als eine fünfzigjährige Frau, die so tut, als wäre sie zwanzig? Und ich finde, das gilt auch für Männer – jede Frau mit ein wenig Selbstachtung würde würgen, wenn sie mich Kick sagen hört.

– Sag mal, versucht Faye eigentlich auch, so zu tun, als wäre sie zwanzig?

– Lass Faye aus dem Spiel, sagte ich. – Nein, tut sie nicht. Aber ich wette, Trish, oder?

– Eher dreißig, sagte er. – Nein, vierzig. Nein, Trish ist super. Und wie vierzig, ich meine, ich weiß nicht mal, was das heißen soll. Und wer hat eigentlich gesagt, dass es okay ist, plötzlich auf Trish rumzuhacken?

– Sorry.

– Fick dich.

– Wir sind quitt.

– *Jesus.*

– Wir sind quitt.

– Okay.

– Wie war es noch mal gleich, vierzig zu sein? Ich hab keine Ahnung mehr.

– Ich auch nicht, sagte Joe. – Aber Kind sein, ein Junge zu sein, daran kann ich mich erinnern, mühelos. Und an meine Zwanziger.

– Jepp, sagte ich. – Als wär's gestern gewesen.

– Und an jetzt – so wie wir jetzt sind.

– Jepp.

– Da könnt ich die ganze Nacht drüber reden, sagte er. – Aber die Jahre dazwischen?

– Als hätten wir sie nie erlebt, oder? Scheiße, sagte ich.

– Ja, genau so fühlt sich das manchmal an, sagte er. – Vielleicht hatten wir einfach zu viel zu tun. Also. Die Stalkerin – erzähl weiter.

Die Stalkerin war ihm völlig egal. Er versuchte, mich wieder einzufangen. Er ließ mich reden. Bat mich, ihm zu verzeihen. Hatte ich längst getan.

– Nur irgendwas im Büro, erzählte ich ihm. – So wie die, von der du mir erzählt hast. An einem Freitag, du weißt schon.

– Casual Friday, komm, wie du willst.

– Ich würd sagen, das war noch früher, sagte ich. – Vor dieser ganzen Casual-Nummer. Wie lang gibt's den Mist eigentlich schon?

– Ach, Scheiße. Seit zehn Jahren? Zwanzig? Keine Ahnung. Wenn das angefangen hätte, als wir in unseren Zwanzigern waren, wüsste ich es. Dann könnt ich mich auf den Scheißtag genau erinnern.

– Stimmt, sagte ich. – Jedenfalls waren die Kinder noch klein – das weiß ich noch. Nach der Arbeit ging's noch in den Pub. Die Engländer sind komisch – viel förmlicher in der Hinsicht. Trotzdem gab's ab und zu mal wen, der sagte, komm, wir gehen noch auf ein Pint, und das machten wir dann auch. Vorher rief ich immer kurz bei Faye an, um ihr Bescheid zu sagen.

– Und? Gab's Ärger?

– Nein – nein, sagte ich. – Keinen Ärger. Niemals. Es war jedenfalls einer dieser Abende, du weißt schon. Deshalb war ich auch so stramm, als ich nach Hause kam. Ich glaub, ich hatte den ganzen Abend nicht mal ein Päckchen Chips gegessen oder so. Ich mach das nicht mehr.

– Chips essen?

– Nein, sagte ich. – Scheiß auf die Chips. Das mit den Drinks nach der Arbeit. Das ist vorbei.

– Bei mir auch.

Ich merkte, dass meine Redezeit zu Ende ging.

– Ich bin der Älteste dort, sagte ich. – Mit Abstand. Und das spür ich, wenn wir zusammen sind.

– Ich weiß genau, was du meinst.

– Und es liegt nicht am Alk, sagte ich. – So was, ich meine, wie heute, weißt du? So hab ich seit – *Jesus* – seit Jahren nicht mehr gebechert. Es liegt an der Gesellschaft, an den anderen. Ich habe keinen Plan, wovon die reden.

– Geht mir genauso, sagte er.

– Diese Worte, sagte ich. – Die Sprache. Manchmal frag ich mich, ob die überhaupt Englisch sprechen. Und ich lebe übrigens in dem Scheißland. Jedenfalls, das ist Jahre her. Mit einer Horde Leute noch in die Kneipe.

– Englische Pubs sind Mist.

– Nicht alle. Aber prinzipiell schon. Die Kneipe war okay.

– Was trinkt man da?

– Ich trinke Bitter Ale.

– Ach du lieber Himmel. Echt? Ein beschissenes Bitter?

– An den Geschmack kann man sich gewöhnen, sagte ich. – Und ich hab mich dran gewöhnt. Damals in Rom.

– Da kann ich auch Pisse trinken.

– Mir schmeckt's, sagte ich. – Jedenfalls –.

Ich hing ein bisschen in der Luft – über einer Schüssel voller Wörter und Sätze. Ich könnte mir eins rauspicken – Frau – und schauen, wohin es mich führen, wie weit es mich tragen würde. Ich könnte mir ein Leben ausdenken, das mit seinem Schritt hält. Eine Affäre haben. Hier und jetzt eine vom Stapel lassen und schauen, was sich damit anstellen ließe.

– Es war einer dieser Tage, sagte ich. – Wo man so müde ist und gleichzeitig so – keine Ahnung – aufgedreht, dass einen das erste Pint direkt umhaut. Ich war betrunken, ehe ich betrunken war, falls du weißt, was ich meine.

– Kenn ich.

– Schon eine halbe Stunde später lag ich mit dem Scheißschädel auf dem Tisch – ich war völlig im Arsch. Ich weiß noch, dass ich in ein Taxi stieg und es draußen noch hell war – es war irgendwann im Sommer. Und dass ich schon wieder ausstieg, ehe es richtig losfuhr. Ich dachte, die Kinder wären sicher noch wach, wenn ich nach Hause kam, und das wollte ich auf gar keinen Fall, nicht in diesem Zustand. Sie sollten mich nicht so erleben. Also torkelte ich durch die Stadt. Versuchte, gerade zu laufen, du weißt schon. Und versagte völlig.

– Wo war das noch mal?

– In Wantage, sagte ich. – Das liegt in Oxfordshire.

– Schräger Name.

– Stimmt, am Anfang schon – 'n bisschen. Viele Ortsnamen klingen schräg, wenn du mal von den Städten mit Fußballmannschaften absiehst.

– Scunthorpe.

– Macclesfield.

– Hartlepool.

– Halifax, sagte ich. – Ja, ist schon alles wirklich ziemlich verwirrend, obwohl nur 'n bisschen Wasser dazwischen liegt. Aber man gewöhnt sich dran. East Challow, East Lockinge, Stanford in the Vale. Ist eben England, und da leben wir nun mal, also was soll's. Und die haben auch alle keine beschissene Ahnung von den Ortsnamen hier drüben.

– Wenn sie sich die Mühe machen, überhaupt herzukommen.

– Ach, lass es einfach, sagte ich. – Jedenfalls. Ich konnte mich nicht mehr erinnern, wie ich aus dem Pub rausgekommen war.

– Wart ihr immer im selben?

– Jepp, waren wir, sagte ich. – Im Lord Alfred's Head. Aber ich konnte mich nicht mehr erinnern. Ich war so stramm, als hätte ich dieses K.O.-Zeugs genommen, wie heißt das gleich noch mal?

– Rohypnol, meinst du das?

– Klingt richtig, sagte ich. – Ich war jedenfalls total ausgeknockt.

– Komm schon, meinte Joe. – Glaubst du, dir hat jemand was ins Bier getan?

– Auf die Idee bin ich noch gar nicht gekommen. Himmel –. Ist jedenfalls 'n Scheißgedanke. Nach so langer Zeit. Nein. Nein, ich glaub nicht. Und ich fand den Pub wieder – mir fiel wieder ein, wo ich war. Und ich ging wieder rein. Aber nicht rüber zu den Kollegen, und ich setzte mich auch nicht noch mal hin. Ich ging wieder raus auf die Straße und stieg ins nächste Taxi. Und dann weiß ich nur noch, dass ich zu Hause war, in der Diele, und dass einer von meinen Schuhen fehlte.

– Rohypnol – wenn ich's dir sage.

– Nein. Nein – obwohl, vielleicht hast du recht. Aber warum sollte jemand aus dem Büro so was tun?

– Deine Stalkerin.

– Es gab doch gar keine Stalkerin.

– Vielleicht ja doch, sagte er. – Die wollte dir an die Wäsche.

– Dazu hätte sie mir keine Drogen ins Bier mischen müssen.

– Vielleicht hat sie's trotzdem getan, sagte Joe. – Von wegen glücklich verheirateter Mann und so. Sie musste den Spießer in dir betäuben.

– Fick dich, Joe, sagte ich. – Jedenfalls gab es nichts, was ich Faye hätte erzählen können, also erzählte ich ihr von der Stalkerin, der Frau, die mich nicht in Ruhe ließ.

– Einfach so, aus der Luft gegriffen, sagte Joe.

– Nein, nicht ganz.

– Oh, oh!

– Aber im Grunde schon, ja. Ich hab sie erfunden.

– Wie hat sie reagiert? – Faye.

– Sie war außer sich. Wollte mich ins Auto zerren und mit mir hinfahren, in den Pub, um die Frau zur Rede zu stellen.

– Sensationell, sagte er.

– Sie ging voll an die Decke, sagte ich. – Fuchsteufelswild.

– Na logo war sie das. Und da gab's wirklich eine Frau, oder?

– Nein. Eigentlich nicht.

– Komm schon, du Hengst.

– Da war nichts.

Dieses Gefühl, dieser Glücksrausch, dieser Höhenflug, überraschte mich. Man hörte mir gerne zu.

– Aber weißt du, sagte Joe. – Es ist doch folgendermaßen: Faye hätte gewusst, wenn da was gewesen wäre. Sie hätte es gespürt. Sie hätte die Bedrohung gespürt.

– Sie hatte keinen Grund, sich bedroht zu fühlen, sagte ich.

– Du kapierst nicht, worum's geht, Davy. Du peilst es einfach nicht. Sie hätte sich daran aufgegeilt, wie an einer Scheißkampfansage. So wie Trish.

– Du hast dich von Trish getrennt.

– Ja – trotzdem.

– Spinnst du? So geil kann Trish das nicht gefunden haben, Joe. Sie hat dich rausgeworfen.

– Doch, war aber so, sagte er. – Die Aussicht auf einen echten Kampf. Sie war begeistert.

– Einen Kampf um dich?

– Um sie, um sich selbst.

– *Jesus*, Joe.

– Was denn?

– Das klingt – du hörst dich echt wie ein Arschloch an, wenn du das sagst.

– Wieso denn?

– Das klingt, als hättest du Trish einen Gefallen getan, als du's mit Jessica getrieben hast. Sorry – ich will nicht vulgär werden. Aber scheiße noch mal!

– Das sag ich doch gar nicht.

– Irgendwie schon.

– Okay, vielleicht, sagte er. – Aber so einfach ist das nicht.

Mir fiel nichts ein, was ich noch hätte sagen können. Ich wollte mir die Frau nicht weiter ausdenken und Fayes Reaktion auf sie auch nicht. Ich traute mir selbst nicht. Ich traute Joe nicht. Er würde jedes Wort auf die Goldwaage legen; er würde mich entlarven. Ich wollte seine Theorie, dass männliche Untreue gut für Frauen wäre, nicht hören, und er offenbar auch nicht. Denn er war auch verstummt. Er sah sein Pint an. Nahm es in die Hand. Trank. Stellte es wieder ab. Ich legte die Hand um mein Glas. Es fühlte sich immer noch kalt an; ich würde es schaffen. Ich hob es hoch.

– Wo waren wir?, fragte Joe.

– Weiß nicht.

– Das ganze Zeug eben, sagte er. – Dass Trish lebendig geworden wäre und so. Ich wünschte, ich hätte es nicht gesagt.

– Okay.

– Ich hab das nicht so gemeint, sagte er.

– Prima.

– Gab es eine Frau?

– Nein, sagte ich. – Es gab – nein. Das war nicht der Rede wert.

– Stieg sie ins Auto?

– Faye?

– Ja.

– Nein, sagte ich. – Nein, stieg sie nicht. Ich bin eingeschlafen.

– Hast nicht mal einen Ritt für dich rausgeholt.

– Joe.

– Sorry.

– Okay.

– Das war der Alk.

– Bestimmt.

Die frische Luft tat gut. Die Hitze des Tages hatte sich gelegt. Ich beobachtete meinen Gang, meine Füße – mir ging's gut. Ich war überrascht, erfreut. Zuerst war Joe noch neben mir, aber die Horden an Menschen, die uns auf dem Weg nach College Green entgegenkamen, machten das Nebeneinanderlaufen schwierig. Wir unterhielten uns nicht. Ich ging voraus. Auch das überraschte mich.

– Dublin ist unglaublich, sagte er. – Diese Menschenmengen!

– Jepp.

– Hier ist es nie ruhig, sagte er. – Wir könnten die ganze Nacht durchsaufen, wenn wir wollten.

– Was für ein beschissener Gedanke.

Wir liefen Seite an Seite und hintereinander, wenn der Platz nicht reichte, an den neuen Trambahngleisen entlang, in Richtung Grafton Street. Ich fragte mich, ob ich fitter war als er, ob ich deshalb vorausging; weil ich schneller laufen konnte als Joe. Eigentlich nicht. Er war nicht zu dick; auch sein Atem klang nicht angestrengt. Insgeheim rechnete ich ständig damit, von ihm überholt zu werden.

Dann waren wir in der Grafton Street.

– Ich muss mir Cash besorgen, sagte er.

– Ich habe Cash, sagte ich.

– Ich will aber mein eigenes Cash, Kumpel.

Wir standen vor der AIB neben dem Juwelier. Bei Weir's hatte mein Vater mir, als ich auf die Oberschule kam, eine Uhr gekauft. Ich erinnere mich noch, wie er sie mir schenkte, am Vorabend des großen Tages. Sie war in einer Schachtel, unverpackt.

– Ich war gern auf dieser Schule, hatte er gesagt.

– Danke.

– Die Brüder waren gar nicht so übel.

– Okay.

– Deine Mutter wäre stolz auf dich, sagte er.

– Danke.

– Sehr stolz.

Joe hatte sich in eine der Schlangen vor den Geldautomaten eingereiht. Zwei Obdachlose hockten an der Wand auf dem Boden zwischen den Maschinen – junge Kerle, dick eingemummelt für sehr viel kühlere Nächte. Auf der anderen Straßenseite breitete ein Paar – Mann und Frau – in einem Ladenzugang einen Pappkarton aus. Sie waren jung, im Alter meiner Kinder. Das war mir beim letzten Mal schon aufgefallen, als ich in Dublin war. Aber ich hatte es wieder vergessen. Vor jedem Geschäft hockten oder lagen ein, zwei Leute.

Ich sah Joe an. Er stand vor einem der Geldautomaten, das Gesicht dicht am Bildschirm. Mit der einen Hand hielt er sich die Brille über den Kopf, mit der anderen tippte er die PIN ein. Er warf dem Obdachlosen neben sich einen Blick zu und setzte die Brille wieder auf. Ich sah, wie er die Hand in die Tasche schob. Er beugte sich leicht runter und ließ eine Münze in den Pappbecher des Typen fallen, richtete sich wieder auf und nahm Karte und Geld an sich. Der Typ auf dem Boden sagte etwas zu ihm, und Joe lachte und antwortete. Geld und Karte verschwanden in der Brusttasche seines Hemdes, dann drehte er sich um und sah mich. Er knöpfte seine Hemdtasche zu und kam zu mir.

– Alles erledigt, sagte er.

– Was hat der Typ gesagt?

– Er hat angeboten, auf meine Karte aufzupassen.

– Großartig.

– Gehen wir.

Und wieder lief ich voraus. Meine Schultern, meine Muskeln schienen zu protestieren. Sie zogen mich nach hinten. Aber ich wehrte mich dagegen. Ich drehte mich nicht zu ihm um, um nachzusehen, ob er gegangen war und mich alleingelassen hatte. Ich rechnete damit, ihn lachen zu hören.

Wir erreichten die Wicklow Street.

– Wir könnten hier entlang, sagte er.

Ich ging weiter geradeaus.

– Schön, sagte er.

Er hatte einen Zahn zugelegt und lief jetzt wieder neben mir.

– Ich lass mich treiben, sagte er.

– Hast du vorhin schon gesagt.

– Wollt mich nur noch mal daran erinnern, sagte er.

– Über Jessica, sagte ich. – Über dich und Jessica.

– Yeah, sagte er. – Ein Pint im International wäre nett gewesen.

– Wir gehen zu George.

– Stimmt, sagte er. – Aber auf dem Weg. Wie haben wir das früher genannt?

– Boxenstopps? Nein, Pitstopps.

– Genau, sagte er. – Die Pubs zwischen den Pubs.

– Heutzutage sind das eher Pissstopps, sagte ich.

– Der war gut.

– O Mann, *Jesus*, Joe, die ganzen Obdachlosen.

– Ja, ich weiß.

– Das ist heftig.

Ich hatte schon wieder ein Paar in einem Durchgang entdeckt. Sie lagen unter einem offenen Schlafsack und einer feucht aussehenden Decke. Der Mann – der Junge – stützte sich auf einen Ellbogen. Sie sah noch jünger aus als er; sie lag auf dem Rücken, den Kopf auf einem Rucksack. Er hielt ein dickes Taschenbuch in der Hand, in dem sie gemeinsam lasen. Ein Stück weiter stand ein Tapeziertisch mit Thermoskannen und Tupperdosen voller Brote. Wie die Überreste eines Straßenfestes – bis wir näher kamen und direkt vorbeigingen. Da war Gelächter, da war Freundschaft, dachte ich. Aber diese Gesichter – hager, gehetzt, voller Angst und – manche von ihnen – irgendwie kindlich.

– Das ist heftig, sagte ich wieder, diesmal leiser.

Ich liebte den Klang dieses Wortes und das Gefühl, wenn ich es aussprach. Ich war immer noch Dubliner, und ich war gerne Dubliner, trotz der obdachlosen Männer und Frauen – wegen der obdachlosen Männer und Frauen, wegen des Humors, den der Junge zeigte, vorhin bei der Bank. Es ergab keinen Sinn – es ergab doch Sinn, weil ich betrunken war. Ich fühlte mich heillos wütend, dämlich stolz, den Tränen nahe. Ich fühlte mich zu Hause. Aber ich würde nicht nach Hause zurückkommen. Dublin war nicht mehr mein Zuhause.

Wir waren jetzt in der Chatham Street. Ich sah die Bronzearme rechts und links der Tür die Lampen halten.

– Neary's, sagte ich.

– Pitstopp.

– Pissstopp.

– Bis zu George ist es nur noch eine Minute.

– Meine Blase findet Minuten unterbewertet.

Wir gingen dahin, wo ich hinwollte.

Pubs, eine Männerwelt. Natürlich gab es auch Frauen. Aber die Welt – der Pub – war von Männern entworfen, für Männer gemacht. Es gab keine Frauen hinter der Bar, keine Kellnerinnen, nur sehr wenige Frauen auf Hockern am Tresen. Dunkles Holz, alte Spiegel, verrauchte Wände und Decken. Und Fotografien von Männern. Jockeys, Fußballspieler, Trinker, Schriftsteller – ausschließlich Männer – Rebellen, Boxer. Die Frauen waren zu Gast. Die Männer waren zu Hause. Eines Tages pflanzte ich mich auf einen Barhocker, und obwohl ich noch nie im Leben darauf gesessen hatte, wusste ich, dass dieser Hocker mir gehörte. Alle Hocker gehörten mir. Dieser eine Hocker stand bei George, aber genau so einer war in jedem Pub in Dublin zu finden. Ich hatte mein Leben entdeckt. Den Himmel des schüchternen Mannes. Eine Reihe von Pubs, verbunden durch Straßen und Gassen, die Straßen waren offen sichtbar und trotzdem geheim. Poolbeg Street, Sackville Place, Fleet Street, Essex Street, Dame Lane, Wicklow Street, Exchequer Street, South William Street, Chatham Street Chatham Row, Duke Street, South Anne Street, Duke Lane, George's Street, Fade Street, Drury Street, Stephen's Street, Coppinger Row, Johnson's Court, South King Street.

Manchmal waren die Straßen belebt, manchmal verlassen, aber nur wir wussten, wozu sie da waren, kannten ihren echten, verborgenen Daseinszweck. Sie brachten uns ins Mulligan's, Bowe's, in die Sackville Lounge, ins International, in den Stag's Head, die Dame Tavern, die Long Hall, die Dawson Lounge, ins Neary's, Rice's, Sheehan's, ins Hogan Stand, Grogan's, Kehoe's, ins Duke, ins Palace, zu George. In den einen großen Pub, den Dublin Pub mit seinem Licht, dem Rauch, den anderen Männern. Wir waren Männer, Männer unter Männern. Die Stimmen. Der Mann im Sheehan's an der Bar, der den anderen Männern – und uns – erzählte, wie er aus dem Saint John of Gods abgehauen war, wohin seine Söhne ihn zum Entzug verfrachtet hatten. Mit tränenden Augen und zitternder Hand griff er zum Glas, aber seine Stimme verriet uns, was vor uns lag und was wir bereits hatten. Also, der Typ steht auf und sagt, mein Name ist Jim, und ich bin Alkoholiker, und dann steht der nächste auf und sagt, mein Name ist Fergus, und ich bin auch Alkoholiker, und dann steht der neben mir auf und sagt, mein Name ist Paddy, und ich bin Alkoholiker, und dann bin offensichtlich ich an der Reihe, denn alle schauen mich an, also stehe ich auf und sage, mein Name ist Tommy, und sobald es dunkel ist, steig ich über die beschissene Mauer und bin raus hier.

Das Gelächter, die Liebe, der Trotz. Nichts daran machte uns Angst. Diese Stimme im Mulligan's, diese tiefe Stimme, die die Gläser auf den Tischen in der Nähe vibrieren ließ, obwohl sie nie laut wurde. Affenarsch des Tages, nannten wir ihn. Er sah uns durch die Tür kommen; er war immer da. Der Affenarsch des Tages ist Charlie Haughey, oder der Affenarsch des Tages ist Leonid Breschnew. Reagan. Johnny Logan. Thatcher. Mr T. Garret Fitzgerald. Gary Britles. Pat Spillane. Die Affenärsche des Tages sind Def Leppard. Er arbeitete bei der *Evening Press*, erzählte uns einer der Barmänner, aber egal, wann wir kamen, er war schon da. Oder der Mann mit dem Anzug und dem Pferdeschwanz, der den *New Statesman* las. Er saß stundenlang an der Bar. Stand auf und ging. Er bestellte seinen Gin Tonic, ohne den Mund aufzumachen. Er bezahlte, nahm sein Wechselgeld. Er sprach nie auch nur ein einziges

Wort. Die Welt der Männer. Wo sie – wo wir – sein konnten, wer wir sein wollten, oder wer und was wir einmal sein würden. Der Affenarsch des Tages ist Reverend Ian Paisley. Die Männer traten aus einer Welt heraus und betraten ihre wahre Welt. Die geheime Welt. Die heilige Welt. Die Welt, die nur Männer kannten. Der Affenarsch des Tages ist Billy Ocean. Alles außerhalb davon war ein Akt, ein Erdulden. Aber im Pub – dort spielte sich das wahre Leben ab. Nichts war wichtig, und nur das war wichtig. Diese Welt hatten wir endlich betreten. Und ich dachte, wir würden dort bleiben.

– Du hast's geschafft, sagte Joe.

– Gerade noch, sagte ich.

– Geh nie an einem Klo vorbei, sagte er. – Ratschlag für den alternden Herren: Lass niemals eine Erektion ungenutzt verstreichen, vertraue niemals einem Furz, geh nie an einem Klo vorbei.

Ich fing an zu lachen, er auch.

– Der mit dem Furz ist großartig, sagte ich.

– Find ich auch. Hast du schon mal?

– Was? Mich eingeschissen?

– Jepp.

– Nein.

– Ich mich auch nicht. Ein paarmal war es haarscharf, aber …

– Haarscharf zählt nicht.

– Hast wahrscheinlich recht, sagte er. – Hier sind wir nicht so oft gewesen, oder? Damals.

– Quatsch. Doch, natürlich.

– Aber immer nur als Pitstopp, oder?

– Ja, sagte ich. – Ich glaub nicht, dass wir je hier versackt sind. 'Nen ganzen Abend lang, mein ich.

– Nein, sagte er. – Trotzdem. Guter Laden.

– Jepp.

– Die sind alle richtig gut. In Dublin gibt es immer noch jede Menge richtig guter Pubs.

Er hatte zwei Pints bestellt, während ich auf der Toilette gewesen war. Ich hatte mein Handy überprüft, aber weder Anrufe noch Nachrichten verpasst. Es fing langsam an, mich zu beunruhigen. Ich war mir nicht sicher, weshalb.

Es war nicht viel los. Einige Hocker waren frei. Wir blieben trotzdem stehen. Joe nahm sein Pint und hielt es vors Gesicht, vor die Augen. Schaute es über den Brillenrand hinweg an. Dann sah er mich an.

– Weißt du was, sagte er. – Es ist echt schön, dich zu sehen, Mann.

Ich griff zu meinem Glas. Es lag gut in der Hand. Wir stießen an. Wir taten es sehr vorsichtig.

– Schön, dich zu sehen!, sagte ich.

– Geradezu richtig beschissen schön, sagte er. – Ich bin froh, dass wir uns in der Stadt getroffen haben.

– Jepp.

Ich sah mich um.

– Hat sich nicht sehr verändert, sagte ich. – Oder?

– Glaub nicht. Immer noch wie früher.

– Das ist gut.

– Stimmt.

– Wir sind die Ältesten hier.

– Und vor nicht allzu langer Zeit wären wir noch die Jüngsten gewesen.

– Manchmal fühlt es sich so an.

– Stimmt genau, sagte er. – Scheiß Tempus fugit und so. Mann, schau dir mal die Frau da drüben an. *Jesus*. Diese Beine. Nein – sorry. Sie ist halb so alt wie wir – oder noch jünger. Verflucht. Aber scheiß drauf – Herrgott noch mal. Sie ist umwerfend.

Ich zuckte mit den Achseln. Ich hatte sie gesehen, die Frau – das Mädchen. Sie war hübsch. Sie waren alle hübsch.

– Alles gut, sagte ich.

– Ja, stimmte er zu. – Außerdem glaub ich –. Also, jedenfalls.

Ich hab da so 'ne Theorie. Wenn wir so was nicht mehr bemerken würden – also, zum Beispiel das Mädchen da drüben. Wenn so was nicht mehr dafür sorgen würde, dass wir uns aufrecht hinsetzen. Wenn uns das keine Freude mehr machen würde. Dann wäre es endgültig Zeit, die Biege zu machen, oder? Hab ich recht?

– Ja, du hast recht.

– 'N Onewayticket in die Schweiz buchen.

– Jepp.

– Ein letztes Mal gepflegt onanieren und dann der elektrische Stuhl, oder was immer die da drüben verwenden.

– Ich glaube, es ist etwas humaner.

– Ich hab mal ein Buch über den elektrischen Stuhl gelesen.

– Echt?

– Jepp, hab ich, sagte er. – An viel kann ich mich allerdings nicht mehr erinnern. Aber ich hab's gelesen. Sehr interessant.

– Aufschlussreich.

– Absolut, scheißaufschlussreich, sagte er. – Und tolle Bilder.

– Ach, hör auf.

– Doch, sagte er. – Nichts Blutrünstiges, logisch. Nur Fotos von leeren Stühlen, hauptsächlich. In den verschiedenen Gefängnissen – also, in den verschiedenen amerikanischen Bundesstaaten. Das war wie Kunst. Das *war* Kunst, Mann.

– Die Stühle?

– Die Fotografien. Die Stühle aber auch. Die sind echt spektakulär. Und – die Gurte.

– Also ich fand ja immer, was die Dinger so faszinierend und so schrecklich macht, ist die Tatsache, dass sie fast wie ganz normale Stühle aussehen, sagte ich.

– Stimmt, da hast du recht.

– Große Armsessel, die ein Typ entworfen hat, der eigentlich nur Küchenstühle kann.

– Genau!, sagte er. – Super. Egal. Ich glaub, ich hätt kein Problem damit, so abzutreten. Ein elektrischer Stuhl Schweizer Machart wäre übrigens ein Produkt der Spitzenklasse. Und seinen Preis wert.

– Um sich durch einen Stromschlag erledigen zu lassen, muss man aber nicht bis in die Schweiz reisen.

– Das ginge dann aber irgendwie am Ziel vorbei, oder?

– Meinst du, weil die Reise ein Teil – ein Teil des Prozesses ist, oder warum?

– Glaub schon, ja. Die Anreise. Ein Tag shoppen in Zürich, und dann ab auf den Stuhl.

Wir strahlten – ich bin mir sicher, dass wir strahlten. Wir waren wieder frisch und munter, wieder jung, übermütig. Zurück in der Männerwelt – auch wenn in dem Pub mehr Frauen als Männer anwesend waren. Doch diese Tatsache machte es irgendwie noch mehr zu einer Männerwelt. Wir waren die Männer an der Bar.

Er trank. Schluckte runter.

– Gutes Bier.

– Gutes Bier.

– Guter Pub.

– Sehr guter Pub.

– Schön, hier zu sein.

– Jepp.

– Ich hab's nicht vergessen.

– Was?

– Dass ich dir was erzählt hab.

– Über Jessica, sagte ich.

– Über mich und Jess, ganz genau.

– Du lässt dich treiben.

– Ganz genau, sagte er. – Ich weiß, es klingt total oberflächlich, als wär's mir eigentlich egal – als würd mich die ganze Sache eigentlich nichts angehen. Aber so meine ich das nicht.

– So hab ich das auch nicht verstanden, sagte ich.

Ich mochte ihn. Erinnerte mich daran, wie er früher war. Ich war glücklich hier, in diesem Moment. Ich probierte mein Bier. Es schmeckte gut – es fühlte sich gut an.

– Ich liebe sie, Davy, sagte Joe. – So einfach.

– Okay, sagte ich. – Schön.

– So einfach.

– Okay.

– Das sagt Trish immer.

– Was?

– So einfach.

– Okay.

– Als sei ein Damm gebrochen, sagte er.

– Ich versteh nicht, was du meinst.

– Ich hab sie gesehen –

– Wen? Trish?

– Jess, sagte er. – Ach, Scheiße. Nein –. Nein – Mist –

– Schon gut, sagte ich. – Ich verstehe. Du willst Trish nicht verstoßen.

– Ja.

– Weiter, sagte ich. – Du hast von Jess gesprochen. Erzähl weiter.

– Ich hab vergessen, was –

– Der Damm ist gebrochen.

– Als ich sie gesehen hab, sagte er. – Stimmt. In der Schule. Und da ist der Damm gebrochen. Ein Damm bestehend aus fünfunddreißig Jahren, oder wie lange? Siebenunddreißig. Die versäumten Jahre.

– Versäumt?

– Irgendwie schon, ja, sagte er. – Ich will ja nicht abstreiten, dass ich ein Leben hatte – ein scheißgutes Leben sogar. Was anderes behaupte ich gar nicht, keine Sekunde lang. Meine Kinder – leck mich, ich würde für sie sterben, und da spricht jetzt zur Abwechslung mal nicht der Alkohol aus mir.

– Nein, weiß ich.

Ich wollte ihm zustimmen, ich wollte ihn verstehen. Ich wollte es endlich zu Ende bringen.

– Und Trish, sagte er. – Wir hatten ein gutes Leben. Ich liebe Trish – wirklich, ich liebe sie. Würde sie jetzt hier zur Tür rein-kommen, ich glaube, ich würd anfangen zu heulen. Ich liebe sie. Was ich damit sagen will, ist, ich bin die letzten vierzig Jahre sicher nicht als Schlafwandler durchs Leben gegangen. Oder – wie heißt der Spruch gleich wieder? Eine Lüge leben. Ich hab sicher keine Lüge gelebt. Das würde ich niemals behaupten, echt nicht, Scheiße noch mal.

Er sah mich an und hörte sich selbst beim Reden zu. Ich war sein Spiegel.

– Weiß ich doch, sagte ich.

– Wenn ich's nur hinkriegen würde, sagte er. – Wenn *wir* das hinkriegen würden –. Und weißt du was? Ich glaub, irgendwann schaffen wir das. Das wird großartig. Ganz bestimmt. Es ist so schlimm, die Kinder nicht zu sehen. Ich meine – schlimm, dass sie sich gegen mich gewendet haben. Weswegen ich Trish übrigens keinen Vorwurf mache, okay?

– Ja.

– Aber – egal.

– Mit dem Strom schwimmen, erinnerte ich ihn.

– Na ja, sagte er. – Ich wünschte, ich hätte das nie gesagt. Um ehrlich zu sein.

– Das war ich, glaub ich.

– Echt?

– Glaub schon, jepp.

– Jedenfalls. Das klingt doch schlimm, sagte er. – So hab ich das überhaupt nicht gemeint. Was ich fühle.

– Du hast vom Damm gesprochen.

– Der Damm, sagte er. – Stimmt. Der beschissene Damm. Gut. Also, was ich damit meine. Was ich damit meine, ist – du musst'n bisschen Geduld mit mir haben, Davy.

– Bin ganz Ohr.

– Guter Mann. Also. Als ich Jess getroffen hab, ja? Das war nicht – also der Damm ist nicht direkt gebrochen, okay? Es war eher so, als ob der Pegel anstieg. Wie bei 'ner Schleuse im Kanal. Bis alles voll war, falls du verstehst, was ich meine. Und diese Schleuse, ja? Das sind die Jahre zwischen damals, als ich Jess bei George gesehen hab, und unserem Wiedersehen. Sie war leer –

– Leer?

– Nicht leer – ach, Scheiße. Das ist kein gutes Bild für das, was ich sagen will. Nicht leer. Warum unterbrichst du mich auch?

– Ich hab dich nicht unterbrochen.

– Doch, verdammt, hast du!

– Jungs.

Das war der Barmann, ein großer, junger Kerl mit weißem Hemd und Fliege.

– Sorry, sagte ich.

– Ein bisschen leiser, ja?

– Klar, sorry, sagte Joe. – Wir hatten schon ein paar, ist nicht böse gemeint.

– Kein Problem.

– Wir sind harmlos, sagte Joe.

– Das kann ich sehen.

Wir waren doppelt so alt wie er und erinnerten ihn wahrscheinlich an seinen Vater oder Großvater. Er ging wieder.

Ich wartete ein paar Sekunden.

– Sorry, sagte ich.

– Schon okay, sagte Joe.

– Ich hab dich nicht unterbrochen – echt nicht. Ich wollte nur eine Präzisierung.

– Eine Präzisierung?

– Ja, Joe. Du weißt, was das bedeutet. Du hast gesagt, die Schleuse war leer.

– Scheiß auf die Schleuse – scheiß auf die beschissene Schleuse.

Er hielt die Stimme gesenkt. Dann grinste er.

– Das hat alles überhaupt keinen Sinn, sagte er.

Er sah sich auf dem Tresen suchend nach seinem Bier um und merkte, dass er es in der Hand hielt.

– Scheiße noch mal.

Er lachte.

– *Jesus*, sagte er. – Wie ist das jetzt passiert?

– Was?

– Wie kann es sein, dass ich nicht gemerkt hab, dass ich das Glas in meiner beschissenen Hand halte? So besoffen sind wir doch gar nicht. Oder?

– Mir geht's super.

Ich hob mein Glas.

– Meins is' hier, siehst du?

– Guter Mann.

– Die leere Schleuse, sagte ich.

– Gott, bist du eine Nervensäge, sagte Joe.

– Na ja, du hast die beschissene Grube selbst gegraben.

– Darüber hab ich auch mal ein Buch gelesen, sagte er. – Russische Gefangene mussten 'nen Kanal graben. Politische Gefangene. Zu Stalins Zeiten, vor dem Krieg. Einen riesengroßen beschissenen Kanal, der sich als völlig nutzlos erwies. Hat Tausende von Männern unter sich begraben. Echt. Tausende. Ungelogen.

– Die leere Schleuse.

– Die war nicht leer, sagte er. – Die war einfach nur mit der falschen Flüssigkeit gefüllt. Nein – Scheißdreck. Komm, wir vergessen den Kanal. Das macht mich heut nicht mehr froh.

Er meinte es ernst. Die Freude, das Rumalbern, der vom Alkohol beflügelte Esprit – alles verschwunden. Er sah müde aus. Gähnte sogar.

– Sorry, sagte er. – 'Tschuldige.

Er fing an, sein Glas auf dem Tresen zu drehen. Einen Zentimeter, noch einen Zentimeter.

– Ich hab mich verändert, sagte er. – Aber ich vergesse es ständig wieder.

– Wir verändern uns alle.

– Ja, stimmt bestimmt. Aber ich hör's nicht gern.

– Warum?

– Weil's so noch schwieriger ist, die Sache zu erklären. Dann klingt es so, als würde das jedem passieren. Da drüber haben wir doch vorhin gesprochen, oder? So 'ne Midlife-Kiste. Oder Postmidlife. Oder wie auch immer man das nennt – falls es überhaupt einen Scheißnamen hat. Na, jedenfalls. Ich geb's auf.

Er betrachtete den Tresen. Er betrachtete den Boden. Ich betrachtete ihn dabei, wie er den Tresen und den Fußboden betrachtete. Dann sah er wieder den Tresen an und schließlich mich.

– Sie ist nicht glücklich, Davy, sagte er.

Ich sagte nichts. Ich würde ihn nicht unterbrechen. Ich schaute ihn an. Er verlagerte sein Gewicht.

Nein. Ich. Ich war derjenige, der sich bewegte und von einem Bein aufs andere schwankte. Mich zu einem langsamen Song wiegte, der nicht lief. Ich hörte auf damit und hielt mich mit einer Hand am Tresen fest. Fand Halt.

– Nein, sagte er. – Ich glaub nicht, dass sie jemals glücklich oder so war. Ist doch furchtbar, oder?

– Ja.

– Traurig.

– Ja.

– Niemals, sagte er. – So was von beschissen. Es bricht mir das Herz. Echt jetzt – tut es wirklich. Also – ehe ich weitererzähle. Lass mich eins klarstellen. Sie ist nicht depri, okay? Das mein ich nicht damit.

– Ich weiß.

– Oder 'ne Heulsuse. Ist sie nicht. Sie ist keine Jammerliese, Davy.

Er sah abermals auf den Fußboden runter. Und danach wieder zu mir hoch.

– Sie ist, sagte er. – Sie ist wunderbar. Und dass sie so unglücklich ist, ist einer der Gründe, warum sie so wunderbar ist, Davy.

Es war, als wollte er, dass ich was sagte. Aber ich wusste, dass das nicht stimmte. Er wollte, dass ich ihn ansah. Ihn ganz direkt ansah.

– Ich hab noch nie 'ne unglückliche Frau gekannt, Davy.

– Trish?

Ich hatte nichts sagen wollen. Aber ich liebte es, diesen Namen auszusprechen. Trish. Die Wirkung – der Effekt. Es war wie ein elektrischer Schlag, eine statische Aufladung, ein Stromstoß, der den Arm raufjagte.

– Die glücklichste Frau in ganz Irland, sagte er. – Die glücklichste Frau, die je geboren wurde – das ist meine Trish.

Er lächelte.

– Sie würde mit Freuden die ganze Welt verschlingen, sagte er. – Du kennst doch diese Teile, Davy.

– Welche Teile?

– Die auf dem Wasser, sagte er. – Im Meer.

– Ich weiß nicht, wovon du redest.

– Doch, klar weißt du das! Diese Teile. Machen einen Höllenlärm. Trotzdem, geile Dinger.

– Kenn ich nicht.

– Doch kennst du, Scheiße noch mal, sagte er. – Kennst du echt. Mir fällt der beschissene Name nich' ein. Jetski – Jetskis. Wusst ich's doch. Weißt du jetzt, wovon ich rede?

– Jetskis?

– Ganz genau.

– Was ist damit?

– Ach, leck mich doch. Was ich damit sagen will – also, was ich sagen will. Mann – Trish ist ein Scheißjetski. Das mein ich. Sie ist einfach großartig.

– Was? Du reitest sie im Wasser?

Er lachte schallend. Er explodierte regelrecht vor Lachen.

– Verfickt noch mal!

Er wischte sich über die Augen. Ich lachte mit. Dann legte er mir die Hand auf die Schulter. Schwankte, aber nur ein bisschen. Ließ die Hand einen Moment liegen, bevor er sie wieder wegzog, und sah sich suchend nach seinem Pint um.

– Ihre Energie, sagte er. – Das wollt ich damit sagen.

– Warum hast du dann nicht Energie gesagt?

– Stimmt, sagte er. – Stimmt. Arschloch.

Er nahm sein Glas. Es war halb voll. Ich war ihm deutlich voraus.

– Vergiss die Jetskis, sagte er. – Dämme, Schleusen, beschissene Jetskis – vergiss den ganzen Scheiß. Also, gut – jetzt aber – okay? Trish ist eine Naturgewalt. Ist das deutlich genug für dich?

– Jepp – wunderbar.

– Genügt deinen Anforderungen?

– Jawoll.

– Ah, gut, sagte er. – Vorausgesetzt, eine Naturgewalt ist was Gutes – richtig?

– Richtig.

– Trish ist eine sehr gute Naturgewalt, sagte er. – Ich kann dir sagen, Mann. Ich war so was von gesegnet.

– Okay.

Ich wünschte, ich hätte Trish richtig kennengelernt.

– Jess, sagte er. – Jess. Davy?

– Was?

– Jetzt spreche ich über Jess, okay?

– Ja.

– Welche Art – also, was für ein Apparat ist Faye eigentlich?

– Was?

– Trish ist ein Jetski, sagte er. – Was ist Faye?

– Du hast gesagt, wir vergessen die Jetskis.

– Scheiß auf Jetskis. Komm schon. Was für ein Apparat ist Faye? Sie heißt doch Faye – stimmt doch, oder?

– Ja.

Das war nicht nur der Alkohol. Als er sich wieder besser konzentrieren konnte, wurde er auch wieder fies.

– Hab ich noch nie drüber nachgedacht.

– Na los, komm schon, sagte er. – Irgendwas muss sie sein. Ein Toaster?

– Nein.

– Ein beschissener –. Ach, keine Ahnung. Ein Föhn?

– Vergiss es, Joe.

– So ein Dyson-Dingsda.

– Vergiss es, verdammt noch mal, Joe.

Er sah mich an. Zuckte mit den Achseln. Grinste.

– Prima, sagte er. – Hab's kapiert. Keine Apparate.

Er schaute sein Glas an. Führte es zum Mund.

– Den Affen machen, sagte er.

Er trank.

– Sorry, sagte er. – Hat meine Mutter immer zu mir gesagt. Egal. Du machst schon wieder den Affen, Joseph.

Er trank weiter. Stellte das Glas zurück auf den Tresen. Parkte es. Schob es ein Stückchen nach vorn und wieder zurück. Beinahe wäre es umgekippt.

– Ups – Scheiße. Besser gut sein lassen, oder? Was auch immer das heißen soll. *Gut* sein lassen.

Er nahm das Glas.

– Wir sagen Dinge und haben keine Ahnung, was sie bedeuten. Jess ist keine Naturgewalt.

– Aha, sagte ich. – Jess ist kein Jetski.

Er lachte nicht. Schüttelte nur den Kopf.

– Nein, sagte er. – Ist sie nicht. Da hast du recht. Ich liebe sie, Davy, wusstest du das?

– Hast du schon gesagt, ja.

– Stimmt, sagte er. – Stimmt –. Also, ich glaube, deshalb liebe ich sie. Glaube ich.

– Weil sie anders ist als Trish.

– Jepp. Nein – doch. Keine Ahnung. Ich glaube nicht. Hier geht's nicht um entweder oder. Oder doch. Leider.

– Ist es das, was du willst, Joe?

– Was?

– Eine *Ménage à trois*?

– Eine was?

– Du weißt genau, was ich meine.

– Nein, sagte er.

Anscheinend hatte er darüber nachgedacht.

– Nein, sagte er. – Ja, klar weiß ich, was du meinst. Und: nein. Ich will kein solches Ding – keine *Ménage*. Aber nicht, weil's nicht funktionieren würde.

– Würde es nicht.

– Gott, nein. Scheiße, nein. Niemals. Aber das is' auch egal. Ist für mich nie eine ernsthafte Option gewesen – also die Sexkiste zumindest.

Er senkte die Stimme. Sah mich über den Rand seiner Brille hinweg an. Dann hob er den Kopf.

– Ich mache sie glücklich, sagte er.

Ich riet.

– Jess.

Weder nickte er noch schüttelte er den Kopf.

– Ich muss überhaupt nichts machen, Davy, sagte er. – Ich weiß echt nicht, wie ich das erklären soll – sorry. Das muss doch tierisch nerven.

– Nein.

– Dir diesen geballten Scheiß anzuhören. Den ganzen Abend.

– Nein.

– Ja klar, Davy, geh scheißen.

– Okay, sagte ich. – Tut es.

– Echt?

– Nein, sagte ich. – Hab dich verarscht. Tut es nicht.

– Das weiß ich zu schätzen, sagte er. – Echt schön, dich zu sehen, Mann. Wo ist mein Scheißpint hin? Hier – also hör zu.

Er legte die Hand um das Glas, dann – als würde er sich für etwas wappnen – nahm er es hoch.

– Es widerstrebt mir, sagte er.

Er betrachtete das Wort. Sah ihm nach, während es an seinen Augen vorüberzog.

War offensichtlich zufrieden damit.

– Es widerstrebt mir, das auszusprechen, sagte er. – Ernsthaft. Aber ich sage es jetzt trotzdem, und wir werden sehen, wohin uns das führt.

Er sah sein Pint an. Trank einen Schluck.

– Es ist, wie in einem Märchen zu leben, sagte er.

– Stimmt, sagte ich. – Du hast diesen Film erwähnt – vorhin.

– Echt?

– Ja, diesen einen da –.

– Welchen? *Stardust*. Das kann nur *Stardust* gewesen sein.

– Genau, sagte ich. – *Stardust* hast du erwähnt.

– Nein, sagte er. – Nein, ich meine, ja, hab ich. Aber nicht, dass ich in dieser Geschichte lebe. In der Geschichte von dem Film da. Das mein ich nicht.

– Okay.

– Ich meine, sagte er. – Also – deshalb widerstrebt es mir ja, das zu sagen. Das gesagt zu haben. Weil es verrückt ist. Tja, aber so ist es nun mal.

– Ich verstehe nicht, was du meinst.

– Willkommen im Scheißclub, Davy.

Er trank sein Bier leer. Setzte das Glas ab, hob es wieder hoch und schob es ans andere Ende des Tresens, so weit weg, wie er konnte.

– König Alkohol, sagte er. – Das ist eine Redewendung, die ich kapiere. Null Problemo, die verstehe ich. Ich trinke übrigens nicht mehr viel. Deshalb bin ich auch so hackedicht. Sind wir dicht, Davy?

– Sind wir.

– Großartig, sagte er. – Ich bin's jedenfalls. Ich habe Zauberkräfte.

Er sah mich an.

– Echt wahr, hab ich, sagte er. – Zauberkräfte.

Er streckte die Hände aus, wackelte mit den Fingern.

– Nicht so unheimliche, sagte er. – Ich kann keine –. Keine Scheiß- … Also Löffel verbiegen und so Zeug. Ich kann keine Löffel verbiegen, Davy. Ich bin nicht Uri, wie heißt der noch? Geller.

– Da bin ich aber froh.

– Was für ein beschissener Angeber.

– Jepp.

– Löffel. Meine Fresse.

Er griff nach seinem leeren Glas.

– Was ich damit sagen will, sagte er. – Also. Diese Sache mit dem Märchen. Es ist nämlich so. Ich kann sie glücklich machen. Und übrigens. Weißt du was? Ich glaube, ich bin der allererste Mensch, der das schafft. Also – okay. Ich muss mich ein bisschen konzentrieren, das wird gleich wieder. Gleich werd ich wieder nüchtern, und dann kann ich dir das richtig erklären. Ein für alle Male. Ein für alle beschissenen Male. Ach, und das mit den Zauberkräften, vergiss das bitte wieder – so meine ich das nicht.

– Bist du glücklich, David?

Faye hatte den Blick vom Teller gehoben. Ich wusste nicht, was ich antworten sollte. Es war eine Falle. Oder es war keine Falle.

– Ja, sagte ich.

– Gut, sagte sie. – Ich auch.

– Wirklich?

– Ja, sagte sie. – Ich glaube schon. Aber.

– Was?

– Was heißt das eigentlich? Glücklich?

– Ich weiß es nicht.

– Also, ich bin nicht trunken vor Glück oder so, sagte sie. – Ich bin zufrieden. Und du?

– Auch.

– Wirklich?

– Ja.

– Gut, sagte sie.

Es war furchteinflößend.

– Das ist alles, was ich will, sagte sie.

– Geht mir genauso, sagte ich.

– Was meinst du?

– Ich will, dass du glücklich bist.

– Tja, sagte sie. – Darin sind wir beide offensichtlich ziemlich gut. Einander glücklich zu machen. Sind wir nicht toll?

Sie lächelte.

– Wie ist dein Fleisch?, fragte ich.

– Oh, ich bin sehr glücklich damit, vielen Dank, David, sagte sie. – Sehr glücklich. Es ist ein sehr schönes Stück Fleisch. Alle Achtung.

– Ist es auch nicht zu rosa?

– Gott, nein. Zu rosa geht gar nicht. Wie es so schön heißt. Du wirkst nervös.

– Nein.

– Angespannt.

– Nein.

– Und du? Bist du auch glücklich damit? Mit dem Fleisch?

– Bin ich, ja, sagte ich. – Ich glaube, das Timing hab ich ganz gut hinbekommen.

– Glaub ich auch. Das ist alles, was ich will.

– Fleisch?

– Dich, sagte sie. – Dich glücklich zu sehen. Glaubst du mir?

– Ja.

– Wirklich?

– Ja.

– Gut.

* * *

Er starrte wieder sein Glas an. Sah hoch.

– Alles, was ich tun muss, ist zuhören, sagte er.

– Wem?

– Jess, sagte er. – Sie –. Mann, das muss alles total bescheuert klingen. Wie lange trinken wir eigentlich schon?

– Seit Stunden.

– Seit Stunden, sagte er. – Wir haben vorhin was gegessen, oder?

– Jepp.

– Kommt mir vor, als wär's Tage her.

Er hatte recht. Ich wusste nicht mehr, was ich gegessen hatte.

– Is' ja auch egal, sagte er. – Ich hab den ganzen Abend versucht, auf den Punkt zu kommen. Die richtigen Worte zu finden. Tja. Und genau das isses eigentlich – das trifft es nach dem ganzen Blablabla am besten. Ich höre ihr zu.

Er veränderte sich wieder. Sein Blick war wieder klarer. Er hatte gesagt, er würde langsam nüchtern werden, und genau das schien gerade zu passieren. Ich sah ihn an und erinnerte mich, dass er gesagt hatte, er hätte Zauberkräfte.

– Okay, sagte er. – Hör zu. Ich geh nach Hause.

– Das neue Zuhause?

– Das neue, sagte er. – Jepp. Ja – ich glaub, so kann ich das nennen. Mein neues Zuhause. Es fühlt sich schon so an. Irgendwie.

– Wo ist das?

– Clontarf, sagte er. – Nicht weit weg von da, wo wir vorhin waren.

– Okay.

– Eher Dollymount.

– Aha.

– Tja, also. Ich geh nach Hause. Und es fühlt sich so an, als wär ich schon immer dort gewesen. Das hab ich vorhin auch schon mal gesagt – oder so was Ähnliches. Und das liegt nicht unbedingt daran, dass ich denke, ich wäre immer schon dort gewesen. Sondern sie.

Er wirkte glücklich, erleichtert. Er hatte gesagt, was er hatte sagen wollen.

– Ich kapier das nicht, sagte ich. – Sorry.

– Was kapierst du nicht?

– Sie glaubt, du würdest seit Jahren mit ihr zusammenleben?

– Nein, nicht wirklich, sagte er. – Aber doch. Im Grunde schon.

– Ist das okay?

– Was?

– Ich meine für dich? Ist das okay für dich?

– Was denn?

– Dass sie denkt, ihr würdet seit Anfang der Achtziger zusammenleben.

– Nein. Das stimmt so nicht ganz. Hab ich dir doch gesagt. Nicht wirklich natürlich. Aber es fühlt sich für sie eben so an. Und – und für mich irgendwie auch.

– Ihr seid füreinander geschaffen, so was in der Art?

– Ja, kann man so sagen, sagte er. – Das trifft's wohl ganz gut. Wie ich schon sagte. Ich höre zu. Und ich glaub nicht, dass ich das vorher je getan habe. Ich glaub nicht, dass es je nötig war. Trish war es scheißegal, ob ich ihr zugehört habe oder nicht.

– Das klingt gemein.

– Du hast recht, sagte er. – Ich bedaure, dass ich das gesagt habe. Irgendwie. Nein, eigentlich nicht. Scheiße, Davy, ich bin verliebt. Ich renn im Laufschritt nach Hause, nur um sie zu sehen.

Daran konnte ich mich noch gut erinnern. Ich erinnerte mich, wie ich zum Zug rannte oder zum Bus, um zu Fayes Haus zu kommen, in unsere Wohnung, oder wo auch immer ich mich mit ihr traf. Oft war sie schon vor mir da, und auch das liebte ich. Sie zu beobachten, wenn sie mich kommen sah, ihr Lächeln, die Freude, die kaum gezügelte Aufregung, die ich bei ihr auslöste. Einmal, wir waren gerade nach England gezogen, stürmte ich zur Haustür rein, und sie saß vor dem Fernseher und schaute *Nachbarn*.

– Ich lag im Bett, in Dessous, sagte sie. – Aber weil du nicht nach Hause gekommen bist, bin ich wieder aufgestanden.

– Was für Dessous?

– Tja, David, das sag ich dir. Die hab ich versteckt. Und die bleiben auch versteckt, nur dass du's weißt.

Ich konnte mir diesen unbändigen Drang immer noch vorstellen, wie ein Mann in meinem Alter, in Joes Alter, rennt, nur um eine Frau zu sehen, um von einer Frau gesehen zu werden. Es war der unbändige Drang eines sechzig Jahre alten Mannes, aber das tat der Aufregung und der Aufrichtigkeit keinen Abbruch. Es musste auch überhaupt keine andere Frau sein. Ich wollte zu Faye rennen. Ich wollte Faye ansehen und erleben, wie sie mich ansieht. Ohne Fragen oder Sorgen oder Peinlichkeiten.

Ich konnte es auf der Haut spüren, in meinen Beinen. Ich war auch nicht mehr betrunken. Wir waren auf einer Insel der Nüchternheit gestrandet. Wir hatten ein paar Minuten, um zu reden. Ich hatte ein paar Minuten, um zuzuhören; doch die Flut würde zurückkommen. Jeden Moment.

– Wie ist es?, fragte ich ihn.

– Wie ist was?

Aggressionen brachen sich Bahn – das sah ich ihm an –, aber er riss sich am Riemen.

– Das Haus meinst du?

– Eigentlich nicht, sagte ich. – Aber, ja, das Haus.

– Ganz anders als unseres, sagte er. – *Jesus*, wie das klingt – unseres. Ich meine –

– Ich weiß, was du meinst.

– Es ist total runtergekommen. Ich sag dir, wenn Trish das sehen würde, die würde ausrasten. Für so was hast du mich sitzenlassen? Aber es ist lauschig.

– Aha. Lauschig.

– Falsches Wort, sagte er.

Er grinste.

– Gemütlich, sagte er. – Und außerdem spielt das Haus keine Rolle. Die Einrichtung. Für den ganzen Bockmist hab ich mich sowieso nie interessiert. Es geht um sie, Davy. Ich lebe in einer völlig anderen Welt, Mann. Ich lebe ein Leben, das ich nie wirklich gelebt habe.

– Klingt verrückt, Joe.

– Leck mich, ist es aber nicht. Na ja, irgendwie schon. Aber nur ein bisschen. Jedenfalls, ich hab eine zweite Chance bekommen.

– Joe –

– Besser gesagt – lass mich bitte mal ausreden. Besser gesagt, sie hat eine zweite Chance bekommen. Darum geht es, Davy. Ich erzähl dir jetzt mal, was sie ganz am Anfang mal zu mir sagte, und es hätte mich fast gekillt, ja? Ich sollte dir das eigentlich gar nicht erzählen, aber was soll's. Du bist mein Kumpel. Und du kennst sie.

– Tu ich nicht.

– Doch. Seinerzeit. Mann, schon wieder so was. Müsste in diesem Fall eigentlich ihrerzeit heißen, oder?

– Nein. Seinerzeit.

– Ja, is' ja auch egal. Das sagen eh nur Ärsche.

Er grinste.

– In unserer Jugend, sagte er. – Du kanntest sie in unserer Jugend. Und du warst auch in sie verknallt.

– War ich nicht.

– Doch. Warst du sehr wohl.

– Was hat sie gesagt?

– Trinken wir hier noch eins?, fragte er.

– Okay, sagte ich. – So kommen wir nie zu George.

– Klar kommen wir das.

Er rief den Barmann.

– Entschuldigung –. Noch zwei, bitte. Danke.

– Was hat sie gesagt?, fragte ich ihn wieder.

– Na ja, ich könnte dir das jetzt Wort für Wort erzählen, okay?
Aber ohne Kontext klingt das echt schlimm. Aber okay. Du bist
einer von den Guten, Davy. Das weiß ich. Aber –

– Du erzählst es mir einfach, und dann arbeiten wir uns rückwärts vor.

– Warum bist du eigentlich plötzlich so neugierig?

– Bin ich nicht, log ich. – Aber vor einer Minute wolltest du mir
das unbedingt noch erzählen.

– »Ich wünschte, ich hätte nie gelebt.«

– Das hat sie gesagt?

– Ja.

– *Jesus*, Joe.

– Ja.

– *Jesus* – bei eurem zweiten Date?

– Leck mich doch. Ja, stimmt aber. Es war so was von scheiß-
traurig, Davy. Das ist echt kein Witz.

Er sah mich an. Ich sah ihn an. Und wir lachten. Ich hielt seinen
rechten Arm fest, er meinen linken. Und wir lachten.

– Das ist nicht lustig.

– Ja, ich weiß.

– Es war nicht lustig.

– Weiß ich.

– Ist es nicht.

Wir lachten. Er nahm die Brille ab und wischte sich über die
Augen, setzte sie wieder auf, nahm sie wieder ab.

– Das Scheißding beschlägt andauernd, sagte er. – Weil mein
Schädel so heiß ist.

– Echt? Das hat sie gesagt?

– Jepp.

– Wie alt ist sie denn? Fünfzehn?

– Es war nicht lustig.

– Okay.

– Es war wirklich nicht lustig. Ich schwöre bei Gott. Schau mich nicht so an, verdammt noch mal, sonst muss ich wieder lachen. Dabei will ich gar nicht lachen.

Das reichte. Wir prusteten wieder los.

– Wenn ich so lache, sagte ich. – Dann habe ich manchmal das Gefühl, ich muss pinkeln. Kennst du das?

– Nein, sagte er. – Aber ich hab auch nicht so viel zu lachen.

– Das wundert mich nicht.

Wir lachten wieder.

– Schluss, sagte er. – Schluss.

Wir wischten uns über die Augen. Meine waren gereizt, viel zu groß, gleichzeitig trocken und nass.

– Sie ist ein kleiner Clown, Joe, sagte ich. – Oder? Muss sie ja sein.

Er setzte sich die Brille wieder auf.

– Was für 'ne Scheiße hast du da gesagt?

– Ach, komm schon, sagte ich. – Ich wollte nie geboren werden.

– Das hat sie nicht gesagt.

– Aber fast.

– Leck mich, Davy. Fick dich.

– Was?, sagte ich. – Vor 'ner Minute haben wir uns noch kaputtgelacht.

– Vor 'ner Minute war's noch nicht beleidigend.

– Aber nur, weil sie nicht dabei ist.

– Leck mich.

Ich wollte nicht, dass es so wurde.

– Dann erklär es mir, sagte ich.

– Leck mich.

– Ich hör dir zu. Los. Mach schon.

Ich hörte mich selbst reden, und ich klang nicht, wie ich mich fühlte – wie ich klingen wollte. Ich hörte mich an, als wollte ich mit dem Kopf durch die Wand; ich bedrängte ihn, provozierte ihn. Ich überholte mich selbst, war außerhalb meiner Kontrolle.

– Tut mir leid, sagte ich.

Es spielte keine Rolle. Es ging mir nicht um die Wahrheit, die war mir egal. Ich wollte keinen Streit.

– Fick dich, sagte er. – Hör zu.

– Was?

– Trish hat sich mal mit Faye unterhalten.

– Wann war das denn?

– Im beschissenen Seinerzeit, sagte er. – Ein netter kleiner Plausch, meinte Trish. Also, Kumpel, du bezeichnest Jess nicht als beschissenen Clown.

– Ach, leck mich, Joe.

– Durchgeknallte Alte, meinte Trish.

– Leck mich.

– Leck du mich.

– Leck mich.

* * *

Ich schaute mir im Toilettenspiegel meine Augen an. Sie waren gar nicht so rot. Sie passten in das Gesicht; sie waren nicht wirklich schlimm. Sie gehörten dazu.

Ich würde mich noch mal entschuldigen. Ich würde wieder reingehen und Entschuldigung sagen. Ich würde mein Pint austrinken und gehen. Er würde sagen, ich solle mich verpissen, und ich würde gehen. Er würde sagen, ich solle mich verpissen, und ich würd's ihm zeigen; ich würde sein Hirngespinst in der Luft zerfetzen. Ich würde ihm mein Glas über den Schädel ziehen. Ich würde wieder reingehen, und er wäre weg. Ich würde reingehen, und er hätte gewartet; er würde irgendwas sagen, das mich fertigmachen, mich dazu bringen würde, einen anderen Mann zu verprügeln, zum ersten Mal in meinem Leben, irgendwas, das mich ausschalten, mich erledigen würde.

Ich kannte den Mann im Spiegel. Mir ging es gut, ich würde das schaffen.

Ich würde mich entschuldigen. Und dann würde ich gehen. Wir würden noch zu George gehen, und dann würde ich gehen. Wir würden uns wiedersehen, wir würden in Kontakt bleiben. Er würde mich wissen lassen, dass er zu Trish zurückgegangen war. Er würde mich wissen lassen, dass er sie nie wirklich verlassen hatte. Er würde mir ein Foto von Hollys Abschlussfeier schicken. Ich würde mich nicht entschuldigen. Ich würde dastehen, neben ihm, und zu meinem Bier greifen. Es lag an ihm; wir konnten weiterziehen oder auch nicht. Er konnte Streit anfangen, den Streit fortführen. Es war mir egal. Er konnte sich verpissen – es war mir egal.

Ich spürte das Handy in meiner Tasche. Ich zog es raus und sah nach.

– Ich muss weg, sagte ich zu ihm.

– Was?

– Ich muss weg, sagte ich. – Sorry.

– Und was ist mit dem Bier?, fragte er. – Das haben wir noch nicht mal angerührt.

– Sorry – ich muss wirklich gehen.

– Was ist los?, fragte er.

Er merkte, dass ich nicht einfach so beschlossen hatte zu gehen. Ich war nicht wütend vom Klo zurückgestürmt oder etwas in der Art. Ihm war klar, dass was passiert war.

– Stimmt was nicht?

– Mein Vater, sagte ich. – Ja – mein Dad.

– Alles in Ordnung mit ihm?

Ich war nicht sicher, ob er meine Antwort gehört hatte. Ich war nicht sicher, ob ich es ausgesprochen hatte.

– Nein.

– Was?

– Nein.

– Ach, Himmel, sagte er. – Das tut mir leid, Davy. Los, gehen wir. Fährst du nach Hause – zu ihm? Ich komme mit.

– Nein, sagte ich.

– Was?

– Ich fahre nicht nach Hause.

Ich sah Joe zu seinem frischen Pint greifen und drei oder vier riesige Schlucke trinken. Als er das Glas wieder vom Mund nahm, war es halb leer. Ich wartete.

– Spare in der Zeit, dann hast du in der Scheißnot, sagte er.

Ich wollte ihn dabeihaben.

Und wollte ihn nicht dabeihaben.

Er stellte das Glas ab und legte sich die Hand auf den Magen.

– Das werd' ich vielleicht bereuen. – Vielleicht kletter ich direkt zu deinem Dad ins Bett. Komm, gehen wir.

Ich wollte nicht, dass er mitkam – ich glaube, ich wollte es nicht –, aber er ging eilig zur Tür, und ich lief ihm hinterher. Er hielt sie mir auf, und schon standen wir draußen auf der Chatham Street.

– Okay – wo bekommen wir jetzt am besten ein Taxi?, fragte er sich selbst.

– Stephen's Green.

– South William Street, sagte er. – Aus der Richtung kommen einem immer jede Menge freie entgegen.

Ich folgte ihm rüber zur Chatham Row, bis zur Ecke South William Street.

– Bist du sicher? Haben wir echt keine Zeit mehr für einen Absacker bei George?

– Nein.

– War nur Spaß, sagte er. – Trotzdem schade. Schau, da kommt schon eins.

Ein Taxi mit leuchtendem Schild kam direkt auf uns zugefahren.

Joe hob die Hand, und es blieb stehen. Er trat an die hintere Tür und öffnete sie. Dann trat er zurück.

– Rein mit dir, Kumpel, sagte er.

– Danke.

– Keine Ursache.

Ich rutschte durch, und er setzte sich neben mich. Er zog die Tür hinter sich zu. Tat es wieder ganz sorgfältig.

– Hi, wie geht's, sagte er zu dem Fahrer. – Sag an, Davy, wo müssen wir hin? – Ins Beaumont oder ins Mater Krankenhaus?

– Nein, sagte ich.

– Doch zu deinem Dad nach Hause?

– Ins Hospiz.

– *Jesus*, sagte er. – *Jesus*, Davy. Und du hast keinen einzigen verdammten Ton gesagt. Das in Raheny?

– Jepp.

Joe beugte sich zum Fahrer vor.

– Ins Saint Francis Hospital in Raheny, sagte er. – Kennen Sie das?

– Ja, sagte der Fahrer.

Er war in unserem Alter, oder vielleicht zehn Jahre jünger.

– Das kenne ich, sagte er. – Leider.

Wir fuhren los.

– Trotzdem. Ein wunderbares Haus, sagte der Fahrer.

– Ja, hab ich auch schon gehört, sagte Joe.

– Tolle Leute, sagte der Fahrer.

Wir fuhren am Johnson Place vorbei.

– Da ist George, Davy, siehst du?

Wir sahen beide zur Ecke hin, zu den Türen, den runden Fenstern.

– Bist du ganz sicher, dass wir keine Zeit für ein Blitzschnelles mehr haben?

Ich lächelte.

– Sorry.

Er sprach jetzt leise.

– Dein Vater liegt im verdammten Hospiz?

– Jepp.

– Wie lange schon?

– Zwei Wochen, sagte ich. – Sechzehn Tage.

– *Jesus.*

Das Taxi war rechts abgebogen; wir waren auf der Longford Street. Der Fahrer bremste ab, blieb stehen. Die Ampel war rot.

– Bist du seit zwei Wochen zu Hause?, fragte Joe.

Die Worte kamen tief aus meinem Inneren. Sie klangen schwach.

– Seit vier Monaten.

– Verfluchte Scheiße, Davy.

Ich hörte ihn atmen.

– Im Haus deines Vaters?

– Ja.

Wir verließen die Aungier Street und fuhren in der Verlängerung weiter auf der South Great George's Street. Wir kamen wieder an einem der alten Pubs vorbei.

– Ins Long Hall haben wir's diesmal nicht geschafft, sagte Joe.

– Nein.

– Nächstes Mal.

– Ja.

– Toller Pub –

– Ja.

– Bombenpub, sagte der Fahrer. Mein Dad, Gott hab ihn selig, wohnte praktisch da drin.

– Ist das wahr?

– Oh ja, sagte der Fahrer. – Und wie der da drin lebte. Meine Mutter, Gott sei ihrer Seele gnädig, hat mich mehr als nur einmal hingeschickt, um ihn zu holen.

– Und ließ er das mit sich machen?, fragte Joe.

– Ach ja, klar. Es gefiel ihm im Pub einfach besser als zu Hause. Und da war er nicht der Einzige.

– Auf keinen Fall.

– Das ging bestimmt 'ner Menge Männern wie ihm.

– Ganz bestimmt, sagte Joe. – Ist sicher heute noch so.

Joe drehte sich zu mir.

– Bist du angeschnallt, Davy?

– Ja.

– Vier Monate.

– Jepp.

– Warum hast du nie was gesagt? Sogar heute Abend nicht – ich meine, du hast es mit keinem Wort erwähnt.

– Ich wollte nicht, sagte ich. – Ehrlich gesagt, ich dachte, ich kann das nicht.

– Okay.

– Ich war –.

Ich sah zum Fenster raus, auf College Green und die Menschenmassen. Dann wanderte mein Blick zurück, fixierte die Kopfstütze des Fahrers.

– Ich habe dem Mann beim Vermodern zugesehen, sagte ich. – Vier Monate lang.

– Ach, Davy.

– Jepp.

– Allein?

Ich nickte.

– Davy –.

Wir fuhren über die O'Connell-Brücke und auf den Beresford Place zu.

– O Mann, sagte Joe. – Das wollt ich dir eigentlich noch erzählen. Da hinten.

Er zeigte mit dem Daumen auf die Welt draußen.

– Was?

– Die Sackville Lounge, sagte er.

– Was ist damit?

– Vorbei.

– Geschlossen?

– Jepp.

– Du meinst, dichtgemacht?

– Jepp.

– Verflucht noch mal!, sagte ich. – Das ergibt doch keinen Sinn.

– Nein.

– Da bin ich auch oft gewesen, auf ein schnelles Pint, sagte der Fahrer.

– Traurig, oder?

– Ja, stimmt.

– Das ist nicht traurig, sagte ich. – Das ist unerhört. Das ergibt doch gar keinen Sinn, verdammt noch mal.

Joe senkte die Stimme.

– Wo ist Faye?

– Zu Hause.

– Okay, sagte er. – In England? Ich meine –. Nicht bei deinem Vater zu Hause, oder?

– Nein, sagte ich. – Zu Hause in Wantage.

– Okay.

Ich hörte, wie er sich zurechtsetzte. Im nächsten Moment spürte ich seine Hand auf meiner Schulter. Er klopfte ein paar Mal, ließ die Hand ruhen, ließ mich wieder los.

– Du warst ganz allein in dem Haus.

– Ja.

– Mit deinem Vater.

– Ja.

– Ohne Hilfe, oder?

– Nein, sagte ich. – Hilfe hatte ich schon –. Zweimal die Woche kam eine Palliativschwester vorbei.

– Okay.

– Montags und donnerstags. Eigentlich zwei. Jobsharing.

– Okay.

– Sie waren gut, sagte ich. – Nett. Vor allem die eine.

– Vier Monate, Davy, sagte er. – Warum zum Teufel hast du mich nicht angerufen?

– Hab ich.

– Heute, sagte er. – Vor zehn Stunden.

– Ich weiß.

Wir kamen an den Five Lamps vorbei, passierten die Kanalbrücke, bewegten uns den Weg zurück, den wir früher an diesem Abend hergekommen waren, so wie all die Abende vor ewigen Zeiten, wenn wir nach Hause liefen, nach Hause schwankten, torkelten, vor den üblen Kerlen wegrannten.

– Es ging nicht, sagte ich.

– Okay. Aber ich versteh's nicht.

– Ich auch nicht, sagte ich. – Ich –.

Ich musste es alleine durchziehen. Mich dem Mann ganz und gar widmen. Mich bestrafen. Mich ihm zeigen, ihn dazu bringen, mich zu sehen. Ich musste es ertragen. Allein.

Wir fuhren den Fairview Strand entlang. Am Gaffney's vorbei.

– Guter Laden.

– Weiß ich auch noch, ja.

Joe hatte Mühe, etwas aus seiner Tasche zu fummeln.

– Hier, sagte er. – Nimm.

Ich wusste nicht gleich, was er wollte. Dann sah ich den Kaugummi. Wrigley's Extra; er öffnete das Päckchen. Versuchte es.

– Ohne die Dinger verlass ich nie das Haus, sagte er. – Früher zumindest. Hab ich mir auf dem Weg zum Restaurant im Spar besorgt.

– Welches Restaurant?

– Wir waren essen.

– Stimmt.

– Wir haben uns dort getroffen.

– Ja, stimmt, sagte ich. – Scheiße noch mal.

– Entschuldigung, sagte der Fahrer. – Fahren wir direkt die Howth Road rauf?

– Wir nehmen die Küste, sagte ich.

– Nein, sagte Joe.

– Ich setz dich vorher ab. Das liegt auf dem Weg.

– Ja. Träum weiter, sagte er. – Ich komme mit.

– Nein.

– Aber so was von, Davy.

Er legte mir die geöffnete Hand auf die Brust und zog sie wieder weg.

– Die Howth Road, sagt er zum Fahrer.

– Prima.

– Was haben sie vorhin eigentlich gesagt? Wollte ich dich schon die ganze Zeit fragen.

– Wie, gesagt?

– Das Hospiz.

– Oh, sagte ich. – Die diensthabende Schwester hat geschrieben und mich um Rückruf gebeten. Sie hatte ein paarmal versucht, mich anzurufen, aber ich hab's nicht gemerkt.

– *Jesus.*

– Keine Ahnung, wie das passieren konnte, sagte ich. – Ich hatte das Handy den ganzen Abend in der Tasche. Auf lautlos, also auf Vibration. Das hätte ich eigentlich spüren müssen. Aber sie hat mich angerufen, als wir gerade redeten. Im Neary's.

– Okay.

– Kurz bevor sie geschrieben hat.

– Okay.

– Tja, sagte ich. – Da kümmere ich mich vier Monate lang ununterbrochen um ihn, und dann verpasse ich fast seinen –.

Ich weinte. Vier Monate, nein, sechzig Jahre hockten direkt hinter meinen Augen und drückten auf die Tränendrüsen.

Er klopfte mir wieder auf die Schulter.

– Nimm einen Kaugummi, komm. Du kannst nicht stinkend wie ein Alki da aufkreuzen.

– Danke.

– Keine Ursache. Warum heute Abend?

– Was meinst du?

– Warum bist du ausgerechnet heute ausgegangen?

– Oh.

Ich überlegte. Versuchte nachzudenken. Die Tage vermengten sich zu einem einzigen Mus, mein Leben vermengte sich zu einem einzigen Mus. Die Wochen im Hospiz schrumpften zu einem einzigen, langen Tag zusammen. Die Tage zu Hause dehnten sich zu bruchstückhaften Jahren. Bruchstückhafter Schlaf, bruchstückhafte Gespräche. Fliehende Gedanken und Erinnerungen. Mein Vater, der nachts nach mir rief, die ganze Nacht über rief, mich heulend aufweckte – mit einer Stimme, die ich nicht kannte, die ich noch nie zuvor gehört hatte.

– Eine der Schwestern, sagte ich. – Sie meinte zu mir, ich müsste mal eine Weile raus. Sie – na ja. Sie hat mich überredet.

– Oh, wie hat sie das gemacht?

– Keine Zweideutigkeiten, Joe.

– Okay – sorry.

– Sie sagte, sie glaube nicht, dass was Dramatisches passieren würde. Sie ist echt kompetent – die beste in dem Laden. Die sind alle toll. Jedenfalls meinte sie, ich bräuchte dringend einen Tapetenwechsel. Ich müsste mal wieder mit jemandem sprechen, der weder in einem Heilberuf arbeitet noch Priester ist.

– Die hört sich toll an.

– Fast hätte ich sie gefragt, ob sie mit mir ausgeht.

– Echt?

– Nein. Eigentlich nicht. Tja, jedenfalls, dann habe ich dich angerufen.

– Also, ich bin froh, dass du es getan hast, Davy.

Wir kamen am Harry Byrnes vorbei.

– Kein schlechter Pub, sagte Joe. Solange kein beschissenes Rugby läuft.

Wir kamen am Beachcomber vorbei.

– Auch kein schlechter Pub.

– Das wäre mein Stammlokal, sagte der Fahrer.

– Wirklich?

– Wenn ich denn ein Stammlokal hätte, sagte er. – Aber mir ist das inzwischen nicht mehr so wichtig.

– Wie kommt's?

– Hab irgendwie den Geschmack daran verloren.

– Wie ist das passiert?

Ich sah zu, wie der Mann mit einer Schulter zuckte. Ich sah, wie diese Schulter sich über die Lehne hob und wieder runterfiel.

– Ach, na ja, sagte er.

– Geht mir genauso, sagte Joe. – Abgesehen von heute. Und das war nicht geplant. War es nicht, Davy, oder?

– Nein.

– Es hat sich einfach so ergeben. Wir könnten im Watermill noch auf eins anhalten, Davy. Auf dem Weg.

– Nein.

– Ich mach doch nur Spaß, sagte er.

Er sprach jetzt ganz leise. So kam es mir zumindest vor. Mein Hörsinn spielte mir Streiche – obwohl Joe links von mir saß, hörte ich seine Stimme von rechts, von der Fensterscheibe. Ich hörte auch Musik, die nicht im Wagen war. Ich konnte hören und spüren, wie sich etwas in mir seinen Weg nach oben bahnte. Etwas, das immer größer wurde, etwas Feuchtes, Nasses.

– Was hat sie gesagt?, fragte Joe. – Als du im Hospiz angerufen hast. Die Schwester.

– Sie sagte –. Sie sagte, es sei eine Veränderung eingetreten. Ich glaube, sie sagte, eine wesentliche Veränderung. Seines Zustands.

– Er macht sich auf den Weg …

– Ja, sagte ich.

– Ich hab ihn immer gemocht.

– Danke.

– Echt. Ich hätte bei ihm vorbeischauen sollen. Ab und zu. Hätte ich machen können.

– Warum hättest du das tun sollen?

– Um Hallo zu sagen? – Keine Ahnung. Um zu sehen, wie's ihm geht. Wo du doch in England warst –. Tut mir leid.

Wir hatten Raheny erreicht.

– Er war immer nett zu mir, sagte Joe.

Der Fahrer ging vom Gas, bog langsam links in die Station Road ein.

– Schau mal. Das Manhattan heißt jetzt wieder Manhattan, sagte Joe.

Ich sah zum Fenster raus.

– Ah. Stimmt – das ist gut.

– Find ich auch.

– Warum?

– Warum die das gemacht haben – warum die dem Laden seinen alten Namen zurückgegeben haben?

– Tja.

– Ich weiß es nicht, sagte er. – Wissen Sie das?, fragte er den Fahrer.

– Ich hab gehört, es hätte eine Art Referendum gegeben.

– Ein Referendum?

– Hier in der Gegend, ja. Hab ich zumindest gehört.

– Am selben Tag wie das Abtreibungs-Referendum?, fragte Joe.

Wir fuhren über die Brücke, über die Gleise.

– Das weiß ich nicht, sagte der Fahrer. – Das war nichts Offiziel-les – glaub ich zumindest. Eher so von Haustür zu Haustür. Oder online – eine Meinungsumfrage.

– Wie war das noch mal?, fragte Joe. – Wie hieß der Laden, ehe sie ihn zurückbenannt haben? The Bull's Cock?

– The Cock an' Bull.

Sie lachten.

– Ich war nah dran, sagte Joe.

– Aber nicht nah genug, sagte der Fahrer. – Und davor war's das Station House.

– Warum haben die den Namen überhaupt geändert?

– Keine Ahnung.

– Besitzerwechsel, sagte ich.

– Stimmt, sagte Joe. – Das ergibt Sinn.

Wir waren fast da, und wir füllten den Wagen mit Worten, verdrängten das Grauen. Ich würde da raus müssen. Ich würde da rein müssen. Ich konnte vor mir das Hilltop Centre sehen und die Ampel. Sie war grün, und die Straße war leer. Der Fahrer bog rechts ab, in die Belmont – ich kannte diesen Schlenker, kannte jedes Schlagloch –, dann wieder rechts, den Hügel rauf und rechts rein.

– Ist es das?, fragte Joe.

– Jepp.

Der Fahrer blieb vor dem Haupteingang stehen.

– Da wären wir.

Ich rührte mich nicht.

– Davy?

– Okay.

Ich öffnete die Autotür. Der Fahrer tat dasselbe, direkt vor mir; er öffnete seine Tür. Er war vor mir draußen. Schließlich hatte er nicht den ganzen Abend gesoffen. Er streckte die Hand aus.

– Das mit Ihrem Vater tut mir leid, sagte er.

Er schüttelte mir die Hand. Hielt sie fest.

– Ich hab das auch durchgemacht, sagte er. – Es ist schrecklich. Ich werd für Sie beten.

– Danke sehr.

– Schon gut, sagte er. – Und jetzt viel Glück.

– Was bin ich Ihnen schuldig?, fragte ich ihn.

– Sie schulden mir gar nichts, antwortete er. – Ich bin froh, dass ich helfen konnte.

– Sind Sie sicher?

– Bin ich.

– Vielen Dank – ich danke Ihnen sehr.

– Ich bin dann mal weg, sagte der Fahrer.

Er stieg zurück in sein Taxi.

– Komm, Davy, sagte Joe.

Der Wagen fuhr langsam los, drehte um und scherte wieder in den Verkehr ein.

– Der Typ hat die Fahrt nicht berechnet, sagte ich zu Joe.

– Hab ich mitbekommen. Der war prima.

– Das war ein Megabetrag, sagte ich. – Das kostet aus der Stadt hierher bestimmt – ja, was? – zwanzig Euro? Mehr?

– So ungefähr, sagte Joe. – Fünfundzwanzig vielleicht. Jetzt komm.

– Bist du dir sicher, Joe?

– Was?, fragte er. – Natürlich. Aber du musst vorgehen – jetzt komm schon.

Ein leichter Wind wehte. Es war kühl – es war angenehm – zum ersten Mal seit Wochen.

– Warte kurz, sagte ich. – Da drin ist es ziemlich warm, wirst schon sehen. Gib mir 'ne Sekunde.

Er stand neben mir.

Ich atmete ein – atmete aus, atmete wieder ein.

– Okay.

Ich zog die Eingangstür auf, spürte, wie ich es tat, spürte die Anstrengung, die Entscheidung, den Schwung der Tür. Nichts hielt mich zurück. Ich nickte Denis zu, dem Mann vom Sicherheitsdienst. Er lächelte zurück.

Joe war neben mir.

Den kurzen Gang runter, durchs Land der Teddybären – ein paar mit großen Stofftieren geschmückte Sofas – und weiter, einen längeren Flur entlang.

– Haben die hier Krankensäle?, fragte Joe.

– Sie haben ihn in ein eigenes Zimmer verlegt, sagte ich. – Vor drei Tagen – oder vier. Hier.

Die Jalousien am Türfenster waren heruntergezogen. Das Schild mit der Aufschrift »Zutritt nur für Angehörige« hing an der Tür.

Ich legte eine Hand auf die Klinke, die andere auf die Glasscheibe und drückte die Tür auf, während ich gleichzeitig dagegenhielt. Ich merkte, was ich tat, erkannte es wieder: Das hatte ich früher zu Hause immer gemacht – in Wantage, mit der Haustür –, um zu verhindern, dass sie quietschte, um zu verhindern, dass ich ins Haus gepoltert kam. Ich hatte Fayes Stimme im Ohr. Du könntest sie natürlich auch ölen. Oder mit dem Saufen aufhören. Was dir lieber ist.

Das Zimmer war leer.

Und doch war es nicht leer. Da war mein Vater. Im Bett. *Auf* dem Bett, er ruhte direkt da drauf. Er war kaum da. Seine Größe war ein Schock. Sie war seit Monaten ein Schock für mich, jedes Mal, wenn ich ging und dann wiederkam.

Joe war hinter mir, neben mir.

– *Jesus*, Davy. Er wirkt so klein in dem Bett.

Ich nickte.

– War er klein?, fragte er. – Ist er klein? Ich meine, er war doch nicht klein, oder? Ich kann mich nicht –.

– Nein, sagte ich. – Ungefähr so groß wie ich. Ich meine, wir schrumpfen ja alle, wenn wir älter werden.

– Er ist winzig.

– Ja.

– *Jesus*, Davy.

Ich hörte seinen Atem, den Atem meines Vaters. Das Röcheln hatte sich verändert – es war gleichzeitig schwächer und stärker geworden. Ein Todesröcheln. In diesem Zimmer ergab das Wort einen Sinn. So war es noch nicht gewesen, als ich gegangen war, um mich mit Joe zu treffen. Die Schwester, die Pflegerin – *meine* Pflegerin –, Margret, hatte gesagt, ihm blieben noch Tage.

– Kurze Tage, hatte sie gesagt.

– Woher wissen Sie das?

– Ich mache das seit Jahren, sagte sie. – Manchmal komme ich mir vor wie eine Fährtenleserin. In einem dieser alten Western. Ich schaue in den Himmel oder lege das Ohr auf die Eisenbahnschienen.

– Was bedeutet kurze Tage?

– Es bedeutet, Sie können sich mit Ihrem Freund zum Abendessen und auf ein paar Drinks treffen.

– Und er ist dann immer noch da.

– Er wird noch da sein – ja.

Joe hatte die Tür hinter sich zugemacht, jetzt ging sie wieder auf. Wir standen am Fußende.

Ich drehte mich um.

Es war eine Krankenschwester, allerdings eine andere. Je nach Dienstgrad trugen sie verschiedene Uniformen in verschiedenen Farben. Sie gehörte zu den Oberschwestern. Sie schienen mehr zu sagen zu haben als die Ärzte, von denen ich kaum je einen zu Gesicht bekommen hatte. Sie waren älter, verbindlicher. Ich glaubte, was sie mir sagten.

– Sie sind hier, sagte sie.

– Ja, sagte ich. – Ich habe es geschafft.

Ich fand schlimm, was ich eben gesagt habe. Ich hatte mich nicht betrunken gefühlt, mein Rausch war plötzlich verflogen. Aber jetzt war ich wieder betrunken, einfach nur dämlich. Als wäre es ein Spiel – das Bett erreichen, ehe der Vater stirbt.

– Gut, sagte sie. – Sie hören ihn ja.

– Ja.

– Jetzt ist es bald so weit.

Sie ging an uns vorbei.

– Entschuldigung, sagte Joe. – Ich stehe Ihnen im Weg.

– Tun Sie nicht.

Sie trat ans Kopfende. Sie sah auf meinen Vater hinunter. Überprüfte den Tropf – das Morphium. Im Zimmer war es dämmrig, fast dunkel. Die Kerze auf dem Regal über dem Ventilator war elektrisch. Das würde ich Joe zeigen, wenn sie wieder draußen war. Ich würde die Kerze an- und ausknipsen.

– Er ist entspannt, sagte sie.

– Danke.

– Er liegt sehr entspannt, sagte sie. – In einer halben Stunde drehen wir ihn wieder um.

– Danke.

Mir fiel ihr Name nicht ein. Ich konnte das Namensschild nicht lesen.

– Ich bin übrigens Joe, sagte Joe. – Ein Freund von Davy. David.

– Wie schön, dass Sie ihm Gesellschaft leisten. Das ist gut, sagte sie. – Ich bin Maeve.

– Ich hab gerade gesagt, wie klein er aussieht.

Sie lächelte.

– Wie ein Kind, irgendwie.

– Und? Hatten Sie einen netten Abend?, fragte sie.

– Ja, danke.

– Gut, sagte sie. – Gut – dann lass ich Sie mal wieder allein.

– Ist es heute Nacht so weit, Maeve?, fragte ich sie.

– Ja, sagte sie. – Ich glaube schon.

Sie war wieder an der Tür.

– Ich bin drüben, gleich über den Gang, sagte sie. – Sie wissen ja, wo Sie mich finden können.

– Ja.

Dann war sie wieder zur Tür raus, verschwunden. Die Tür war wieder zu.

– Sie ist nett, sagte Joe.

– Ja, sagte ich. – Die sind alle großartig hier.

– Schönes Zimmer.

– Jepp, sagte ich. – Finde ich auch. Es ist sehr friedlich.

Draußen vor dem Fenster lag ein kleiner Garten.

– Wir können uns hinsetzen, sagte ich.

– Prima.

– Geh du da rüber, Joe, sagte ich. – Geh nur.

Ich setzte mich rechts auf den Stuhl, ans Kopfende des Bettes, neben den Kopf meines Vaters – sein Gesicht – auf dem Kissen. Joe stellte sich einen Stuhl auf die andere Seite.

– Geht es ihm gut?, fragt er.

– Prima.

– Er ist – er ist irgendwie aufs Wesentliche reduziert.

– Jepp, sagte ich. – Stimmt. Hast du deinen Vater sterben sehen, Joe?

– Nein. Er ist ganz plötzlich gestorben. Im Garten. Ich war nicht da. Niemand war da.

– Lag er lange dort?

– Ein paar Stunden. Meine Mutter hat ihn gefunden.

– Das muss schrecklich für sie gewesen sein.

– Sie war die ganze Zeit im Haus, sagte er. – Der Arzt meinte, er wäre sofort gestorben – tot umgefallen. Aber –.

– Die arme Frau.

– Ja.

Wir sahen meinen Vater an. Wir lauschten dem Röcheln. Sein Gesicht war an Mund und Wangen langgezogen, als hätte er bereits zum letzten Atemzug angesetzt.

– Also hast du noch nie jemanden sterben sehen, sagte ich.

– Nein. Du?

– Nein.

– Dann sind wir beide Jungfrauen.

– Ja, sagte ich. – Wie lange ist das jetzt her?

– Das mit meinem Dad?

– Jepp.

– Fünfzehn Jahre. Ja – fünfzehn.

– *Jesus.* – Die Zeit.

Das Fenster hinter mir stand offen.

– Heute Nacht ist es draußen gar nicht so schlimm, sagte ich. – Nicht zu heiß.

– Es ist prima.

– Da draußen gibt es eigentlich so ein Fontänendingsda, sagte ich. – Aber sie mussten es abstellen.

– Wegen der Wasserknappheit?

– Jepp.

– Wahrscheinlich in Ordnung so, oder?

– Hat sich aber schön angehört, sagte ich. – In Momenten wie jetzt, weißt du? Nachts.

– Ja, sagte er. – Sag mal Davy, was riecht hier eigentlich so?

– Riecht's hier?

– Glaub schon, ja.

– Ein Liegegeschwür.

– Ein Liegegeschwür?

– Ja, ein beschissenes Liegegeschwür.

– Himmel.

– Was da so riecht, ist das Zeug, mit dem sie den Geruch übertünchen, sagte ich. – Ist im Verband.

– Prima.

– Zink ist das, glaub ich.

– Echt?

– Ich hab ein bisschen den Überblick verloren, sagte ich. – Die Palliativfrau hat 'ne Menge Sachen ausprobiert, um es zu kaschieren – den Geruch. Aber hier benutzen sie was anderes. Mir fällt das gar nicht mehr auf. Der echte Geruch ist der Horror.

– Kann ich mir vorstellen.

– Der reinste Scheißhorror, sagte ich. – Ekelerregend.

– Wie kommt so was?

– Einfach so, sagte ich. – Ich hab mich nicht richtig um ihn gekümmert.

– Ach, Davy.

– Ich musste die Verbände selbst wechseln, sagte ich. – An dem Wochenende, ehe er hergekommen ist. Ich hab es nicht richtig geschafft. Ich hab's versucht –

– Natürlich hast du das.

– Es war so verdammt unzureichend.

– Er ist sehr alt, Davy.

– Ich weiß.

– Du bist doch kein Pfleger – kein beschissener Pflegeprofi.

– Ich weiß.

– Geht's dir gut?, fragte er. – Willst du was zu trinken?

– Hier gibt's keine Bar.

– Hör auf, aber einen Getränkeautomaten. Da sind wir eben
dran vorbeigekommen.

Wir lachten leise.

– Kann er uns hören?

– Sie sagen ja. Konnte er zumindest. Aber vielleicht ist er jetzt
schon zu weit weg – ich weiß es nicht. Es ist schwer vorstellbar, dass
er uns hören kann. Ich meine, schau ihn dir an.

– Wenn die das sagen –.

– Vielleicht – ja.

– Willst du jetzt was zu trinken? Eine Cola oder so?

– Eine Lucozade wäre schön.

– Hä? Kannst du mir das mal bitte buchstabieren, zum Teufel?

– Ich trink das ab und zu ganz gern, sagte ich. – Ich hab einen
niedrigen Blutdruck – manchmal.

– Und das hilft?

– Offensichtlich.

– Okay.

– Das liegt am Zucker, sagte ich. – Willst du seine Hand halten?

– Nein – darf ich das überhaupt?

Ich stand auf, beugte mich über meinen Vater und hob die Bettdecke so weit an, dass Joe seine Hand sehen und danach greifen
konnte.

– Ist das okay?

– Natürlich.

– Sie ist warm.

– Er lebt noch.

– Ja –. Klar.

– Das Ding da neben dir, sagte ich.

Er sah die Lampe an – die blaue, dann grüne, dann wieder blaue Lampe –, die auf dem Nachttisch neben dem Bett stand.

– Das hilft auch gegen den Gestank.

– Wie schlau.

– Die machen da irgendwas rein. Irgendein Öl.

– Was für eins?

– Sie haben's mir erzählt, sagte ich. – Kann mich aber nicht mehr erinnern.

– Du bist voll im Arsch.

– Ich weiß.

Ich sah Joe an, der meinen Vater ansah. Ich sah meinen Vater an.

– Die bevorzugen den Begriff Druckgeschwür, sagte ich.

– Wie bitte?

– Statt Liegegeschwür, sagte ich. – Die sagen Druckgeschwür dazu. Wahrscheinlich Marketing.

– Was?

– Für Männer in unserem Alter – was klingt da schlimmer? Liegegeschwür oder Druckgeschwür?

– Keine Frage. Liegegeschwür.

– Also ändert man einfach den beschissenen Namen, sagte ich. – Das wollte ich damit sagen. Die sollten sich schämen – das ganze verfluchte Gesundheitssystem. Dafür, dass dieser Mensch erst ein so schlimmes Liegegeschwür bekommen musste – dafür, dass sie mich so lange mit ihm ganz allein gelassen haben –.

Mein Mund war plötzlich ganz wässrig – ich hatte keine Ahnung, wo der ganze Speichel hergekommen war. Ich wartete, dann schluckte ich ihn runter.

– Tja, sagte ich. – Also nennen wir es einfach Druckgeschwür, und schon ist es nicht mehr so schlimm.

– Du bist sehr hart mit dir, Davy.

– Um das zu machen – die Verbände wechseln –, musste ich ihn erst mal zum Stehen kriegen, dazu bringen, dass er sich an seinem Rollator festhält, weißt du? Ich hab versucht, ihn sauber zu machen, ohne hinzuschauen, seinen Po und – du weißt schon. Und er war nur halb da, halb bei sich, und ich wollte so schnell wie möglich fertig werden. Ich hab versucht, die Luft anzuhalten, bis es vorbei war. Hatte im Haus sämtliche Fenster aufgerissen. Damals war es auch schon so heiß, also vor zwei Wochen. Ich hab damit gekämpft, dieses Pflasterteil zum Halten zu kriegen und ihm irgendwie die Windel anzuziehen. Und er sagte –.

Mir schnürte es wieder die Kehle zu, mein Kopf lief fast über. Hinter mir auf der Fensterbank stand eine Packung Papiertaschentücher. Ich schnappte ein paar und putzte mir die Nase.

– Entschuldige.

– Was sagte er?, fragte Joe.

– Das ist doch kein Leben.

– Das hat er gesagt?

– Ja.

– Tja – zu Recht. Oder?

– Jepp.

– Das war aber kein Vorwurf an dich, Davy.

– Ja – nein. Weiß ich. Aber –.

– Das Ende ist eine beschissene Schweinerei, oder?

– So wie dein Vater, sagte ich. – So sollte man abtreten, oder? Weg, noch bevor man unten aufschlägt.

– Dabei hinterlässt man trotzdem noch genug beschissenes Schlamassel, Davy. Glaub mir.

– Bestimmt.

– Dieser Schock, die Trauer, sagte er. – Das Theater mit den Geschwistern. Noch so ein Wort, das ich echt hasse, übrigens. Geschwister. *Jesus*, diese Spannungen. Du kannst irgendwie froh sein, dass du keine hast.

– Okay.

– Das klingt nicht überzeugt.

– Im Augenblick hätte ich nichts gegen ein paar Geschwister einzuwenden, sagte ich.

– Stimmt, sagt er. – Ich glaub, ich weiß, was du meinst.

– Jepp.

– Ich muss das jetzt noch mal fragen, sagte er. – Und ich mein das echt nicht gemein oder so.

– Nein – frag.

– Wo ist Faye?

– Zu Hause – hab ich dir doch gesagt.

– Warum ist sie nicht hier, Davy?

– Ach, na ja.

Ich sah meinen Vater an. Ich hatte nicht aufgehört, meinen Vater anzusehen.

– Ich wollte sie nicht hier haben.

– Warum nicht?

– Weil das hier was war, das ich alleine machen musste, sagte ich. – Irgendwie so. Er ist mein Vater.

Ich zuckte mit den Achseln.

– Okay, sagte Joe.

– Keine Ahnung, sagte ich. – Kann sein, dass ich ihn schlecht behandelt habe. Kann sein, dass ich vielleicht unfair zu ihm war. Ich *war* unfair zu ihm.

– Okay.

– Vor vielen Jahren.

– Aha – okay.

– Ich hatte das Gefühl, sagte ich. – Ich hatte das Gefühl, dass ich das – also das hier – allein durchziehen muss.

Ich hatte mich geirrt; jetzt ist mir das klar. Diesmal war ich zu Faye unfair gewesen.

– Er hat sich bei mir bedankt, sagte ich. – Als ich ihm die Schlafanzughose hochzog.

– Echt – das ist unglaublich rührend, verdammt.

– Schon ein bisschen.

– Das ist absolut großartig, sagte Joe.

Er ließ die Hand meines Vaters los. Wischte sich über die Augen. Ich beugte mich quer übers Bett und hielt ihm die Taschentücher hin.

– Danke, sagte er.

Er zog eins aus der Schachtel, dann noch eins. Dann setzte er die Brille ab und legte sie aufs Bett, neben die Schulter meines Vaters. Er legte die Hände vors Gesicht und ließ sie dort. Schluchzte leise. Irgendwann nahm er die Hände wieder runter. Er sah die Taschentücher an. Drehte sich auf dem Stuhl nach hinten um und stellte die Packung auf den Nachttisch. Dann sah er wieder meinen Vater an, nahm die Brille vom Bett und setzte sie wieder auf.

– Schräge Nacht, sagte er.

– Jepp.

– Eine gute Nacht.

– Erzähl mir von Jess, sagte ich.

– *Jesus* –

– Erzähl schon.

– Ich hab dir das schon erzählt.

– Na los, sagte ich. – Bitte.

– Dein Dad kann uns vielleicht hören.

– Erzähl schon, sagte ich. – Er mochte Frauen. Glaube ich. Das ist ja das verdammt Traurige, glaub ich. Unter anderem.

– Hat er allein gelebt?

– Ewig lange, ja.

Ich hatte Faye von ihm ferngehalten, und Róisín – sie hat ihn eigentlich nie kennengelernt. Ich liebte sie alle drei, und ich habe alle drei grausam behandelt.

– Ich glaube, davon träumen wir alle immer wieder mal ein bisschen, sagte Joe. – Stimmt doch, oder? Davon, allein zu leben.

– Wahrscheinlich – ja. Hin und wieder.

– Also, sagte er. – Trish –. Ist schon 'ne Weile her.

– Ein Jahr?

– Jepp – etwas länger. Jedenfalls. Sie trieb mich in den Wahnsinn. Das ist jetzt nicht fair, aber scheiß drauf. Sie trieb mich wirklich in den Wahnsinn. Sie wollte umziehen – dabei hatten wir gerade erst den Scheißkredit abbezahlt, nur so nebenbei. Plötzlich will sie die ganze Rückseite einreißen und verglasen. Und sagt im selben Atemzug, sie will umziehen. So kam's mir wenigstens vor. Und immer geht's um Kohle. Das ist jetzt auch nicht fair, aber es stimmt – Kohle. Dabei bin ich beschissene sechzig, Davy.

– Bist du nicht.

– Doch, fast. Und du auch. Und, ach keine Ahnung – da hab ich mir einfach nur gewünscht, in einem einzigen Zimmer zu wohnen, ganz für mich allein, verstehst du? Mich nur um mich kümmern zu müssen. Und dann hab ich Jess getroffen. Und es war, als wäre dieser ganze beschissene Druck – der ganze Wahnsinn – einfach weg.

Der Rhythmus änderte sich. Der Atem meines Vaters wurde schneller. Ein neues Klickgeräusch war dazugekommen, als hätte sich etwas gelöst, als wäre was abgebrochen.

– Soll ich die Schwester holen?

– Warte.

Ich beobachtete meinen Vater. Sein Gesicht – die Maske – veränderte sich nicht. Die Atemzüge, die Pausen dazwischen, kamen jetzt definitiv schneller. Dann, als hätte er aufgehört zu schnarchen oder sich im Bett umgedreht, war das Klickgeräusch wieder verschwunden. Er schnappte mit kleinen Atemzügen nach Luft, aber der Rhythmus war wieder regelmäßig.

– Soll ich sie holen?

– Nein, sagte ich. – Sie kommt sowieso gleich. Er hört sich wieder gut an.

– Findest du?

– Glaub schon.

Ich lehnte mich zurück. Ich musste gähnen, ich konnte nicht anders.

– Was ist mit deinem Lucozade?, fragte Joe.

– Der stirbt, wenn einer von uns jetzt aufsteht und aus dem Zimmer geht.

– Das glaubst du doch nicht im Ernst.

– Doch, irgendwie schon, sagte ich. – Ich bin heute Abend mit dir auf ein Pint weggegangen, und jetzt schau bitte, wohin uns das gebracht hat.

– Na gut.

– Nein, sagte ich. – Nicht wirklich. Nein, glaub ich nicht. Aber weißt du – ich war kaum mal woanders als hier bei ihm, seit er hergekommen ist. Es ist schrecklich wegzugehen. Von ihm wegzugehen.

– Heute Abend eingeschlossen.

– Jepp, sagte ich. – Also gut. Erzähl weiter.

– Von Jess?

– Ja, bitte.

– Okay. *Jesus.* Ich komm mir plötzlich vor wie beim Bewerbungsgespräch.

– Geschäftsführender Abteilungsleiter Ehebruch.

– Leck mich.

– Du hast den Job. Weiter – du hast sie also getroffen.

– Jepp, sagte er. – Und. Alles wurde leicht. Nachdem mir klar geworden war, dass wir nicht auf der Rücksitzbank irgendeines Autos rumvögeln würden oder so was. Tja, und das – das war erleichternd, wirklich. Na ja, jedenfalls. Wir redeten und redeten, und ich merkte – mir wurde was klar, ganz allmählich. Und dann war da dieser Moment, ein absoluter Wow-Moment. Einer von denen – wo es glasklar war. Ich liebte es, ihr zuzuhören, Davy. Ihrer Stimme. Nur das.

Ich nickte, ich wusste genau, was er meinte.

– Wirklich, nur das, sagte er wieder. – Und dann wurde mir

noch was klar, während ich ihr zuhörte. Sie erzählte mir irgendwas, was vor Jahren passiert war, aber sie erzählte es nicht einfach nur. Sie erinnerte mich.

– Woran?

– Das ist es ja gerade, sagte er. – Sie setzte es voraus –. Das, worum es ging. Sie bezog mich mit ein. Bei allem, was sie erzählte – von Häusern, von Orten, der Familie. Den Kindern. Was sie betraf, war ich immer mit dabei gewesen.

– Hast du irgendwas gesagt?

– Nein, sagte er. – Nein, hab ich nicht. Weil.

– Was?

– Ich glaube – sorry. Ich versuche wirklich, Worte dafür zu finden. Wie geht es deinem Dad? Was glaubst du?

– Klingt wieder normal, oder? Der Atem.

– Nein, normal nicht, find ich. Er atmet, als hätte er einen winzigen Brustkorb. Einen Vogelbrustkorb – 'ne Vogellunge.

– Aber es ist regelmäßig.

– Ja, stimmt, sagte er. – Ziemlich regelmäßig.

– Also weiter.

– Okay, sagte er. – Gut. Ich hab nicht das Gefühl, als hätte ich den ganzen Abend gesoffen. Du?

– Nein, sagte ich. – Ich auch nicht. Nicht mehr.

– Woran liegt das? Was glaubst du? Am Schock?

– Kann sein.

– Macht dich auf einen Schlag wieder nüchtern oder so.

– Das Adrenalin.

– Glaubst du?

– Keine Ahnung, sagte ich. – Würde mich nicht wundern.

– Mich würde heute gar nichts mehr wundern, Davy, sagte er. – Absolut nichts. Also – okay. Du hast gefragt, ob ich was zu Jess gesagt hätte. Dass ich in Wirklichkeit gar nicht dabei war, bei den ganzen Sachen, von denen sie mir erzählte. Hab ich aber nicht. Ich hab nichts gesagt. Weil – das klingt jetzt echt verrückt. Aber das ist mir egal. Sie wirkte – sie *war* glücklicher, wenn ich mit dabei war.

– In den Geschichten.

– Jepp. Und ich war's auch.

– Glücklich?

– Ja, sagte er. – Glaub schon, ja. Hab mich mitreißen lassen, verstehst du?

– Mit dem Strom.

– Genau. Ich bin mit dem Strom geschwommen. Mit ihrem Strom, sozusagen. Ich hab es zugelassen.

– Du hast ihr nachgegeben.

– Nein, sagte er. – Nein!

– Sorry.

– Nein – alles gut, wirklich.

– Gib mir mal ein Beispiel, bitte. Eine von den Geschichten.

– Na ja –

– Nichts zu Intimes, wenn du nicht willst.

– Nein, nein, alles okay. Ich weiß, was du meinst. Also gut, ein Urlaub.

– Wo?

– In Frankreich?

– Und du warst mit dabei?

– Wenn's nach ihr geht, ja. Dann war ich dabei.

– Warst du aber nicht.

– Nein sagte er. – Aber, na ja. Es war egal. Als ich sah, was das mit ihr machte, spielte es keine Rolle mehr.

– Joe?

– Was?

– Ist sie krank?

– Nein, sagte er. – Nein. Sie ist nicht krank. Sie ist – einsam würde es wohl treffen. Allein. Nicht beachtet. Oder nicht ausreichend beachtet, irgendwie so was. Unkonzentriert.

– Okay.

– Und traurig, sagte er. – Definitiv traurig. Aber nicht krank. Glaub ich nicht. Und wenn doch – scheiß drauf.

– Okay.

– Es spielt keine Rolle. Wir sind doch alle völlig irre.

– Stimmt.

– Auf die ein oder andere Weise. Hab ich recht?

– Wahrscheinlich. – Wo in Frankreich?

– In der Dordogne.

– War es schön?

– Wunderschön, sagte er. – Absolut fantastisch.

– Ich wollte sie nicht schlechtmachen, sagte ich. – Und dich auch nicht.

– Nein, nein – weiß ich doch, sagte er. – Aber weißt du, was echt witzig ist? Ich *war* da.

– Mit Trish?

– Nein, sagte er. – Weißt du – also. In dem Teil von Frankreich war ich noch nie. Aber das spielt keine Rolle. Ich war mit Jess da.

– Und mit ihren Kindern.

Er richtete sich auf. Er zuckte mit den Achseln. Sah meinen Vater an.

– Das spielt keine Rolle, sagte er.

– Wirklich nicht?

– Außerdem gibt es Dinge, an die ich mich definitiv erinnere.

– Halten die sich in der Waage?

– Nein, sagte er. – Doch, irgendwie schon. Erinnerst du dich an die Party? Bei ihr zu Hause? Erinnerst du dich daran?

– Ja, sagte ich. Klar. Das Bier in der Badewanne.

– Stimmt, sagte er. – Das hatte ich total vergessen. Du kannst dich besser erinnern als ich.

– Und ihr kleiner Bruder hat drauf aufgepasst, sagte ich. – Das muss ihr Bruder gewesen sein.

– Stimmt, sagte er. – Jepp. Ein richtiges Arschloch, übrigens.

– Echt?

– Gott, ja. Hat sich zu einem ausgewachsenen Vollidioten entwickelt. Egal. Jedenfalls, sie spielte Cello. In der Küche.

– Jepp.

– Unglaublich, sagte er. – *Jesus.* Faszinierend.

Ich hatte das Gefühl, er wartete darauf, dass ich ihm beipflichtete.

– Jepp, sagte ich.

Ich starrte meinen Vater an.

– Und hinterher, als sie fertig gespielt hatte, nahm ich meinen ganzen Mut zusammen. Ich sprach sie an. Konnte es selbst nicht glauben. Das war der Abend, als ich mit ihr verschwunden bin. Kannst du dich erinnern, Davy?

Ich sah meinen Vater an. Dann Joe – ich zwang mich, Joe anzusehen. Er sah zu meinem Vater.

– Ja, sagte ich. – Ich kann mich an den Abend erinnern.

Es war Jess' Verlobungsparty, hatte uns ihr kleiner Bruder erzählt. Sie wollte einen Typen namens Gavin heiraten.

– Ich erinnere mich gut daran.

Ich lächelte.

– Also so etwa, sagte Joe. – Es gibt ein paar Dinge, über die kann ich definitiv Rechenschaft ablegen. Und dann gibt es andere –

Ich sah ihn wieder an. Er sah immer noch zu meinem Vater.

– Das ist einer der großen Vorteile am Älterwerden, sagte er. – Wahrscheinlich der einzige beschissene Vorteil. Vorausgesetzt, man lebt lange genug, dann kann man was ergänzen, kann die Dinge ausschmücken. Oder man kann sogar glauben, dass man es so erlebt hat. Dinge, die man sich ausgedacht hat, vermischen sich mit Dingen, die man tatsächlich erlebt hat. Als würde man ein bestimmtes Ereignis beschreiben, eine tatsächliche Begebenheit. Man ergänzt ein bisschen was, man lässt was weg. Man vergisst gewisse Details. Ich finde das nicht unehrlich.

– Nein.

– Ich glaube, das ist menschlich.

– Ja, sagte ich. – Ich glaub, du hast wahrscheinlich recht.

– Glaub ich auch.

– Also, sagte ich. – Du warst also in Frankreich. In der Dordogne.

– Jepp.

– Mit Jess.

– Jepp, sagte er. – Exakt.

– Exakt?

– Jepp.

– Also wortwörtlich?

Er zuckte mit den Achseln. Er musste lächeln.

– Ich weiß nicht, was ich sagen soll.

– Okay, sagte ich. – Aber ist das nicht verletzend?

– Trish gegenüber?

– Findest du nicht?

– Nicht unbedingt, glaub ich nicht, sagte er. – Ehrlich gesagt, ich weiß es nicht. Aber.

– Was?

– Das mit Jess, sagte er. – Es ist mir egal, ob es wahr ist oder nicht. Faktisch korrekt, meine ich.

– Okay.

– An manche Dinge erinnere ich mich, an andere nicht. So wie jeder.

– Okay.

– Und jetzt erinnere ich mich eben an Sachen, an die ich mich eigentlich nicht erinnern dürfte, sagte er. – Das passiert eher subtil.

– Wirklich?

– Glaub schon.

– Okay.

– Und es ist wirklich was Wunderbares, Davy, sagte er. – Sie glücklich zu machen. Es gibt mir das Gefühl – keine Ahnung. Stark zu sein.

– Echt?

– Glaub schon, ja, sagte er. – Und gut.

– Okay.

Wir hörten eine Weile auf zu reden. Wir betrachteten meinen Vater. Joe stand auf. Rekelte sich, streckte die Hände hoch zur Decke, das Hemd rutschte ihm aus der Hose.

– Ich geh jetzt Lucozade holen, sagte er. – Sind wir auf dem Weg an einem Klo vorbeigekommen?

– Ja, sagte ich. – An den Teddybären vorbei.

– Verstanden.

Er holte Kleingeld aus der Tasche und musterte seine geöffnete Hand.

– Ich glaube, das reicht.

– Sicher?

– Ja, das ist jede Menge. Bin gleich wieder da.

– Prima.

Er machte die Tür auf, und ich schaute ihn an. Als er ging, erwiderte er meinen Blick und lächelte. Langsam schloss er die Tür.

Ich sah meinen Vater an, ich stand auf und beugte mich über ihn, nah zu seinem Gesicht. Seine Haut war blau und lag straff über dem Schädel. Es sah aus, als wären seine Haare verschwunden. Sie waren noch da, aber verblasst, ausgedünnt; einzelne Strähnen tanzten in dem Luftzug, der hinter mir durchs offene Fenster kam. Ich legte ihm die Hand auf den Kopf. Ich lauschte. Seiner Atmung. Jeden Abend war ich auf der Sitzbank unter dem Fenster eingeschlafen; ich schlief unruhig und unwillig, jedes Mal zu einem anderen Atemrhythmus. Jetzt war er schwächer und gleichzeitig drängender.

– Alles gut, Dad?

Das ist doch kein Leben. Es war das einzige Mal, dass er eingestand, dass es ihm nicht gut ging und auch nie wieder gut gehen würde. Ich hatte die Monate damit verbracht, so zu tun, als sei ich nur zu Besuch. Ich hatte ihn ins Bett gebracht. Ich hatte ihm geholfen, sich auf die Bettkante zu setzen. Hatte ihm die letzte Tablette am Abend gegeben, eine Schlaftablette. Dann hatte ich ihm geholfen, sich hinzulegen, hatte seine Beine und Füße hochgehoben, sie ausgestreckt, ihn mittig ins Bett gelegt. Jede Bewegung, egal wie langsam, hatte ihm Schmerzen bereitet. Ich hatte ihn zugedeckt. Hatte das Seitengitter hochgeklappt, damit er nicht aus dem Bett fiel. Hatte mich über das Gitter gebeugt und ihn auf die Stirn geküsst. Ich hatte langsam die Tür zugemacht. Es war ein Pflegebett, und es stand unten, im Wohnzimmer. In der Küche war das Licht an und leuchtete in den Flur. Ich hatte die Tür so weit zugemacht, bis er stopp sagte. Er bekam die zehn Zentimeter Licht, die er wollte. Er hatte angefangen, sich vor der Dunkelheit zu fürchten. Angst gehabt, dass er nicht mehr daraus zurückfand.

Wir redeten nicht darüber. Wir redeten nicht über ihn, über mich, über uns beide, über Faye. Ich gab ihm seine Tabletten – ängstlich, dass ich etwas falsch machte, ihm die falschen gab, ihm von den richtigen zu viele gab, unwillig, unfähig, meiner eigenen Kompetenz zu vertrauen. Ich vergiftete den Mann. Ich brachte ihn um. Wir unterhielten uns, aber wir redeten nicht miteinander. Er erzählte mir davon, wie er meine Mutter kennengelernt hatte. Ich kannte die Geschichte schon.

– Ich fürchte, ich war betrunken.

– Du?

– Ja.

– Du warst nie betrunken.

– Ich war auch mal jung, David.

Es war beim Tanzen, auf einer Tanzveranstaltung im Tennisclub, und sie sagte ihm, er solle verschwinden und am darauffolgenden Samstag wiederkommen.

– Glaubst du an ein Leben nach dem Tod, Dad?

Er antwortete nicht. Er sagte, er hätte gern ein gekochtes Ei.

Er aß nur einen Löffel und kein einziges Reiterchen dazu.

Ich hörte die Tür. Ich hob den Kopf und sah Joe zurück ins Zimmer schlüpfen. Er machte die Tür wieder zu.

– Bitte sehr.

Er hielt mir die Flasche hin, quer übers Bett. Sie sah aus wie eine Fackel oder wie ein Stummelschwert.

– Danke, Joe.

Ich stand auf, streckte mich und setzte mich wieder hin.

– Ich hab überhaupt nicht gefragt, sagte er. – Was ist es eigentlich?

– Was meinst du?

– Dein Vater. Was hat er?

– Ach so, sagte ich. – Den Krebs, meinst du?

– Jepp. Welcher ist es?

– Eine ganze Reihe, Joe, sagte ich. – Er ist total durchsiebt, quasi.

– Ach, nein.

– Jepp.

– Ach, der Ärmste. Womit hat es angefangen? – Was war der Erste. Weißt du das?

– Ja, haben sie mir gesagt. Hab ich alles irgendwo aufgeschrieben. Aber.

Mein Kopf lief schon wieder über.

– Ich bin total unfähig.

– Hör auf.

Ich nahm die Flasche, öffnete den Schraubverschluss und lauschte dem kurzen Zischen. Ich trank behutsam. Ich hatte Angst, das Zeug würde wieder aus mir rausprudeln oder ich könnte es nicht runterschlucken. Aber es war gut, es war kalt.

– Sein Hausarzt rief mich an, sagte ich. – Er wunderte sich, weil ich mich nicht gemeldet hatte. Dass Dad mir nichts gesagt hatte.

– Er hat es dir nicht erzählt?

– Nein. Hat er nicht. Aber ich hätte es wissen müssen – ich wusste es, scheiße noch mal. Als ich das letzte Mal hier war, um ihn zu besuchen. Er konnte kaum laufen. Als ich kam, stand er an die Heizung gelehnt. Ich klingelte – an der Haustür, weißt du. So wie immer. Ehe ich aufschloss und das Haus betrat. Damit er wusste, dass ich kam. Und – *Jesus*. Da stand er. Im Flur. Und hielt sich an der Heizung fest. Weiß der Geier, wie lange er da gestanden hatte. Er sagte, er hätte gerade aufmachen wollen, aber das glaube ich ihm nicht. Ich musste ihm zurück in die Küche helfen. Scheiße –

– Was?

– Und dann bin ich wieder nach Hause geflogen.

– Wie meinst du das?

– Ich blieb eine Nacht und flog wieder nach Hause. Er sagte mir, es ginge ihm gut. Er wäre nur ein bisschen eingerostet. Und ich beschloss, ihm zu glauben. Er stand nicht auf, um mich zur Haustür zu bringen. Ich beschloss, dass das nicht wichtig war. Unbedeutend. Ich meine, Joe, die Umgangsformen meines Vaters – kannst du dich noch daran erinnern?

– Ja, immer sehr höflich.

– Liebenswürdig.

– Freundlich.

– Genau.

– Er behandelte mich immer wie einen Erwachsenen.

– Ja, sagte ich. – Und wenn man wieder ging, dann brachte er einen zur Haustür – ich weiß nicht, ob du dich noch daran erinnerst. Falls er gemerkt hat, dass du gehen wolltest, meine ich.

– Ich weiß.

– Nicht so, als ob er einen loswerden wollte.

– Nein, ich weiß.

– Jedenfalls, er stand nicht auf, als ich zum Flughafen fuhr, und ich beschloss, dass das keine Rolle spielte.

– Du darfst nicht so hart zu dir sein, Davy.

– Ich hätte nicht weggehen dürfen.

– Du hast Familie.

– Ich hätte ihm auf den Zahn fühlen müssen – damit er mir sagt, was mit ihm los ist.

Joe öffnete sein Lucozade. Er hob die Flasche zum Mund. Ich hörte ihn schlucken.

– Scheißsüß, das Zeug.

– Es wirkt.

– Was immer das heißen mag.

– Ich bin fix und fertig, Joe.

– Kann ich mir vorstellen.

– Völlig am Ende.

– Es ist fast vorbei, sagte er.

Wir schauten beide zu meinem Vater, lauschten seinem Atem.

– Ja, sagte ich. – Aber ich bin mir nicht sicher.

– Glaubst du nicht, dass er heute Nacht geht?

– Nein, sagte ich. – Ich meine, doch. Aber –. Das heißt nicht, dass ich danach besser schlafe oder mich besser fühle oder – keine Ahnung – klarer. Wenn ich dann wieder aufwache. Ich bin so verdammt müde.

– Geht doch gar nicht anders.

– Ich telefoniere nicht mal mit Faye. Ich rufe sie kaum an. Mir fehlen die Worte – ich weiß nicht, was ich sagen soll. Mir graut davor – die Entscheidungen. Wie ich Dinge sagen soll. Es ist ja nicht nur der Schlaf. Zur Hölle, Joe, kaum eine halbe Stunde, nachdem er die Scheißschlaftablette genommen hatte, weckte er mich wieder Ich hab mich ernsthaft gefragt, ob er sie heimlich unter seiner Zunge versteckte – so wie Jack Nicholson.

– In *Einer flog über das Kukucksnest.*

– Genau, sagte ich. – Er konnte kaum noch sprechen, aber rufen konnte er – also so eine Art Kreischen, ja? Er weckt mich immer noch auf, obwohl er jetzt seit vier Tagen in diesem Zustand ist – schlafend. Bewusstlos. Ich höre ihn trotzdem.

– Das hört wieder auf.

– Dann höre ich ihn gar nicht mehr.

Ich setzte mich auf. Trocknete mir die Augen.

– Sorry, sagte ich.

– Du machst das toll.

– Selbstmitleid.

– Scheiße noch mal, Davy. Dein Vater stirbt direkt vor deinen Augen. Mach mal halblang.

Wir hörten beide, wie die Tür aufging. Wir drehten uns um, wollten sehen, wer kam.

Maeve füllte die Tür und den ganzen Rahmen aus. Hinter ihr kam eine jüngere Schwester ins Zimmer. Sie schob einen Rollwagen. Maeve lächelte, als sie ans Kopfende trat. Joe musste aufstehen, ihr Platz machen. Dabei verschob er den Stuhl – die Füße scharrten über den Boden.

– Sorry.

Ich lachte – zwei kurze Beller. Sie brachen durch meine Tränen hindurch. Joe lachte auch. Es war ein Schulmoment, eine Sekunde lang war ich wieder sechzehn. Eine große, schwebende Sekunde lang.

– Er ist ganz friedlich, sagte Maeve.

– Danke.

– Genau so, wie man es sich nur wünschen kann, sagte sie.

– Da bin ich mir nicht ganz sicher, Maeve.

Joe lachte wieder. Maeve auch. Die zweite Schwester auch.

– Sie wissen, was ich meine, sagte Maeve.

– Ja.

– Wir werden ihn jetzt umlagern, sagte sie. – Sie können nebenan warten. Es dauert nur ein paar Minuten.

Ich fühlte mich, als wäre ich seit Monaten keinen Schritt gelaufen.

– Wie lange noch?, fragte ich sie an der Tür.

– Es ist bald so weit, sagte sie.

– Okay. Danke.

Wir standen auf dem Flur.

– Lass uns etwas frische Luft schnappen, sagte Joe.

– Nein, sagte ich. – Lieber nicht. Die müssen wissen, wo wir sind.

– Ja, stimmt. Okay. Wie lange sind wir eigentlich schon hier?

Ich nahm das Handy heraus und sah auf die Uhr.

– Noch keine Stunde.

– *Jesus*, sagte Joe. – Ich fühle mich fast, als würd ich hier leben.

– Ich lebe definitiv hier, sagte ich.

– Das hört wieder auf.

– Jepp.

– Wie ist das Essen?

– Nicht übel, sagte ich. – Es ist in Ordnung. Und ein Stückchen weiter gibt es ein Café. Die machen gute Suppen und Sandwiches.

– Aha.

– Der Kaffee ist auch sehr gut.

– Das ist gut, sagte er. – So was in der Nähe zu haben.

– Stimmt.

Wir brauchten meinen Vater. Er musste da sein, damit wir wieder richtig miteinander reden konnten. Es kam mir schon sehr lange vor, seit wir aus seinem Zimmer gegangen waren. Wir standen vor der Tür, während sie ihn in seinem Bett umlagerten, sanft, professionell. Wir warteten, während sie ihn säuberten. Hörten Stimmen, ein Stück weiter den Gang runter und um die Ecke – dort, wo mein Vater vorher gelegen hatte, so lange, bis er nicht mehr wach geworden war. Menschen unterhielten sich leise, jemand lachte.

Die Tür öffnete sich. Die jüngere Schwester schob den Rollwagen auf den Flur. Sie lächelte uns zu. Maeve war im Zimmer geblieben. Joe erreichte vor mir die Tür, doch er blieb stehen und trat zurück.

– Nach dir.

Er wollte auch wieder mit rein.

Ich ging ins Zimmer.

Es hatte sich verändert – mein Vater hatte sich verändert. Er lag jetzt mit dem Gesicht zum Fenster, derselbe Umriss, nur umgedreht, wie ein Negativ. Doch sein Gesicht hatte sich verändert. Sein Mund war weiter geöffnet, zu einem stummen Heulen geformt. Ich konnte seinen Atmen nicht hören.

– Lebt er noch?

– Ja, sagte sie. – Aber er ist beinahe so weit.

– Okay. Danke.

– Es dauert nicht mehr lange.

– Danke sehr.

Sie ging. Schloss die Tür. Ich setzte mich auf denselben Stuhl wie eben. Er war jetzt direkt zu mir gewandt. Der Mund, das Heulen: Er akzeptierte nicht, was geschah. Ich beugte mich zu ihm, legte die Hand auf seinen Kopf. Nahm sie wieder weg und suchte nach seiner Hand, die unter der Decke lag. Sie war trocken und winzig. Nicht kalt.

– Alles gut, Dad?, fragte ich wieder.

Der Mund – der Schmerz. Das Ende.

– Ich kann ihn nicht hören, sagte Joe, flüsterte er. – Du?

– Nein, sagte ich. – Ich bin mir nicht sicher.

Ich stand auf und hielt den Kopf, das Ohr ganz nah an meinen Vater heran.

– Doch, sagte ich. – Glaube ich zumindest.

Ich setzte mich wieder hin. Musste mich setzen. Mir war schwindlig. Ich bewegte mich nicht, schloss die Augen. Atmete ein, atmete aus. Er würde sterben, während ich die Augen zuhatte. Ich machte sie wieder auf. Der Mund war direkt vor mir, starrte mich an.

– Ich wünschte –

– Was?

– Ich wünschte, ich hätte mehr Zeit mit ihm verbracht.

– Du bist jetzt bei ihm.

– Als es ihm noch gut ging.

– Du bist jetzt bei ihm, Davy. Er weiß, dass du hier bist.

– Na klar, in seinem Zustand, Joe.

– Du bist die letzten vier Monate bei ihm gewesen, sagte er. – Das wusste er.

– Okay.

– Hör auf, dich fertigzumachen.

– Okay.

Ich schaute den Mund an.

– Er mochte dich, sagte ich. – Hab ich dir das schon gesagt?

– Ich mochte ihn auch.

Mein Kopf lief wieder über, ein Schwall Speichel und Lucozade schoss hoch. Ich keuchte, hustete. Ich drängte es zurück. Setzte mich auf, presste den Rücken gegen die Stuhllehne.

– Wo hast du geschlafen?, fragte Joe.

Ich deutete auf die Sitzbank.

– Da.

– Jede Nacht? Seit er hier reingekommen ist?

– Ja.

– Kein Wunder, dass du total alle bist.

– Ist gar nicht so schlimm.

– Wenn du meinst.

– Ja.

– Du bist definitiv ein besserer Mensch als ich.

Ich sah meinen Vater an.

– Ich bin froh, dass du hier bist, Joe.

– Ich auch, sagte er. – Ich bin auch froh.

– Ich bin froh.

– Prima, sagte Joe. – Dann sind wir alle scheißfroh.

Ein Keuchen ertönte, ein Zischen. Eine kaum hörbare Explosion.

– War es das?

– Glaube schon.

– Ich gehe Maeve holen.

Ich merkte nicht, wie sie hereinkam. Mein Vater hatte sich nicht verändert. Seine Hand war nicht kalt. Sie legte ihm einen Finger an den Hals, an seine Halsschlagader. Ich sah ihr zu.

– Ja, sagte sie.

– Er ist gegangen.

– Ja.

– Er ist tot.

– Ja, sagte sie. – Er ist gestorben. Ich lasse Sie eine kleine Weile mit ihm allein.

– Danke sehr.

Joe stand neben mir. Er legte mir die Hand auf die Schulter. Ich ließ die Hand meines Vaters los. Ich wusste: Das nächste Mal, wenn ich sie anfasste, würde sie kalt sein. Ich ließ sie los und stand auf.

Joe umarmte mich.

– Es tut mir sehr leid, Kumpel.

– Danke.

– Ist doch beschissen.

– Ja, ist es.

– Du hast das gut gemacht, Davy.

– Okay.

– Wirklich.

– Ich gehe Faye anrufen.

– Guter Mann.

Ich ging zur Tür.

– Nein, sagte er. – Komm wieder her. Du bleibst hier. Ich warte draußen.

– Nein, sagte ich. – Draußen ist es einfacher.

– Okay, sagte er. – Ich bleibe hier.

– Macht es dir was aus?

– Es ist mir eine Ehre. Geh.

Faye musste wach gewesen sein.

– Hi, Dave.

– Hi.

Ich konnte nicht sprechen. Ich konnte die Worte nicht aussprechen. Sie musste es erraten haben, oder sie hatte mich gehört; vielleicht hatte ich gestöhnt.

– Oh, David.

Jetzt konnte ich wieder sprechen.

– Er ist gestorben, Faye.

– Ich weiß.

– Vor einer Minute.

– Es tut mir so leid, sagte sie. – Es tut mir so leid. Ich wünschte, ich wäre bei dir.

– Ja.
– Willst du, dass ich jetzt rüberkomme? David?
– Ja.
– Morgen bin ich da.
– Gut.
– Ich liebe dich, David.
– Ich liebe dich auch.
– Tu ich wirklich.
– Ich weiß. Es tut mir leid, Faye.
– Hör auf.
– Okay, sagte ich.
– Die Kinder, David.
– Ich ruf sie an.
– Sicher?
– Ja, sagte ich. – Danke.
– Ich bin bald da.
– Ja.
– In ein paar Stunden.
– Gut.
– Er hatte ein langes, erfülltes Leben, sagte sie. – Echt. Sagt man doch so, oder?

Ich lächelte; ich wusste, dass ich lächelte.

Wir standen im Freien vor dem Hospiz. Es war fünf Uhr, schon hell. Joes App sagte, das Taxi wäre in zwei Minuten da, auf dem Weg rauf von Raheny.

– Wir könnten uns 'ne Frühkneipe suchen, sagte er.
– Gott, nein – Scheiße.
– Ach, komm schon, sagte er. – Ins Molloy's oder ins Windjammer.
– Auf keinen Fall, sagte ich. – Ich bin total im Arsch.
– Ich mach nur Spaß, sagte er. – Außerdem hast du jetzt viel zu tun.

– Jepp.

– Den Bestatter anrufen und so Zeug.

– Gibt nix Schöneres.

– Du bist jetzt Vollwaise, Davy.

– Ja – stimmt. Scheiße noch mal.

– Eine ausgewachsene Vollwaise.

– Jepp.

– Was braucht der Arsch denn so lange?

– Frag dein Handy.

Er schaute nach unten aufs Handy. Hob es vors Gesicht.

– Eine Minute, sagte er. – Steht da jedenfalls.

– Prima, sagte ich. – Es eilt ja nicht mehr.

– Wie wär's?, fragte er. – Willst du mitkommen zu Jess?

– Nein, sagte ich. – Nein. Danke.

– Auf ein frühes Frühstück?

– Nein, sagte ich. – Danke.

– Du würdest sie mögen.

– Ich weiß.

Ich wollte sie nicht sehen. Sie wäre zu real und zu menschlich. Ich würde sie nicht behelligen, sie und Joe, mit den Dingen, die geschehen waren, und den Dingen, die nicht geschehen waren.

– Ein andermal, sagte ich.

– Absolut.

– Da kommt er ja endlich.

Wir sahen das Taxi über die Hügelkuppe fahren, wieder runter, auf uns zu.

– Schade, dass das nicht unser Kumpel ist, sagte Joe. – Der Typ, der uns hergebracht hat.

– Der war prima, sagte ich.

– War er, sagte Joe. – Wirklich prima.

Wir sahen zu, wie das Taxi abbremste und hielt.

– Bald bist du wieder zu Hause Davy, sagte Joe.

– Ja, sagte ich. – Bald.

DANKSAGUNG

Vielen Dank an Lucy Luck, Dan Franklin, Nick Skidmore, Daisy Watt, Deirdre Molina und Paul Slovak.

Ulrich Maske · Franziska Harvey
Es war, als hätt der Himmel die Erde still geküsst

Eine einzigartige Sammlung an Gedichten aus fünf Jahrhunderten, in denen der Mond als heimlicher Star, einsamer Held, als Tröster und Reflektor oder auch stiller Beobachter auftritt.

In dieser abwechslungsreichen Zusammenstellung werden romantische, fantastische, klassische und popkulturelle Verse gelungen kuratiert und auf verzaubernde Weise in einer phantasievollen Bildwelt zum Leben erweckt. Die künstlerischen Illustrationen sind so vielfältig und kontrastreich wie die Gedichte selbst. So gelingt ein magisches Stelldichein mit dem Mond als Reiseführer durch den lyrischen Kosmos. Abgerundet wird der Band durch kurze biografische Einträge, die über die Verfasserinnen und Verfasser informieren. Das perfekte und zeitlose Geschenk!

Mit Gedichten von
Mascha Kaléko, Rio Reiser,
Joseph von Eichendorff,
Rainer Maria Rilke,
Annette von Droste-Hülshoff,
Wolfgang Borchert,
Bertolt Brecht,
Christian Morgenstern,
Ulrich Maske u. a.

Hardcover · ISBN 978-3-8337-3135-8
224 Seiten · Durchgehend farbig Illustriert

3 CDs · ISBN 978-3-8337-3134-1

Anne-Marie Garat
Der große Nordwesten

Nach dem Tod ihres Mannes verlassen das Starlett Lorna und ihre sechsjährige Tochter Jessie Ende der Dreißiger überstürzt Hollywood. Ihre Reise führt sie in den Nordwesten Kanadas und nach Alaska. Ausgestattet mit einer mysteriösen Karte, einem Gewehr und dem gestohlenen Geld von Jessies verstorbenem Vater stellen sich Mutter und Tochter der Wildnis und Lornas geheimnisvoller Vergangenheit. Zum Glück treffen sie auf Kaska, einer Gwich'in, die ihr Überleben in der rauen Natur sichert. Doch was verbirgt Lorna, die bei jeder Station der Reise einen neuen Namen annimmt? Und warum ist ihnen das FBI auf den Fersen?

»Der große Nordwesten« ist eine fesselnde Geschichte über zwei Frauen auf der Suche nach Identität und über Nordamerika und seine Legenden: die der First Nations, Goldsucher, Kopfgeldjäger und Trapper, der Western und Abenteuerromane.

ANNE-MARIE GARAT

Der große
Nordwesten

ROMAN

GOYA

Hardcover · ISBN 978-3-8337-4281-1
E-Book · ISBN 978-3-8337-4409-9

AUSGEZEICHNET MIT DEM FRANZ-HESSEL-PREIS

»Ein episches Roadmovie, eine literarische Flucht durch Alaska und Kanada. ... Beim Lesen dieses mal unverblümten, mal poetischen Romans wechselt man zwischen Lachen und Rührung, liest oft mit angehaltenem Atem. ... Als Leser spürt man Anne-Marie Garats Freude am Schreiben und folgt ihr bis in die kleinsten Verästelungen ihrer Fantasie. ... Eine Schriftstellerin, wie man sie liebt.« *Jurybegründung anlässlich der Preisverleihung für »Der große Nordwesten«*

Christiane Franke
Endlich wieder Meer

Eigentlich ist Katharina mit ihrem Leben rundherum zufrieden. Sie und ihr Mann führen nach all den Jahren immer noch eine erfüllte Ehe, sie haben zwei Kinder großgezogen und ein rentables Weingut in der Steiermark aufgebaut. Dann jedoch erreicht sie ein Anruf aus ihrem Heimatort an der Nordsee, der sie in die Vergangenheit katapultiert. Ihr Vater, zu dem sie seit über zwanzig Jahren keinen Kontakt mehr hat, liegt im Koma.
Als Katharina in Hooksiel ankommt, muss sie erkennen, dass es auch um die familieneigene Werft schlecht steht. Ihr Cousin hat die Geschäfte übernommen, verfolgt aber zweifelhafte Ziele. Auch in Österreich läuft seit ihrer Abreise nicht alles rund. Katharina ist hin- und hergerissen. Wo wird sie nun am meisten gebraucht? Und was will sie eigentlich selbst vom Leben?

»Christiane Frankes Romanfiguren begegnet man gern. Sie sind sympathisch, an ihren Dialogen möchte man am liebsten teilhaben. Die emotionale Tiefe der Geschichte entwickelt sich zwischen den Sehnsuchtsorten Nordseeküste und Steiermark. Und immer riecht, hört und schmeckt man, wohin die Autorin uns gerade führt. Warmherzig, aber mit kühlem Kopf.«
Klaus–Peter Wolf

Hardcover · ISBN 978-3-8337-4337-5
E-Book · ISBN 978-3-8337-4410-5

6 CDs · ISBN 978-3-8337-4404-4

HörErlebnisse von Roddy Doyle bei GOYALiT

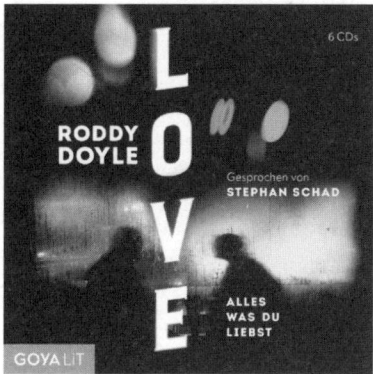

6 CDs · ISBN 978-3-8337-4405-1

»Sein [Stephan Schads] Können am Mikrofon ist definitiv nicht zu übertreffen. Wie kein Zweiter erzeugt der deutsche Schauspieler Kinofeeling für die Ohren.« *Literaturmarkt.info über »Flucht in die Schären«*

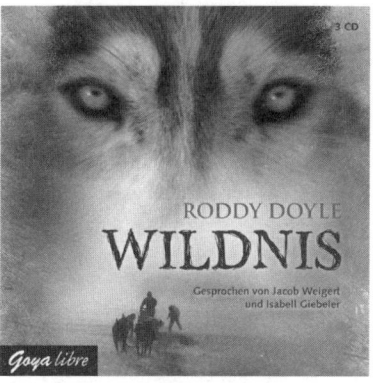

3 CDs · ISBN 978-3-8337-2601-9

Die Hundeschlitten-Tour von Tom und Johnny wird zu einem dramatischen Abenteuer. Alles beginnt als aufregender Urlaub in Lappland mit rasanten Ausfahrten im Schnee und außergewöhnlichem Spiel mit den Huskys. Doch dann reißen einige der Schlittenhunde aus und Tommys und Johnnys Mutter ist in der Wildnis verschollen. Als die Erwachsenen die Suche einstellen, geben die Jungs nicht auf und fahren auf eigene Faust mit dem Schlitten in die arktische Nacht.

HörErlebnisse von GOYALiT

10 CDs · ISBN 978-3-8337-4260-6

Ein tiefes Zerwürfnis hatte die drei Freundinnen seit Kindertagen über Jahre getrennt. Erst der Tod der Vierten im Bunde, Marie, ein Jahr zuvor hatte sie schließlich wieder zusammengebracht. Jetzt steht das nächste Pfingsttreffen an. Seit ihrem Wiedersehen ist viel passiert.

2 CDs · ISBN 978-3-8337-4143-2

Camilleri schreibt über seine sizilianischen Wurzeln, über Liebe, Freundschaft, Politik, Literatur. Dabei hat Camilleri durchaus den Mut, Fehler zuzugeben. Es gibt keine Sicherheiten, die er Matilda mitgeben kann. Dafür aber die wertvolle Kunst des Zweifels.

CD · ISBN 978-3-8337-4326-9

Kalékos Ton ist unverwechselbar und vielfältig: ironisch, verzweifelt, lakonisch, tiefsinnig, traurig und klug. Die 67 Liebesgedichte werden von den drei Schauspielerinnen jeweils in eigenem Stil wunderbar vorgetragen.
Jury-Begründung hr2-Hörbuchbestenliste

Hörbuch-Download
ISBN 978-3-8337-4377-1

Bedarf es erst einer Pandemie, um die Abenteuerlust zu wecken, die schon lange in uns schlummert? Bei den Böhnings ist das so. Es ist das verdammte Fernweh, das die beiden gegen jede Vernunft zu einer Reise verführt – ausgerechnet zu Corona-Zeiten. Aus hundertprozentiger Planung wird hundertprozentiges Chaos.

6 CDs · ISBN 978-3-8337-4397-9

Als sich Pedros große Liebe Carlota von ihm trennt und mit ihrem Sohn nach Barcelona zieht, wird es plötzlich still in seinem Leben. Gemeinsam mit zwei Freunden beschließt Pedro, Miguel zurückzuholen. Sie schmieden einen wahnwitzigen Plan – und merken, wie viel es zu gewinnen gibt, wenn alles verloren scheint.

4 CDs · ISBN 978-3-8337-4261-3

Auf Telegrafholmen werden bei Bauarbeiten Teile eines menschlichen Skeletts gefunden. Thomas Andreasson wird mit den Ermittlungen betraut. Die Hinweise deuten auf zwei Frauen hin, die zehn Jahre zuvor als vermisst gemeldet wurden. Aber ist es wirklich eine der beiden Frauen?

Weitere Titel finden sie auf goyalit.de